加藤夢三
Kato Yumezo

合理的なものの詩学

——近現代日本文学と理論物理学の邂逅——

The Poetics of Rationality

ひつじ書房

⊙ひつじ研究叢書〈文学編〉

第一巻　江戸和学論考　鈴木淳著
第二巻　中世王朝物語の引用と話型　中島泰貴著
第三巻　平家物語の多角的研究　千明守編
第四巻　高度経済成長期の文学　石川巧著
第五巻　日本統治期台湾と帝国の〈文壇〉　和泉司著
第六巻　〈崇高〉と〈帝国〉の明治　森本隆子著
第七巻　明治の翻訳ディスクール　高橋修著
第八巻　短篇小説の生成　新保邦寛著
第九巻　村上春樹のフィクション　西田谷洋著
第一〇巻　小説とは何か？　小谷瑛輔著
第一一巻　太宰治と戦争　内海紀子・小澤純・平浩一編
第一二巻　合理的なものの詩学　加藤夢三著

ひつじ書房

合理的なものの詩学

――近現代日本文学と理論物理学の邂逅――

目次

【凡例】

一．引用資料は、第Ⅱ部で取り上げた横光利一、および補論で取り上げた東浩紀・円城塔の小説作品を除き、注で断りのないものはすべて初出に拠った。上記の小説作品については、各章の末尾に引用元を記した。

一．引用に際しては、原則として仮名遣いは原文のままとし、旧字体は新字体に改めた。また、断りのない限り引用文中の傍点や斜体は原文の表記に準じたものである。

一．引用内の亀甲括弧・傍線は引用者による補足であり、〔…〕は省略を示す。

一．新聞記事や雑誌の論説、学術論文の表題は一重鉤括弧、書籍名・新聞・雑誌名は二重鉤括弧であらわした。

一．敬称は基本的に省略した。

序章　思考の光源としての理論物理学

一　二〇世紀物理学という「事件」

イギリスの科学者兼作家であるC・P・スノーは、一九五九年に発表した著名な論説『二つの文化と科学革命』のなかで、次のように述べている。

非科学者たちは、科学者は人間の条件に気がつかず、浅薄な楽天主義者であるという根強い印象をもっている。一方、科学者の信ずるところでは、文学的知識人はまったく先見の明を欠き、自分たちの同胞に無関心であり、深い意味では反知性的で、芸術や思想を実存哲学の契機にだけかぎろうとしている。(1)

この論説のなかで、スノーは科学知と人文知の乖離に警鐘を鳴らしたうえで、両者のあいだには深刻な相互不信と無理解が見られることを指摘した。奇しくもそれとほぼ同時期に、日本では加藤周一が別の角度から同じようなことを述べている。「文学的経験と科学的経験とは、日常的経験をはさんでその両極にある」[2]。ここでの「科学的経験」とは、言わば計量可能なものとして抽象化された誰かの営みのことであり、一方の「文学的経験」とは、具体的にありありと受け止められたこの私の質感のことを指している。加藤は、双方の経験がむしろ厳格に峻別されるべきものであることを主張した点で、先述のスノーの立場とは趣が異なるものの、その根本にある「科学」観や「芸術」観には、明確に通底するものが見て取れるだろう。

すなわち、「科学」は一般的・普遍的な意味での現象世界の考究を目指し、「芸術」はその時・その場所における人びと固有の情念を描き出す——。こうした棲み分けによる二項図式的な理解は、およそ多くの人間たちの納得するところであろう。しかし、もとより近代日本における知性と感性の蓄積は、それら二項が乖離したまま行われたはずもなく、むしろその接触面《インターフェース》においてこそ立ち上がってきたものではなかっただろうか。だとすれば、むしろ問われなければならないのは、「科学」と「芸術」の差異を云々することではなく、より広い意味での文化思潮を支える両翼として、双方の営みをとらえなおすような視点の導入であろうと思われる。

本書は、以上のような問題意識のもと、近現代日本文学や言論の場にかかわる知識人たちが、理論物理学ならびにその周辺領域の学術的知見をどのように受け止め、またそこにどのような思考の可能性を見いだしていたのか、その総合的な創造行為のありようを解明することを試みたものである。これまでの先行研究においても、とりわけモダニズムと呼ばれる時代のなかで、先鋭的な感度を持った芸術文化の担い手たちが、こぞって理論物理学をはじめとする各種自然科学へと着目し、そこにひとつの潮流を築き上げていたことは多く指摘されている。[3] だが、それらは概して一過性の流行現象としてのみとらえられており、現状その方法論的な探究が充分に考察されているとは言いがたい。[4]「科学」と「文学」を媒介する書き手たちの問題意識の実質を把握するためには、何よりも双方の領分を横断する言説空間の総体を検討する必要があるだろう。[5]

本書では、主として昭和初期の論壇・文壇へと分け入っていき、同時代の文学者や思想家たちによる自然科学受容の実態を明らかにすることで、今日の眼からはひと括りにみなされてしまいがちな「科学」なるものの諸相を、通時的・共時的に問いなおすことを試みる。[6] その前提として、まずはこの序章において、近現代自然科学の成立と展開をめぐる思想史的な背景を簡単に確認しておきたい。

近代的な思考様式において、自然科学の方法論は、その基底をなすものと位置づけられている。一七世紀前後、のちの西欧自然科学の支柱となるような物理法則の類が、自然哲学者（＝自然科学者）たちによって次々と〝発見〟されることになった。H・バターフィールドの古典的な定義に従うならば、それらは「科学革命（Scientific Revolution）」と称されるものであり、「物理的宇宙の図式と人間生活そのものの構成を一新するとともに、形而上学の領域においても、思考習慣の性格を一変させ」るほどの衝撃を与えたのだという。[7]

その「思考習慣の性格」の変転を一言で要約するならば、あらゆる超越的な審級（＝「神」）から切りはなされた理知的な経験主体の確立であったとまとめられるだろう。G・アガンベンが述べているように、客観的尺度としての「認識から分離された経験という観念は、今日のわたしたちにはまったく疎遠なものになってしまっており、このためわたしたちは忘れてしまっているが、近代科学が誕生するまでは、経験と科学とはそれぞれ固有の場所をもっていた」のである。[8] 近代的な思考様式の発現がもたらしたのは、まさにこうした各々の共通感覚に根ざした経験の仕方をめぐる質的な変革であり、それはひとえに自然現象に対する了解の規準自体を新しく拵えようとする営みであったとみなすことができる。

たとえば、天上世界と地上世界を含めたあらゆる自然現象は、一七世紀において「万有引力の法則」という統一原理によって説明されることになった。いかなる時間・空間においても適用される共通した普遍の法則があるという考え方自体が、それまでの呪術的・神秘的な宇宙観や、目的論的・生気論的な自然観に支えられた人びとの知覚のあり方に、ある種の根本的な革新を差し迫ったのである。[9]

バターフィールドは、一七世紀前後における自然科学者の台頭に着目したが、私たちの生活圏において「科学」がより重要な位置を占めるようになってきたのは、その後一九世紀まで下ることになる。古川安は、一九世紀初頭において「科学は純粋な知的活動であるばかりでなく、社会的に重要な意味をもった営みとなり、その後のヨーロッパ文明の進路に甚大な影響を与えるようにな」ったとしたうえで、「主として科学理論の変革に特徴をもつ16–17世紀の科学革命に対して、19世紀の急激な制度的革新を「第二の科学革命」と呼ぶ論者もいる」と述べている。[10]

大局的に見ても、一九世紀以降におけるさまざまな応用技術との接続や、大学をはじめとする高等教育機関制度の本格的な普及などの例に示されているように、それまで専門的で限られた人間たちの「知的活動」としてとらえられていた自然科学は、ここにおいてひとつの社会的価値を獲得することになった。そうした傾向は、特に理論物理学の領域において顕著に見いだされる。ニュートン物理学が導いた万物の運動方程式が、一八世紀以降の機械工業の発展において不可欠であったように、多くの自然科学は私たちの生活環境と密接に連動しながらその理論体系を洗練させてきた。それは、時代が二〇世紀に差し掛かるころにひとつの頂点を迎えることになる。

廣重徹は、理論物理学の通時的な歩みを詳細にたどりながら、一九世紀末期において「物理学はいまや全自然を理解するに十分な原理と方法とをわがものとした、というオプティミズムをいだくにいたった」ことを指摘している。[11] そのような理論物理学のなかで一般に共有化された通念――すなわちニュートン力学以来の「古典物理学」の完成は、何よりもそこに「知」の総合的なシステムが確立したことを意味していた。だが、廣重はまた、その直後に「19世紀最後の数年から20世紀初頭にかけての物理学は、このようなオプティミズムをまったく裏切って、激しい変動のなかに投げこまれた」とつづけている。俗に言う「科学の危機」の到来である。

その最も象徴的な成果が、A・アインシュタインの特殊／一般相対性理論と、W・ハイゼンベルクに代表される量子力学（＝不確定性原理）であろう。J・パワーズは、その思想的意義を「自然を再び不可解な神秘のマントで覆ったもの」と形容している。[12] パワーズによれば「『古典』物理学、すなわち、ニュートンからアインシュタインに至るまでの時期の物理学は、明確に理解可能な世界像を提供した」のだが、そのような「世界をどのような仕方で見たとしても、世界は同じである」という固定観念を根本から覆したということに、二〇世紀以降の理論物理学における最大の核心があるのだという。

特殊／一般相対性理論や量子力学の方法論は、ともに観測対象に向けられた観測主体の認識作用を考察の起点に据えている。それらは、ある事物の運動を超越的な視点から外在的に記述‐筆写することの原理的な不確実性を意味していた。加えて、ニュートン物理学以来永遠不変のものとされていた時間・空間の形式もまた、この時期を境に流動的で可変的なものとして再定位されることになる。たとえば、相対性理論を用いたタイムトラベルの（不）可能性をめぐる一連の議論や、量子力学の分野で話題を集めたいわゆる二重スリット実験など、一般的な科学解説書でも馴染み深い不思議なエピソードの数々は、いずれも普遍的な時空間表象や「因果律」の絶対性を基準とした既存の価値尺度に、何らかのかたちで歪みをもたらすことになった。その意味でも、古典物理学から現代物理学への認識論的／存在論的な転回は、まずは同時代において科学哲学・科学思想史の分野で活発な議論を巻き起こしたのである。

幾つかの具体例を示しておきたい。二〇世紀初頭のフランスでエピステモロジーと呼ばれる学問分野を確立したG・バシュラールは、相対性理論や量子力学の方法論をめぐって「科学は安全に出来合いの対象をみつけることはけっしてできないので、科学がみずからの対象を現実につくりだすのだ」と述べたうえで、「近代の科学的思考の問題は、ふたたび哲学的には中間的な媒介の問題となる」と指摘している。[13] かつて、人びとの経験と一体となった「知」の総合的なシステムとして、独立した閉域を形成していたはずの理論物理学は、ここで再度〝哲学的〟な解読格子が要請されることになったのである。

バシュラールはまた、一七世紀以降の理論物理学の道程を跡づけつつ、「科学の一つの対象が消失しそれに代わって新しい存在性が確立されるまでの中間期には、非実在論的思考が生まれる余地がある」として、今日においても、そうした世界認識の革新を受け入れる「新しい科学精神」が求められていると説いている。[14] ここにおいて、理性的な判断を経由しない素朴な直観の仕方と、情報の収集と推論によって磨き上げられた思惟の操作は、まさに現前する事物の認識行為をめぐって不可避的な分裂を起こしはじめていたと言ってよい。

あるいは、新カント派の哲学者として名高いE・カッシーラーは、「機械論的自然観にとって本質的な実体論（Substantialismus）は、つねに不可知論の傾向を同時に宿しているのである」と述べたうえで、「「知ることができないもの（*Unknowable*）」、つまり認識不可能なもの（Unerkennbar）が、認識それ自体の前提になる」という理解のもと、二〇世紀物理学の成立過程を認識論史的な観点からとらえなおしている。[15] カッシーラーが指摘するように、触知不可能な「物自体（Ding an sich）」の形而上学は、現代物理学の領分において解消されたどころか、諸々の自然現象を理解するうえで重要な思考の基盤となっている。[16] 言い換えれば、私たちにとって親しみ深い素朴な「物質」の実在性を支えている自然科学的世界像が、ほかならぬ私たち自身の生活圏から乖離した地平において、改めて問いなおされることになったのである。

すなわち、二〇世紀物理学において何よりも重要なのは、それが一七世紀以降の理論物理学史上においてきわめて稀なことに、理論知が実践知を超脱するかたちで発展を遂げてきた特異な分野であったということである。相対性理論や量子力学の考え方のもとで、私たちが素朴に感得する経験的な尺度は全く意味を持たない。そこに介在しているのは、自然科学の方法論に包含される学術的な問題系というよりは、むしろ一種の解釈学的な（＝出来事や法則の理解の仕方にかかわる）問題系にほかならない。昭和初期の文学者たちは、ここにひとつの新しい創造的表現の可能性を見いだすことになったのである。

二　昭和初期における理論物理学と文芸思潮の交錯

以上のような思想史的前提をもとに、ここで本書の問題意識と見取り図を簡単に示しておきたい。明治期以降の近代日本においては、理論物理学の受容がきわめて拙速に行われたがゆえに、そこに独自の文脈が形成されることになった。辻哲夫は、それを次のようなかたちでまとめている。

当時、物理学は相対論や量子論の出現によって、それまでゆるぎない完成体系と思われてきた古典理論の根底がぐらつきはじめ、いわゆる現代的変革が本格的に進展しはじめていた。日本では、実験物理学の基礎的な足場をかためて、ようやく理論的関心をも高めようとする段階であった。言いかえれば、理論の体系的根拠に対する理解を深めようとする矢先、その体系が大きく変換をとげようとする驚くべき様相に直面したわけである。古典理論とは何かという問題と、その古典理論のどこが、いかに変わるのかという問題とを、一挙に理解しなければならぬ羽目になったが、これは多かれ少なかれ、物理学の論理構造や認識方法への反省を強要せずにはいないことであった。[17]

近代理論物理学の学術的知見が、それを内側から突き崩してしまう引き金とともに享受されるといった特異な状況下において、昭和初期の理論物理学は進展を遂げていった。本書の第Ⅰ部（第一章〜第三章）では、そのような享受の仕方が、とりわけ同時代の言説空間において巻き起こした諸々の議論を検討していく。ここでは、その最初期のものとして、さしあたり大正末期の概説書から一例を引用しておこう。

> 而して十九世紀に確立せられたと思はれてゐた諸科学は其根底から動揺を来して来た。物質は前世紀の科学者が考へてゐた程簡単なものではなかつた。また進化の理は自然淘汰の法則によつても解けざる問題のある事をも知つたのである。かくの如き波乱は種々の方面に亘つたので、そこには新しい学説、研究が簇出するに至つた。而して自然界の事は科学の手に依つて解けざるなしとまで考へてゐた十九世紀の科学者の夢は果敢なくも破れて、我等は醒めて科学の力の及ばない領域のある事を悟つたのである。即ち一方に於ては人間の理智は極度に達して科学は進歩したと同時に、又他方では科学は万能でない、極限のあると云ふ事を認めて来たのである。是は思想の方面に於ても物質主義から精神主義への転回を予知する一期限《ママ》と見る事が出来るのである。[18]

ここに典型的に示されるように、二〇世紀初頭における「科学の危機」は、広義の「科学」という理念に仮託された人びとの「思想」を、大きく「物質主義」から「精神主義」の側へと招き寄せることになる。もちろん、こうした理解は一面的で通俗化されたものに過ぎなかっただろうが、そのような従来の素朴実在論的な「物質」観とは異なる方途に二〇世紀物理学の可能性が賭けられたことで、まさに「精神」の領域を司る芸術様式とみなされていた「文学」と「科学」の交信回路もまた、にわかに活気づくことになったのである。[19]

本書の第Ⅱ部（第四章〜第六章）では、その象徴的な事例として、新感覚派の旗手として名高い作家の横光利一が、一九二〇年代から三〇年代にかけて直面したひとつの認識論的な隘路を取り扱っている。多くの先行研究が指摘しているように、横光がみずからの文学的方法論を構築するにあたって、同時代の自然科学の学知が果たした役割はきわめて重要な意味を持つ。その受容のあり方を再検討することを通じて、昭和初期における理論物理学の揺動が、同時代の論壇・文壇にもたらした衝撃の度合いを推し量ることができるだろう。

もっとも、文壇のなかで理論物理学の学術的知見が初めて本格的に援用されるようになったのは、主にマルクス主義科学に集約されるような機械論や唯物論の文脈においてであった。たとえば、共産党系の批評家であった赤木健介は、一九二六年時点で「科学的要素を文学の範疇内に加ふべきか否かといふ問題が論議せられたことがあつたが、これは究極に於て狭義の物質の影響を重視するか否かの問題に到達するかと思ふ」と述べつつ、「物質的要素の触発によつて、正しき直観へ、実践的な批判へと進み、空虚な観念の遊戯を放逐することが止揚されたる唯物論的見解である」とまで言い切っている。[20] あらゆる「科学的要素」の解明が、私たちの把捉できるかぎりでの「物質」の次元に収斂されるならば、それは確かにマルクス主義科学における観念論批判の論調に、強固で明晰な基盤を与えるものとなるだろう。[21]

こうした発想の淵源には、勝本清一郎が述べるように「藝術を、社会の物質的生産力の水準、及び、それによつて決定される社会の経済的構造によつて、規定されるものと見る」ことで「その基礎に於ける「物質」的なもの丶変動」と「藝術」の「変動」を重ね描こうとする弁証法的な唯物思想が伏在していよう。[22] 本書のなかでも触れていくように、一九三〇年代において左派論壇の中核を担っていた「唯物論研究会」の機関誌『唯物論研究』に所収された諸論が、近現代自然科学の包括的な理解を掲げながらも、実際は多分に政治的な色彩をまといながらその論旨が方向づけられていたのは、当時の文化状況を如実に物語っている。

そのような立場を前提にしてみれば、当然ながらマルクス主義科学と結びつかない理論物理学の成果は一括りに断罪されるほかない。プロレタリア科学研究所に出自を持つ哲学史家の永田廣志は、いわゆる下部構造論を徹底しない自然科学の方法論をおしなべて「ブルジョア唯物論」と呼び、「ブルジョア唯物論にとつて特徴的なことは、他のイデオロギー形態との関係においては自然科学に依拠して宗教批判を遂行してゐることであり、理論的内容の上では機械論的、形而上学的であり、社会観においては観念論的なることである」と手厳しく指弾している。[23]

だが、前節でも述べたように、二〇世紀物理学は理論知が実践知を超脱するかたちで発展を遂げた特異な分野であったために、もとより素朴実在論的な世界認識と矛盾なく重なり合うものではなかった。[24] たとえば、戦間期の一般科学書を繙いてみると、「唯だ今日の物理学者は、その驚くべく進歩せる世界観において、最早かの原子とか電子とかを、謂ゆる「実在の堅い塊」として認めてゐない」ために、「かく世界の根本を唯だ不断流動の形とのみ見る見方により、一切の唯物論は、根柢から覆へされてしまつた」といった文言が散見される。[25] もちろん、今日の眼から見たとき、こうした唯物思想への反動に特化したような言説の類は、単純で短絡的なものにも見えるだろう。だが、少なくともこうした反-唯物論的な趣向をはらんだ新しい理論物理学へのまなざしが、先に見た二〇世紀物理学における認識論的／存在論的な転回と明確に共鳴したものであったことは疑いない。たとえば、昭和初期において、現代物理学の紹介者として活躍していた石原純の文章を見ておきたい。

さて今日我々は、例へば電子に対してどんな形像に到達してゐるであらうか概観するならば、それがいかに超唯物的なるかを容易に見ることができるであらう。そこではもはや、電子の形体がどうであるとか、そのなかに電気がどう分布されてゐるとか、又電子内部で電子がどんな軌道をどんな風に運動してゐるとか云ふ問題は全く無意味のものであるとせられてゐる。なぜなら、どんな実験的手段を用ひようとも之等の有様を経験的に知らうとすることは原理的に不可能だからである。我々は電子を単にそれの全電気量と質量と、そして波動力学に於ける波動関数とによつて認識し得るだけである。(26)

石原によれば、二〇世紀物理学における「電子」の挙動は、現象世界とは異なるスケールにおいて「超唯物的」に理解されねばならないものであり、それはマルクス主義的な唯物史観に回収しえない反ー素朴実在論的な側面を持つものでもあった。それはまた、哲学や思想の領域においてたびたび議論されていたことでもある。この時期、西田幾多郎や田邊元、桑木厳翼といった名だたる思想家たちが、一様に理論物理学に対して大きな関心を寄せていた。(27) 本書のなかでも詳述していくように、それは明らかに同時代の先進的な文学者たちの問題意識とも響き合うものである。(28)

本書の第Ⅲ部（第七章〜第九章）では、一九二〇ー三〇年代を中心に活躍した中河與一・稲垣足穂・夢野久作らの論説や小説作品を検討しつつ、いずれも「合理」的な秩序体系から「非合理」的なものが析出されるまでの論理構造に魅せられた文学者たちの活動を扱っている。それらは、各々の仕方で同時代の理論物理学や数理諸科学と共振しており、そこに「文学」と「科学」を越境して形成された学際的な文化現象の一端を垣間見てみることは、決して牽強付会ではないはずだ。

もちろん、そのような越境のあり方は、同時代の言論環境のなかで恣意的に解釈された産物でもあっただろう。実際、天体物理学者であった關口鯉吉は、「所謂物理的の科学となると、力とかエナージーとかいふ特殊の概念を数量的に取扱つて、現象を解析綜合して行く点に於て、全く特別のテクニックに属し、如何に常識化して説明されても其の真意を呑み兼ねる場合が少くあるまいと思ふ」と述べたうえで、「斯うした場合巧者なものは正面から解き明かすことが困難と見ると比喩か何かでごまかして読者を分つたやうな気分に酔はしてしまふか、若しくはありがたさうなターミノロジーで煙に捲いてしまふのが例である」と戒めている[29]。文壇・論壇における科学言説の曲解については、とりわけ慎重に検討すべきものであり、そこに安易なアナロジーの可能性を読み取ることは慎まねばならない[30]。

だが、少なくとも昭和初期とは、まさに従来の素朴実在論に支えられた古典物理学と並存するかたちで、その存立機制を問いなおすような現代物理学の萌芽が同時に輸入されていた混迷の時代だったことは間違いなく、そこにはマルクス主義科学などの単一の思想潮流に収斂されない独特の厚みが見いだされるはずである[31]。したがって、その厄介な重層性を捨象せずに抽出してみることは、モダニズムという時代における総合的な言説空間のありようを描き出すための大きな一歩となるだろう[32]。

また同時に、本書の補論部では、そのような諸々の文芸思潮と理論物理学の邂逅が、今日の「私」が「私」であることの不確定性を取り扱う小説作品の主題系に、どのような接続を果たしえたのかを検討していく。ゼロ年代において、いわゆる〝並行世界もの〟と呼ばれる物語文化が隆盛を見せはじめたことはつとに指摘されるところだが、その理由のひとつとして考えられるのは、やはり〈いま・ここ〉に生きる「私」に向けられた何らかのとらえがたい違和感であろう。ほかならぬこの「私」というかけがえのない存在のあり方が、さまざまな次元で揺らぎや綻びを抱え込んでいる二一世紀の文化状況において、文学的想像力はどのような新しい認識布置を私たちにもたらしたのか。ゼロ年代のサイエンス・フィクションを分析することを通じて、その表現営為の共時的な意義についても考察してみたい。

三　本書の構成と概要

本書は、本論計九章に序章と終章を加えたものと、補論i・iiによって構成される。以下、その概要を述べておこう。

第I部では、個別の作家・作品に分け入って考察を展開するための足がかりとして、まずはそれぞれの文学活動のあり方を枠づけていた言説動向の側に焦点を当ててみたい。

第一章「「科学的精神」の修辞学――一九三〇年代の「科学」ヘゲモニー」では、一九三〇年代のジャーナリズムにおいて「科学的精神」という術語が広く流通していたことに着目し、そこに充填される意味内容のずれを跡づけていくことを通じて、一九三〇年代を通じて形成された「科学」をめぐる権力構造の成立過程を考察する。同時代における論壇・文壇・科学者共同体の意向は、それぞれ多分に差異をはらみながらも、結果的に「科学」の権威が「科学的精神」という曖昧な価値尺度へと転化することに、半ば共犯的なかたちで貢献していた。そのような視座をもとに、一九三五年前後に勃興した「偶然文学論争」における論者たち各々の表現戦略をとらえなおすことで、一九三〇年代の言説空間を支配していた「科学」ヘゲモニーの様態を明らかにしたい。

第二章「「現実」までの距離――石原純の自然科学的世界像を視座として」では、大正から昭和前期にかけての文壇・論壇で広く活躍していた理論物理学者である石原純の論説を検討する。石原によれば、近代自然科学と近代芸術で扱われる現実概念とは、ともに人びとの内在的な経験のなかで「世界形像」として「統一」されるまでの心的過程において出来するものであり、もとより私たちの現実認識もまた、そのような「抽象」＝「綜合」化の機制によって知的に根拠づけられたものにほかならない。だからこそ、石原は「科学」のみならず「文学」の領域においてもまた、新しい現実概念の必要性を繰り返し講じていくのである。そのような石原の「科学」論や「芸術」論は、それまでナイーヴに受け止められていた「現実」の記述作法を抜本的にとらえ返したという点で、一九三五年前後に巻き起こった諸々の文学論争の理論的な基盤を下支えするものであった。今日の文学研究において顧みられることの少ないそれらの影響関係の諸相を跡づけることで、既存のモダニズム文化史の空白となっていた石原の存在を掘り起こしてみたい。

第三章「ジャンル意識の政治学――昭和初期「科学小説」論の諸相」では、昭和初期の「科学小説」論をめぐる言説布置を検討する。物語様式に「科学」性を導入する試みは、黎明期の「探偵小説」作家たちによって盛んに喧伝されていたが、そこでは学術的知見としての「科学」と因果関係の基盤としての「科学」が混同されていた。それは、同時代文壇における自然科学の受容が、いわゆる「変格探偵小説」と親和性の高い〝人間科学〟の分野に偏重していたことに由来する。そのような状況論的背景において、近い将来「純粋」な「科学小説」が創出されるだろうという期待だけが同時代の文壇・論壇にもたらされていたこと、ならびに実際に発表された「科学小説」がしばしば「変格」の名のもとに「探偵小説」の外延を拡張させ、その権能を強化するものとなりえていたことを、雑誌

『科学画報』における「懸賞科学小説」など具体的事例の分析から明らかにしてみたい。

第Ⅱ部では、一九二〇年代から三〇年代前半において「文学」と「科学」が有機的な交錯を果たしたひとつの事例として、横光利一の文業に焦点を当ててみたい。

第四章「新感覚派の物理主義者たち――横光利一と稲垣足穂の「現実」観」では、ともに新感覚派の一員として括られる横光利一と稲垣足穂が、同時代の理論物理学をどのように受け止めていたのか、その具体的な受容の道筋をたどりなおすことで、一九二〇年代における両者の世界認識の違いを浮かび上がらせる。横光の理論的マニフェストとしての論説「感覚活動」で展開される、人びとの認識作用を仲立ちとした主観‐客観の運動図式が、科学思想史の領域においてはE・マッハの現象論的物理学との親和性が確認できる一方で、同時代の足穂は、むしろアインシュタインの相対性理論と親和性を持つような時空間表象の遊動的な存在様式に眼を配っていた。そのような両作家の問題意識の隔たりを検討することを通じて、新感覚派作家たちの文学活動をより立体的にとらえなおしてみたい。

第五章「観測者の使命――横光利一『雅歌』における物理学表象」では、横光のなかで本格的に「心」＝「内面」の問題と「科学」の問題が結び合わされつつあった時期の小説作品として、一九三一年に発表された『雅歌』を検討する。科学者である主人公の羽根田は、「観測」という行為を物理学的に考究することにこだわりつづけ、ゆえにみずからの「心」を「観測」することの原理的な困難に嵌まり込んでしまっていたが、まさに一九三〇年前後の理論物理学においては、観測者は観測対象に何らかのかたちで不可避的に介入せざるをえないといった立場が支配的となっていた。その理論的な中枢を占めていたものこそ、ハイゼンベルクの不確定性原理に集約される量子論・量子力学の学術的知見にほかならない。そこには、認識論的なパラダイムの転換という共時的な文脈を紐帯として、

「文学」と「科学」の双方にまたがる時代精神の表徴を読み取ることができるだろう。そのような前提をもとに、時に「未完成」と評されることもあるこの小説作品について、全集収録時の改稿過程や、葛藤する科学者というモチーフを検討することを通じて、一九三〇年前後の横光に「転回」をもたらした思想的背景を探ってみたい。

第六章「「ある唯物論者」の世界認識——横光利一『上海』と二〇世紀物理学」では、一九三〇年前後の横光が「メカニズム」を経て相対性理論へと近接するとき、その方法論的な要諦を「現象」と「物自体」の二項関係のなかで意味づけたことが、図らずも民衆の行動原理を基礎づけているファナティックな「国粋精神」に眼をひらかせる契機となっていたことを、長編小説『上海』の表現分析から明らかにする。この時期の横光は、触知不可能な「物自体」の理念を「肉体」や「愛国心」の機制と重ね合わせることで、そこに同時代に蔓延していた唯物論的な世界認識とは異なる「物理主義」の思想を醸成させていた。だが、その多分に逆説性を帯びた二元論的な思考体系は次第に忘却され、横光はその後きわめて素朴なかたちで一元論的なイデオロギー信仰へと没入していくことになる。それは、『上海』のなかで「身体」と「肉体」が注意深く峻別されたうえで、後者に「物自体」の理念が仮託されていたことや、書物展望社版への改稿過程で「理論」への視座が巧妙に削り落とされていたことなどからも傍証されるだろう。

第Ⅲ部では、一九二〇年代から三〇年代にかけて活躍した文学者たちと数理諸科学との邂逅を広く検討していくことで、そこに共通して見いだされる「合理」から「非合理」への逸脱という主題系を考察してみたい。

第七章「「合理」の急所——中河與一「偶然文学論」の思想的意義」では、横光とともに新感覚派として名前が知られている中河與一の代表的な論説「偶然文学論」について、とりわけ量子力学の学術的知見が援用された部分の理論的骨格を検討し、同時代思潮における位置づけを再考する。そこには、一九三五年前後における言説空間の間隙を突くような〝脱構築的〟とも言える戦略のあり方が、おのずと示されることになるだろう。それは、同時代における田邊元の数理哲学との隣接性や、いわゆる「シェストフ的不安」と呼ばれる一連の文化思潮とのかかわりについて共時的な並行関係を提示すると同時に、一九三五年を境として急速に古典回帰の志向を強めていく中河の世界認識の転換に対してもまた、ひとつの見通しの良いパースペクティヴを与えることになるはずである。

第八章「多元的なもののディスクール――稲垣足穂の宇宙観」では、第四章でも扱った稲垣足穂の言説群を改めて読み解いていくことで、その創造営為の源泉をとらえ返すことを試みる。足穂は、幻想的で風変わりなレトリックを得意とする一種の寓話作家としてみなされる傾向が強かったが、同時にまた最新の宇宙科学や理論物理学に対する熱烈な執心を抱きつづけていた稀有な書き手でもあった。とりわけ、足穂は非ユークリッド幾何学やW・ド＝ジッターの膨張宇宙論を参照することで、あらゆる物語世界を「物質」と「場」の相互作用が織りなすドラマ（＝「タルホ劇場」）へと還元することを夢想していた。そのような企ては、初の単行本作品である『一千一秒物語』から後年の随想『僕の〝ユリーカ〟』まで、足穂文学においてつねに一貫したモチーフとして差し出されており、同時に他の宇宙論に対する批評的視座を持ちえていたことを明らかにしたい。

第九章「「怪奇」の出現機構――夢野久作『木魂』の表現位相」では、夢野久作の短編小説『木魂』の分析を通じて、同時代の夢野が主張していた「本格探偵小説」の圏域からおのずと「怪奇」性が出現するまでの回路を探ることを試みる。『木魂』において主人公（＝「彼」）を懊悩させていた認識論的な懐疑は、同時代において「探偵小説」から「怪奇小説」への様式的な転化を肯定するための視座を担っていた。それは「論理」性を追究する「本格探偵小説」と「怪奇」性を追究する「変格探偵小説」が、もとより類別することのできないものであるという夢野の文学的理念ともまた響き合っている。『木魂』における数理記号の氾濫や世界認識の不確定性というモチーフは、そのような夢野自身の方法意識を自己言及的に開示したものであったことを明らかにしたい。

終章では、改めて昭和初期という時代が、近代理論物理学の成立と崩壊のパラダイムを同時に受容した特異な状況下にあったことを示したうえで、そのなかで文学者たちがどのような精神的動機のもとに理論物理学へと傾倒していったのかを検討する。本書で取り上げてきた「科学」と「文学」を媒介しようとする書き手たちの方法論は、いわゆる「自己言及のパラドックス」と呼ばれる諸問題と重ね合わせることができる。ある任意の秩序体系における過度の「形式化」は、時局において図らずも秩序体系に完結性を与える〝超越的なもの〟を招来する引き金となりえていた。昭和初期における文学者たちの問題意識もまた、時局においてナイーヴな国粋主義という〝超越的なもの〟と結託してしまうような危惧をはらんでいたわけだが、改めてその認識論的な葛藤に寄り添い、各々の「合理」から「非合理」にいたるまでの理路を問いなおしてみることは、モダニズムの芸術思潮を枠づけていた文学的想像力の源泉を考察するうえでも、きわめて有効な視座を与えることを本書全体の結論として主張したい。

補論部では、これまで考察してきたことを受け継ぎつつ、モダニズムの時代において培われた「文学」と「科学」の領分を越境する諸々の試みが、今日の文芸活動においてどのような展開をたどることになったのかを考察してみたい。

補論ⅰ「「存在すること」の条件――東浩紀『クォンタム・ファミリーズ』の量子論的問題系」では、東浩紀の長編小説『クォンタム・ファミリーズ』における量子力学の位置づけについて検討する。東自身は、この小説を「ゲーム的リアリズム」（＝「キャラクター」への没入体験を媒介することで逆説的に形成される現実認識のあり方）の実践としてみなしていたが、本章ではむしろ、幾重もの並行世界を彷徨しつつも、最終的には唯一の「この現実」へと回帰する「ゲーム的リアリズム」の理念では、『クォンタム・ファミリーズ』において量子情報技術が扱われたことの思想的な意義を汲み取れないことに着目した。そのうえで、この小説作品の重層的な作劇構造には、もとより〈いま・ここ〉に回収されない存在様式の多様なあり方を開示するための視座が包摂されており、それがゼロ年代以降に隆盛した多くの「キャラクター」論に対するアンチテーゼとなりえていたことを明らかにしたい。

補論ⅱ「自己言及とは別の仕方で――円城塔『Self-Reference ENGINE』と複雑系科学」では、ゼロ年代ＳＦ作家の筆頭として名を挙げられる円城塔の長編小説『Self-Reference ENGINE』の読解を試みる。この小説作品のなかでは、無数の宇宙空間が泡のように生起することを通じて、かけがえのない「私」という意識のあり方が随所で転覆されることになる。そこには、一種のオートポイエティックな生命モデルとして「私」と宇宙空間の相同関係を記述することで、あらゆる「私」語りに潜む自己言及の袋小路をとらえなおすような思考の可能性を読み取ることができる。そのような複雑系科学の学知を応用した「私」語りの拡張を考察していくことは、かつてモダニズムの文学者たちが直面した、ある任意の自己言及的な「形式体系」において超越的な審級を措定することがはらんでいる原理的な罠に対して、ひとつの突破口を探究することにもなるはずである。

［注］

（1）C・P・スノー、松井牧之助訳『二つの文化と科学革命』みすず書房、二〇一一・一一。

（2）加藤周一『文学とは何か』角川書店、一九五〇・八。

（3）たとえば、瀬沼茂樹による次のような概説を参照されたい。

ヨオロッパにおいては、第一次大戦前後から新しい藝術思想が台頭しはじめていた。十九世紀の科学的合理思想は、いわゆる科学の破産から、二十世紀の非合理的思想を喚起し、西欧の危機から近代の危機となって現れようとしていた。新しい世紀病は不安と反抗を生み、あらゆる藝術分野に「前衛藝術」avant-gardeといわれる一環の運動がそれぞれの国の性格に応じて展開した。しかも、これは必ずしも戦後の不安の中から生れたとは限らず、すでに戦前から芽生えていたが、戦後の混乱によって強化され、普及した。（『大正文学史』講談社、一九八五・九）

（4）たとえば、戦後すぐに『中央公論』に掲載された「文学と科学」という題目の座談会のなかで、高見順は次のように述べている。

文学だけでなく広く藝術と科学との結びつきがテーマになつて来るということは、ちようど欧州大戦のあとの現象にちよつと似ている。あの時分は原子爆弾はなかつたが、戦争という非常に科学的な営みのあとでは、人力というもののはかなさ、科学的な破壊力は非常に強いもので、一種の科学精神が文学精神を蔽つたような感じがありましたね。それで表現派の運動、ああいうものにもそういうものが現われたが、日本ではそれが直接的に科学精神と藝術精神と結びついた形で現われないで、すでにヨーロッパで結びついたものが、鑵詰のようになつて放出されて来た感じであつた。

（加藤周一ほか「文学と科学」『中央公論』一九五〇・八）

高見の見立てにおいて、戦間期日本における「科学」と「文学」の交流は、「すでにヨーロッパで結びついたもの」の素朴な反映として総括されるものに過ぎなかった。そのような見方は、今日においても大方継承されていると言ってよいだろう。

（5）従来、このような試みは「科学文化論」の一種として位置づけられてきたが、奥村大介が指摘するように、もとより「科学に対する外的検討、いわば〈メタ科学〉と呼びうる一連の学問」は「科学を哲学・倫理・歴史・社会・技術・宗教などと関連付ける視点を有しているが、いわゆる文化との脈絡、たとえば文学・音楽・絵画・映画その他の芸術、ポピュラー・カルチュアといったものとの関わりで捉える視点が、相対的に希薄である」とされてきた（「科学文化論の来歴と展望」『東京大学大学院教育学研究科紀要』第五六集、二〇一七・三）。本書は、自然科学の文化史的な探究という意味では「科学に対する外的検討」という側面を持っているが、同時に近現代の文芸様式の展開を科学史的に考察することを目指したものでもある。その意味で、以降の本書のなかでは「科学」と「文学」のかかわりを単に一方向的な手段‐目的の関係に還元するのではなく、より双対的な文化現象として再定位することを試みたい。

（6）これまで文学研究の領域においては、個々の書き手たちが自然科学の学知にどのような応答を示し、それが各々の文学作品のなかにどのようなかたちで落とし込まれていったのかという検討は相応に積み重ねられてきたものの、その通時的・共時的な創造行為の射程については、他の領域と比べてあまり考察が展開されてこなかったように思われる。本書では、そのような研究状況に鑑みて、文学言説と科学言説を越境し、そこに立ちあらわれた言論のあり方を横断的に把捉することを目指したい。

（7）H・バターフィールド、渡辺正雄訳『近代科学の誕生（上）』講談社学術文庫、一九七八・一一。伊東俊太郎は、より端的に「科学革命」の骨子を「世界像」「自然観」「方法」「担い手」の四つの要素の革新という観点から整理している（『近代科学の源流』中央公論社、一九七八・一〇）。なお、今日ではS・シェイピン『「科学革命」とは何だったのか――新しい歴史観の試み』（川田勝訳、白水社、一九九八・一一）などに見られるように、前出の「科学革命」という概念自体に対する批判が多く提出されているが、本書ではその議論の詳細には踏み込まず、あくまでその文化史的な意義に焦点を絞って考察したい。近年の科学史研究の領域における「科学革命」の扱われ方については、中島秀人

(8) 『日本の科学／技術はどこへいくのか』(岩波書店、二〇〇六・一)に詳しい。
G・アガンベン、上村忠男訳『幼児期と歴史――経験の破壊と歴史の起源』岩波書店、二〇〇七・一。また、そのような認識論的な変革の試みについて、岡崎勝世は別の角度から「聖書を直接的な基盤として記述されたキリスト教的世界史＝普遍史から、今日の世俗的・科学的世界史への転換が行われたということである」とまとめている(『キリスト教的世界史から科学的世界史へ――ドイツ啓蒙主義歴史学研究』草書房、二〇〇〇・一一)。ただし、つとに指摘されているように「近代科学は、その誕生にあたって理論的正当性の根拠を神に求めた」のであり、ただちに万物のグランド・セオリーとしての「知」の閉域が形成されたわけではないことは留意しておかねばならない(廣重徹『近代科学再考』朝日選書、一九七九・二)。このあたりの事情については、村上陽一郎『近代科学と聖俗革命』(新曜社、二〇〇二・七)や池内了『物理学と神』(講談社学術文庫、二〇一九・二)など、多くの蓄積がある。

(9) もっとも、Y・N・ハラリが述べているように「科学革命の発端は、人類は自らにとって最も重要な疑問の数々の答えを知らないという、重大な発見」でもあり、結果として「社会政治的な秩序を安定させるための近代の試み」は、「科学的な説を一つ選び、科学の一般的な慣行に反して、それが最終的かつ絶対的な真理であると宣言する」か、「そこから科学を締め出し、非科学的な絶対的真理に即して生きる」かという「二つの非科学的方法に頼る」こととなった(柴田裕之訳『サピエンス全史(下)――文明の構造と人類の幸福』河出書房新社、二〇一六・九)。「理性」への信仰が逆説的に「非科学的な絶対的真理」を要請しうるというハラリの見解は、本書の問題意識とも深く結びつくものであり、後述する文学者たちの葛藤もこうした二律背反の隘路に端を発していたものと思われる。

(10) 古川安『科学の社会史――ルネサンスから20世紀まで』ちくま学芸文庫、二〇一八・一〇。同様に山本義隆は、先述の「科学革命」について「一六・一七世紀には科学は先行していた技術から学んだのであるが、一八世紀以降は、逆に、科学が技術を基礎づけるだけでなく、科学は技術を先導さえするようになる」とまとめたうえで、「技術と積極的な結合をはかることによって、科学は高度工業化社会形成の推進力となり、人間社会に大きなものをもたらした」と指摘している（『一六世紀文化革命』第二巻、みすず書房、二〇〇七・四）。

(11) 廣重徹『物理学史II』培風館、一九六八・三。また、前出『近代科学再考』においても、廣重は一九世紀科学の「オプティミズム」を跡づけつつ、その臨界点が二〇世紀初頭に訪れたことを指摘している。

(12) J・パワーズ、佐野正博ほか訳『思想としての物理学』青土社、一九九〇・二。また、西欧哲学史の領域における二〇世紀物理学の衝撃については、廣松渉が「空間、時間、質量といったものがそれぞれ独立自存の絶対的な存在ではなくして、相互的な被媒介的な連関の相において、しかも観測者というモメントを規定的一因子とするような総体的連関の相で観ぜられるようになった」いう言葉で簡潔にまとめているほか（『科学の危機と認識論』紀伊國屋書店、一九七七・一〇）、大澤真幸もまた、一連の相対性理論や量子力学の諸成果を「二〇世紀認識革命」と呼びあらわし、前出の一七世紀における「科学革命」と対応させて論じている（『量子の社会哲学――革命は過去を救うと猫が言う』講談社、二〇一〇・一〇）。他方、科学史に内在する問題系としての「科学の危機」を主題的に扱ったもので、現代の日本語で読める文献としては、佐々木力『科学革命の歴史構造〈下〉』（講談社学術文庫、一九九五・一〇）が精緻な議論を展開している。

(13) G・バシュラール、関根克彦訳『新しい科学的精神』ちくま学芸文庫、二〇〇二・一。

(14) G・バシュラール、及川馥訳『科学的精神の形成――対象認識の精神分析のために』平凡社ライブラリー、二〇一二・四。なお、こうした二〇世紀の文化思潮におけるエピステモロジーの興隆をとらえるためには、金森修が指摘するように「多くの科学者がいまで言う科学哲学的な著作を残していた」こともまた見落とすべきではない（『フランス科学認識論の系譜――カンギレム、ダゴニェ、フーコー――』勁草書房、一九九四・六）。本書の第二章でも詳述するように、戦前日本におけるそのような自然科学者の認識論的思索（広義のエピステモロジー）としては、まず何より石原純による一連の論考を挙げることができるだろう。

(15) E・カッシーラー、山本義隆訳『現代物理学における決定論と非決定論――因果問題についての歴史的・体系的研究［改訳新版］』みすず書房、二〇一九・一。

(16) この点について、藤本一勇は「ミクロとマクロの両面における現代物理学の成果は、哲学やわれわれが一般に思考する「物質」概念（唯物論）がいかに人間的尺度の「中規模」な水準の対象、簡単に言えば、人間の身体構造によって把握しやすい「物体」や「物」に限定されているかを明らかにする」と指摘している（「「新しい唯物論」方法序説（粗描）」『現代思想』第四三巻一〇号、二〇一五・六）。本書でも繰り返し検討していくように、こうした二〇世紀物理学の成果を人間存在のスケールを超脱する方向に求めようとする言説編成は、昭和初期の論壇・文壇においても多く散見されるものである。

(17) 辻哲夫「序章」『日本科学技術史大系』第六巻、第一法規出版、一九六八・一二。また、その社会的な背景としては、山本義隆が指摘するように「明治期の日本では、科学は技術のための補助学として学ばれたのであり、今日にいたるまでの日本の科学教育は、世界観・自然観の涵養によりも、実用性に大きな比重をおいて遂行されることになった」ことの影響が大きいと考えられる（『近代日本一五〇年――科学技術総力戦体制の破綻』岩波新書、二〇一八・一）。

(18) 大町文衛『最近自然科学十講』太陽堂書店、一九二四・九。併せて、同時代における「科学」の定義について、百科事典的な記述のひとつを参照しておきたい。「科学には厳格なる自然法の存在を予定し、観察と実験とによつて、先づ個々の確実なる事実を攫み、斯の事実を基礎として、帰納的に推理し、判定し、以て其の目的に達するのである」（永井潜「科学総論」『万有科学大系』第一巻、伊藤靖編、万有科学大系刊行会、一九二六・七）。「厳格なる自然法の存在」への着目は、近代化の理念を背負った明治期以降の論壇・文壇において絶えず議論を呼び起こしてきたものであったが、それがそもそも素朴に感得されていた現象世界（＝「個々の確実なる事実」）から逸脱するものであったということに、昭和初期の理論物理学受容における最大の特色があったと言えよう。

(19) 甲斐義幸は、第二次世界大戦以前の日本においては「学問や自然法則の客観性を一面的・固定的にとらえたり、力学法則を宿命論的なものと考えた」節があり、「この時代に日本では科学を文化としてとらえることはほとんどなかったといってよい」と指摘しているが（『科学文化論――人と自然を結ぶ』朝倉書店、一九九八・四）、少なくとも大正期あたりから、すでに思想上の変革の機運は着々と整えられていたのであり、本書ではこれまで既存の研究史の空白に埋もれてきたそれらの系譜を跡づけていきたいと考えている。

(20) 赤木健介「物質の一元性に関する文学的理論」『文藝時代』一九二六・三。高橋幸平は、赤木の評論について「「空虚な観念の遊戯」にとどまっていた旧い象徴主義を超脱し現実の物質文明から触発された芸術、すなわち新感覚派を含む新興芸術と、唯物史観を基礎とする思想に立つプロレタリア文学とを「物質の一元性」という観点から連続させようとし」たものだと指摘している（「新興芸術とプロレタリア文学――赤木健介の理論――」『国語国文』第八六巻六号、二〇一七・六）。

(21) たとえば、同時期のプロレタリア文学運動を理論的に主導していた平林初之輔は、「科学的法則」が「かつて一度も経験と矛盾しなかつた」と述べたうえで「たゞの一度でも、経験と矛盾したが最後、その法則は忽ち、科学の舞台から退場しなければならないのである」と断言している（「土田杏村氏に答ふ」『文藝公論』一九二七・七）。「科学的法則」と「経験」の強固な結びつきは、同時代のマルクス主義科学が理論的根拠を自然科学に求めるうえで、決して揺るがしてはならない普遍の前提であったことが窺われよう。こうした立場に対しては、同時代からすでに「看板は唯物論でありながら、その根抵に於て自然科学と密接の関係あるにあらず、（…）自然科学の基礎たる力学とは更に交渉の如きこと、従つて自然科学より見て猶《ママ》は且つ共鳴するといふは断じて偽りである」といった批判が散見される（鈴木鷲山『マルキシズム駁論』教育研究会、一九二六・九）。

(22) 勝本清一郎「藝術への「物質」の推進力」『文学時代』一九二九・六。

（23）永田廣志『日本唯物論史』白揚社、一九三六・九。

（24）河田和子は、昭和初期において「プロレタリア文学」と「新感覚派」がともに「科学性」を重視しながらも相容れなかったことについて、それを「思想上の相違というより、寧ろ両者の考える「科学」の概念が異なっていたことによるのである」と指摘している（「科学と文学」『横光利一の文学世界』石田仁志ほか編、翰林書房、二〇〇六・四）。だが、加えて見落としてはならないのが、そもそも両陣営がどの時点での理論物理学を志向していたのかという点であろう。ニュートン力学から一九世紀物理学、相対性理論にいたるまで、諸々の理論物理学の展開を受容する仕方にこそ、各々の政治的・芸術的立場が最も強くあらわれるものと考えられるからである。

（25）B・バヴィンク、加藤直士ほか訳『現代科学と神の再発見』三光社、一九四二・一一。賀川豊彦は、冒頭の「訳者序文」において、同書の意義について「科学的事実を根抵《ママ》として宗教と独立せる合理的宇宙観を構成しゆく途上に、偶然その宇宙の本体たる神に逢着したといふ格好である」とまとめている。

（26）石原純「近代自然科学の超唯物的傾向」『思想』一九三〇・九。なお、こうした見立ては近年の科学史研究においても概ね共有されているものと思われる。たとえば、H・カーオは「1900年頃の理論物理学の趨勢」が「物理学の外部に支流を持つ世界観の変化の一部」であったとしつつ、「この文化的布置の重要な一要素が、広く行きわたった反唯物論であった」とまとめている（岡本拓司ほか訳『20世紀物理学史（上）』名古屋大学出版会、二〇一五・七）。

（27）一例を挙げておくならば、西田幾多郎「物理現象の背後にあるもの——理念の因果と経験的因果」（『思想』一九二四・一）、桑木厳翼「自然科学に対する誤解」（『科学知識』一九二六・三）、田邊元「新物理学と弁証法」（『改造』一九三三・四）などが典型的であろう。

（28）今日では必ずしもそうとは言えないが、同時代の言説空間において、理論物理学は「自然科学の代表者」（戸坂潤「科学の歴史的社会的制約——その綱領——」『東洋学藝雑誌』一九三〇・一）や「自然科学の玉座を占める」（竹内時男「自然科学の非常時」『改造』一九三三・一）という評価が確立されていた。その理由は幾つかあるだろうが、なかでもやはり大きな要素となっているのは、理論物理学が現象世界への問いを最も原理的に突き詰めたものとみなされていたことであろう。この点は、本書のなかでもたびたび触れていくことになる。

(29) 關口鯉吉「科学とジャーナリズム」『文藝春秋』一九三一・四。

(30) その最も象徴的な出来事が、一九二二年のアインシュタイン来日に伴う一連の〝相対性理論ブーム〟であろう。そのあらましは、金子務『アインシュタイン・ショック——日本の文化と思想への衝撃』（第二巻、岩波文庫、二〇〇五・三）に詳しいが、そこでは明らかに似非科学と思われる言説群もまた、自然科学的な権威を借りて同時代の論壇・文壇を横行していた。もっとも、村上陽一郎が述べているように「「アインシュタイン現象」とでも言うべき一連の出来事は、物理学理論としての相対性理論をどれだけの人々（無論物理学者も含めて）が正当に理解したか、という点はともかく、理論物理学というものの持つある種の知的な「力」（その力のなかには「魅力」も含まれている）を「大文字の日本文化」の中に植え付けたことは確かであ」り、その文化史的な功罪は複合的な観点から検討が求められるものであろう（「理科系知識人の文化」『近代日本文化論——知識人』第四巻、岩波書店、一九九九・九）。なお、以上のような特殊／一般相対性理論への関心の高まりなどを背景として、広く「大正から昭和にかけての科学」が「大衆・文化・文学と様々な方面へ影響を与え」ていたことについては、城所弘美「科学の時代と文学——大正から昭和へ——」（『立教大学日本文学』第一〇九号、二〇一三・一）にも指摘がある。

(31) このような昭和初期の論壇・文壇が享受した理論物理学の二面性は、G・ドゥルーズとF・ガタリによる記念碑的著作『千のプラトー——資本主義と分裂症（下）』（宇野邦一ほか訳、河出文庫、二〇一〇・一一）における「王道科学」と「遊牧科学」の類別を想起させる。ドゥルーズ＝ガタリは、「王道科学は遊牧的あるいは放浪的科学の内容を自分のものにすることをやめず、遊牧科学は王道科学の内容を逃走させることをやめないという相互作用の場が存在するのである」と述べつつ、次のような議論を展開する。

　科学の二つの型、すなわち科学的手続きの二つの型を対立させなければなるまい――一方は「再生する」手続きであり、他方は「随行する」手続きである。前者は再生の、つまり繰り返しと反復の手続き、後者は移動の手続きであって、後者の科学は移動的巡行的科学の総体ということになろう。移動はあまりにも安易に技術の条件に、つまり科学の応用と検証の条件に還元されているが、実際はそうではなく、随行することは断じて反復することと同じではない。再生するために随行することなどありえない。

ドゥルーズ＝ガタリが述べるように、「ある種の科学の潮流というべきものが常に存在し、その潮流にしたがうかぎり、巡行し、あるいは移動する科学は、再生をめざす王道科学に完全に組み込まれてしまうことはない」のだとすれば、まさに自然科学の方法論を内在的に突き崩す現代理論物理学は、単に現象世界の「再生」にとどまらない「遊牧」性を導くための思考装置として肯定的にとらえられるだろう。

（32）

安藤宏は「二〇世紀初頭、世界的な規模で地殻変動の進みつつあった「知」の枠組み」を概観しつつ、その運動は「文学にあっても例外ではなく、先に述べた既成リアリズムへの反逆こそは、まさにこうした世界的規模での地殻変動の一環として捉え返されるべきであろう」と述べている（「小説の新世代」『岩波講座日本文学史』第一三巻、岩波書店、一九九六・六）。本書で検討する文学者たちの試みもまた、安藤の言う「地殻変動の一環」として意味づけられるであろうが、そこには「既成リアリズムへの反逆」という文壇内部の力学がはたらいていたのはもちろん、より広い意味では、それまでに漫然と共有されていた一九世紀以前の自然科学的世界像を問いなおそうとする意志が刻み込まれていたとも言えるだろう。

I　文芸思潮と理論物理学の交通と接点

第一章　「科学的精神」の修辞学——一九三〇年代の「科学」ヘゲモニー

はじめに

一九三〇年代、日本の文壇・論壇において「科学」と「精神」というふたつの言辞が強引に縫い合わされた「科学精神」ないしは「科学的精神」という表現が多く登場しはじめる。その具体的な意味内容については、各々の論者たちによってそれぞれに違いがあるのだが、一見したところ噛み合わせの悪い「科学的精神」という語句は、一九三〇年代の言説空間において、きわめて広範な範囲で流通していた。その共時的な背景を検討してみると、そこには同時代思潮に内包されたさまざまな葛藤と屈折の痕跡を読み取ることができる。

本章では、一九三〇年代を中心に「科学的精神」——以降は「科学精神」やそれに準じた記述もその範疇に含む——という語句が用いられた言説群を跡づけていくことで、「科学的精神」という一風変わった表現のあり方が、同時代の文化・社会情勢において、どのような磁場のもとで発生したものであったのか、その成立と変転の諸相を考察してみたい。そこから、専門知としての「科学」の領分に「科学的精神」という修辞《レトリック》が施されることで、両者の包摂する概念圏域を不可避的に混淆させてしまうような言説の力学が、おのずと浮かび上がってくるだろう。

本章での目的は、論壇・文壇・科学者共同体における論者たちの意向が、相互に交響し合うことによって形成された一九三〇年代の思想圏を解きほぐし、それぞれの立場から発せられた言論の様態が、互いに緊張関係を切り結ぶ瞬間を描き出すことにある。各々の論者たちは、「科学的精神」という表現を戦略的に駆使しつつも、その表現自体が織りなす場の力に翻弄されていた。それは、同時代の言論環境において、議論の土台となるはずの「知」の制度が、複数の言表行為のなかで協働的に構築されながらも、同時にその協働性を突き崩してしまうような亀裂を抱え込んでいたことを意味している。そのような観点から導かれる考察は、一九三五年前後の「偶然文学論争」が、ついに生産性のある議論へと帰着しなかったことの理由についても、ひとつの有効な視座を提示するものとなるだろう。

一　浮遊する「科学的精神」

「科学的精神」に関する先行研究としては、すでに科学史・科学社会学の領域において、廣重徹や北林雅洋による重厚な蓄積がある。廣重は、当初「国粋主義者たちがおしつける非合理主義にたいして、科学の持つ実証性と合理性」を体現するものとして導入されたはずの「科学的精神」が、やがて「戦争目的に向けての国家全般の合理的統制が全面的に追求されはじめた」ために、「科学的精神はその公認のスローガンとして、ちまたにあふれることになる」と指摘している。[1] また北林は、同時代資料の詳細な調査によって、やはり「科学的精神」の用例がきわめて多岐にわたっていたことを明らかにしている。[2] これらの先行研究を継承しつつ、本節でまず試みたいのは、一九三〇年代の論壇における「科学的精神」の叙法を概観することで、その解釈学的な空転の諸相を改めてたどりなおすことである。

同時代において「科学」的か否かという事物の判断基準が、あらゆる「知」の覇権《ヘゲモニー》を一挙に引き受けて確立するにいたった理由のひとつは、それまでの産業構造のあり方が一律に統制化されたことに拠っている。[3] 一九三一年の六月に公布された「重要産業ノ統制ニ関スル法律」を端緒として、いわゆる科学振興の理念が国家政策の中核に据えられたことで、文化思潮の領域においてもまた、さまざまな観点からの「科学」論が要請されることとなった。さしあたって「科学的精神」とは、そのような時代情勢を指し示す特有の表現様式として意味づけることができるだろう。

もとより、従来の「精神」という術語自体が、近代西欧の「科学」的な思考体系と重なり合うものではなかった。「東洋文化は精神方面に重きを置き、西洋文化が自然科学の方面、所謂実学の方面を尊重するのとは、大分、相違がある」という渡辺銕蔵の言葉は、きわめて単純で図式的なものであるにせよ、今日でもたびたび比較文化論的な特性として定型的に反復されている文句であろう。[4]

したがって、一九三四年前後を境として「日本精神」という言葉が急激に論壇に普及していった際にも、そこには多かれ少なかれ「知育偏重」の風潮に対する排撃といった、反-西欧近代的な理念が背負わされていたと考えられる。実際、『思想』の「日本精神」特集号（一九三四・五）における論考「日本精神について」で津田左右吉が述べていたように、まさに「日本精神の現はれ」をめぐる言論の類は、それ自体が西欧近代科学を「領略」するための扇動装置とみなされていたのである。

しかし、そうした論壇の風潮については、「所謂日本精神の主要潮流とは、科学的なものではなく、科学以前のものであ」るという見方、[5] あるいは「文化野蕃、非科学、無理論の好見本」[6] に過ぎないとして、左派系組織「唯物論研究会」の機関誌『唯物論研究』の論者を中心に、激しい批判にさらされることになる。[7] その際に導入されていたのが、「科学的精神」の有無という価値尺度なのであった。

廣重らの先行研究によれば、論壇において「科学的精神」という表現が広まっていったのは、数学教育者の小倉金之助が盛んにこの言葉を使用していたことに由来している。『数学教育の根本問題』（イデア書院、一九二四・三）以来、早くから「科学的精神」の育成を主張していた小倉の論説は、のちに政治的立場を同じくする思想家の戸坂潤にも多大な影響をおよぼすことになる。

左派陣営の中核を担った戸坂は、「科学的精神はまづ足下の現実を掴むべき機能を持つてゐる」と断言し、「科学的精神は日本に於てはまづ第一に、日本的現実を掴まねばならぬ筈のもの」であると述べている。[8] さしあたって、ここで用いられた「科学的精神」は、演繹的な理性によって「日本的現実」を把握するための心構えといった程度の意味であると見てよいだろう。同年一〇月号の『唯物論研究』では「科学的精神とは何か」という特集が大々的に組まれたが、そのなかで科学史家の岡邦雄は、現代を「真の科学性が隅つこの方に小さく踏みつぶされ、最も非科学的なものが「科学的」として跳梁する」時代であると評している。[9] ここからは、アカデミズムの界隈における「科学」の学術的知見とは別に、草の根から「科学的精神」を育もうとする動きが、ひとつの時代思潮として立ちあらわれていたことが了解されるだろう。

しかし、そうした左派勢力からの「科学的精神」の涵養を目指す主張は、やがて国威発揚としての「日本精神」の礼賛という文脈へとすり換えられてしまう。実際、一九三七年の国策研究会による報告書『文政改革問題に就て』では、「現代国家及社会生活に最も必須の要求の一は、科学的精神涵養である」と記され、同じように「事物に対する探求を飽くまで論理的且実証的に追窮する精神」を育むことの重要性が説かれていた。こうした作為的とも言える解釈の横領が、のちに「科学技術ノ日本的性格」を称揚する一九四一年の「科学技術新体制確立要綱」へと結実していくことは、廣重や北林によって指摘されているとおりである。

ここまで、「科学的精神」という曖昧模糊とした語句によって、同時代における「知」のあり方が囲繞されていくまでの大まかな見取り図を確認した。しかし、同時に問われるべきなのは、そのような言説空間において引き起こされた解釈のハレーションが、なぜほかならぬ「科学」性を仲立ちとして行われねばならなかったのかということであろう。そこには、実態は空虚でありつつも、その権威だけは保証されていた「科学」的なものに対する論者たちの屈折した心情を垣間見ることができる。

左派論壇の裏側で「科学的精神」の標語が拡大解釈されることで、あらゆる現象の「科学」的な理解が主張されるようになったとき、たとえば「不撓不屈の意欲を以て、人類生活を何処迄もより高くより正しく積極的に建設して行かうとする精神こそ、真の科学的精神である」といった主張が蔓延しはじめる。[10] 結果的に、こうした「科学的精神」の形骸化は、「人間の能力に限界があるにしても、尽すべき手順を、有効迅速に尽す」ことに「正しい科学精神」の基礎を据えるような言説の温床ともなろう。[11] それは、本来は専門知によって「科学」を主導する役割を担うはずであった科学者たちの側からも精力的に発せられていた。

理論物理学者の竹内時男は、一九三四年時点で「科学日本の提唱今にして愈々切実なるを覚える」と述べている。[12] 竹内の提唱した「科学日本」という文言は、一九四〇年に文部大臣に就任した橋田邦彦の「科学する心」というスローガンと縫い合わされ、[13] のちに時局が総力戦体制にまで差しかかると、たとえば同じく理論物理学者であった松井元興の「科学精神は日本精神でなければならぬ」という飛躍した提言へと継承される。[14] ここにおいて、ほかならぬ科学者たちの側から唱和された「日本精神」を賛美する言説の類によって、国粋主義的な理念が「科学」という威光をまといながら援護されていたのである。

先述した戸坂潤は、いち早くそうした科学者たちの傾向を読み取っており、「例へば吾々は有名な自然科学者の内に往々一種の憂国の士や国粋主義者を見出す」として、同時代の自然科学者とファシズムの潜在的な親和性に言及している。[15] 別の文章においても、戸坂は「科学的精神とは、現下に於ける唯物論の文化時局的形態のことだ」と断言しており、自身の社会構想の中枢をなす概念として「科学的精神」の重要性を主張していた。[16] ただし、そのような「科学的精神」の源泉を「唯物論」の思想に求めようとする左派論壇の姿勢もまた、「科学的精神」と「日本」という国家表象との有機的な連繫を否定していたわけではないことには留意しておきたい。

一九三〇年代に『唯物論研究』誌上で活躍していた秋澤修二は、「科学的精神」を「非合理的なるものと合理的なるものとを弁証法的に統一するものでなければならぬ」と述べつつも、最終的に「合理的全体主義は科学的精神と日本精神との合一なのだ」と結論づけている。[17] ここに、先に示した「科学的精神」をめぐる戸坂の言葉を結び合わせてみれば、左派論壇における「非合理」と「合理」の隔たりを弁証法的に「統一」しようとする試み自体が、多分に戦時下の機運に絡め取られてしまう側面をもはらんでいたことが窺われるだろう。

一方、すでに同時代から「科学的精神は現代思潮の関心の一つとして多大の興味をもつて見られてゐるものの様である」ことは指摘されていたが[18]、同様に「科学的精神」という言辞の意味が、各々の政治的立場によって自在に変動するものであったことについても、論者たちの多くは充分に自覚的であった。たとえば、「科学的精神とはいつの時代にも共通した同一の精神ではない」からこそ、「科学的精神は発展する精神」であるというやや強引で進歩史観的な説明は、この時期の左派論壇において広く散見される[19]。ここからは、左右両壇を問わず「科学的精神」に明瞭な定義を与えることが確信的に見過ごされながらも、なおみずからの立場こそが最も「科学的精神」を正統に継承しているという主張だけが茫漠と重なり合う力の場において、同時代言説のマトリクスが編成されていたことが読み取られよう。

ならば、こうした「科学的精神」の多面的な拡がりを考察するためには、論壇内部における政治的な係争とともに、より広く文学者や科学者共同体の思惑をも含み込んだ、総合的な言論環境のあり方を踏まえておく必要があるはずだ。「知」の座標軸としての「科学」が、「科学的精神」という表現によって拡大解釈の余地を招いてしまったのだとすれば、そこにはむしろ、そのような言表行為を可能にさせるための、一種の修辞学的な問題系が介在していたと見るべきであろう。次節では、そうした背景を踏まえつつ、考察の力点を文芸思潮の領域に転じてみたい。

二　文学者と「科学的精神」

本節では、文壇における「科学的精神」の叙法を検討するために、新感覚派の旗手として名高い中河與一の言説群を検討したい。そこには、前節で見たような「科学的精神」の多面的な様態のあり方が、きわめて象徴的に示されているからである。[20]

中河が自然科学の学術的知見を文壇に導入することに意欲的であったことは、中河が編集を務めた雑誌『新科学的』創刊号（一九三〇・七）の巻頭を飾った「文学に於ける最も新鮮なる発展――これは二十世紀の科学的方法に於て初めて可能である」という宣言文に示されている。もっとも、そのような科学主義者としての中河の相貌は、「形式主義文学論争」から「偶然文学論争」にいたる道筋を経て、「科学」の水準から「精神」の水準へと、徐々にその論点が移行していったというのが、従来の研究史における大まかな理解であろう。だが、実際には「偶然文学論」の嚆矢とされる「偶然の毛毬」（『東京朝日新聞』一九三五・二・九‐一一朝刊）発表よりも以前に、中河は「科学」の思考に内在する「精神」的な側面の重要性を説いていたのである。

たとえば、「科学とロマン」（『読売新聞』一九三二・一・一二朝刊）などの文章のなかで、中河は早くから「未知に対する絶えざる追窮の精神」（傍点引用者）に「科学」の「ロマン」主義的志向を読み取っている。一九三〇年代前半の文壇周辺においては、「知的浪漫主義」や「科学浪漫主義」といった独特の標語が広く用いられていたが、それはまた「科学的精神」という表現と同時代思潮との親和性を、間接的に証し立てるものでもあろう。[21]

その後、「文学の不思議【一】」（『読売新聞』一九三四・三・三朝刊）では、「文学といふものは長い間科学と反発して来た」と述べられ、「一人や二人の人間が真実に科学の精神といふものを理解し、そこに生活の理論を置いて新しい文学をやつても、それは余計ではないと思ふ」（傍点引用者）と綴られる。ここで中河は、「生活に対する根本的な態度と理論を喪失してゐる」ことを憂いつつ、その革新の可能性は「科学の精神」の醸成によってひらかれるものであると述べている。そのような文学的理念は、同年における次の引用にも読み取ることができよう。

　即ち今日の真実とは「正確に見る事によつてものゝ不思議にまで到達する」事であると考へてゐる。これは科学の精神であり新文藝の精神である。（…）だがこゝでいふ不思議とは神秘主義ではない。真実の真実である。真実といふものゝ偶然性といふものは、既に今日の科学さへが、その概念としてとりあげてゐるものである。そこでは正確《マ》が藝《マ》に到達し、二つが一つになる。何よりも従来のリアリズムが破壊せられる。(22)

中河は、「科学の精神」が「神秘主義」として処理されるべきものではないことを強調する。「真実」を探究することの一点において、「科学」は「新文藝の精神」と貼り合わされることになる。その綱渡りのような類比関係は、翌年の「偶然文学論」において、不確定性原理の学術的知見を、自身の文芸領域に援用する理路を確保するための下地ともなりえていよう。

「偶然文学論」において、中河は途中若干の修正を挟みつつも、不確定性原理を世界認識の仕方に導入することに意欲的な姿勢を見せていた。中河は「科学さへが自然の無限と不可知とに驚いてゐる」ことを指摘しつつ、「偶然」の論理が「文学の中に於ける空語ではな」く、「最も深奥なる文学精神の根本にさかのぼらうとするものである」ことを強調している。(23) ここでやや唐突に挿入された「文学精神」という言辞が、前出の「新文藝の精神」や「科学の精神」の理念を継承したものであることは明らかであろう。

もっとも、「偶然」の論理と小説作法の交点を探究した「偶然文学論」については、一九三五年の論壇・文壇で広く議論を呼び起こしたのだが、翌年の前半にはすでにその論争は大方終息を迎え、中河にはその後、急激に古典回帰的な言動が目立ちはじめていく。だが、そこで強調される「精神」もまた、単純に「科学」の理念と対置されていたわけではない。

たとえば、中河が再び編纂した雑誌『文藝世紀』創刊号（一九三九・八）の論説「西洋と東洋を包摂するものとしての日本」においては、「日本の性格の中に印度よりも支那よりも科学的思考力の素質があつた」と述べられ、「今日の科学精神」が「肯定的思考の方法」として承認されることになる。ここで中河が、西欧的な「科学」への対立項として、非合理的な「精神」性を持ち出すのではなく、むしろ日本人がいかに「合理的性格」を保持しているかを述べ立てているのは示唆的であろう。同号の「編集後記」には、「吾々は機構がどうしたとか、政治がどうしたとかいふ前に、先づ人間精神の問題を解決しなければならぬ」と記されており、時局における中河の立場が鮮明に打ち出されているが、そこにもまた「科学」的であるかどうかという権威の枠組みが忍び込んでいたのである。

中河の発想においては、今日からはとても「科学」的に根拠づけることのできないような国粋主義的な言説もまた、「科学精神」という漠然とした表現によって裏打ちされていた。したがって、従来の研究史において共有されていた中河の右派的「転向」は、先端的な「科学」と古典回帰的な「精神」の対置関係によって説明されるよりは、そもそも中河の「科学」観のなかに「精神」論の趣向が、不可分に包含されていたものと見るべきであろう。

ここに引用した言説群において、中河は「科学」と「精神」の概念を分かつ切断線を意図的に融解させることで、そこにあるひとつの理論的な一貫性を仮構することを目論んでいる。それは、同時期の文壇における「科学」の位置づけの問題にかかわっていよう。周知のように、一九三〇年前後の文壇周辺においては、マルクス主義文学と形式主義文学の派閥が衝突し、互いに「科学」的な正統性の可否をめぐって活発な論戦が行われていた。言い換えれば、この時期に勃興した一連の文学理論の展開は、各々がありうべき「科学」性を担保とすることで、その方法論的な基盤の確からしさが装われていたのである。

言うまでもなく、自然科学の領野に本格的に参入していたわけではない文学者たちは、専門知としての「科学」そのものに言及することは難しく、必然的にその学術的知見は充分に理解されることのないままに援用されざるをえない。とりわけ、本書の序章でも述べたように、二〇世紀物理学の方法論は、総じて日常的な経験のスケールから逸脱していたために、学術的な議論が世界解釈の問題系へと容易に展開する可能性をはらんでいた。中河の言う「科学的精神」とは、そのような理論知と経験知がかつてないほどに乖離してしまった特異な状況下において、なおも自然科学という「知」の制度を囲い込むために組み立てられた特有の修辞技法であったと考えられる。[24]言い換えれば、専門分野としての「科学」に付随する権威性を借用しながらも、その実態は問わずにすむような表現戦略として、「科学的精神」という叙法はきわめて意識的に選択されていたのである。

だが、「科学」の問題を「精神」の問題として巧妙にずらしながら引き受けようとする中河の態度は、前節で見た「科学的精神」の意味論的な変容を助長する同時代の論壇事情と、結果的に共犯関係を結ぶことにもなるだろう。ならば、こうした「科学」の権威が恣意的に横領されてしまう風潮に対して、当の科学者たちの側はどのような反応を示していたのだろうか。

三　科学者共同体と「科学的精神」

本書の序章でも述べたように、一九三〇年前後は、それまで輸入されてきた種々の自然科学の学術的知見をめぐって、広く普遍化・大衆化が叫ばれた時代であった。その象徴的な意義を担っていた雑誌こそ、理論物理学者の石原純や寺田寅彦らによって岩波書店から創刊された『科学』である。「創刊の辞」（一九三一年四月号）において石原は、「一方に於ては一つの専門的研究に従事する学者の為めに他の分科に於ける重要なる最近の進歩を知らしめて学者としての常識を補ひ、他方に於ては現に活躍しつゝある学界と、之を取り遶る一般社会竝びに特に将来の学徒たらんとするものとの間によき連絡を保たしめんがためには、是非とも之に適応した一般科学雑誌が必要である」と述べ、雑誌編集の方向性を明確に打ち出している。『科学』は、この後アカデミズムとジャーナリズムの中間地点において、着々と存在感を増していくことになる。

本節ではまず、『科学』一九三一年八月号の「寄書」欄で展開された、岡邦雄と菅井準一のやり取りを見ておきたい。岡は、前号に掲載されていた菅井の論考「物理学に関する理想主義史観」に対して、「氏は〝理想主義史観〟なるものを掲げて〝時代と階級とを超えて揺ぎない科学精神を史的発展の裡に獲得する〟と見得を切つてゐるが、抑も科学の史的発展は如何なる基礎の上に行はれるのか、其〝史的発展〟の裡に獲得せらるべき〝科学精神〟とは如何なるものか」という疑義を示した。[25]その応答として、菅井は同号で「私も亦科学精神が主として応用自然科学に於いてブルジョア階級、特権階級、有閑階級の為に歪曲されて来た事を認めるものであり、それ故に科学史に於いて科学精神の歪曲され、甚だ希薄にされた時代があまりに多分に存した事を事実として承認してゐるものである」が、「それにも係らず、科学精神はあく迄も自然科学の最後の根拠として、かゝる歪曲的、脱線的傾向に対する克服的指導原理として現時迄残つたのである」と切り返す。[26]

一般雑誌の体裁を取った『科学』誌上においてなされたこのささやかな応酬は、本章での論旨にとってきわめて興味深いものである。編集を統括していた石原は、この論争の次号巻頭において、「近時のイデオロギー論者は、之こそ自然科学の弁証法的発展を示すものであるとして、謂はゆる〝弁証法の試金石〟を自然に求めようとさへしてゐる」ものの、「弁証法なるものは一種の論理的形式であつて、それ自身何等自然に関与すべきものではない」と注意を促している。[27]だが、その一方で石原は、さらに数ヵ月後「科学の物質的効果と共にその精神的効果をも十分に顧みることは、決してブルジョアたるとプロレタリアたるとを問はない」ものであり、「科学者と雖も、社会的イデオロギーを有さねばならないであらうし、又単なる科学研究の機械であるよりもより多く人間であらねばならなかつたであらう」とも述べていた。[28]『科学』刊行の責任を受け持った石原は、科学者共同体の一員として学術的知見を安易に政治利用することを戒めながらも、その社会参画の意思自体はむしろ奨励するような身ぶりを見せてもいたのである。

翌年一月号の巻頭において、「科学研究助成私見」（M・K）と題された随想が掲載される。そこでは、「科学知識の普及と科学的頭脳の発達、科学知識の蓄積と科学精神の練磨との区別」をつけるべきという主張が展開されていた。こうした言説は、一見したところ「科学知識」と「科学精神」の厳格な峻別を述べ立てながらも、一方では「科学精神」の発露自体を認めることによって、結果的に科学界において「科学的精神」という表現の普及を促す契機ともなりえていよう。[29]その後、同年六月号

「我国科学の地位」（無署名）では、「今日の政治の危機は主として経済の難局に由来」し、また「経済的基礎」は「科学の上に築かれねばならない」以上、「敢て科学的精神の高調を叫ばないではゐられない」ことが宣告され、以降の『科学』誌においても「科学的精神」が濫用される事態を招き寄せることになる。

一九三四年一二月号「〃科学〃の使命」（無署名）では、『科学』編集の方針について、改めて「専門以外の人々に専門的な新知識を拡めることを目的とすると共に、他方では単なる通俗的な解説を主とする雑誌と異つて、どこまでも科学の主体たる研究的精神を明らかにすることに努力したいと思ふ」という抱負が語られている。ここにおいて、かつて「知識」と「精神」という大雑把な二元論で棲み分けられていた「科学」の学術性は、まさに「研究的精神」の向上という曖昧な修辞《レトリック》によって、その専門知としての側面が無効化されていくのである。

このようなかたちで、科学者の側が「科学」と「精神」の有機的な連携を積極的に引き受けていったことと、論壇の周辺で「科学的精神」に仮託される意味内容の操作が作為的に行われはじめたことは、ある程度相即させてとらえることができる。その端的な事例として、後述する「偶然文学論争」の共時的な背景を考察するために、この時期の量子力学の分野において、ひとつの流行現象を築き上げていた不確定性原理をめぐる解釈問題について、論者たちの見解の相違を瞥見しておきたい。

先述した唯物論研究会では、内部機関として「自然科学部門研究会」が組成され、『唯物論研究』誌上で定期的に成果報告がなされていたが、一九三三年八月号では郷一の「因果律について」と題された長編論文が掲載されている。富山小太郎をはじめとした、他の科学者による「因果律」の概念が批判的に検討されていくなかで、郷は「因果律は新しい運動形態の発見と共に主張を新たにして歴史的に前進すべきものである」と述べ、不確定性原理を「新因果律」への前進の一過程としてとらえ返している。同年には、ほかにも吉田斂「因果性と法則性」(『唯物論研究』一九三三・五)や菅井準一『岩波講座哲学――哲学と自然科学との交渉』(岩波書店、一九三三・五)などの論考において、同じく「因果律」の発展史が通時的に紹介されている。

郷たちの述べる「因果律」の概念が、明らかに唯物弁証法的な歴史認識に支えられていることは言うまでもない。郷は、別の文章でも他の科学者たちの穏当な「因果律」理解を否定し、「旧因果律は量子現象記述によつて限界を示され、量子現象記述を包括しえた新因果律によりて止揚される」とまで言い切っている。[30]

だが、不確定性原理の学術的知見が、ただちにそのような解釈問題に収斂するものではないことは、ほかならぬ自然科学者たちの側から幾度も警鐘が鳴らされていた。[31] 郷が批判した理論物理学者の富山小太郎は、不確定性原理が従来の「因果律」を転覆するものであるという表層的な理解を真っ向から退け、量子力学の確率論的な機制を「因果律と称すべきや否やは我々にとつて興味ある問題ではない」と、その哲学的な解釈にはきわめて控えめな姿勢を見せている。[32] 同じく理論物理学者である桑木或雄もまた、「現象の基本たる電子の位置、速度が正確に決定されなければ因果律の成立が疑はしくなるのは当然である」と述べてはいるものの、「このh〔今日で言うプランク定数のこと――引用者注〕を限界とする原理」を「生物学や、自由意志の問題に関聯させて論ずるものも多いが、或る人は、量子論は建築中であるからその建築場へ「無用の者入るべからず」特に哲学者の入り込むのは禁物であるなどと云つてゐる」とつづけ、[33]「自由意志」に関する神学論争に介入することに慎重な立場を崩していない。[34]

このようにまとめてみれば、左派論壇による不確定性原理の解釈フレームは、まさに自然科学の研究成果が恣意的に換骨奪胎される同時代の思潮動向と共鳴していたことが読み取られるだろう。元来、「知」の準拠枠としての「科学」性を標榜するために流通していた「科学的精神」という表現は、科学者共同体においても大方好意的に認められていた。しかし、それは結果として、不確定性原理をはじめとした種々の学術的知見に対する見方までもが、「科学的精神」の多寡で推し量られるような言論環境の到来を、間接的に援護してもいたのである。

もちろん、専門知としての自然科学の理論が、ある種の政治的な戦略性をまとって意図的に利用されること自体は、取り立てて珍しいことではない。だが、そうした意味内容の空転を、あたかも「科学的精神」の賜物として正統化するような言説布置の誕生は、左派論壇における「科学」の解釈問題を超えて、そもそも科学者共同体においてゆるやかに共有された「科学」性という価値尺度のあり方自体を、当の科学者の側から簒奪してしまうことにもなりかねない。その一例を引用しよう。

そのいちばんいゝ証拠は専門の科学者――とりわけ自然科学者――がしばしばおどろくべき程度において科学的精神を欠いてゐるといふ事実である。我々はその専門では有能な科学者がひとたび社会とか文化とかいふ問題になると想像もできぬやうな非科学的な考へを抱くのを見出す。これは科学のためにも社会のためにもあまり喜ぶべきことではない。(35)

論壇における「科学的精神」の拡大解釈は、皮肉にも科学者の側に「科学的精神」が欠如しているといった、やや滑稽な言説までも生み出すことになった。ここにおいて、明らかに自然科学で扱われるべき問題系を逸脱した社会的・政治的な諸現象を語る際にも、「科学的精神」というあやふやな価値尺度が導入されるような転倒した状況が到来しつつあったのである。[36]

この時期の言説空間を俯瞰してみると、「科学的精神」という表現がきわめて多様な企図によって濫用されながらも、「科学的精神」という表現自体を否定するような言説の類は、意外なほど数が少ないことに気づかされる。「科学的精神」という修辞技法によって、「科学」の専門性を括弧に入れたままに流通させようとする試みは、この時期の文壇・論壇と科学者共同体のあいだで、奇妙な思惑の一致を見せていた。だが、そのようなかたちで伝播した「科学的精神」の叙法は、同時に自然科学の領分が担っていた「知」の判断基準としての側面についてもまた、その存立機制のあり方を内側から切り崩してしまうのである。

本節では、従来の「科学」から切断された「科学的精神」という表現の確立によって、不確定性原理に代表される学知が俗流に解釈されていくまでの過程、ならびにそのような科学者共同体の領域とは異質の地平にひらかれた「科学」をめぐる方法論的な趣向が、同時代ジャーナリズムのなかでいびつなかたちで顕在化するまでの道筋を確認した。次節では、これまでの考察を踏まえながら、その錯綜した時代状況のうねりが端的に照射された事例として、先述した一九三五年前後における「偶然文学論争」のたどった経緯をとらえ返してみたい。

四　「偶然文学論争」の混成的位相

中河與一によって提唱された「偶然文学論」は、発表当初から今日まで、さまざまな毀誉褒貶に曝されつづけてきた。近年の先行研究に限っても、たとえば中村三春は、「偶然文学論」が「旧来の唯物論と観念論、リアリズムとロマンティシズムとを超克し、それらを統合した全く新しい境地」をひらいたことを評価している。[37]一方で真銅正宏は、そのような二元論が「共存し得る」可能性を指摘しつつも、それは同時にマルクス主義文学論に向けられた「反対項の提出による議論の活性化」という目的論的な側面があったとまとめている。[38]黒田俊太郎もまた、「浪漫主義的リアリズム」との比較という観点から「「真実」を追究する「リアリズム」と「不思議」を追求する「ロマンチシズム」」は、「矛盾なく並存しうる」ことを指摘している。[39]

三者の立場は、それぞれに重要な論点をはらんでいるものの、従来の二元論的な体系を「超克」ないしは「共存」＝「並存」させる試みとして「偶然文学論」の意義を価値づけようとする着想自体は、各々に共通したものと言えよう。だが、その批評的な射程を詳細に吟味するためには、中河自身の立論に即して「偶然文学論」の論理構造を把捉することとは別に、そのような「偶然」をめぐる言説布置の成立を可能にさせた時代情勢のあり方もまた、改めて検討される必要があるはずだ。

本節では、「偶然文学論争」における各論の「科学」的な妥当性ではなく、むしろその妥当性を根拠づけていた思考の条件にこそ焦点を当ててみたい。前節までの議論を踏まえれば、一連の論争は、互いにありうべき「科学的精神」を模索するための一種の協働営為でもあったことが了解されるだろう。

たとえば「偶然文学論争」の焦点は、概して量子力学の解釈問題に収斂されるものであったが、先にも見たように同時代の量子力学は、その理論的帰結がいかようにも解釈できたがゆえに、論者たちは自在に各々の問題意識をそこに充填することが可能となっていた。この点を踏まえつつ、各々の応答のなかに介在していた表現様式の特性を概観していこう。

まず強調しておきたいのは、「偶然文学論」への左派論壇からの批判は、総じて「科学」という術語に付随する「精神」性自体を否定するものではなかったということである。たとえば、『唯物論研究』初代編集部長として論陣を張っていた三枝博音は、「偶然文学論」に対して厳しく論難しつつ、「若し強ひてハイゼンベルクの科学思想から、ロマンティーク的昂揚性を汲みとりたいなら、彼の飽くなき認識欲、自分をコロンブスに譬へるほどに新しい世界への発見に憧れてゐるその科学精神に、留意すべきである」と揶揄している。(40)

興味深いのは、ここで三枝が、「偶然文学論」の「精神」性を批判するのではなく、むしろ「科学精神」が不徹底であると述べていることであろう。論説の末尾において、三枝は「偶然の新しい重要性が石原氏〔石原純のこと——引用者注〕の言はれるほどにあるものなら、物理学説の発展と相俟つて偶然論を展開されんことを望みたい」と述べ、「科学精神」を正しく継承しているのがみずからの陣営であることを暗に主張している。

こうした批判に対して、中河もまた「平生「科学、科学」と連呼しながら如何に科学的精神に欠如してゐるかといふ事はこの一節〔森山啓の文章——引用者注〕を見ても充分にわかるのである」と述べつつ、「科学精神の欠乏と、誤謬と、獨断と、その薄弱な論理的根拠は殆ど今日の新らしい論理には堪へないものであると感ずるのである」と、「科学精神」の可否を焦点とすることで左派論壇の主張に反撃を試みている。(41)言わば、一連の「偶然文学論争」とは、どちらの陣営がより真なる「科学的精神」を理解しているかという、きわめてヘゲモニックな言説空間においてなされたものだったのである。

これらの応酬に示されるように、「偶然文学論」をめぐる解釈フレームの揺らぎは、各々の論者たちが持つ「科学」観自体を、図らずもあぶり出してしまうものでもあった。事実、「偶然文学論」に対する左派論壇からの批判は、その多くが「科学」的な正統性の可否に集中していたのである。以下、本章での論旨にかかわる範囲で、その反駁を瞥見しておきたい。

最も激しい批判の勘所となったのは、いわゆるマルクス主義科学に対する理解度の浅薄さに対するものであった。先述の戸坂は「偶然の客観的な存在を認めないやうな唯物論は機械論のことで、マルクス主義的唯物論とは正反対なものだ、といふことを知らないことが、この偶然文学論者や偶然論者の作戦の誤りだ」と切り捨てている。[42]マルクス主義科学が即座に機械論的な唯物思想と結びつくものではないことは、岡邦雄をはじめとする他の論客からも繰り返し強調されていた。[43]

ただ、併せて見過ごしてはならないのは、そのようなマルクス主義科学に対する中河の解釈の甘さを糾弾する言説が、同時に「科学」全般に対する中河の理解度の低さを糾弾する言説へと、無前提につながってしまう土壌が形成されていたことである。「偶然文学論」に対して、戸坂はいち早く「その偶然性そのものが、今日の文学界では、決して科学的に整頓された範疇ではないやうである」ことを指摘しているほか、[44]森山も偶然論が「すぐに「不確定性原理」へ飛びつき自然の法則を否定し、不可知論にも和してゐられる」と、その論証の短絡性を手厳しく指弾している。[45]三枝もまた、不確定性原理は「因果律に安らつてゐた古典物理学の発展のなから《ママ》生れた」ものであり、「偶然論を正しく理解するには、近代科学に伴ふてゐる必然論を究明するにしくはない」と述べていた。[46]この論説において、三枝はマルクス主義科学ならぬ「近代科学の本性」に対する中河の無理解をあげつらっている。

要約すれば「偶然文学論」は、日常空間における生き生きとした「偶然」性を再考するための契機として不確定性原理をとらえ返す発想だとまとめられるだろう。実際のところ、その主張自体は、左派論壇においても何ら否定されるものではなかった。岡もまた「不確定性原理に似たやうなことは吾々の社会生活に於ては日常絶えず起こつてゐること」であると認めている。[47] だが、同じ学術的知見を起点としていたはずの現象世界の「不確定性」は、岡の「科学」観においては「自然の弁証法に外ならない」ものとして、むしろ唯物史観を裏書きする文学的理念として再定位されることになる。[48] このような見方は、それまでの理論物理学が「嘗て一度も弁証法に発展したためしが無い」といった中河の「科学」観と、鮮やかなほどの好対照をなしていよう。[49]

現象世界の遊動性を主張する「偶然文学論」は、左派論壇において甚だ受け入れがたいものであった。だが、その批判の力点を学術的知見の〃正しさ〃に還元してしまったとき、それは詰まるところ、論争の最終的な勝者が判定される審級を、専門知を占有する科学者共同体に委譲することにならざるをえない。だからこそ、左右両壇において「科学」と「精神」の問題を混淆させてしまうような言説布置が、互いの政治的立場を超えてある種共犯的なかたちで成立することになった。それは、学術的知見にもとづいた狭義の「科学」性と、そこから逸脱する広義の「科学」性が、もはや分割できないほど混然一体となって、この時期の言説空間を支配していたことを意味してもいよう。

ここで示したように、中河と左派陣営の量子力学理解は、前節で見たような「因果律」の破綻という観点に限ってみれば、それほど遠く隔たっていたわけではなかった。しかし、そこから析出される世界認識の仕方は、完全に断絶してしまっている。ゆえに、今日の眼からとらえた一連の「偶然文学論争」は、論争の焦点が明確に絞られないままに、互いにうまく噛み合っていないような印象だけが残されることになるだろう。そこには、左右問わず両陣営が依拠していた「科学的精神」の共約不可能性が、確かな強度をもって伏在していたのである。

先にも名を挙げた真銅は「「偶然」および「必然」の論が、昭和一〇年前後にさかんに議論された、あるべき小説像をめぐる問題、及びその背景に認められる世界観の相違の問題を鋭く突いていたことを示している」と述べつつ、この論争がある種の「代理戦争」となっていたと指摘している。[50] だが、同時に問われなければならないのは、当の論者たちが、互いに「科学」という思考の基盤に寄り添う姿勢を見せながらも、そこにあった「知」の制度自体へと遡行する問いを周到に回避することでしか自説を展開できなかった事態の意味である。

「偶然文学論争」は、もとより論争の内容に主眼が置かれていたわけではなく、論争を通じて各々の「科学」観を開陳することが自己目的化した一種の見世物《パフォーマンス》となりえていた。結果的に、「科学的精神」をめぐる一連の論説は、各論の妥当性とは別の水準で、「科学」の学術的知見が論者たちの世界認識の仕方と一直線に結びついてしまうような時代思潮の到来に、半ば戦略的に同調していたとも言えよう。その意味で、これらの論争の内幕には、「科学」と「精神」の概念圏域を綯い交ぜにしてしまう文脈が介在していたとともに、そこに生じた不可避的な軋轢もまた、見事なまでに集約されていたのである。

おわりに

本章では、一九三〇年代の言説空間を横断的にとらえることで、そこに示される論者たちの表現戦略の往還関係を明らかにすることを試みた。考察を通じて浮かび上がってきたのは、それぞれの政治的意向を反映しつつも、同時に複数の立場を越境して機能する「科学的精神」という「知」の土台が、決して単一の思惑に収斂されることのないままに、多方向的なねじれを取り込みながら形成されていくまでの重層的な回路である。

国粋主義イデオロギーは「非合理」的な情念を賛美し、良識的な知識人たちは「合理」的な思考によってそうした時局に立ち向かう――。このようなスキーマに同時代言説を配置してみたとき、それらに内包されていたはずの運動の厚みは平板化され、その存立機制のあり方は覆い隠されてしまうだろう。[51] そこに複雑に絡み合うかたちで出来した言説相互のダイナミズムは、実際に各々の表現が運用される共時的な背景を念頭に置かなければ、その実態を考察することができないものである。

「科学的精神」の謂いが、明確に共有化された意味内容を持たずに同時代思潮の間隙を浮遊しつづけていたのは、それが知識人たちの政治的言明における根拠の正統性を補綴するために、絶好の意匠として導入された表現戦略であったからにほかならない。「偶然文学論争」の争点が、おしなべて錯綜し、読み手を当惑させるのもまた、そもそも彼らがはじめから論争の内実に力点を置いておらず、むしろ各々の世界認識を基礎づけていた「知」の判断基準の表明にこそ、その主張の核心が据えられていたことに拠っている。その意味で、「知」の普遍性を標榜していた「科学」の理念が、実際にそれが流通する言論環境において、各々の思惑を同時並存的にはらみながら、上滑りしつつ享受されるまでの道筋を再検討してみることは、そこに潜勢していたさまざまな修辞《レトリック》の問題系を可視化する契機となるだろう。

［注］

（1）廣重徹『科学の社会史（上）――戦争と科学』岩波現代文庫、二〇〇二・一二。また、岡本拓司『科学と社会――戦前期日本における国家・学問・戦争の諸相――』（サイエンス社、二〇一四・九）や「科学的精神か科学精神か――基本国策要綱から科学技術新体制確立要綱へ」（『哲学・科学史論叢』第二一号、二〇一九・二）にも、「科学的精神」という概念の成立にかかわる重要な指摘がある。

（2）北林雅洋「「科学的精神」論から「生活の科学化」へ――科学観の社会的定着に着目して――」『人口と教育の動態史』木村元編、多賀出版、二〇〇五・二。

（3）辻哲夫は、昭和初期という時代において「科学技術が、軍事・生産・行政などあらゆる機能を推進する最も強力な手段として、大きく社会的関心の的になった」ことから、「限られた個々の専門的職業にとどまらず、いまや多様な国家的任務をになう社会的存在としての本性をあらわにした」と指摘している（「まえがき」『日本科学技術史大系』第四巻、第一法規出版、一九六六・三）。

（4）渡辺鋳蔵『日本の力』章華社、一九三五・二。

（5）岡村隆雄「「日本精神への志向」への瞥見――『理想』一月号を読む――」『唯物論研究』一九三四・二。

（6）坂本三善「『思想』（特輯日本精神）五月号における論文二三を取りあげて」『唯物論研究』一九三四・七。

（7）金森修によれば、雑誌『唯物論研究』は「〈我が国の科学思想史・史〉の一つの山場」と評されるほどの影響力を持つ機関誌であった（「〈科学思想史〉の来歴と肖像」『昭和前期の科学思想史』金森修編、勁草書房、二〇一一・一〇）。

（8）戸坂潤「科学的精神とは何か――日本文化論に及ぶ――」『唯物論研究』一九三七・四。林淑美は、戸坂の言う「科学的精神」について「日本人の心を籠絡する復古主義的な日本文化論、その根本をなす日本主義思想、その背景にある歴史の捏造に〈科学的精神〉を対置しようというのである」とまとめているが（「解説――批評の科学性」『戸坂潤コレクション』平凡社ライブラリー、二〇一八・一）、時局においてそれは、皮肉にも「理性」を重視した当局の科学技術体制に重なり合う側面を有してもいたのである。なお、戸坂の「科学的精神」論については、津田雅夫『戸坂潤と〈昭和イデオロギー〉――「西田学派」の研究』（同時代社、二〇〇九・八）からも大きな示唆を得た。また、笠井哲は「「科学精神」の真髄をなす実証的な精神とは、何も狭いラボラトリーの中に閉じ込められるものではない」と述べつつ、「その精神が、さらに虚偽意識としてのイデオロギー批判にまで拡大されると、「科学的精神」、「技術的精神」となる」と指摘しており（「戸坂潤における「科学的道徳」と「技術的精神」」『福島工業高等専門学校研究紀要』第五二号、二〇一一・一二）、本章での議論もそのような見立てを踏襲している。

（9）岡邦雄「「科学主義」と科学精神」『唯物論研究』一九三七・一〇。

（10）篠原雄「時局と科学的精神」『科学画報』一九三七・一一。末川博もまた、「科学的精神はあらゆる方面の学問において培はれて来たものともいふことができるであらう」と述べている（「科学への用意」『中央公論』一九四〇・七）。

（11）K・N「科学的精神とは」『科学朝日』一九四二・一。

（12）竹内時男『科学精神講話』章華社、一九三四・九。竹内は、その後も『新兵器と科学戦』（偕成社、一九三八・一〇）などの著作で国粋主義的な主張を明確に打ち出していくことになる。『科学眼』（皇道青年教育会、一九四二・一〇）の冒頭では、「日本伝統の精神を科学に生か」すことが「新科学精神であらう」と述べられている。

（13）橋田邦彦『科学する心』（教学局、一九四〇・一〇）では、「科学する心といふことは、最近色々な方面でいはれる「科学精神」といふことに同じ」と述べられている。なお、「科学する心」という表現もまた、この時期の論壇・文壇において広く用いられていた。たとえば、「科学する心は真実を愛する心であるが故にそれはいづれの人の心にも宿るものと云はなければならない」などはその好例である（内山孝一「科学するこゝろ」『科学ペン』一九三九・六）。この点の思想的背景については、岡本拓司「戦う帝国の科学論――日本精神と科学の接合」（『帝国日本の科学思想史』坂野徹ほか編、勁草書房、二〇一八・九）に詳しい。

(14) 松井元興『科学と日本精神』績文堂、一九四四・七。

(15) 戸坂潤「社会に於ける自然科学の役割」『唯物論研究』一九三二・一一。

(16) 戸坂潤「再び科学的精神について――教学に対して」『唯物論研究』一九三七・九。なお、「科学的精神」と「唯物論」のかかわりについては、大正期からすでに「科学的精神とは何であるかといふに、自然科学の勃興に伴ふところの物質的実際的思想で、十九世紀の中頃に至り自然科学が勃興すると共に、此精神は見る〱盛になつて来、まづ哲学に影響して、唯物論、実証論等となつた」という指摘がある（中澤臨川ほか『近代思想十六講』新潮社、一九二四・一）。

(17) 秋澤修二『科学的精神と全体主義』白揚社、一九四〇・五。

(18) 大行慶雄「科学的精神とは何か」『科学ペン』一九三七・八。『科学ペン』は「科学精神の普及とその本質の究明」を「使命」として創刊された総合雑誌である（「編集後記」『科学ペン』一九三六・一〇）。その毎号冒頭には「科学精神」という文言がきわめて象徴的に用いられていたため、以下でその一部を引用しておきたい。

　我々は単なる科学知識の普及をのみ能事とするものでない。我々の意図する所は、科学精神に基く指導原理の下に我々日本人の生活に批判と反省とを与へ、以て栄光ある伝統に更に新なる世界的意義を求め、大いに邦家百年の大計を樹立し、いや高き日本文化を建設せんとするにある。玆に於て我々は欣然として志を同じうする江湖君子諸卿の御努力と御参加を待つ次第である。

こうした立場のもと、一九三九年七月号では「科学精神文化の建設」という巻頭言が記されており、そこには編集統括を務めたと思われる竹内芳衛の署名で「科学精神は、科学の合理性並に実証性を媒介とする伝統精神であり、批判精神であり、創造精神であるのであつて、此秋！　国力を拡充し、より高き文化を創造せんとする志求の上に最も重大なる任務を負ふものこそ、科学精神の体得者でなければならぬ事を猛省すべきである」という宣言が記されている。

(19) 石井友幸「科学的精神の具体化を」『科学ペン』一九三七・七。

(20) なお、本書の第Ⅱ部で検討する横光利一もまた、「現実界隈」(『改造』一九三二・五)や「覚書」(『文学界』一九三三・一〇)、「スフィンクス」(『改造』一九三八・五)などの随筆で「科学的精神」の言辞を用いているが、その意味内容に関しては、文脈に応じてさまざまに変転が見られる。

(21) 「知的浪漫主義」という概念の詳細については、本書の第七章を参照されたい。

(22) 中河與一「小説礼讃【三】文藝上の発見について」『東京朝日新聞』一九三四・六・一〇朝刊。

(23) 中河與一「偶然文学論」『新潮』一九三五・七。

(24) なお、文壇における「科学的精神」の位置づけについては、江戸川乱歩「探偵小説と科学精神」(『科学ペン』一九三七・一)などの議論から窺われるように、同時代の「探偵小説」をめぐるジャンル論の問題と切りはなすことはできないが、煩瑣になるためここでは割愛した。

(25) 岡邦雄「〝理想主義史観〟に就いて」『科学』一九三一・八。

(26) 菅井準一「(無題)」『科学』一九三一・八。

(27) 石原純「科学理論の進展性」『科学』一九三一・九。

(28) 石原純「科学の精神的寄与」『科学』一九三一・一一。

(29) このような主張もまた、時局において「科学的知識の養成は、同時に科学的精神の徹底を伴はなければならぬ」という言説へと回収されてしまう(無署名「科学知識と科学精神」『東京朝日新聞』一九四〇・七・二六朝刊)。

(30) 郷一「量子力学と認識論――早川氏の著書及び林氏の論文を中心として」『唯物論研究』一九三五・三。なお、金山浩司によれば、同時代のソ連においても、相対性理論や量子力学をはじめとした現代物理学の諸成果が「対立物の止揚という弁証法的唯物論の主要テーゼを確証」するものとして解釈されていたようである（『神なき国の科学思想――ソヴィエト連邦における物理学哲学論争』東海大学出版部、二〇一八・九）。こうした見方は、およそ日本の左派論壇においても踏襲されており、岡邦雄もまた「量子力学に於ける不確定性原理を以て直ちに自然及び歴史の全体を蔽ふ因果律の破綻と見るやうな人があるならば、彼も亦この誤謬の泥濘に落込むものである」と論じている（「自然科学の基礎にあるもの」『中央公論』一九三四・四）。

（31）もちろん、科学者共同体の外部においても、大島豊「岡氏の非科学的態度――因果律の問題に就て――」（『東京朝日新聞』一九三五・九・五朝刊）などをはじめとして、自然科学の理論に対する拡大解釈への批判は散見される。

（32）富山小太郎「量子力学に於ける測定の問題」『唯物論研究』一九三三・二。

（33）桑木彧雄「量子論の発達」『唯物論研究』一九三三・一。

（34）そのような状況下で、科学者共同体の側から「自由意志」の問題に踏み込んでいったのは石原純である（「神は偶然を愛する――文学に於ける偶然論のために」『セルパン』一九三五・六）。石原もまた『科学と社会文化』（岩波書店、一九三七・一二）などの著作において、「科学的精神」の有用性を幾度も指摘していた。なお、石原の具体的な活動については、本書の第二章も併せて参照されたい。

（35）宮澤俊義「科学的精神」『東京朝日新聞』一九三六・一二・一〇朝刊。小倉金之助もまた「科学者でありながら、一方科学的精神の容易に浸潤しない、精神的空虚を持つてゐる」ような人物を「その専門を一歩出づれば、最も非科学的なる迷信に囚はれる」と論難している（「自然科学者の任務」『中央公論』一九三六・一二）。こうした「科学」そのものと「科学精神」との乖離は、「科学そのものを信じないでも科学精神を信ずる」といった言説までも生み出すことになった（谷川徹三「現代に於ける神話と科学」『中央公論』一九三八・一）。

（36）田邊元もまた「所謂科学者と称せられる人々の間にも、実は真正の科学的精神を見出すこと必ずしも甚だ多くはないのである」と述べている（「科学政策の矛盾」『改造』一九三六・一〇）。田邊は、さらに「自己専門の研究に於ては顕著なる業績を挙げて居る人々が、専門以外の一般の事物に就き全く科学的思考を適用することを知らず、科学的精神とは正反対なる蒙昧主義の跳梁を観過するばかりではなく、自ら其生活行動に於て斯かる主義の産物たる迷信に沈湎して慚づる所が無い場合が少なくない」とつづける。ここから田邊は「自然科学」のみならず「文化科学」の有用性を主張していくのだが、その主張もまた「我国の世界歴史に於ける使命の自覚に裏附けられたる国民の実践的意志として動くことに由り、始めて科学的知識が主体化せられるのである」という結論へと回収されるのである。以降「科学精神」の名のもとに、科学者の研究営為を「科学論において従来とられた非歴史的、非社会的立場を現実の地盤へ引き戻すこと」、すなわち「歴史を閉め出した立場から科学を議論するのとは反対に、科学的形成それ自身を歴史的性格のものとして見る」ことを要請する言説が広く散見されるようになる（坂田徳男「科学精神と世界像――科学と歴史（第六回）――」『科学ペン』一九三九・四）。

この点について、廣重徹は小倉金之助や石原純、田邊元の論説を検討しつつ、それらはいずれも「当時の状況を科学への攻撃とみ、科学を擁護し、科学的精神の高揚をはかることがそれへの抵抗となる、とみる点では共通していた」と指摘している（前出『科学の社会史（上）――戦争と科学』）。山本義隆もまた、小倉は「ファシズムの温床と見なされる日本社会に残存する封建性・前近代性と、それに由来する非科学的精神、そしてボス教授や長老の支配する大学や学界における前近代的人間関係を弾劾し、それにたいして科学的精神にもとづく合理的な批判と、そのことによる学問と文化の健全な発展を対置した」が「その手の論理では、ファシズムと闘えないばかりか、現実に進行している科学動員・科学統制にも対決しえないことが、やがて明らかになる」と述べている（『近代日本一五〇年――科学技術総力戦体制の破綻』岩波新書、二〇一八・一）。

（37）中村三春『花のフラクタル――20世紀日本前衛小説研究』翰林書房、二〇一二・二。

（38）真銅正宏『偶然の日本文学――小説の面白さの復権』勉誠出版、二〇一四・九。

(39) 黒田俊太郎『「鏡」としての透谷——表象の体系／浪漫的思考の系譜』翰林書房、二〇一八・一二。
(40) 三枝博音「ハイゼンベルクの哲学説と偶然論」『セルパン』一九三五・一〇。なお、河田和子は「「科学的精神」の昂揚を提唱する科学者側も、当時の知識人や文学者らによってなされた知性批判を非合理と難じることはあっても、その知性批判が同じ機械論的認識に対する批判から出てきていたことは認識してなかった」と指摘しているが(「科学雑誌における批評の機能——昭和一〇年代の科学ジャーナリズムと「科学評論」」『敍説』第二号、二〇〇一・八)、一九三五年前後における左派論壇の「偶然文学論」批判を見るかぎり、やはりそのような評価の枠組みは、ある程度まで状況論的に仮構されたものと推察されよう。
(41) 中河與一「偶然論への反撃……再び森山氏並に岡邦雄氏に【二】」『読売新聞』一九三五・八・二朝刊。大島豊もまた、森山の「不確定性原理」に対する理解を単なる「独断」であるとしつつ、「氏こそ科学的に「朽ちゆく階級」に自ら属す事を望む者ではないであらうか」という批判を展開している(「「偶然論」の論争批判——森山氏の所説に就いて——【中】」『読売新聞』一九三五・八・一四朝刊)。
(42) 戸坂潤「思想界の動向」『セルパン』一九三五・一二。
(43) 岡邦雄「「偶然論」と物理学——中河氏の「童話」」『帝国大学新聞』一九三五・一〇・七朝刊。
(44) 戸坂潤「文学に於ける偶然性と必然性」『文学評論』一九三五・六。
(45) 森山啓「「偶然文学論」の苗床」『新潮』一九三五・八。
(46) 三枝博音「偶然論の批判」『文藝』一九三五・一〇。
(47) 岡邦雄「西田幾多郎と田邊元」『改造』一九三五・八。
(48) 岡邦雄「新物理学と自然弁証法」『改造』一九三三・四。また、岡は「自然弁証法」の論理構造を「文学」の領域に応用することにも自覚的であった。一九三七年に行われた座談会での発言を参照しておきたい。

科学と文学との聯関といふことを随分前から考へて来た。これはどつちもイデオロギーでせう、その二つのイデオロギーの聯関を直接つけようとしてもどうしてもつかないんだ、(所謂「科学文学」といふやうなものを唱へてゐる人たちのやつたやうな結びつけ方なら造作ないんだが——附記。)つける途はやつぱり唯物史観へゆく他ないと思つてゐる。(小林秀雄ほか「文学主義と科学主義」『文学界』一九三七・七)

ここでは「科学」と「文学」を媒介する「イデオロギー」として、改めて「唯物史観」が持ち出されている。引用文からも分かるように、岡と中河の論争の焦点は「文学」に「科学」を導入すること自体の是非にあったのではなく、むしろ「文学」と「科学」の連関の仕方にあったことが了解されよう。

(49) 中河與一「新らしい文学と物理学」『文学風景』一九三〇・六。

(50) 前出『偶然の日本文学——小説の面白さの復権』。

(51) このあたりの事情について、先にも引用した廣重徹は「国粋主義者たちの荒々しい反科学主義も、じつは科学振興へ至る道ならしのブルドーザーのようなものにすぎなかった」と指摘している(前出『科学の社会史(上)——戦争と科学』)。山本義隆もまた「後進資本主義国としての封建制の残滓や、右翼国粋主義者の反知性主義による非合理にたいして、近代化と科学的合理性を対置し、社会全体の生産力の高度化にむけて科学研究の発展を第一義に置くかぎり、総力戦・科学戦にむけた軍と官僚による上からの近代化・合理化の要請にたいしては抵抗する論理を持ち合わせず、管理と統制に簡単に飲み込まれていったのである」と述べている(前出『近代日本一五〇年——科学技術総力戦体制の破綻』)。廣重や山本は、この時期の左派論壇の近代合理主義的なイデオロギーの枠組みに、ある種の論理的な隘路があったことを指摘しており、その趣旨には本章でも大きな示唆を得たが、やはり重要なことは、そのような「合理」と「非合理」の二項図式を転倒させる言説編成のあり方を、論理的な位相だけではとらえきれない修辞学的な問題系としてとらえ返すことではないだろうか。

第二章　「現実」までの距離——石原純の自然科学的世界像を視座として

はじめに

昭和初期における文学者と理論物理学の邂逅は、従来の古典物理学的な意味での時空間表象、すなわち素朴実在論に裏づけられた自然科学的世界像への懐疑を抜きにして考えることはできない(1)。もちろん、その具体的な享受のありようについては、各々の作家たちによってさまざまな差異が生じてくるのだが、少なくとも現実概念をめぐる旧時代の思考様式を問いなおし、その認識論的な基礎づけを再検討しようとする姿勢は、とりわけ一九二〇年代から三〇年代にかけて、先鋭的な文学者たちのあいだでひとつのムーヴメントを立ち上げていた。前章から引きつづき、本章でもそのような同時代の言説空間の諸相を浮かび上がらせてみたい。

昭和初期の日本における自然科学の受容と展開については、すでに金森修編『昭和前期の科学思想史』(勁草書房、二〇一一・一〇)や金子務『アインシュタイン・ショック——日本の文化と思想への衝撃』（第二巻、岩波現代文庫、二〇〇五・三）などの重厚な蓄積がある。これら先行研究を踏まえつつ佐藤文隆が述べているように、「高学歴者の配属先としてあった「職業としての科学」」が「大衆文化の中で消費されるものにも拡大した」時代にあって、理論物理学をはじめとした自然科学の学術的知見は、この時期の文化思潮においてきわめて多面的な受容と展開を見せていた[2]。

そのような状況において、「文学」と「科学」という一見したところ対極的な両分野で、大正から昭和期にかけて多大な活躍をしていたのが石原純である。周知のように、東北帝国大学の助教授として理論物理学に関する多くの学術論文を発表し、一九二二年のアインシュタイン招聘にも尽力して、来日の際にはその通訳も担当した石原は、名実ともに日本を代表する理論物理学者であったと同時に『アララギ』派を代表する歌人でもあった。とりわけ、同じく歌人であった原阿佐緒との恋愛事件によりアカデミズムの世界を追放されて以降は、「文学」と「科学」のジャンルを自在に往還するような評論や随筆を次々と発表し、同時代の文壇や論壇における科学言説の浸透に多大な貢献をしたことは、すでに先行研究で指摘されているところである[3]。

しかし、石原によって書かれた評論・随筆の類は、同時代の「文学」と「科学」のかかわりを理解するうえで、きわめて重要な役割を担っていると見られるにもかかわらず、既存の研究史のなかでいまだ本格的な検討がなされていない。たとえば、石原の遺した膨大な文章を整理し、その活動の軌跡を体系化することに寄与した科学史家の和田耕作は、「石原純の「新短歌」創造への先駆的精神に、アインシュタインが相対性理論を創造したような革命的な、短歌における「コペルニクス的転回」を感じないわけにはゆかない」と評価している[4]。しかし、その具体的な「革命」性の内実については、単なる「コペルニクス的転回」という印象論ではなく、現実概念のとらえ方をめぐる独自の方法論的な達成としてみなすべきものであろう。

本章での目的は、「科学」と「文学」の両翼を横断しつづけた石原の活動を跡づけ、そこに示された自然科学的世界像の思想的意義を再検討することにある。それは、一九三五年前後の論壇・文壇を中心に興隆したさまざまな文学的方法論に対して、石原の提示した現実概念の影響力を改めて浮かび上がらせる契機ともなるだろう。

一　石原純の「科学」論

石原が二〇世紀物理学の学術的知見をどのように受け止め、またそれをどのように解釈していたのかについては、すでに西尾成子による浩瀚な先行文献がある。[5] 西尾は、石原の科学言説を丁寧にたどっていくなかで、特殊／一般相対性理論や量子力学といった種々の理論物理学の研究成果が石原にもたらした影響関係を、通時的・共時的な視点から明瞭に整理している。

ただし、西尾の研究書はあくまでも理論物理学者としての石原の軌跡を評伝的にまとめたものであり、その現実認識をめぐる哲学的思弁を問う企図を持つものではなかったことは留意しておかねばならない。たとえば西尾は、一九三〇年代の量子力学に対する石原の立場を、同時代のさまざまな資料をもとに詳らかにしているが、そこでは量子力学に関する「哲学的解釈に立ち入ることは意識的に避けていたようで、正統的な「コペンハーゲン解釈」の忠実な解説者にとどまっていたようだ」とまとめられている。[6]

だが、同時期の論壇誌において、石原が自然科学に対するみずからの見解を繰り返し講じていたことを踏まえてみれば、二〇世紀物理学のなかで明らかにされた種々の学術的知見に、何らかの「哲学的」な着想を読み取っていたことは疑いない。本節ではまず、石原の言う自然科学的世界像の内実を簡単にまとめたうえで、そこに繰り込まれた現実認識の要諦をとらえてみたい。

ひとつの具体的な事例として、相対性理論について石原が専門家以外の人びとに向けて書いた解説から検討していこう。石原は、アインシュタイン来日以前から、アカデミズム・ジャーナリズムを問わず相対性理論の積極的な紹介に努めており、実際に多くの読者を獲得していた。石原自身の言葉によって、相対性理論の意義は次のようにまとめられている。

我々の物理学的世界形像のなかには時間と空間とはもはや決して全く独立のものではなく、互ひに融合して唯一の四次元世界を形作らねばならなかつたこと、又万有引力はこの世界空間の歪みとして完全に云ひあらはせること、そしてこの理論の一つの帰結として我々の宇宙空間が有限の或る形体をもたねばならないことなどが、我々の前に日蝕観測に於ける一つの事実的証明と共に提示された。(7)

雑誌『改造』に発表されたこの文章のなかで、石原は「我々は既に自然科学がすべてを支配する時代を経験してゐる」ことを強調しており、そこからは確かな経験に裏打ちされた自然科学者としての矜持が窺い知れる。(8)

また、量子力学についても石原は早くから論壇・文壇へと紹介するために尽力していた。一九三一年には「嘗てアインシュタインの相対性理論が我々の思考習慣に反する種々の驚くべき関係を教へたと同様に、こゝに量子論が亦因果に対する旧概念の革新を啓示したのである」と述べ、その可能性の大きさを熱心に語っている。[9] この引用につづけて「単なる思考によつて科学は決して生れない」こと、「経験的事実と之を適当に整へる論理とが科学を導き、之を進展せしめるものでなければならない」ことを強調する石原にとって、相対性理論や量子力学の学術的知見は、単なる科学理論を超えて、既存の世界認識の枠組みに根底から変革を迫るものとして映っていたのである。[10]

もう少し具体的に踏み込んで考えてみたい。石原は、相対性理論や量子力学によって編み上げられた現実概念は、ありありと経験されている素朴な現象世界の姿かたちと、必ずしも重なり合うものではないことに対する驚きの念を持ちつづけていた。たとえば、一九二〇年代の文章を見てみたい。

> 私たちがより深く考へるならば、外界なるものも抑も私たちの認識を離れて存在するのではなく、少くとも自然科学的には、それが構成する世界形像以外に、何等の客観的な外界も成り立ち得ないわけです。従つて外界の客観的認識は之が世界形像に統一されることによつて始めて完成されるのであつて、之がために私たちが理論を必要とするに到ることは勿論なのです。[11]

石原は、眼前に広がる「外界」の成り立ちを考えるとき、人びとの経験のなかで「世界形像」として「統一」されるまでの心的過程を重視する。ここでの「世界形像」とは、後年の石原自身の言葉を借りれば「自然として現れる全体の世界に対して、それがどんな論理的構造をもつて出来上つてゐるかを、我々の頭脳のなかに現像するところのもの」であり、[12] その「統一」とは、言わば観測者の認識作用を考慮に入れることで、それまで素朴に感得されていた現実概念を、抜本的に再編成しようとする営みにほかならない。また同時に、そのようにして「外界」の存立構造をとらえなおしてみれば、先述した「統一」化の意識作用を根拠づけるような「理論」や「法則」が、必然的に要請されることにもなるだろう。ここにおいて、現実認識の仕方は大きな問いなおしを迫られることになった。このようにして組み立てられた石原の問題意識は、約一〇年の年月を経て、次のようなかたちでより洗練されることになる。

唯物論の上では、実在は我々のすべての論議を超越した客観的存在であるが、自然科学的にはその存在が必ず何等かの手段によつて実証せられなければならないのである。論理的に云つても、存在の実証せられないものを実在とするのは、単に思考的観念の所為に外ならないからである。(…)ところが、自然科学に於ては、法則の或る集積が一つの理論を形作り得るのであるから、実在が全然理論に関しないと云ふことは、既に上の事柄だけから見ても、言ひ過ぎてゐることがわかるであらう。今日我々が実在と信じてゐるすべてのものを、誰がかやうな法則や理論なしに実証し得るであらうか。[13]

雑誌『思想』一九三五年一〇月号では、自然科学に関する大規模な特集が組まれていた。その中核をなすと見られるこの論文において、石原は「唯物論の上では、実在は我々のすべての論議を超越した客観的存在であるが、自然科学的にはその存在が必ず何等かの手段によつて実証せられなければならない」とはっきり宣言している。[14] ゆえに石原は、二〇世紀物理学的なものの見方の特徴として「超唯物性」の理念を打ち出すのである。

> この点に於て今日の自然科学的認識は古唯物論のそれと明らかに区別されねばならない。後者は寧ろ唯物的本体を仮定する限りに於て、観念的であり形而上学的でさへあるのに反して、前者では純粋に経験的にあらはれる関係以外の何ものをもその認識に取り入れようとはしないのである。そしてこの関係に数理的機構を与へることによつて自然全体の再建築をそこに企及するのである。従つてこの再建築機構、謂はゆる自然科学的世界形像のなかには、もはや何らの唯物的本体をも含むことなく、全く数理的記号によつて之を表現することが可能にされるのである。それは経験以外の何ものをもあらはしてはゐないのであるが、併しそれにも拘はらずこの機構は著しく超唯物的外観を呈せしめてゐるのである。[15]

「数理的機構」によって眼の前の現実概念が囲繞されることで、その「自然科学的世界形像」は「超唯物的外観」を獲得することになる。それは、原初の経験によって把捉されていた「外界」の描像を、各人の意識作用による「世界形像」の賜物として認識論的に再編成しようとする一九二〇年代時点での試みと通底するものでもあろう。

　こうした石原の見立てが、同時代において、いわゆる唯物論的な世界認識を標榜する左派系の論客たちから糾弾の的となったことは言うまでもない。たとえば、マルクス主義の理論的な解明を目指して設立された組織「プロレタリア科学研究所」の機関誌『プロレタリア科学』では、現代物理学の「超唯物性」について、次のような反駁が寄せられている。

> ブルジョア社会に於ける産業的実践は凡て利潤取得の目的のもとに従属してゐる。このことは

直接にはいはゆる応用科学乃至は工学の自由なる発展にひとつの重大な制限を設けることになり、且つ間接には理論の実験的検証の自由な道を阻み、かくていはゆる理論科学と応用科学との分離を喚び起し、理論と実践との疎隔のために可能なる道を与へることになる。ここに「純粋に」理論的な、「物質なき」自然科学なるものが生産されるに到るのである。否、我々は進んで、今日ブルジョア社会の内部に於て自然科学は一の矛盾の存在になつた、とさへ云ひ得るであらう。(16)

ここに引用した三木清のような論者から見れば、いわゆる「科学のための科学」として揶揄されることも多い二〇世紀物理学の方法論は、総じて素朴実在論的な客観性に支えられた現実概念や、そのような「科学」観に立脚した社会認識のあり方とは辻褄の合わないものとして断罪されるほかなかった。(17)ただし、そのような二〇世紀物理学の「観念論」的な側面に石原が十分自覚的であったことは、次の引用からも明らかであろう。

物理的実在に対するかやうな見解〔「物理的実在」と「物理的量」が明確な対応関係を持っているとみなす見解――引用者注〕は、少なくとも前世紀の終り迄は普通であつて、おそらく殆どすべての物理学者は之を疑はなかつたであらうと推察される。そして自然科学が唯物論と一致すると見られた理由もまたこゝにあると思はれる。併しながら、今世紀に於て相対性理論や量子論が現はれるに及んでは、事情は少しく相違して来た。現に唯物論者によつて今日の物理学の観念論化が頻りに攻撃せられるのも、之に依るのに外ならない。(18)

こうした「物理的実在」に対する石原の見解は、おそらく同時代において広く議論を巻き起こしたアインシュタイン＝ボーア論争を受けてのものであろうが、前段に示した引用文からは、石原が眼の前の「唯物的」（＝素朴実在論的）な意味での現実概念を拡張するような思考装置として、一連の二〇世紀物理学が示した研究成果を意味づけようとしていたことが窺われる。そこに石原は、従来の古典物理学的な現実認識との断絶を見いだしていくのである。

ここまでの論旨をまとめよう。石原は、相対性理論や量子力学を、従来の現実認識を覆す考え方とみなすことによって、それら最先端の理論物理学の展開が、人びとの素朴な身体感覚に根拠づけられていた「外界」の秩序体系を、根底から打ち壊すような可能性を持ちえていることを重視した。ゆえに、そのような二〇世紀物理学の理念を極限まで敷衍させてみれば、人間世界のスケールとは異質の地平へとひらかれた、新しい現実概念の様態について考察せざるをえないことになる。

同時に、ここで併せて注意しておくべきなのは、このような石原の現実認識が、短歌を中心とした諸々の文学活動においても、同じような仕方で主張されていたことである。次節では、そのような「科学」と「芸術」のジャンルを縫合する思想的な連関のあり方について検討してみたい。

二　石原純の「芸術」論

歌誌『アララギ』創刊から脱退、そして『日光』から『新短歌』の編集にいたるまで、石原は自然科学者としての活動とは別に膨大な数の短歌作品を書き残している。また、併せて石原は、実践としての短歌創作のみならず、その総合的な理論体系の構築にも終生熱意を傾けていた。本節では、石原の示した短歌理論やその源泉をなす「芸術」観について、前節で見てきた「科学」論との関連を踏まえつつ、その核心を見定めておきたい。

周知のように、当時の歌壇で隆盛をきわめていた『アララギ』の浪漫主義的な趣向に対して、石原は率直な疑義を表明し、やがて決別にいたってしまうのだが、その過程において石原は、伝統的な韻律の定型にとらわれない「短唱」＝「新短歌」の理念を主張することになる。「新短歌」をめぐる一連の動きそのものはすぐに失速してしまうものの、まさに同時代の歌壇にあって先導的な役割を果した石原の試みは、後述するように文壇においてもさまざまな方法意識を喚起させるものであった。[19]石原の「新短歌」で耳目を引くのは、総じて韻律の破壊や文体改革の面であることが多いが、併せて眼を留めておくべきなのは、そこでは韻律の言語形式をめぐる問題とは異なった、現実概念そのものに対する発想の転換が重要な論点となっていたということである。以下、その概略を確認しておきたい。

石原は、自然科学者としての豊富な専門知識に依拠しつつ、「現実を新たに創造するための方法として、抽象と綜合的構成との両過程が必要であ」り、また「これは科学においてそうであるばかりでなく、藝術においてもまたそこに新たな現実創造の企図を行おうとする限りにおいて採らなければならない方法なのである」と主張する。[20]石原によれば、「新たな現実想像の企図」は「科学」のみならず「藝術」においても導入されるべきであり、したがって対物描写の際に要請される「主知的方法」もまた、「要素の抽象」と「綜合的構成」によって考究されるべきものであるという。

「抽象」と「綜合」による知的探究の産物として、既存の現実概念をとらえ返してみること。石原のこうした発想に、前節で見た「超唯物性」の理念との親和性を読み取ることは容易であろう。実際に、石原は芸術活動における現実認識と自然科学における現実認識を、そもそもはじめから区別していなかった節がある。

ところで一方に我々は自然を客観的に眺めるに当つて、我々はやはりその外形に接するに止まらないで、種々の科学的手段によつて之を分析し観察することに於て漸く精緻の域に進んだ。自然科学の近時の著しい発展は実に自然に対して全く新らしい形容を我々の前に展開せしめてゐる。我々人間がこの科学的自然に対して、嘗て素朴的自然に対したと同様に新たな藝術的感興を起し得ない筈は、断じてないであらう。科学の発達と共に、こゝに藝術の最も清新なる、そして現時の転向を意味づけるために特に重要なる領域が確存する。(21)

この論説のなかで、石原は「嘗て自身の主張する自由律新短歌に関して、それが科学的素材を摂取し、且つ科学的観照を取り入れることによつて、新興藝術としての意義を徹し得る」と述べている。ここで石原の提唱する「新短歌」が、素朴実在論的な現象世界とも浪漫主義的な空想世界とも異なった、独自の現実概念を描き出そうとする動機に貫かれていたことは、次の文章からも明らかである。

今日の自然科学の諸法則は、たとへ実在の関係を云ひあらはすものではあつても、之に含まれる諸概念がいかに感覚的対象そのものと異つた認識上の所産であるかを考へることは、この際我々に取つて大いに必要である。素朴的なる現実以上の現実を把握するところの秘訣は即ちかやうな機微に存しなければならない。藝術が久しく憧れてゐたところの空想は、そして美なるものの本態は、結局は現実を離れては不可能であるであらう。現実のなかに現実以上のものを求め、之を発見することこそ多くの近代主義の唯一の帰向点でなければならぬと私は思ふ。(22)

「現実のなかに現実以上のものを求め」てみたとき、既知の現実概念は足元から崩壊せざるをえない。そこに、石原は新時代の文学理論を築き上げるための契機を見いだしていくのである。(23)また、石原は「或る藝術が成り立つにはそこに何等かの知識的要素が加はらなくてはなら」ず、ゆえに「どんな藝術作品が創作せらるべきかといふことは、専らこの藝術理論によつて規定せられねばならない」と述べたうえで、「具体的現実の総合を目標とする」ような「古典藝術」に対して「近代藝術」の特質を次のようにとらえている。

ところが近代に於てはこれと反対に、現実の対象からそれの或る要素を抽象し、然る後にこれ等を綜合して、そこに現実以上の意味を創造しようとする一種の藝術的運動が起つた。これは恰も自然科学の《ママ》於て自然の中から種々の法則を抽象し、然る後にこれ等を理論的に綜合して自然科学的世界像を形作らうとするのと同様である点で、極めて興味深いものであるといはねばならない。つまりこゝでは具体的現実の綜合的な表現ではなくて、却て先づそれの抽象が目指されるのである。これが特に抽象主義又は超現実主義的な絵画文学等に於て試みられてゐるのは周知の通りである。勿論この際に於ける超現実なるものが単なる非現実であつてはならないことは、恰も自然科学的世界像が実証的自然から外れてはならないのと全く同様でなければなるまい。(24)

ありのままの現実概念から任意の要素を「抽象」することで、その「自然科学的世界像」は「現実以上の意味」を帯びはじめることになる。繰り返すように、それは自然科学の領域において石原が示した、人間の身体感覚のスケールを超脱した物理現象を理解するための「主知的方法」と、明確に共鳴したものであったと言ってよい。

ところで、和田耕作は先に示したような石原の「新短歌」を詳細に検討しつつ、「人間の創造的な「知性」を尊ぶところの「主知主義」の精神を、石原純は「新短歌」の創作および理論の基礎とした」と評している。(25) 島村輝もまた、同時代の文学者たちの活動との関係を丹念に跡づけていくなかで、やはり「歌人としての方法論の基盤に「主知主義」を据えた一人」として石原の「新短歌論」を位置づけている。(26)

確かに、石原自身がみずからの立場を広く「主知主義」の系譜につらなるものとして位置づけていたことは明らかであろう。だが、その現実認識のあり方に限ってみれば、それは同時代の論壇・文壇で広く共有された「主知主義」という思想的水脈のなかに、必ずしも還元されるものではない。

阿部知二が「知性を方法としてわれわれの感情《エモオシヨン》の前後左右にひろがる未知の世界を探究し、これに秩序をあたへて再現する」企てであると述べ、(27) また龍膽寺雄が「感情・心理を醸成せしめる知的條件を、素材主義的手法で表現した文学」と定義した狭義の「主知主義」の枠組みと、(28) 石原が示した現実概念をめぐる「抽象」＝「綜合」化の機制は、確かな親和性を持つものでありながら、若干のずれを含んでもいた。前者が、人びとのありありとした経験に確かな秩序を与えることで、みずからの知覚の起点を明晰に表現するための帰納的な方法意識の樹立を目指したものであったとすれば、むしろ石原の試みは、自然科学的な意味での「理論」や「法則」に依拠したきわめて演繹的な概念操作によって、現実概念の多面的な相貌を見きわめることにあったと言えるだろう。

このことは、のちに芸術思潮としての「主知主義」が、瀧口修造らを中心とした機関誌『詩と詩論』のメンバーを媒介として超現実主義《シュールレアリスム》の立場へと継承されたのに対して、石原がそのような潮流から一定の距離を取りつづけ、「新短歌」というかたちで自身の理論体系に独自の革新性を主張していたことからも傍証される。瀧口は「現実」を「虚無の影を持たない虚無」と定義し、私たちの生き生きとした経験のあり方を捨象した地平において、物質そのものの本来的な運動を把捉することを重視していたが[29]、それは石原の述べる「抽象と綜合的構成」による「統一」化の認識作用とは、むしろ対照的なものとしてみなすべきであろう。観察主体の知覚経験を括弧に入れつつ現実概念の成り立ちを問う「主知的方法」と、観察主体の知覚経験を「抽象」＝「綜合」化する思考原理としての「主知的方法」との差異については、なおも再検討の余地を残しているように思われる。

ともあれ本節で見てきたように、歌人としての石原は、自然主義的にありありと把捉されるような現象世界とも、浪漫主義的なものとして憧憬されるような理想世界とも異なった、主知的な「理論」や「法則」によって再構成される現実概念の記述可能性について、独自の考察を積み重ねていた。それは、一九三五年前後に興隆してきた諸々の文学的方法論に対しても大きな影響力をおよぼすことになる。次節では、これまで見てきた石原の「科学」論と「芸術」論を踏まえたうえで、同時代の文学者たちとのかかわりを追ってみたい。

三　「新しい現実」をめぐる言説布置

前節までは、石原の「科学」論と「芸術」論の骨格をたどりなおし、その連繋のあり方について検討してきた。本章で跡づけてきたような石原の現実認識を踏まえてみれば、たとえば石原自身が編纂を務めていた雑誌『科学』に掲載された、やや思弁的に過ぎるとも思われる次のような文章もまた、単なる衒学趣味で執筆されたものではないということが了解されるだろう。

自然科学的認識としての我々の世界像は個々の抽象的理論の綜合の上に成り立つものであるが、個々の理論のなかには必ずしも綜合せられたものと合致しない要素を含む。併しそれは理論の誤りではなくて、却つて専ら抽象によつて結果するのである。時間とか空間とか又はその他の根本的概念の理解にとつてこの事は特に注意せられねばならない。(30)

石原によれば、自然科学的な意味での現実概念とは、「個々の抽象的理論の綜合の上に成り立つもの」であり、もとより私たちの現実認識もまた、そのような「抽象」＝「綜合」化の機制によって知的に根拠づけられたものにほかならない。だからこそ芸術活動の領域においてもまた、石原は「文学の時代的進歩」を「文学理論の進歩」の問題と貼り合わせることで、新しい現実概念の様態をめぐる記述作法の必要性を繰り返し講じていたのである。(31)

このような石原の見立ては、同時代の歌壇において、たとえば「現実とは何ぞや、といふやうなことを幾ら議論して見たところで、それによつていい作品が生れるわけではないだらう」という反論や[32]、「新興短歌の内包的思想が客観的理智主義であり、したがつて偏唯物思想であるために、新興短歌は写生派短歌への否定テーゼを全うすることが出来なかつたばかりで無く、むしろその継続事業、進展事業たる程度に於てその任務を終へようとしてゐる」という批判にもさらされていくのだが[33]、さしあたりその特異な現実概念に対する知的探究の態度は、この時期の文芸思潮のなかでひとつの流行現象を巻き起こしたと言ってよい。

さらに、その現実認識をめぐるさまざまな議論の影響は、歌壇の内部にとどまるものではなかった。すでに同時代において、堀内通孝は「現実主義を採りあげたり、又主知主義、超現実主義などを標榜するのは、所謂文壇の動向に追随してゐるのであること」を指摘していたが[34]、ここでの「文壇の動向」自体もまた、その実質的な土台が石原の「科学」論によって方向づけられていたものであったのだとすれば、この時期の石原の活動は、同時代の文壇全体に確かな訴求力を持っていたとみなすことができるのではないだろうか。

石原の科学言説を、文芸批評という領域において初めて本格的に援用したのは横光利一であろう。詳細は本書の第六章でも扱っていくが、横光は『読売新聞』一九二九年三月一二日朝刊に掲載された「文藝時評（一）」において、石原が『改造』一九二九年三月号に寄稿した論説「アインシュタインの新学説について」を長く引用しているほか、当時盛んに議論されていた形式主義文学論争においても、石原の自然科学的世界像は理論的な支柱としてたびたび紹介されていた[35]。それは、のちの横光のさまざまな言論活動においても間接的に継承されている。

たとえば一九三〇年時点で、横光は「現実とは騒音そのものに他ならない」というやや特殊な比喩表現によって、みずからの現実認識の仕方を説明している。この論説のなかで、横光は「現実」を「時間と空間の合一体だ、としてみると、かくのごとく現実について明瞭に認識し直す機会はまたと再びない」と述べていた。[36] 山本亮介は、その方法意識の源流について「古典力学的世界観が前提としてきたア・プリオリな〈実在〉概念の揺らぎ、事物を時空間の特殊な状態の現れとするアインシュタインの理念などが、（…）「現実」を自覚的に捉え直す態度を引き出した」と推測している。[37] 山本が指摘するように、一九三〇年前後の横光にとって、現実概念についての認識論的な思索は、自身の文学理論を構築するために欠かすことのできない要素となっていたのである。

その後の横光の活動においては、周知のように「文学」と「科学」の関係についての考究は影をひそめ、むしろ広義の民族主義的《ナショナリスティック》な情念に対する興味・関心が目立っていくのだが、だからと言ってただちに現実認識の方法論的な探究を止めてしまったわけではない。一九三二年の随想では「もう一度、私たちは現実について考へ直さなければならぬ」ず、「それは、私たちが頭で考へるのか文字で考へるのかも考へずに、今まで考へられて来たその出鱈目な現実について考へなければならんのである」と述べており、あくまで素朴実在論への懐疑に貫かれた現実認識のあり方を、突き詰めて「考へ」ようとしていたことが窺われる。[38]

そのような横光の現実認識は、一九三五年の論説「純粋小説論」へと結実する。「純粋小説論」において、横光は「自意識といふ不安な精神」が「現実に於て、着々有力な事実となり、今までの心理を崩し、道徳《モラル》を崩し、理智を破り、感情を歪め、しかもそれらの混乱が新しい現実となつて世間を動かして来た」（傍点引用者）と述べている。[39] ここに見られた「新しい現実」にかかわる一連の横光の主張の淵源には、まぎれもなく石原の自然科学的世界像が介在していたと見るべきであろう。

　また、石原自身がより積極的に論争のなかに分け入ったものとしては、中河與一を中心に勃興した「偶然文学論争」を挙げることができる。中河の「偶然文学論」に対する石原の態度は、概ね好意的なものであった。ひとつの例を引用しておこう。

「神は偶然を愛する。」われわれに取つてもまた個々の偶然こそ最も意味深いものでなくてはならない。なぜなら、我々の予期し得ない唯一のもの、それをわれわれは偶然と称するのであるからである。そしてわれわれはあらゆるかやうな偶然に導かれながら、個々の過程を完了する。それが我々自身の人生なのである。藝術創作に於ける種々の考想や、科学研究に於ける多くの発見さへもが偶然によつていかに深く恵まれてゐるかを、我々は遂に抹殺することはできないであらう。(40)

石原は、「文学」と「科学」のジャンルを越境するみずからの構想と響き合うような文学的理念として、中河の「偶然文学論」を高く評価している。そして同時に、そのなかで石原が最も主要な論点としていたのもまた、やはり現実概念の認識論的な基礎づけなのである。

　それにしても単に日常経験するところの現実をそのまゝ表現したところで、若くは所謂必然として知られてゐるところの歴史的現実を表白したところで、それらの何れの点に詩を感ずることができるであらうか。なほまた一つの藝術的創作としての意味を之等に帰し得るであらうか。(…)之がためには普ねく日に曝されて既に乾涸び切つてゐるこれらの現実を踏み越えて、その奥に横たはるものを捉へねばならない。そして我々はあらゆる偶然をその機縁として利用することによつて最も手近にこの目的に向つて進むことの可能であるのを信ずるのである。[41]

「日常経験するところの現実」や「必然として知られてゐるところの歴史的現実」と対照をなす「現実」の「奥に横たはるもの」という表現は、素朴に感得される現実概念の超克を目指した「超唯物性」と明確に呼応したものとして解釈できるだろう。こうした石原の現実認識に引きずられつつ、中河は「偶然文学論」を体系化する際に、石原による量子力学の解説を参考にしたことを強調したうえで、「吾々の現実の世界を改めて見なほす時、そこには不思議がみち〳〵てゐる事に気付くのである」（傍点引用者）と述べ、既知の現実概念に対する認識の変革を主張していくのである。[42]

以上のように、横光や中河の創作活動は、これまでの先行研究のなかで幾度も検討されていたが、その根底には、石原の「科学」論と「芸術」論の影響が大きかったことが窺われる。それは、先に確認した同時代歌壇の領域においても、新しい文芸思潮の萌芽を招くことになった。最後に、そのあらましを概観しておこう。

先に引用した岡野直七郎の現実認識に対して、岡山巌は「わからうとすればする程わからなくなるのが現実であ」り、「現歌壇の現実相は種々様々な姿態を呈するものであるが、其の根幹的系譜を辿つて見れば、万葉復古的現実と輸入文学的現実と舶来社会学的現実とに還元される」と応じた。[43]さらに、これを受けて渡邊順三が「現実」としての「客観世界を貫く発展の合法則性は、決して無軌道、無秩序の渾沌ではなく、そこには明かに一定の必然的方向が示されてゐる」と再反論したことで、[44]歌壇では現実概念の理解をめぐってひとつの論争が巻き起こることになる。

のちに篠弘は、この「現実主義論争」を「一首の実例作品もともなわない、きわめて理屈っぽいもの」と評しているが[45]、まさにこのようなかたちで、既存の「文学」における現実概念を問いただすような言説の枠組みを裏側から支えたものとして、同時代歌壇における石原の役割を意味づけることができるのではないだろうか。実際、岡山自身もまた、翌年には「文学論をもたないで文学ができないやうに、歌論をもたないで歌がつくれる道理はない」と断言しているように、このとき歌壇全体の風潮において、まさに包括的な歌論の構築が叫ばれていたのである[46]。

これまで見てきたように、昭和初期に相次いで台頭してきたさまざまな文学的方法論を、それまでナイーヴに受け取られていた現実概念に対する認識布置の転換を促す試みとして括り出してみれば、それらは総じて、石原が考究しつづけた「現実を新たに創造するための方法」と密接に関係づけられるものであったことが了解できる。それはまた同時に、この時期の文学者たちの活動のなかで、単なる知的な装飾として二〇世紀物理学の学術的知見が援用されていたというよりは、諸々の書き手たちの文業と同時代の科学理論が、より深いところで結びついていたことの証左ともなっていよう。論壇ないし文壇において相対性理論と量子力学の普及に努め、そこに現実概念への距離感を据えなおす新しい認識作用のあり方を問うた石原の科学言説と文学言説は、このようなかたちで、同時代の文芸思潮を支える一筋の時代精神を確かに標榜していたのである。

おわりに

高田誠二は、一九一八年から一九二七年までの一〇年間の日本物理学史が、総じて「物理学が世の中に出た」時代として特徴づけられるものであったと述べている[47]。石原が生涯にわたって探究しつづけていたのもまた、最先端の理論物理学によって、現実概念のとらえ方そのものを拡張させるような思考の可能性にほかならなかった。そのような方法意識が、同時代の論壇・文壇との連関のなかで相互に有機的な反応を引き起こしたとき、昭和初期の言説空間はにわかに活気づくことになる。

一方で、一九三五年前後の現実概念をめぐる文学者たちの論争は、この時期の文壇・歌壇において、さまざまな角度から「現実」なるものについて考えるための理論的な土台の再検討が目論まれていたことを物語っていよう。そのような状況下において、石原が提示した自然科学的世界像は、同時代に生きた文学者たちの感性を揺さぶるようなひとつの種子を蒔いていたのである。昭和初期の文化史・思想史において石原の果たした役割も、そのような視角から改めて再定位することができるものと思われる。(48)

［注］

（1）本書の序章でも言及したが、辻哲夫によれば「物理学は日本にとって、一方では広い関心をひく親近さをもちながら、他方ではきわめて理解しにくい、その意味では迂遠な性格を持つという、相矛盾した知的構造をそなえる対象であった」ものの、「西欧で量子論や相対論への学問的評価が高まりはじめる頃を起点として、新理論に対する日本での知的関心にも急激な高まりをみせはじめ」たようである（「近代日本における物理学思想の受容」『物理学史研究』第三巻五号、一九六七・八）。辻は、そこに「根本概念の変革という哲学的な問題性」が含まれていたことを強調しているが、その衝撃の余波は、同時代の文芸思潮においても着実に押し寄せていたと言えるだろう。

(2) 佐藤文隆『歴史のなかの科学』青土社、二〇一七・四。この点については、岡本拓司『科学と社会——戦前期日本における国家・学問・戦争の諸相——』(サイエンス社、二〇一四・九)も参考になる。

(3) 本章で言及した先行文献のほか、日本近代文学研究の領域では、紅野謙介・島村輝・西尾成子らによるパネル発表が取りまとめられており、大きな示唆を受けた(「石原純とは誰だったのか」『日本近代文学』第八〇集、二〇〇九・五)。

(4) 和田耕作『石原純——科学と短歌の人生』ナテック、二〇〇三・八。

(5) 西尾成子『科学ジャーナリズムの先駆者——評伝石原純』岩波書店、二〇一一・九。

(6) 前出『科学ジャーナリズムの先駆者——評伝石原純』。

(7) 石原純「アインシュタインの新学説について」『改造』一九二九・三。石原は、同様の趣旨のことを、この時期さまざまな雑誌媒体に書きつらねている。特に相対性理論については、早くから「物理学者は之によりて今更に科学の思想的要素に向つて思慮する必要を感じ出した」と述べており(「科学の思想的要素と相対性原理」『東京朝日新聞』一九二二・一・一朝刊)、科学者に「思想」を持つことを盛んに奨励していた。

(8) 前出「アインシュタインの新学説について」。

(9) 石原純「自然科学及び社会科学に於ける因果的必然性の概念」『思想』一九三一・二。一般的に、相対性理論と比較して量子力学の理論的達成は、あまり文壇・論壇において本格的な議論を巻き起こすことがなかったと考えられているが、石原は科学ジャーナリストとして、量子力学の成果を科学者共同体の外部に向けて勢力的に発信している。たとえば、『読売新聞』一九三五年四月三日朝刊では、「量子力学への理解【一】」と題された文章のなかで、「昔から「真理は渝らない」と云ふやうな通念を人間はもつてゐるが、こゝでは新らしい事実の発見によつてその真理さへも渝り得るのである」と、量子力学の思想的意義が端的に紹介されている。なお、量子力学以前(=不確定性定理の発見以前)の量子論に対する石原の理論物理学者としての見解が示されているものとして、石原純「物理学理論の近代的発展」(『最近理化学の進歩』教育学術研究会編、早稲田同文館雑誌部、一九一七・一一)を挙げることができる。

(10) 同時代に相対性理論と量子力学を扱った論説の類は石原以外にも散見されるが、それらはきわめて専門的な水準の説明に終始したものが多く、論壇・文壇において石原ほどの影響力を持つことはなかった。たとえば桑木彧雄「量子論の発達」(『唯物論研究』一九三三・一)では、「物理学の考方を根本的に一変した」相対性理論と量子論の物理学史的な展開について、ニュートン光学まで遡って詳細な解説を施しているが、その後桑木の言説が文芸領域で援用されたケースは、管見のかぎりでは見当たらない。

(11) 石原純「物理学理論の意味について」『思想』一九二四・一〇。また、自然科学の方法論がもとより素朴な意味での現実概念の単なる模写を目指したものではなかったという指摘は、三枝博音「相対性理論の含める哲学的問題」(『思想』一九二二・七)をはじめとして、同時代にも多く論じられており、また哲学思想の領域においても、この時期には西田幾多郎を中心として数々の議論を巻き起こしていた(「物理現象の背後にあるもの――理念の因果と経験的因果」『思想』一九二四・一)。そのおよそ一〇年後、田邊元は「科学の合理性は同一性的に現実を模写する結果でなく、能動的に理想化し再構成する実践的統一の結果であるといふことは、科学理論の現実に対する妥当性に関して、注意すべき知見を与へる」と述べ、いわゆる「行為的自覚」に関する独自の哲学的構想を展開していくことになる(「科学性の成立」『文藝春秋』一九三七・九、詳細は本書の第七章も併せて参照されたい)。ここから、科学者と哲学者を巻き込むかたちで日本科学思想史の新たな見取り図を引くこともできるだろう。

(12) 石原純「科学と方法」『月刊文章講座』一九三五・六。

(13) 石原純「現代物理学に於ける時間空間概念及び実在の本質」『思想』一九三五・一〇。

(14) 前出「現代物理学に於ける時間空間概念及び実在の本質」。このような石原の見解は、まったく独自に導き出されたものではなく、たとえば「物理学の認識が数理的形式の上に成立することを認めると共に、併し各の数理的表現が必ずしも説明として役立つものではないことを明らかにし、そして物理学ではかやうな説明の甚だ必要であることを述べてゐる」ことの参照項として、石原はA. Nippoldtの文献を挙げている（「認識と説明」『科学』一九三三・三）。ここで石原は、Nippoldtの論文を相対性理論や量子力学の受容と展開に応用することによって、「我々が物理学的に正しい認識を得ようとする場合には、それはいかにしても直観だけでは不十分であつて、一旦直観から得られた概念でも何等かの法則によつて規定せられるのでなければ、正確の内容をもつことができないし、そしてかやうな法則が常に数理的形式を以て理論のなかにその安定の位置を見出だされねばならぬことが知られるであらう」と述べており、その「科学」観について深い影響を受けていたことが推察される。

（15）石原純「近代自然科学の超唯物的傾向」『思想』一九三〇・九。安孫子誠也は、一九一五年における桑木彧雄宛の石原純書簡を分析することで、「石原の立場は、［金子務の述べるように――引用者注］新カント派的というよりも、むしろ物理学者らしい素朴実在論の立場とみなされる」と評しているが（「明治末・大正期日本における物理学と哲学の交流」『科学史研究』第Ⅱ期、第二四四巻、二〇〇七・一二）、そのような石原の見解は、本章で示したような認識論的な葛藤を通過することで、「超唯物的」なものの見方へと展開していったものと考えられる。

（16）三木清「近代科学と唯物弁証法」『プロレタリア科学』一九三〇・三。三木は、この論説の末尾で「従来の唯物論が社会や歴史に関してはなほ観念論のうちにとゞまつてゐたのに反して、マルクス主義は特にそれらのものゝ中へ唯物弁証法を持ち込むことを企てるところの科学である」と宣言している。森山啓が、「一口に「現実を観察する」といつても現実世界はいはゆる森羅万象の波濤からなる海流であつて、つまらない凡百の現象の波面を観照したところで、文学的に新たな、又時代にとつて典型的な人間の生活を描き得るには至らないであらう」と述べているように（「現実性と文学」『文藝』一九三四・七）、左派系陣営において「客観的現実」の唯物論的な観察行為は最も重視されるところであった。だからこそ、その理論的な基盤ともなるべき二〇世紀物理学の学術的知見が、ありありと把捉される現実概念から遊離した様相を示していることに対して、厳しい批判の眼が向けられていたのである。

（17）ただし、同時代のマルクス主義科学に対する石原の理解が、きわめて一面的なものであったことは付言しておかねばならない。『思想』誌上では、マルクス主義の側から「唯物弁証法は、「自然」に対する新しい方法であり、理解の仕方であり、把握の道であつて、「自然科学」の新しい方法ではない」という類の反駁が繰り返し提出されている（本荘可宗「自然科学と唯物弁証法との関係に就て」『思想』一九三〇・八）。ここで本荘は「自然科学に於ける新しい方法ではなくして、自然科学に対する新しい理解である」と述べ、唯物弁証法の理念が単に狭義の自然科学とぴったり一致するものではないことを強調していた。もっとも、西田幾多郎もまた「マルクス哲学の物質は単なる自然科学でいふ物質ではなしに、弁証法的の物質であるといはれてゐるが、それでゐて依然自然科学的な物質観に囚はれてゐると思はれる」と指摘していることから、石原のマルクス主義理解が同時代の論壇において決して突飛なものでは無かったことが了解できる（「ベルグソン、シエストフ、其の他――雨日雑談――」『改造』一九三五・四）。

（18）前出「現代物理学に於ける時間空間概念及び実在の本質」。なお、石原自身は「我々が感覚する処の自然、若くは唯物的に見るところの自然その儘は、結局は我々に取つて「彼方の存在」である」がゆえに、「概念の背後に隠れた「本体」なるものは、之をいかに追究したからと云つて、恐らく我々の捕捉することのできないものである」とも述べていた（前出「近代自然科学の超唯物的傾向」）。別の論説でも石原は、マッハ＝プランク論争を引き合いに出しながら、「現実は感覚に依存すべきこと」であるのだから「我々は感覚を刺戟する最も直接な客観的存在に対して唯物性を帰すのが至当であ」り、それを逸脱した「観念論的思考」に陥ることを周到に回避している（「物理学上の概念に対する唯物性の意味について」『唯物論研究』一九三三・一〇）。また、マッハ＝プランク論争と石原との関連を扱ったものとして、千葉俊二『文学のなかの科学――なぜ飛行機は「僕」の頭の上を通ったのか』（勉誠出版、二〇一八・二）を参照した。

(19) 石原の短歌理論が同時代の歌壇にもたらした影響力の大きさについては、太田登「短歌・俳句における前衛」（『講座昭和文学史』第一巻、有精堂、一九八八・一）や、真銅正宏『偶然の日本文学――小説の面白さの復権』（勉誠出版、二〇一四・九）に詳しい。また、歌壇内部からの「新短歌論」をめぐる評価のあり方については、たとえば石川美南「石原純」（『短歌』二〇一三・一一）が参考になるほか、細川光洋は実際に石原によって詠まれた短歌を紹介しつつ、石原の「短歌の新形式」を「新しい生活と一体のもの」として意味づけている（「随筆遺産発掘（五）春と埃り〔解説〕」『窮理』二〇一六・一二）。

(20) 石原純「新短歌概論（十七）」『新短歌』一九三七・一二、ただし引用は和田耕作編『石原純歌論集』（ナテック、二〇〇四・一一）に拠る。ここで石原の言う「抽象」化という表現は、「物理現象といふのは其中〔人びとに固有の意識現象のなか――引用者注〕で各人に共通で不変的関係を有する者を抽象したのにすぎない」という西田幾多郎の文言を想起させるだろう（『善の研究』弘道館、一九一一・二）。本章でその詳細には踏み込まないが、西田の「実在」や「物質」の形而上学と同時代の科学言説との影響関係については、小林敏明『〈主体〉のゆくえ――日本近代思想史への一視角』（講談社選書メチエ、二〇一〇・一〇）が踏み込んだ考察を展開している。

(21) 石原純「科学的藝術眼」『新科学的』一九三〇・八。また、両学問において扱われる現実概念のあり方を、石原がその最初期から一貫して区別していなかったことの証左は、たとえば「自然科学的認識の対象としての自然の実在性に就て」（『アララギ』一九一六・三）からも確認できる。

(22) 石原純「現実の意味」『短歌創造』一九三一・五、ただし引用は『石原純歌論集』に拠る。

(23) 岡本拓司もまた、石原が「藝術や倫理における普遍的なるものの存在を保証するのは、自然に関して自然科学が普遍的なるものを提示しているという事実である」と考えていたことを指摘している（「戦前期日本における科学論の展開——日中戦争以前の動向を中心に——」『科学技術史』第一三号、二〇一六・一二）。

（24）石原純「科学としての藝術理論」『三田新聞』一九三七・六・二五。石原は、ここにつづけて「藝術を心理的に、歴史的且つ社会的に、尚ほ必要である場合には民族的に詳しく考察することによつてそこに一つの藝術科学が成立しなければならないのである」と述べている。もっとも、こうした「藝術の科学性」についての議論は、方法論的な趣向の違いはありながら、プロレタリア文学の陣営からも盛んに行われていた。杉浦晋は、昭和初期における蔵原惟人の芸術論（「生活組織としての藝術と無産階級」『前衛』一九二八・四）が、その理論的基盤をN・ブハーリンの『史的唯物論』に依拠しつつも、併せて「科学と芸術を卑俗に同一視する唯物弁証法的創作方法の偏向が顕著であ」ったことを指摘している（「蔵原惟人論——芸術大衆化の前史に関する一考察——」『稿本近代文学』第一七巻、一九九二・一一）。

（25）前出『石原純歌論集』。

（26）島村輝「「新感覚派」は「感覚的」だったのか？——同時代の表現思想と関連して——」『立命館言語文化研究』第二二巻四号、二〇一一・三。

（27）阿部知二『主知的文学論』厚生閣、一九三〇・一二。

（28）龍膽寺雄「理智主義文学について」『新科学的』一九三〇・七。なお、同時代における「主知主義」の扱いについては、たとえば春山行夫「文学に於ける主知主義の位置」（『セルパン』一九三三・一）や河上徹太郎「理智と小説について」（『文藝春秋』一九三二・一〇）に詳しい。また、「主知主義」の思潮に対する反駁として、たとえば佐々木英夫は「主知主義」が「何等の現実性を持たない観念的な世界——『幾何学的な世界』」に逢着してしまうような「現実游離」的な趣向を持つものであることに警鐘を鳴らしているが（「現実と方法の分裂」『新科学的』一九三一・一〇）、それが先にも見た左派陣営の論評と重なり合うものであったことは明らかであろう。この論説において、佐々木は「現実への意志の喪失、従つて現実游離は、必ずしも主知主義や新心理主義のみの陥つた傾向ではない」と述べ、「それは最近の藝術派文学一般に共通した根本的傾向である」と指摘している。そのような文壇全体の傾向と石原の論説との影響関係については、さらなる考察の余地があると思われる。

(29)　瀧口修造「詩と実在」『詩と詩論』一九三一・一。

(30)　石原純「理論の抽象性と具体的現実」『科学』一九三六・八。なお、こうした方法論的な転回を、日本において早くから強調していた理論物理学者として竹内時男がいる。竹内は、さまざまな文章のなかで「理論物理学が今や次第に抽象主義と形式主義に向ひつゝある」ことを指摘しており（「科学の新世界から見た神の問題（中）」『読売新聞』一九三一・一〇・三一朝刊）、科学思想についての解説書も多く執筆していた。本章で跡づけてきたような石原の科学認識が形成されるまでの科学者共同体における言論のあり方については、今後検討したい課題である。

(31)　石原純「新短歌概論（一）」『立像』一九三六・一、ただし引用は『石原純歌論集』に拠る。

(32)　岡野直七郎「取残された現実論」『文藝春秋』一九三五・三。

(33)　太田水穂「新興短歌の反作用的効果」『日本短歌』一九三五・二。ただし、その同時代歌壇に対する評価は、堀内通孝から疑義が呈されている（「太田水穂の新興短歌論」『アララギ』一九三五・三）。

(34)　堀内通孝「新短歌私見——現歌壇の問題（一）」『アララギ』一九三五・二。一九二五年時点で、村松正俊が「来るべき主義はどうしても現実主義を経過するを要する」と述べているように（「現実主義と超現実主義」『文藝日本』一九二五・五）、「現実主義」的な記述作法の確立は昭和初期の歌壇において何度か議論の的となっていた。

(35)　たとえば、横光は「形式に関して、石原純博士が、いかなる考察をなされるかと云ふことについて、此の頃最も興味を持つてゐるものである」と述べている（「文藝時評（二）」『読売新聞』一九二九・三・一三朝刊）。

(36)　横光利一「新藝術定義の樹立へ（12）もう一度文学について（上）」『読売新聞』一九二九・九・二七

朝刊。

(37) 山本亮介『横光利一と小説の論理』笠間書院、二〇〇七・二。引用部につづけて、山本は「客観的事象と主観－認識主体との区別がよりあいまいになるとともに、複雑な形で再構築されはじめた「現実」を前にして、近代の文学はどのような意味を持ち、何を具体的な対象としていくべきか、という問いが生じる」と述べている。山本の言うところの同時代の文壇で生じた「問い」は、そこに石原の科学言説を照射してみたとき、文壇内部の動向を超えて、より共時的な問題意識へと接続するものであろう。

(38) 横光利一「現実界隈」『改造』一九三二・五。栗坪良樹は、この時期の横光が「未だに〈現実〉の混濁と混乱の感覚から抜け切れていない」としつつも、一方で「作家として現実を客体化する方法の模索について、かなり大胆な知覚のもとに自らを位置づけようとしている」と指摘している（『横光利一論』永田書房、一九九〇・二）。

(39) 横光利一「純粋小説論」『改造』一九三五・四。一九三〇年代の横光は「新しい現実」という表現を多用していた。「思想は現実そのものとは異つた新しい現実である」（「詩と小説」『作品』一九三一・二）という文言や「これはもう混乱した新しい現実と直接的なもんですからね」（「横光利一氏と大学生の座談会」『文藝』一九三四・七）といった発言などがその一例である。この点の詳細については、拙稿「横光利一と『プロレタリア科学』――「現実」までの距離」（『横光利一研究』第一六集、二〇一八・三）も併せて参照されたい。

(40) 石原純「神は偶然を愛する――文学に於ける偶然論のために」『セルパン』一九三五・六。

(41) 石原純「偶然論と短歌」『短歌研究』一九三五・七。

(42) 中河與一「偶然の毛毬（一）――現実界を見なほして」『東京朝日新聞』一九三五・二・九朝刊。

(43) 岡山巌「現短歌に於ける現実諸相への批判」『短歌研究』一九三五・一。

(44) 渡邊順三「現実の実体と現実主義――岡山巖氏の所論について――」『日本短歌』一九三五・三。

（45）篠弘『近代短歌論争史――昭和編』角川書店、一九八一・七。同時代にもすでに、一連の「現実論」は「議論の為の議論で歌つくりにとつて何の役にも立たぬ種類のものが多い」と批判されていた（村田利明「或言議無用説」『アララギ』一九三五・四）。

（46）岡山巌「短歌論の現状」『セルパン』一九三六・九。また、そのような現実認識の方法論に対する関心の高まりが、広く同時代の詩壇全体においても散見されるものであったことについては、澤正宏「昭和初年代の詩論――モダニズム詩におけるシュールレアリスムとマルクス主義文学の行方――」（『昭和文学研究』第三二集、一九九六・九）に詳しい。

（47）高田誠二「世の中に出た物理学（一九一八‐一九二七）」『日本科学技術史大系』第一三巻、日本科学技術史学会編、第一法規出版、一九七〇・一。

（48）金森修は、近代科学を「存在に対する厳しい剪定を行う、極めて禁欲的で意識的、かつ人工的な知的態度」の表れと評しているが（『知識の政治学――〈真理の生産〉はいかにして行われるか』せりか書房、二〇一五・九）、この定義に従うならば、石原が汲み取った二〇世紀物理学の思考様式は、「存在すること」の意味自体を拡げようとする壮大な試みであったとみなすこともできるだろう。

第三章　ジャンル意識の政治学——昭和初期「科学小説」論の諸相

はじめに

戦後日本の文芸思潮において、急速に発展を遂げたジャンルのひとつとして、サイエンス・フィクションが挙げられよう。西欧SFの本格的な輸入に伴い、その文学史的な意義もまた、さまざまな論者たちによって言及されることになった。たとえば、荒正人は「科学小説（サイエンス・フィクション）」の歴史について、E・A・ポーやJ・ヴェルヌなど名だたる作家たちの仕事を概観しつつ、戦後日本においても「科学小説の新しい伝統が確立した」ことを称えている。[1]それは、同時代におけるSFブームの到来に併せて、そのジャンルの源流を明確に見定めようとする動機に拠るものであろう。

しかし、ここで注意すべきなのは、荒の文章において「科学小説」という語句が、ただちに「サイエンス・フィクション」と括弧書きされてしまっていることである。戦後の文壇においては、「科学小説」というジャンルのあり方が、ひと括りに「サイエンス・フィクション」の範疇に位置づけられてしまっていた。結果として「日本人の原作での科学小説というものはあまりなかったのではあるまいか」、「科学小説というジャンルはあまり日本ではやらなかったようだ」といったやや短絡的な見方が、以降も長く受け継がれることになる(2)。

確かに、一般的な意味での「科学小説」という呼称が、西欧由来のＳＦ的な物語様式の総体を指すものであったとすれば、日本における「科学小説」の隆盛は、戦後ＳＦの本格的な勃興を待たねばならなかったと言うべきだろう。だが、より広範な文脈で「科学」と「小説」の交錯点を模索しようとする試みは、少なくとも戦後ＳＦの台頭よりもはるか以前から取り組まれていたのであり、したがってそこには、単に「サイエンス・フィクション」という呼び名では推し量ることのできないさまざまな可能性を汲み取ることもできるはずだ。実際、近年では長山靖生『日本ＳＦ精神史――幕末・明治から戦後まで』（河出ブックス、二〇〇九・一二）などの成果をはじめとして、「科学小説」の系譜は戦前から地つづきのものとして着実に見なおされはじめている。

ならば、なぜそもそもこれまでの文学史的スキーマにおいて、その方法論的な趣向は多くが忘却されてしまっていたのだろうか。その問題に応答するためには、実際に書かれた種々の作品群だけではなく、それを取り巻く言説布置の諸相――すなわち「科学小説」というジャンルの成立と展開を支えていたジャーナリズムの力学――をも考察する必要があるだろう。個々の作品単位の通時的・共時的な連続性だけではなく、それらの表現営為を可能にしていた言論環境の検討こそが、今日の研究水準において求められている。

本章では、そのような観点から、とりわけ昭和初期の文壇・論壇のなかで「科学小説」というジャンルの成立可能性を扱った言説を跡づけていくことで、草創期の「科学小説」をめぐる議論をとらえ返すことを試みる。そこには「科学小説」という概念圏域そのものの構築の困難に直面した、文学者や出版人たちの葛藤や屈折を垣間見ることができるだろう。戦前日本における「科学小説」の言説編成を分析することを通じて、同時代ジャーナリズムのなかで「科学」と「文学」が接触する界面をとらえなおしてみることが、本章での主な目的である。

一　「探偵小説」のなかの「科学」

『日本近代文学大事典』（第四巻、日本近代文学館編、講談社、一九七七・一一）によれば、「科学小説」とは「「科学が約束する未来を描いた小説」といったところが初期の定義で、日本では明治十年代にヴェルヌの翻訳がシェイクスピアとならぶ人気を集め」たものの、「以来このジャンルはふるわず、わずかに「新青年」（大九・一～昭二五・七）をおもな舞台に、探偵小説の変格派の一部門として細々とした水脈を戦後に伝えてきた」という。ここに示されているように、戦前の「科学小説」は、広義の「探偵小説」とみなされるものであった。[3]加藤武雄が「将来に起る可き科学小説は、或は探偵小説によつて先駆されるのではなからうか」と述べ、[4]木々高太郎がみずからの著作において「科学小説は探偵小説の双生児である」と断言しているのは、[5]一九三〇年代までに共有されていた「科学小説」観の大枠を明瞭に物語っている。

その大きな理由は、絶対的な〝真実〟の探究を試みる「探偵小説」の創作原理が、総じて出来事の因果関係を支える根拠としての「科学」を要請するものであったことに由来していよう。改めて指摘するまでもないが、一九世紀末、さまざまな科学技術の応用によって、あらゆる痕跡がひとつの謎を解明する手がかりとみなされる「推論的範例《パラダイム》」のもとで誕生した「探偵小説」というジャンルは、もとよりその当初から情報の収集（＝分析）と推理（＝総合）という近代科学的な考え方を素地とするものであった[6]。

一九二三年時点で、千葉亀雄は「科学が現代に起つて来たために、藝術における二つの領分が広まつて来た」と指摘しつつ、それらは「科学と機械を内容に取り入れた藝術」と「現代世界の通俗的読物に主潮をしめるところの、探偵小説」にほかならないと指摘している[7]。学術的知見としての自然科学の受容と「探偵小説」の台頭が共振していたことは、およそ書き手たちのあいだでも認知されており、小酒井不木は「探偵小説」が「自然科学と共に発達したものといつても差支ないのであつて、題材も表現も頗る科学的であるといふことが、その特色の一つとなつて居る」と論じている[8]。

そのような状況下において、小説作品に登場する「探偵」たちに「科学」的な知識が求められていったのは必然的なことであったろう。小山峰夫は「凡そ熟練なる近代の探偵と云はれるには、あらゆる近代科学に対して深き造詣とまではゆかずとも、十分にこれを駆使し、縦横に応用するの才がなければなら」ず、「それだけ彼等は近代科学には常に密なる接触を保ち、新らしい発見や発明のあつた場合は率先してこれを取り入れ、まつ先に術中に応用すべきである」と述べている[9]。ここからは、一九二〇年代にあって「近代科学」を「駆使」したり「応用」したりすることのできる「才」が、「熟練なる探偵」とみなされるための必要条件となっていたことが読み取られよう。

周知のように、戦前日本の論壇・文壇において「探偵小説」の「科学」性を強調していたのは平林初之輔である。早くから「探偵の方法が科学的である必要がある」と確信していた平林は、小説作品の創作において「科学」性を確保する手段として、「一般に数の関係、時間の関係、距離の関係、及びあまりに専門的に流れぬ範囲で医学、薬学、物理、化学等に関する説明をいれることは有効である」と述べていた。[10]だが、ここで導入が求められた各々の学知は、そのような自然科学の方法論を援用することが自己目的化されていき、あたかも「科学」的な説明自体が「探偵小説」の必要条件であるかのような転倒をも生じさせることになる。

たとえば、「探偵小説」と「科学」の関係を問うた一九二九年の座談会では、甲賀三郎が「手段の方は出来るだけ科学的になりませうが、けれども、犯罪の手段が科学的だからと言つて、其の作が科学的とは言へない」と述べ、「探偵小説其の物が科学的だといふのは少し即断だらうと思ふ」と警鐘を鳴らしていたが、それに対して『文学時代』の編集長を務めていた佐々木俊郎は「科学の上で新しい発見がされて、若しくばされようとすると、探偵小説作家の知識なり空想なりが、そこ迄游いで行つて色々な新しいものを取り入れることが出来るぢやないでせうか」と応答している。[11]

言うまでもなく、「探偵小説」が「科学」的なものの見方を基盤として形成されたジャンルであるということと、実際に「科学」的な主題を扱った作品群が「探偵小説」の一種とみなされるものかどうかということは、水準の異なる別の論点と考えるべきであろう。詰まるところ、平林の主張する「科学」という術語は、ほとんど「論理」と置き換えられるものであった。もちろん各個の自然科学には、それぞれに固有の方法論があったわけだが、それらを統御づけている思考様式の全般をゆるやかに「科学」と名指すことで、平林は芸術理念としての「探偵小説」のあり方を基礎づけようとしていたのである。

だが、そのような「論理」と重ね合わされた「科学」と、学術的知見としての「科学」は、意識的にせよ無意識的にせよ、同時代の言論環境において混同されていくことになる。事実、先述の座談会と類似した趣旨の言説は、使われる術語はそれぞれに異なりながらも、多くの論者たちによって主張されていた。たとえば西村真琴は、現下の「探偵小説及び科学小説は、何れも科学的驚異をストーリーの中に織り込んで来るので、読者は容易にその魅力を感じ、作者はこの魅力をば益々利用することに便利を覚えて創作に努力し続けることゝなる」と述べており、自然科学の学術的な体系性を度外視して「探偵小説」と「科学小説」の理念を同一視している(12)。

九鬼澹は、そのような混同を招いた要因として「本質的に探偵小説だ、科学的なものをその形式上に、多分に含んでゐるのに」「科学の内容までもが、探偵小説の内容に程度の差はそれぞれの作者にあつても、移行してきてゐるからなのだ」と分析しつつ、「形式の点に於て、また内容までもが、かうも科学の侵略に逢つては、成程、科学的だと嘆ぜざるを得ない」と指摘している(13)。この論説の末尾において「本格ものと、科学とはまた別個の問題であつて、科学性があるから本格に近いやうな感念《ママ》を抱くのは、誤謬に違ひない」とわざわざ注意が喚起されなければならないほどに、同時代の「探偵小説」論における「形式」と「内容」の解釈学的な空転は、この時期の言説空間の一端を確かに規定していたのである。

もちろん、先述の小酒井のように「「科学的」といふ言葉を用ひると、内容までが科学的なものでなくてはならぬと早合点する人があるかも知れぬが、それは誤りである」というごく常識的な見解も散見されるのだが(14)、少なくとも「科学的」という価値基準が曖昧に転用されることで、黎明期の「探偵小説」をめぐるジャンル意識が枠づけられていたという事実は、後述する「科学小説」というジャンルの定義自体が「探偵小説」に取り込まれるまでの状況論的な文脈を検討するうえでも、留意しておくべきであろう。戦前日本の「探偵小説」が「既成の文芸ジャンルをはみ出した作のあれこれをなんでもとりあえず「探偵小説」に数え入れてしまおうという」傾向があったことは先行研究でもつとに指摘されていたが[15]、そのような「脱ジャンル化」の勢いを結果的に支えていた要素のひとつが、さしあたり「科学」＝「論理」的なものの見方と学術的知見としての「科学」の恣意的な混同であったと言える。

ならば、こうした異質の問題系を同定させる議論の飛躍は、どのような文化的背景に由来していたのだろうか。次節では、昭和初期の文壇が受容した「科学」の位置づけを改めて確認しておきたい。

二〈自然科学＝人間科学〉のパラダイム

まず強調しておきたいのは、昭和初期の文壇において言及される「科学」の偏向性である。この点については、以降の本書のなかでも適宜論じていくことになるが、たとえば山本芳明『文学者はつくられる』（ひつじ書房、二〇〇〇・一二）では、モダニズムの時代を迎える「前夜」において、精神生理学などの思潮が文学作品に導入されるまでの過程が追跡されている。また、小林洋介『〈狂気〉と〈無意識〉のモダニズム――戦間期文学の一断面』（笠間書院、二〇一三・三）では、同じくモダニズムの時代において、従来の「心身二元論」的な発想が、広く物質一元論的に統合されていったことが考察されている。さらに、一柳廣孝『無意識という物語――近代日本と「心」の行方』（名古屋大学出版会、二〇一四・五）では、人びとの「無意識」が自然科学の分析対象となることで生じた「心霊学」の流行現象が検討されている。

これらの先行研究から共通して浮かび上がってくるのは、大局的に見て、大正末期から昭和初期の文学者たちの自然科学への興味が、おしなべて身体・精神の領域に集中していたということであろう。(16)もちろんそのような傾向は、ことさら医療関係者の書き手が多かった「探偵小説」の領域においてなお顕著に見いだされる。医学博士の学位を持つ小酒井不木は「「探偵小説」は「科学」性を尊重せねばならない」が、それにあたっては「就中犯罪の心理を研究する精神病学や犯罪を鑑定する法医学」を「よく研究しなければならない」と述べており、(17)自然科学のなかでも精神生理学の分野を専門とする論者たちの言説が、草創期の「探偵小説」論において大きな影響力を持っていたことが窺われる。

加えて、ここで「精神病学」とともに並置される「法医学」の導入もまた見逃すことのできない論点であろう。「探偵小説」の台頭に「科学」的な捜査技術の確立が深くかかわっていたことは、すでに多くの先行研究で指摘されている。(18)なかでも、江戸川乱歩「日本探偵小説の多様性について」(『改造』一九三五・一〇)は、いわゆる「変格型探偵小説」を擁護した論説として知られているが、その実例には「医学的探偵小説」や「法律的探偵小説」などが含まれており、乱歩はそこに「論理の文学」とは異なるジャンルの可能性を認めていた。(19)

乱歩の論説に見られるように、昭和初期の「探偵小説」に援用されていた「科学」的なものの内実は、一律に自然科学として括るにはあまりに多岐にわたっていた。したがって、同時代における「探偵小説」の方法論を考察するためには、まずその成立と展開にあたって、そもそもどのような意味での「科学」性が称揚されていたのかという問題こそが検討されなければならないのである。

そのような観点を踏まえたとき、精神科学や神経生理学などの分野に組み込まれない自然科学の領域が、「探偵小説」のなかの「科学」という視座から見れば、決して主流となりえなかったことが浮かび上がってくるだろう。たとえば、紫藤貞一郎は「普通の探偵小説は、しかし、余りにその科学的要素が裸出し、人間の心理過程からいつて余りに必然性を欠く場合が多く、文学の立場からいつて全くその香気を失つたものになつてゐる」と述べており、「心理過程」に還元されない「科学的要素」を持つ「探偵小説」を手厳しく指弾している。[20]

こうした傾向は、具体的な創作活動においても見受けられる。長山靖生は、理論物理学を扱った最初期の西欧小説の翻訳として、レイ・カミングス「四次元の世界へ」（槇尾赤霧訳『発明』一九二七・二－一二、のちに田中掬水訳「科学小説　第四元の中へ」『無線と実験』一九二八・六－一二）を挙げているが、[21]こうした翻訳が、いわゆる文芸誌ではなく工業・工学系の雑誌に掲載されていたという事実自体が、同時代の理論物理学と結ばれた「科学小説」の需要の低さを端的に物語っている。[22]

「科学小説」が「変格探偵小説」の一種としてみなされた背景には、こうした文壇における自然科学の受容のあり方が大きくかかわっていると見るべきであろう。もとより、人間の身体や心理の動向を「科学」によって分析的に把捉しようとする営みは、一方では身体や心理の病理的な逸脱を垣間見たいという欲望と紙一重である。小松史生子は、この時期に「風景としての人体という認知の普及」というパラダイムの転換が起こったことを指摘しているが、[23]まさにそのような客体としての「人体」という認知を可能にする分析装置として、このとき〈自然科学＝人間科学〉の等式が持ち出されたのである。実際、この時期の通俗科学の領域において、それまでになく「変態」や「猟奇」というモチーフが持て囃されたことを踏まえてみれば、[24]同時代の「科学小説」の方法論に「エロ・グロ・ナンセンス」的な風潮との結託を見いだすことは容易であろう。

周知のように平林初之輔は、一九二六年時点で「人間の心理には不健全な病的なものを喜ぶ傾向は、殆んどインネートなものだから探偵小説に、かやうな一派が生ずることは自然なことでもあらう」と述べており、「探偵小説」における「科学」性が「病的なもの」を包摂しうることを強調していた。[25]

前出の長山もまた「自然科学のなかでも、人間の深層心理に迫る心理学や精神分析、あるいは無意識の探求と結びついた性科学などへの関心が《ママ》高まりといったことが、当時の文学にも影響しており、多くの作品がかかれるようになった」と述べつつ、「おそらく物理学的・機械論的な「科学小説」よりも「性科学」や「心理学」を応用した「科学小説」のほうが、量的にも多く書かれていただろう」と指摘している。[26]後述するように、雑誌『科学画報』における「科学小説」特集を概観してみると、その多くが身体や心理の異常性を主題としていたことが了解できる。

　したがって、ジャンルとしての「科学小説」は、そのような扇情性をまとった猟奇趣味を引き受けるかたちで、通俗小説のなかでもとりわけ一段低く見積もられていた。野村胡堂に『科学小説　二万年前』（大明堂書店、一九二二・九）という作品があるが、野村はここで「科学小説」という「言葉の低級な下品さを好まない」と述べたうえで「この小説には、従来の意味に於ける、所謂科学小説の通俗さは少しもありません」と弁明している。こうした自身の作品と「科学小説」との差別化を図ろうとする語り口のなかに、ジャンルとしての自律性をめぐる議論が確立する以前の「科学小説」に対する見方の一端を窺い知ることができよう。一九三〇年代に入っても、依然として「科学小説」は「余程卓抜な想像や推理がはたらいてゐない限り、子供を喜ばせるに留まつて、科学から見れば莫迦々々しいものであり、小説としても極めて程度の低いものであらう」と一刀両断されている。[27]

　ゆえに、戦前期までの「科学小説」は、それこそ西欧ＳＦのように、既存の認識制度を「異化」するような準拠枠として「科学」をとらえるような発想が、構造的に芽吹かない状況となっていた。[28]言い換えれば、この時期の言説空間に共有されていた〈自然科学＝人間科学〉のパラダイムにおいて、

「科学」は「探偵小説」の文法（＝「探偵小説」らしさ）を支える方法論的な基盤であったとともに、サスペンスとしての「探偵小説」に猟奇的な娯楽性を拵えるための要素のひとつでもあったのである。「科学的要素」をおしなべて「探偵小説」へと押し込めてしまう文化思潮のあり方には、このようなかたちで、文壇における自然科学の受容と展開をめぐる状況論的な文脈が伏在していた。ならば、それは「科学小説」の成立可能性をめぐる議論において、具体的にどのような影響を及ぼしたのだろうか。

三　「純粋」な「科学小説」

昭和初期の論壇・文壇においては、来たるべき「科学小説」の待望論が繰り返し説かれていた。たとえば西村真琴は、一九二九年時点で次のように述べている。

> 科学小説の前途は洋々たるものである。前途は洋々だが、今の処科学小説といふ船はまだ港を離れたばかりである。科学的探偵小説が水先案内を勤めて出発したばかりである。外国にはエッチ、ヂー、ウエルスあたりのものが代表作として発表されてゐるが、日本人の作として吾人の記憶に残るものはなに一つもない。かやうな草創時代には科学的色彩を帯ん《ママ》だいろ〳〵の作品が現はれることを祝福して止まない。[29]

こうした「科学小説」の不在を嘆く言説の類は、一九三〇年代以降大量に登場しはじめる。前節でも見たように、すでにこのとき「科学」的な要素を主題とした「探偵小説」は多く書かれていたにもかかわらず、[30]「純粋」な「科学小説」という想像上のジャンルが新たに画定されることで、その可能性は未来へと投機されたのである。

もっとも、こうした「純粋」なものとそうでないものを切り分ける発想は、すでに「探偵小説」の黎明期においても繰り返し用いられていた。たとえば、『新青年』一九二三年三月号には「探偵小説を募集す‼」という記事が見られるが、ここにはわずか一頁のなかに「純〜」「純然たる〜」という表現が五回以上も使われており、おのずと「純探偵小説」という不明瞭なジャンルが実体的に措定される格好となっている。

以後、佐藤春夫「探偵小説小論」(『新青年』一九二四・夏期増刊)などを典型として、「純粋な探偵小説」と「それほど純粋ではない探偵小説」という類別は、一九二〇年代の「探偵小説」論を牽引していった。こうした二項図式が、やがて本格／変格をめぐる一大論争へと拡張されることは論を俟たない。横溝正史は、一九三〇年前後において「日本の科学的乃至機械的文明が、未だ所謂本格探偵小説を生むに相応はしい程度にまで発達してゐない」ことを嘆いており、[31]また同様の例はほかにも多く見られるが、そのような「純探偵小説」への過度な期待を煽る言説編成は、そのまま「科学小説」の議論へと再生産されることになる。言わば、「それほど純粋ではない」とされた「(変格)探偵小説」の圏域において、改めて「純粋」なるものの可否が問われるような二重構造が、一九三〇年代の論壇・文壇で生まれていたのである。

たとえば一九三四年、大下宇陀児は「純粋なる科学小説」と「不純なる科学小説(準科学小説)」を分けるべきであると主張した。[32]この論説で、大下は「目下のジャーナリズムは準科学小説を歓迎してゐる」が、「純粋なる科学小説も、いづれの日にか、一般大衆にとつて、また同じやうに歓迎せらるゝの時が来ることであらうか」と述べている。ここに、右で示したような「純粋な探偵小説」に対する期待のまなざしとの相似形を見いだすことは容易い。

また、「科学小説」というジャンルの成立可能性に言及した作家としては、日本ＳＦの始祖と称される海野十三を挙げることができよう。海野は、その生涯にわたって最先端の科学技術に興味・関心を示しつづけていたが、同時に「探偵小説」と「科学小説」の質的な差異にきわめて敏感な作家でもあった。たとえば、海野は「わが国の読者は文芸的には外国の読者階級よりも遥かに秀でてゐるが、科学的では外国に於て見るが如きほど普及してゐない」としたうえで、「わが国には純本格以外の探偵趣味的小説の歓迎されることが理解されるやうに私は思ふのである」と述べている。[33] ここでもまた「純本格」と「純本格以外」といった「探偵小説」の共時的な分別基準が前提となっているが、同時に眼を留めておくべきなのは、趙薬羅が指摘するように、のちの海野の「科学小説」論にも、その言辞がほぼそのままのかたちで踏襲されているということであろう。[34]

海野は、雑誌『無線と実験』の一九三六年一月号から一二月号にかけて、「科学小説の作り方」という論説を断続的に発表している。横田順彌によれば「科学小説の作り方」は、『無線と実験』が前年に「科学小説」の募集を開始したものの、その応募作が振るわなかったため、選考委員であった海野が編集部に依頼されて書いたものであるという。[35]

「科学小説の作り方」の冒頭において、海野は単なる「科学趣味」にとどまらない「純科学小説」について、幾つかの項目に分けて詳細な議論を展開している。なかでも「怪奇的科学小説」や「論理的科学小説」の項目については、先に触れたような「探偵小説」との親和性が高いものとみなされており、海野自身も「科学小説」が「本格探偵小説」と「結婚」することの重要性を説いている。

　しかし、ここで注目したいのは、そのような広義の「探偵小説」に属する「科学小説」だけではなく、海野は同時に「科学的科学小説」という項目を掲げ、その価値をしきりに強調していたことである。海野は「科学的科学小説」を「現代科学を小説の形式をかりて表現したもの」と定義したうえで、それは数こそ少ないものの「科学趣味のある人々」に対して一定の需要があると主張している。海野は、実作面においても「科学小説」と称されるものを多く書きつらねたが、それらはいずれも将来の「科学小説」が書かれるための下地作りに過ぎないものと自認していた。[36] もちろん、それは謙遜に拠るものでもあろうが、そのような見方は他の作家たちにも共有されており、「科学小説は海野十三の独壇場である」[37]と述べる木々高太郎もまた、本名である林髞の名義で「科学の通俗化や、科学の宣伝の為のものではない科学小説・劇・映画等があるであらうか」、「現在なくとも、或は現在はまだ数少くとも、あり得るものであらうか」と述べ、その本格的な成立可能性を未来に託していたのである。[38]

　併せて重要なのは、多くの「探偵小説」と同様、「科学小説」もまた海外の類似ジャンルにその範例を求めようとしていたが、その具体的な受容と展開は、他の「探偵小説」に比べて限定的かつ消極的なものであったということである。たとえば、海野は西欧の作家たちのなかでもヴァン・ダインを高く評価しているが、同時に「科学常識が幼稚である」日本の読者たちには、その「科学的トリック」の真髄は理解されないだろうと嘆じている。[39]「探偵小説」は「自然科学の本質を無視するやうなものであつてはならない」と繰り返し主張していた海野にとって、[40] 海外の「科学小説」はいずれ目標とすべき指針とはなりえても、現行の「探偵小説」の読者たちの興味・関心を直接に惹起するものではなかった。この時期、ヴァン・ダインをはじめとする幾つかの海外小説が、来たるべき「科学小説」の理想形としてあったことは間違いないが、それらは必ずしも実際の小説作法に一直線に結びつくものではなかったのである。[41]

ここから読み取られるのは、昭和初期から一九三〇年代にかけての「科学小説」論においては、具体的な範例がはっきりと示されないにもかかわらず、近い将来それが創出されるだろうという茫漠とした期待だけが共有されていたことである。言い換えれば、実際に書かれた作品群とは別に想定された理念としての「科学小説」とは、つねにこれから到来するものとして位置づけられる空白のジャンルにほかならなかった。現行の達成地点を問うことは絶えず先送りされ、具体的な作品評価の周縁を旋回しつづけるようなかたちで、この時期の文壇・論壇における「科学小説」論の輪郭は規定されていたのである。

そのような言説布置の成立は、実際の「科学小説」の物語様式にもまた影響を及ぼすことになる。次節では、その象徴的な事例として、雑誌『科学画報』で試みられた「懸賞科学小説」特集を概観してみたい。

四　「懸賞科学小説」のゆくえ

昭和初期の通俗科学を考察するうえで、欠かすことのできない雑誌として『科学画報』が挙げられる。ジャーナリストとして活躍していた原田三夫によって一九二三年に創刊された『科学画報』は、先進的な興味を引く特集の数々と、見映えの良い写真やイラストを盛り込んだ誌面によって、同時代の科学文化の普及に多大な貢献を果たしていた。[42]

本章にかかわるところで眼を配っておきたいのは、『科学画報』が当時としては珍しく「科学小説」に関する特集を二度にわたって組んでいたということである。[43] そこには、「探偵小説」の一種としてみなされつつあった「科学小説」というジャンルのあり方を、内在的に問いなおそうとする意志を読み取ることができる。本節では、これまでの議論を踏まえながら、その特集のたどった変遷を意味づけてみたい。

『東京朝日新聞』一九二七年一〇月二二日朝刊の広告欄において、『科学画報』は「懸賞科学小説」の募集を大々的に告知する。その募集要項を見てみると「探偵味に堕しない純科学的なもので、而かも文藝味豊かな革命的創作を望む」（傍点引用者）とあり、いわゆる「探偵小説」とは別の観点から「科学小説」の主題系が模索されていたと同時に、ここでもまた「純粋」性の可否が議論の焦点となっていたことが窺われる。

ところが、実際に応募されてきた「科学小説」は、質量ともに完成度の高いものが見受けられなかったために、編集部の側で掲載に耐えないと判断され、この特集は立ち消えとなってしまった。編集部の見解としては、「主題とはあまり関係なく科学が単なる道具立として用ゐられてゐるやうな」ものは「単に科学を引合いに出しただけ」であり、「真の科学小説」ではないというのである。[44]

「単なる道具立」として「科学」を援用するのではなく、「科学」そのものを「主題」とした小説作品の創作を奨励する態度は、募集要項に示された「探偵味に堕しない純科学的なもの」という表現と呼応していよう。ゆえに、横田順彌が「俗にSFは、その科学性を重んじるS派SFと、ファンタジー・怪奇趣味を有するF派SFに大別することができるが、いうまでもなく、〈科学画報〉のSFはS派だった」と述べているように[45]、ここで提唱された「科学小説」の理念は、今日におけるSFの試みに先駆するものであったと評価することもできる。

しかし、前節でも示したように「純科学的なもの」と「科学を引合いに出しただけ」のものという類別は、実のところ草創期の「探偵小説」をめぐる議論から継承されたものであった。それは、「純科学的なもの」を探究するはずの「科学小説」というジャンルが、ついに「探偵小説」の磁場から逃れるものではなかったことを象徴的に指し示してはいないだろうか。

このことは、『科学画報』では「純粋」な「科学小説」を募集していた一方で、「探偵小説」における「科学」性についての議論もまた精力的に行われていたことからも傍証される。先に見た応募作の掲載が見送られた翌月の一九二八年二月号では、「探偵の科学」という特集が組まれ、最先端の科学技術が職業探偵の仕事にどのように活かされているのかが詳細に紹介されている。

また、一九二八年七月号から連載がはじまった創作『浮ぶ魔島』は、当時から本格派の旗手であった甲賀三郎の手によるものであり、目次こそ「科学小説」と銘打たれていたものの、その内容は猟奇的なトリックを介在させた「探偵小説」の典型としてみなすべきものにほかならなかった。それは、まさにかつての編集部が批判していた「単なる道具立」としての「科学小説」に「堕」するものではなかっただろうか。ここには、編集部の側で提示した「科学小説」の理念と、実際の創作活動との隔たりの大きさが読み取られる。

さらに、一九三〇年四月号の『科学画報』では「探偵及犯罪の科学」という座談会が組まれることになったが、ここでもやはり「科学」と「探偵小説」の親和性の高さが言及されている。座談会の冒頭において「最近科学の発達と共に犯罪も段々進歩いたしまして、巧妙な犯罪も行はれ、又是を発見する捜査の方法も、科学の進歩と共に色々新しい捜査方法が発達しつつあることと思いますが、それらに付きましての最近の新しい面白いお話を伺いたいと思います」と記者が座談会の趣旨を説明しているように、この時点において「科学」性と「犯罪」とのかかわりは、広く人びとの興味を呼び起こす話題として共有されていたことが了解できるだろう。

そのような状況において、一九三〇年に『科学画報』は再び「科学小説」の創作を募集した。蓋を開けてみれば、その応募数はまたも編集部の側が予想していたほど芳しいものではなく、同年九月号の編集後記では「予期した収穫を得る事は出来ませんでした」という遺憾の念が綴られている。

当初は九月号に懸賞当選作が掲載される運びとなっていたが、結果的に当選作のみではその分量が足りなかったために、止むなく中河與一や稲垣足穂といった既成文壇からの援護を必要とすることになった。ここでは、編集部から「三等」――二等以上が居なかったため、実質的な最優秀作――を受賞した小闕茂「物質と生命」の冒頭を引用しておきたい。

脳髄。皮肉な、しかし精力的な眼光。消化器をいたはり、理智をいたはり、あらゆる時間と空間を溺愛し、女を却け、威圧と脅迫とを含み、……そして最後にたゞ一つ権力をのみ愛するといふ一つの脳髄。

冒頭から矢継ぎ早に、物語の本筋とは脈絡なく示される「脳髄」の描写が、一回目の募集要項に記された「純科学的」な理念を正統に継承したものと編集部にみなされたのかは判然としない。だが、その結末まで散りばめられた「科学」的なジャーゴンの濫用が、広く精神生理学に集約されるような〈自然科学＝人間科学〉のパラダイムに共鳴するものであったことは確かであろう。その意味で、既存の「探偵味」からの超脱を試みていたはずの「科学小説」特集は、その記述作法のあり方を猟奇的な趣向と貼り合わせてしまうことによって、結果的に「変格」の名のもとに「探偵小説」の外延を拡張させ、その権能を延命させるものとなりえていたと言える。言い換えれば、本章の第一節で述べたような「科学」の多義的な語法をめぐる文脈を背景として、『科学画報』の「懸賞科学小説」はもともとの企図からずらされていき、身体・精神の病理的な逸脱を描く「変格」の創作原理と結びついてしまったのである。

　趙藥羅は、一九三〇年代の雑誌メディアにおける編集方針の変化をたどりながら、同時代の「探偵小説」の書き手たちの活動のなかに「探偵小説」から「科学小説」への転向の足跡を読み取っている。[46]「懸賞科学小説」は、ひとまずその先鞭をつけるものであったとみなすことができるだろうが、その試みはまた同時に、ジャンルとしての「科学小説」をめぐって、その成立の契機を問う素振りを見せながらも、実質的には「科学」的な創意工夫を身体・精神の逸脱というモチーフへと還元してしまう同時代の「探偵小説」のあり方に棹差していた。ここにおいて、既存の「探偵小説」論に依拠した言説の枠組みによって、そこからの独立を主張していた「科学小説」の文法が馴致されるという転倒した事態が生じることになる。『科学画報』における一連の取り組みは、まさにそのような意味で〈自然科学＝人間科学〉という等式が立ち上げられていた時代において、「科学小説」という独自のジャンルが成立しうる可能性と臨界点を明瞭に照らし出していたのである。

おわりに

昭和初期において「科学小説」をめぐる種々の議論が高まり、その存立条件を問うような言説の類が量産されていたことは、すでに先行研究のなかでも多く指摘されている。また、実作面においても「科学小説」と称される作品群は、この時期少なくない数が発表されていた。それは確かに、既存の「探偵小説」の主題系とは異なるジャンル意識を育み、ある一面において戦後日本におけるＳＦの本格的な勃興を準備する役割を担ってもいただろう。

もっとも、ここまで見てきたように、そこで議論された「科学小説」とは、曖昧なジャンルの定義だけが先行してしまった結果、遡行的に形成された物語様式の総称にほかならなかった。そのような言説布置のもとで、この時期の「探偵小説」の書き手たちは、各々が来たるべき「科学小説」の成立可能性に言及しながらも、いずれもその玉座を埋める役割をついに果たしえなかったのである。それは、過度に「純粋」な「科学小説」を求める待望論ばかりが先行し、その内実を不在の中心として空洞化させることによって、逆説的に「探偵小説」の存立機制を強化させる役割を果たしていた言説空間の力学にこそ由来していよう。結果的に、後世の眼から見たときにその試行錯誤の軌跡は、何ら生産的な議論へと発展しえなかった時代の徒花のようにも映ってしまうのである。

その意味で、昭和初期の「科学小説」をめぐる一連の言説編成は、皮肉なことに「科学小説」というジャンル自体が、同時代文壇の土着的《ヴァナキュラー》な権力構造から離脱することの不可能性を間接的に証し立ててもいた。しかし、今日においてその不可能性の在り処を再検討してみることは、モダニズムの文化思潮における「科学」の位置づけを考察する際にもまた、欠かすことのできない有効な補助線となるはずである。

〔注〕

(1) 荒正人「科学小説論」『教育』一九六〇・八。
(2) 無署名「科学小説とは?」『出版ニュース』一九五六・八・一。
(3) もちろん、矢野龍渓『報知異聞』(『浮城物語』)をはじめとして、明治期の「未来記」や「冒険記」としての「科学小説」にも「探偵小説」的な要素が含まれていたことは、先述した長山の著作などでも指摘されており、そこにひとつの系譜を読み取ることは可能であろう。だが、本章では煩瑣になるためそれらの事情には踏み込まず、明治期と昭和期以降の「科学小説」を便宜的に切り離して扱うことにしたい。
(4) 加藤武雄「文壇現状論」『文学時代』一九三〇・六。
(5) 木々高太郎「作者の言葉」『或る光線』ラヂオ科学社、一九三八・九。
(6) C・ギンズブルグ、竹山博英訳『神話・寓意・徴候』せりか書房、一九八八・一〇。
(7) 千葉亀雄「近代小説の超自然性」『改造』一九二三・九。
(8) 小酒井不木「探偵小説管見(二)」『文章往来』一九二六・二。
(9) 小山峰夫「探偵と近代科学――最近の探偵や、犯人はどんなに科学を応用するか――」『新青年』一九二三・一一。前出の不木もまた『学者気質』(洛陽堂、一九二一・一二)や『科学探偵』(春陽堂、一九二四・八)などの著作で、探偵が「科学的知識」を持つことの重要性を繰り返し指摘している。

(10) 平林初之輔「私の要求する探偵小説」『新青年』一九二四・夏期増刊。
(11) 江戸川乱歩ほか「探偵小説座談会」『文学時代』一九二九・七。
(12) 西村真琴「ヂヤーナリズムと科学」『綜合ヂャーナリズム講座』第四巻、内外社、一九三一・一。
(13) 九鬼澹「探偵小説の科学性を論ず」『ぷろふいる』一九三四・一〇。なお、こうした昭和初期の文芸思潮における「科学」の二面性について、笠井潔は「額面どおりだと、科学は世界の真理をめざすための知の体系なんですけれども、そこから離れて、科学をレトリックとして楽しみ、消費してしまう」と述べている（「昭和モダニズムの光芒」『早稲田文学』一九八九・六）。
(14) 前出「探偵小説管見（二）」。
(15) 川崎賢子「大衆文化成立期における〈探偵小説〉ジャンルの変容」『近代日本文化論――大衆文化とマスメディア』第七巻、岩波書店、一九九九・一一。なお、当時から「探偵小説」が「本来は犯罪の探偵（即ち犯人探偵）を取り扱つた小説を意味すべき筈であるが、近頃はもつと〳〵広い意味に使用され、犯罪とその探偵ばかりでなく、秘密、怪奇、冒険、恐怖などを取り扱つたものも探偵小説の中に数へられるやうになつた」という類の指摘は多く見られる（小酒井不木「探偵小説管見（一）」『文章往来』一九二六・一）。
(16) 昭和初期の文壇における自然科学の受容に一定の偏向性があったことは、当時からすでに指摘されており、阿部知二は「今一段、文藝に対して近接の関係にあるもの、われわれが、まづ考察しなれけば《ママ》ならぬのは、心理学的なサイエンスであ」り「物理学的なものは副次的な関係であらう」と述べている（「文藝批評と科学・精神分析――ハアバアトリイド」『新科学的』一九三〇・七）。この点については、本書の第六章も併せて参照されたい。
(17) 小酒井不木「科学的研究と探偵小説」『新青年』一九二二・新春増刊。
(18) 近年では、井上貴翔「技術《テクノロジー》が生み出すもの――佐藤春夫『指紋』論――」（『日本文学』第六二巻六号、二〇一三・六）などにも指摘がある。

(19)「医学」や「法律」の導入は、他の「科学」的な要素と同様、物語世界にある種の実証性・説得性を喚起させる。甲賀三郎は、代表作『支倉事件』について「直接関係者の直話と裁判記録とに依つて、殆ど生のまゝ書いたもの」であり、「仮空《ママ》の小説とは別種の尽きない興味を読者に与へると思ふ」と述べていたが（「序」『現代大衆文学全集』第一二巻、平凡社、一九二九・二）、作中の指紋や索条痕を追跡する方法論の記述には、まさに「直話」や「記録」といった〝実話性〟を根拠づける目論見があったと言えよう。同時代にも「探偵小説」の「真実」性をめぐる議論は広く散見されるが（Ｗ・Ｈ・ライト「探偵小説と現実味」『新青年』一九二七・二など）、そこに自然科学が果たした役割については稿を改めて論じたい。

(20) 紫藤貞一郎「科学と文学の弁証法——一つの感想——」『科学ペン』一九三七・一。

(21) 前出『日本ＳＦ精神史——幕末・明治から戦後まで』。

(22) 末永昭二もまた、「明治期のベルヌ翻訳ブームや押川春浪らの冒険小説ではない本格的なＳＦ小説は、文芸雑誌ではなく科学雑誌に掲載されるほうがふさわしかった」と述べている（「海野十三と無線雑誌の時代」『『新青年』趣味』第九号、二〇〇一・一二）。

(23) 小松史生子「風景としての人体——モダニズム文学と探偵小説——」『日本近代文学』第九四集、二〇一六・五。

(24) 竹内瑞穂『「変態」という文化——近代日本の〈小さな革命〉』ひつじ書房、二〇一四・三。同時代にも、たとえば「近代の「探偵小説」なるものも、一種の科学小説で、下積社会の犯罪心理を、変態心理的に表現したものに外ならない」といった主張は多く見られる（井東憲「科学者の立場から見た文藝（2）」『文章倶楽部』一九二四・三）。

(25) 平林初之輔「探偵小説壇の諸傾向」『新青年』一九二六・新春増刊。

(26) 長山靖生「ＳＦのある文学誌［第五六回］」『ＳＦマガジン』二〇一八・二。

(27) 矢島祐利「「科学文学」その他」『唯物論研究』一九三四・九。

（28）この表現は、Ｄ・スーヴィンによる古典的なＳＦの定義に拠る（大橋洋一訳『ＳＦの変容――ある文学ジャンルの詩学と歴史』国文社、一九九一・三）。
（29）西村真琴「科学小説時代を迎ふ」『文藝春秋』一九二九・一二。
（30）『新青年』誌上では、創刊当初から桐野馨花「世界の終り」（一九二〇・一 - 六）や吉川春風「一万年前の日本」（一九二〇・四）などの掲載作品の角書に「科学小説」と付されており、少なくとも当時から大衆文学のジャンルとして一定の認知を受けていたことが読み取られる。
（31）横溝正史「探偵・猟奇・ナンセンス」『綜合ヂャーナリズム講座』第一〇巻、内外社、一九三一・七。
（32）大下宇陀児「科学小説研究」『日本文学講座』第一四巻、山本三生編、改造社、一九三三・一一。
（33）海野十三「探偵小説管見」『新青年』一九三四・一〇。
（34）趙藥羅「海野十三の科学小説観――一九三〇年前後の「科学小説」と「探偵小説」、そしてラジオ雑誌」『九大日文』第二四号、二〇一四・一〇。
（35）横田順彌「解題」『海野十三全集』別巻一、三一書房、一九九一・一〇。
（36）一九三七年、海野は「科学小説は今日の時代に必然的に存在の理由」があると述べていたが（『地球盗難』ラヂオ科学社、一九三七・四）、そのわずか二年後には「今こそ科学小説時代が約束されたと僕が思つたのもほんの束の間のことで、編集者の狼狽でもつて意味もなくこの約束もどこかに消し飛んでしまつた」と難じている（『十八時の音楽浴』ラヂオ科学社、一九三九・五）。もちろん、それは時局の変化などの理由に拠るものであろうが、今日「科学小説」の第一人者として評価される海野が、ついに「科学小説時代」を築き上げることができなかったと自認していることは留意しておくべきであろう。『新青年』誌上においても、海野は「探偵作家兼軍事小説家」と紹介されており（「科学者ばかりの未来戦争座談会」『新青年』一九三七・八）、決して「科学小説」の第一人者として評価が確立していたわけではなかったことが窺われる。
（37）前出『或る光線』。

(38) 林髞「科学小説・劇・映画(二)」『東京朝日新聞』一九三七・五・一六朝刊。

(39) 海野十三「ヴン・ダインの作品について」『新青年』一九三四・六。

(40) 海野十三「探偵小説論ノート」『ぷろふいる』一九三六・一。もっとも、後年に海野は「科学小説によつて、大いに宏遠なる科学性を付与してもらひたい」と述べているものの(「科学記事は斯くあらねばならぬ」『読書人』一九四二・二)、ここでの「科学興隆の種」とは端的に「兵力又は武器」のことであり、海野の言う「科学小説」の実質が、時局において多分に文脈依存的なものであったことは留意せねばならないと思われる。

(41) 甲賀三郎「科学探偵小説の研究――フリーマンの作品について――」(『新青年』一九二四・新春増刊)など、海外の「科学小説」の紹介自体は早くから散見されるが、それらは単にあらすじの説明に終始してしまうものが多く、ジャンルとしての体系的な受容には結びつかなかったものと思われる。

(42) この点は、高田誠二「科学雑誌の戦前と戦後」(『日本物理学会誌』第五一巻三号、一九九六・三)に詳しい。また、前出の大下宇陀児「科学小説研究」でも「日本に於いて、純粋科学小説の発達に、従来最も力を尽して来たのは、雑誌「科学画報」ではないか」と評されている。

(43) 「科学小説」の募集は、『無線電話』『科学世界』『子供の科学』など、他の雑誌においても断片的に行われてきた。ここでは、参考までに『科学世界』一九〇八年五月号において企画された「科学小説懸賞募集」の「投稿規定」と比較してみよう。『科学世界』には「内容、科学的趣味を配材とし余り深淵ならざる範囲に於て学理的の記述其応用更に進で科学的基礎に拠る想像等を含めば可なり」と記されている。両雑誌を並べたときに気づかされるのは、たとえ表層的なものであったにせよ、やはり『科学画報』の募集要項がジャンル独自の「純粋」性を志向していた点であろう。なお、『科学世界』における「科学小説懸賞募集」の意義については、横山尊「明治後期‐大正期における科学ジャーナリズムの生成――雑誌『科学世界』の基礎的研究において――」(『メディア史研究』第二六号、二〇〇九・一〇)に詳しい。また、実作としての「科学小説」の系譜を網羅的に扱った先行研究として、會津信吾『日本科学小説年表』（里艸、一九九九・六）や横田順彌『日本ＳＦこてん古典（一）』（早川書房、一九八〇・五）などを参照した。

(44) 科学画報編集部「選後に」『科学画報』一九二八・一。

(45) 横田順彌「〈新青年〉とＳＦ――海野十三を中心に」『ユリイカ』第一九巻九号、一九八七・九。

(46) 趙薬羅「一九三七年前後における探偵小説の衰退と科学小説――蘭郁二郎の作風変化を中心に」『九大日文』第二九号、二〇一七・三。

II　横光利一の文学活動における理論物理学の受容と展開

第四章　新感覚派の物理主義者たち

――横光利一と稲垣足穂の「現実」観

はじめに

一九二九年、新感覚派の旗手として活躍していた横光利一は、「現実について明瞭に認識し直す」ために「現実」を「時間と空間の合一体」としてとらえることを主張した。(1) ここには、初期の理論的なマニフェスト「感覚活動（感覚活動と感覚的作物に対する非難への逆説）」（『文藝時代』一九二五・二、以下では「感覚活動」と略記）からつづく横光の「現実」観が明瞭に示されている。

私たちの世界認識を可能にさせていた時間・空間という概念を、認識対象としての「現実」を構成する当のものとして再定義してみること。一九二〇年代の横光は、そのようなかたちで既存の〈いま・ここ〉という秩序体系を把捉するための新しい思考のあり方を、みずからの創作活動のなかに求めていたのである。のちに「形式主義文学論」として体系化される一連の評論群もまた、さまざまな揺らぎをはらんではいるものの、総じてこのような問題意識から出発したものとしてまとめることができるだろう。

しかし、横光とほぼ時を同じくして文壇への進出を果たし、文学史的には横光とともに新感覚派の一員として括られることの多い稲垣足穂は、このような時空間表象の枠組みについて、そのア・プリオリな存立構造を根底から突き崩すような文章を書き記していた。

> カントが私たちに先験的に与へられたものとした時間と空間とは、じつは私たちが経験を述べるのに最も簡単で便利なものとして使ふところの時間と空間にすぎなくて、私たちといふのは決してそんな唯一の時間と空間を強ひられてゐる者でないことが明らかにされてきたからです。さうであるなら、こゝに実用（それは常に私たちの理想的事業を功利生活といふ目安によつて低下逡巡させるものである）といふことに関心をしない立場によつて、いかなる理論がいかに尖端的に発展されてもいゝわけである。[2]

足穂にとって、それまで私たちの世界認識の前提条件として与えられていたはずの「時間と空間」は、もはや「唯一」の絶対的な相貌を持つものではなく、むしろそれは「実用」的に形成された虚構の産物でしかありえない。すなわち、ここで横光が所与のものとしてみなしていた――カント的な意味での――時空間表象の「形式」性について、同時代の足穂は抜本的な問いなおしを迫っていたのである。

一九二〇年代、新世代の文学者として華々しく活躍しはじめていた両者の時間・空間概念、あるいは「現実」観の根底に、このような深い溝を介在させたものとは何だったのだろうか。その謎を解く鍵を握るのが、両者が深く依拠した理論物理学という「知」のコンテクストである。

本章では、ともに理論物理学に強い関心を抱いていた横光利一と稲垣足穂の「現実」観を比較・検討することを通じて、新感覚派作家たちの築き上げてきた文学的方法論をより立体的に描きなおすことを試みる。両者の世界認識は、人間の姿かたちを唯物論的な視座からとらえ返そうとする点において、確かな共振性を括り出すことができるものの、一方でその理論的な背景には、近現代の科学思想史上におけるパラダイム・チェンジが刻印されている。したがって、横光と足穂をひとつの座標軸として、新感覚派作家たちの自然科学受容のマトリクスを策定してみることは、同時代において「文学」と「科学」が邂逅した場《トポス》をたどりなおすための契機ともなりえるだろう。

一　「法則」の優位性

横光と足穂を比較・検討した研究は、近年著しい進展を見せている。なかでも高橋孝次は、両者の依拠する理論体系に深く切り込むことで、双方の方法論的な特質を鋭く抉り出している。[3]高橋が浮かび上がらせた横光と足穂の理論的立場は、ともに人間心理のあり方を物質的に跡づけようとする趣向を持っている点において共通性が見いだされる。それはまた、同時代における「物質科学」（＝理論物理学）の台頭とも無関係ではない。

また高木彬は、横光と足穂はともに「形式」に対する問題意識を保ちながらも、その具体的なアプローチについては大きな隔たりが見いだされることを明らかにした。[4]「一九二〇年代末、足穂と横光の位置は、最も遠く、また最も近かった」と総括される高木論文では、「同じ「形式」を重視しつつも、横光は「物質」としての「文字」それ自体が「形式」であることを主張し、足穂はあくまでもそうした表現を生成する「遊離」（＝切断）のプロセスを論究した」ことが克明にたどられている。ここでもまた、両者を媒介する鍵を握っているのは、従来の自然主義文学からの脱却を可能にさせていた新しい理論物理学の学術的知見にほかならない。その意味でも、まずは新感覚派作家と自然科学との関係を改めて簡潔に振り返っておこう。

たとえば、雑誌『文藝時代』一九二五年九月号では「科学」と「文学」の有機的な関係のあり方を問うた特集が組まれており、横光もそこに「客体への科学の浸蝕」という論説を寄せている。同号において、中村還一が「科学の齎した諸々の智識が、文学の素材として我々の情感の前に据えられることの極めて自然な事柄に過ぎない理由は明白となるであらう」と述べているように、最先端の自然科学を文壇がいかに享受すべきかという問題意識が、このとき新感覚派作家たちの創作意欲を突き動かしていたのである。[5] 右の論説において、横光もまた「科学を会得したと云ふ効果は、客観の法則を物理的に認識したと云ふ効果である」ことを強調したうえで、「文学上より見たる新らしき価値、及び素質としての科学については、ここに決定的な断言を下し得る一つの簡単な法則がある」とまで言い切っていた。[6]

横光は、その活動の長きにわたって「法則」の優位性を繰り返し主張していた作家である。「法則が第一番に物を自分に云ひ始める」[7]、「法則といふものは考へれば暴力に似てゐて人間これにはどうしやうもない」[8]といった言葉が示しているのは、あらゆる人びとの活動に先駆する絶対的な「法則」への信仰にほかならない。したがって、先に触れた新感覚派時代の論考「感覚活動」において最も注目すべきなのは、人間の認識能力を支える根幹を「力学的形式」（傍点引用者）という「法則」に求めようとしたところであろう。その最も有名な箇所を引用しておきたい。

主観とはその物自体なる客体を認識する活動能力をさして云ふ。認識とは悟性と感性との綜合体なるは勿論であるが、その客体を認識する認識能力を構成した悟性と感性が、物自体へ躍り込む主観なるものの発展に際し、よりいずれが強く感覚触発としての力学的形式をとるかと云ふことを考えるのが、新感覚の新なる基礎概念を説明するに重大なことである。(9)

カントに端を発する主観－客観の運動図式を導くための「感覚触発」の条件として、横光は「力学的形式」という概念を持ち出している。ところが、そうした横光の世界認識について、足穂は「最初の提出者がR・Y氏だといふくらゐ」しか理解しておらず、端的に「興味がない」とまで言い切っていた。(10)双方がともに自然科学的なものの見方を重視していたことを踏まえてみれば、両者にここまでの差異が生じるのはいささか奇妙なことのようにも思われる。足穂が同時代の理論物理学から受け取った「知」の萌芽は、どのような文学的想像力へと結実していったのだろうか。

一たい、こゝに僕と君といふ二人が、このかぎられた時間と空間のなかにゐるのがほんとうであつたら、同じやうに、同じ僕と君とが、又別の時間と空間とのなかに存在することも可能でないか――もしそれが夢なら、こゝにこの僕たちが歩いてゐるのも夢だよ。ねえ、でなけりや不合理だ……(11)

引用文に示されるように、足穂にとって「現実」とは「かぎられた時間と空間」のなかに沈潜している「別の時間と空間」へとひらかれたものであった。言わば、このようにして拡散する「夢」の経験にひとつの思弁的な根拠を与えるものとして、足穂は同時代の理論物理学をとらえていたのである。

　ふいに、それは生理学に対する物理学であるといふアイデアをつかんだのでした。さうだ、——私は道楽かも知れぬと考へてゐたものに基礎があたへられそうになり、さらにそこから他のさまざまの問題もとけさうなのに勢づいてさきを追ひました。——前者は只行はれてゐるべきものにすぎないが、即ち女や花や昆蟲の住む必然性の世界であるけれども、後者とは現実を超えてさらに別箇の消息が取扱はれるべきところ、無限なる吾々の可態《ママ》性の世界を意味してゐなければならない。(12)

ここで、足穂は「生理学」に比して「物理学」の意義を「現実を超え」るための橋頭堡としてとらえている。その意味で、足穂の理論物理学に対するまなざしは、この「現実」を基礎づけている絶対的な「法則」という規範に収斂されるよりはむしろ、生き生きと自在に変化する特異な時空間表象を丸ごと肯定するための「可能性」の次元へと向けられていたと言ってよい。

　こうした両者の隔たりは、各々の科学的方法論の習得にいたるまでのプロセスにおいて、より具体的に見いだすことができる。以下、横光と足穂の自然科学へのまなざしを検討するうえでのひとつの補助線として、先行研究における実証成果を踏まえつつ、横光と足穂の読書体験について瞥見しておきたい。

横光の自然科学受容について、まず挙げておかねばならないのは片山正夫著『化学本論』[13]であろう。すでに山本亮介によって詳細な検証がなされているように[14]、横光は自身の文章のなかで幾度も「片山博士」の名を持ち出しており、みずからの文学理論を醸成するうえでもきわめて深い影響関係を認めることができる。

片山の著作は、近現代の熱化学史を網羅的に整理したものであり、とりわけ前半部の大きな力点として置かれていたのは、H・ヘルムホルツを端緒とする一九世紀な科学思想、すなわち「力学主義」の発想であった。ここでの「力学主義」とは、現象世界の存立構造を「力」の論理を軸に一元化し、事後的に客観的な〝真理〟を与えるような立場のことであり、それは一八世紀の自然科学（＝ニュートン物理学）において標榜されていた実体主義／素朴実在論的な世界認識に対する強烈なアンチテーゼとなるものであった[15]。したがって「マルクス主義と云ふものは、藝術家にとつては、どのやうな見方をしようとも素朴実在論にすぎない」という、いわゆるプロレタリア文学の潮流に対する横光の反駁もまた、以上のような片山の科学言説に裏打ちされたものであったと言ってよい[16]。

横光の言うように、一九二〇年代のマルクス主義思潮が、総じて一種の素朴実在論の変奏《ヴァリエーション》であったのだとすれば、それはまさに一九世紀以降の「力学主義」的な理論物理学の発展によって「超克」が可能なものとなりえるだろう。こうして横光の世界認識は、まさに現象世界を編み上げている「力」＝「力学的形式」の様態に着目することによって、その理路がひらかれていったのである[17]。

一方、足穂は晩年に書かれた自身の回想録[18]において、青年時代に手に取った梶島二郎著『非ゆうくりっど幾何学』[19]の名を特別なものとして書き残している。足穂がこの著作を本格的に読み込み、みずからの論説のなかに積極的に援用しはじめたのはある程度の年齢を重ねてからであるため、新感覚派時代においてどこまで梶島の著作に傾倒していたのかについては判然としないが、少なくともその新しい時間・空間の概念が、以降の足穂の文学活動にとって少なからぬ影響を及ぼしていたことは疑いないだろう。

梶島の著作では、一九世紀後半に発達を遂げた非ユークリッド幾何学について、その「物理的」な「実在」性が繰り返し強調されていた。いわく「吾々ハ茲ニ相対性原理ノ研究と共ニ、非ゆうくりっど幾何学ガ必ズシモ超経験的ノモノデナク、物理的実在ノ意義ヲ有スルコトヲ主張シタあいんすたいん、みんこうすきー、わいる等の間接ノ影響ヲ非ゆうくりっど幾何学ノ歴史ノ第五期ニヘタイト思フ」。こうした人びとの経験的な位相に立脚した時空間表象に還元されえない非ユークリッド幾何学の考え方に、足穂の興味・関心の多くが向けられており、ここから冒頭に示したような時間・空間のア・プリオリな存立構造を根本から問いなおすための土壌が築かれていくことになる。

足穂は、「一般相対性理論によつて明らかにされつゝある「有限にしてされどその表面には達することのできないゆえに終局なき球空間としての世界」」のなかに、ニュートン物理学的な均質空間から隔絶した異形の自然科学的世界像を立ち上げようとしていた[20]。そのような躍動する「可能性の世界」への憧憬は、非ユークリッド幾何学、さらには後述するようにアインシュタインの相対性理論を媒介することによって、より明晰に補完されるものである。すなわち、足穂が同時代の理論物理学に求めていたのは、すでに与えられた〈いま・ここ〉の存立構造を基礎づける「法則」性を問いなおすような、根本的な価値規範の革新だったのである[21]。

もちろん、ここで概観した各々の読書体験を、安易に両者の「現実」観全体に敷衍させることはできないが、少なくとも両者の理論物理学に対する態度の隔たりの一端が示されているのは確かであろう。次節では、この隔たりを同時代の論説との交わりにおいてより具体的に意味づけてみたい。

二　認識論と存在論

新感覚派作家としての横光は、私たちの世界認識の仕方を抜本的にとらえなおすことの必要性を繰り返し強調していたが、まさに人びととの認識作用をめぐる問題系は、多かれ少なかれ同時代の新感覚派作家たちのあいだで共有化された中心的な課題であった。雑誌『文藝時代』に寄稿された幾つかの論説には、その試行錯誤の軌跡がはっきりと刻み込まれている[22]。

そのような共時的文脈のなかに、先に引用した横光の「感覚活動」＝「新感覚論」を据えなおしてみれば、まさに位田将司が述べるように「横光の「新感覚論」からの約十年間は、この「認識論」によって基礎づけられていた」とみなすことができるだろう[23]。言わば、一九二〇年代を通じた横光の試みとは、人びとの認識作用を可能にする時間・空間という「形式」によって枠づけられた現象世界のなかで、一人称的な主観のはたらきをいかに回復すべきかという発想に貫かれていたのである。

こうした問題意識は、横光も深く依拠する新カント派の哲学思潮ともまた大きくかかわっている。先述の位田は、さまざまな実証的考察を重ねながら「横光が採用した新カント派の「認識論」、特にカッシーラーの「象徴形式」によって、横光は「形式主義」の理論化に臨んだ」と指摘しているが[24]、そのE・カッシーラーは後年、次のような見解を述べていた。

私たちの経験的な知の本当の内容を形成しているものは、むしろ私たちがある秩序にまとめあげ、この秩序にしたがい、理論的な法則概念によって表示することの可能な観測の総体なのである。この法則概念の支配がより遠くまで及ぶに応じて、私たちの対象的知識もより遠くにまで及ぶことになる。「対象性」ないし客観的「実在性」なるものは、法則性が存在するがゆえに、またそのかぎりで存在し、その逆ではない。このことから、一般的条件であれ観測と測定にかかわる個別的条件であれ、物理学的認識のかかる〈条件〉のもとにおいて以外では、物理学での「存在」について語ることはできないことがわかる。(25)

カッシーラーの哲学的認識論において、現象世界の「法則性」は「対象性」＝「客観的「実在性」」に先駆して位置づけられるものである。「客観的」な事物の「実在性」について、それを単に素朴な観測対象とみなすのではなく、ある特定の「物理学的認識の〈条件〉」のもとで成立する複合概念として扱うことを主張していたカッシーラーを導きの糸とすることで、前節で検討したような横光の理論体系は編み上げられていったのである。

そのような横光を中心とした新感覚派作家たちの活動において、足穂の試みはきわめて傍流的なものに映るかもしれない。なぜなら、〈いま・ここ〉を基盤とした経験的尺度を揺さぶる「可能性の世界」へと向けられた足穂のこだわりは、人びとの認識作用のあり方を徹底的に突き詰めて問おうとする横光の試みとは大きく異なっていると言わねばならないからである。実際、足穂の文章を繙いてみれば、概してそこに示されているのは、専門知としての自然科学から遠くはなれた意匠の数々であったことが了解されよう。

――現実の世界の時計の針がきざむ秒と秒との間にはある不思議な黒い板がはさまつてゐる。それは大へんにうすく肉眼では見えぬが、ひろがりは宏大無辺である、かりに『夢の板』と名づけるのは、この形而上的な存在をもつて、古い書物に示されてゐるやうに現実界にもまださまぐな不思議が起つてゐた頃、空気にまぢつてひろがつてゐた夢の結晶したものだと解釈されるからである。[26]

こうした足穂特有の詩的表現は、一見したところきわめて幻惑的なものにも見えるだろう。しかし、現象世界とは異質の地平にひらかれた足穂の「夢」への興味・関心は、同時代の科学言説と意外な共振性を見せていたこともまた事実なのである。ここでは、戸坂潤の最初期の文章を引いておこう。

物理的空間はもとより直観空間から由来するには相違ない。併しそれは第一に直観空間に於ては消極的と考へられる感覚の積極化を含むことによつて直観空間とはその材料を異にしている。(…)物理的空間はあくまで幾何学的空間とも区別されねばならぬ。それ故に物理的空間は独立の意味を持つ一種の空間として成立することゝなる。物理学に対して物理的空間が如何に重大な基礎となるかを考へて見る時このことは愈々著しくなるであらう。[27]

人びとの認識作用を成立させるための前提条件としてのカント的な時空間表象のあり方が、まさに近代科学的な思考の内側から脱臼されようとしている。このとき新カント派の議論を通じて戸坂が論じていたのは、前節で示したヘルムホルツにはじまる「力学主義」的な現象世界の描像とは大きくかけはなれた、二〇世紀物理学の動向にもつらなる全く新しい「物理的空間」のあり方にほかならない。足穂がたびたび「薄板界」と呼びあらわしていた「空間」の概念とは、まさに戸坂の言う「独立の意味を持つ一種の空間」の創造的な形象ではなかっただろうか[28]。もちろん、足穂と戸坂のあいだに具体的な影響関係が介在していたというわけではないが、少なくともそこには同時代の文化思潮を貫いていた学際的想像力の一端を見いだすことができるはずである。

やや図式的にまとめてしまうならば、「感覚活動」に象徴される一九二〇年代の横光の「現実」観は、素朴でありありと体得される現象世界の「実在」を、主観‐客観の交差する認識の織物（＝複合概念）として把握するための理論的基盤を提供するものであった[29]。他方、足穂の「現実」観においては、現象世界のあらゆるところに伏在している「可能性の世界」が、時間・空間の存立構造そのものの重層性と重ね合わされていた。それはまた、近現代物理学史における方法論的な差異と、ぴったり対応していたことが了解されるだろう。

実際、横光の自然科学理解がすでに古びたものであるという指摘は、同時代から多く叫ばれていた。たとえば、中河與一は横光の試みについて「吾々がほんの少し時間をかけて、多少とも信用の置ける物理学書を開らけば、メカニズムの思想が、既に十九世紀の中葉に於て、弊履の如く捨てられてゐる事を発見するに違ひない」と批判している[30]。先述の山本もまた「いかに横光が、古典力学的自然観に反発する「エネルゲティーク」を視野に入れて形式主義文学論を打ち立てようとも、その根底にあった単純な「メカニズム」理解とそのあいまいな適用は欠点として否めない」と述べている[31]。

ただ、ここで眼を向けておくべきなのは、横光の科学理解の深度ではなく、「力」の運動を基調とした一九世紀物理学のいかなる発想が横光の問題意識に接合し、そこにどのような臨界点が見いだされるかという点であろう。そのような立場に拠ってみれば、高橋幸平が指摘するように、横光の理論物理学受容――とりわけ「エネルギー説」の援用を、「文学の科学化への可能性」をひらく思考様式の発露として肯定的にとらえ返すこともまた可能であるはずだ[32]。

高橋が述べるように、「横光が読者の認知のありさまを語るにあたって物理学の中でも特にこのエネルギー説に拠ったのは、この説の形而上学的な性格に理由があった」のだとすれば、それはT・クーンが指摘するように、ヘルムホルツの「力学主義」を批判的に継承するかたちで展開された「エネルギー論」の着想が、そもそも「単一で不滅の力」という「形而上学の残滓」を引きずっていたことに由来していよう[33]。一九三〇年代の日本にあっても、「オストワルトのエネルギー一元論は斯かる唯物論の困難を免れんとして提出せられた一元論的形而上学である」ということは、たとえば田邊元の手によってすでに指摘されている[34]。

ニュートン以来の素朴実在論的なヴィジョンを内在的に突き崩すまでの過程として、近代物理学史における「力学主義」から「エネルギー論」への流れを据えなおしてみれば、その帰結するところは、木田元が「現象学的物理学」の成立と呼ぶような一九世紀科学思想の命脈に位置づけられるだろう[35]。E・マッハによって提唱された「現象学的物理学」の骨子は、現前する「物質」の背後に「物自体」の理念を措定することを退け、出来事の一切を主‐客の函数関係によって編成された現象世界のなかに読み取ろうとする「感覚一元論」の試みに集約させることができる。

現象世界の仕様を素朴実在論的に問うのではなく、各々の自然現象を任意の認識作用の効果として把握しようとするマッハの感覚論は、事物の自存性を排し、あらゆる出来事が生起するための存立条件を主‐客の函数関係に求めている点において、先に見た「自然の外相を剥奪し、物自体に躍り込む主観の直感的触発物」という横光の「感覚活動」（傍点引用者）の一節と驚くほど強く共鳴している。そのような観点を踏まえてみれば、先述の「感覚活動」における横光の方法論的な意義は、一種の形而上学批判（＝ニュートン物理学で前提とされていた「実体」なるものへの認識論的な懐疑）としてとらえなおすことができるだろう。

それは同時に、従来の先行研究で共有されていた横光と近現代自然科学の影響関係に、大きな問いなおしを迫るものでもあった。この点について、次節でもう少し詳しく論じてみたい。

三　近現代物理学の転轍点

横光の自然科学受容に対する先行研究の評価は、一見したところ激しい毀誉褒貶に満ちている。最先端の理論物理学に対する感度の高さを称揚する見解もあれば、そのあいまいな理解度の不審を糾弾する声もあり、総じて評価の力点がきわめて錯綜したものとなっているのである。ここでは、本書の第二章でも引用した石原純の科学言説に依拠した以下の文章に眼を向けてみよう。

> 時間と空間を一元的に還元した自然科学の先端は再び哲学を顚覆して進んで行く、《ママ》形而上学的な理論は今や悲鳴を上げて、改革されねばならぬであらう。われ〳〵の形式主義の根拠も、此のメカニズムの上に立つて、発展しつゝあるのである。[36]

「時間と空間を一元的に還元した自然科学の先端」とは果たして何であろうか。横光の言葉を字面通りに受け取ってみるならば、それはもちろんアインシュタインの相対性理論にほかならない。先行研究でも、横光に対して相対性理論が持っていた訴求力の大きさについては繰り返し強調されている[37]。ここではその最も先駆的なものとして、小森陽一の論考を参照しておきたい。

> 横光の「メカニズム」とは、単なる「機械主義」などではなく、言語表現をも含めたあらゆる物理的現象を、時間と空間の形式によって計量しようとする、ニュートン力学を乗り越えた、新しい「力学主義」、一般相対性理論に導かれた「力の場」こそ、終局的実在だとする立場にほかならない[38]。

横光が提唱した形式主義文学論の著名な一節「われわれはその内容を、われ〳〵の感覚と知覚とに従つて、その文字である物体の形式から、山なら山、海なら海と云ふエネルギーを感じるのだ[39]」という言葉を受けて、小森は「明らかにあの特殊相対性理論における理論的帰結の一つである$E = mc^2$という方程式を踏まえていることがわかる」と指摘している[40]。確かに、横光の「内容」＝「エネルギー」の仮説に、特殊相対性理論の公式$E = mc^2$を当て嵌めてみることはできるだろう。しかし、前節まで追ってきた「感覚活動」に集約される横光の世界認識の仕方に、その理論的な仮説を当てはめてみるならば、同時にひとつの疑問が挿し込まれることになる。すなわち、横光はむしろそのような「方程式」の成立を可能にするための時間・空間という「形式」を、ア・プリオリに計量可能な唯一の超越論的与件とみなす新カント派の立場に立脚していたのではなかったか。

事実、前出のカッシーラーは、現象世界において「時間と空間の両者は、ただ精神の定まった法則、つまりそれによって感性的に知覚されるもののすべてがある相並んだおよび相前後した関係におかれる統合の図式を指すにすぎない」と指摘している。[41] カッシーラーが述べているように、アインシュタインの相対性理論が導いたのは、古典的な「力学主義」というドグマそれ自体からの解放であり、その独創性は何よりも「物理的なもの以上に普遍的な〈体系的な〉価値に重きをおいたこと」にこそあった。だとすれば、そこに繰り込まれた二〇世紀物理学の方法論的達成は、少なくとも「力学的形式」を唯一の絶対的な「法則」として前提化しないという点において、一九二〇年代時点での横光の世界認識とは大きく隔たっていると言わねばならないだろう。

石原純は、相対性理論の意義について「従来普通に感覚的に知られる物体に於ては全く経験せられなかつた法則が見出され、之に対する新らしい解釈によつて物質に関する基礎的新理論が展開せられるに至つた」と評している。[42] ここからは、一九二〇年代時点での特殊／一般相対性理論が、私たちの「普通に感覚的に知られる物体」とは異なる「物質に関する基礎的新理論」を創出するような、全く「新らしい解釈」を提供するものとしてみなされていたことが了解されるはずである。

さらに、石原によって訳出されたアインシュタイン自身の言葉を引用しておこう。

> 実在的な剛体は自然には存在しないと云ふこと、従つて上に主張されたやうな性質はまるで物理学的実在とは関しないものであるといふ批難もありますが、之は決して深く立ち入らない皮相的な観察に過ぎないのです。何故ならば一つの物指の物理的状態を精確に定めて他の物指に対する之の相対的な配置関係が充分一義的になり、それを〝剛体〟の代りにおき換へ得るやうにすることは必ずしも困難ではないからです。斯う云ふ物指に対しては剛体に関する述言がその儘当嵌

まらなくてはなりません。(43)

ここに示されているように、アインシュタインの相対性理論とは、カント＝ニュートン的な絶対時間・絶対空間のあり方を再定位するような視野を開示するものであった。そこに込められていたのは、「法則」の絶対性を前提とした「力」の記述行為ではなく、むしろ人びとの「感覚」によっては決して把捉されえない「物自体」の審級を改めてとらえ返そうとする立場の表明である。それは、先述したような数理諸科学の分野における非ユークリッド幾何学の発展にはじまり、たとえば当時すでに邦訳が刊行されていた数学者H・ポワンカレの以下のような言葉にも呼応している。

故に吾人はこの第一原理が規約に過ぎざることを断言すべし、されどこの規約は随意にはあらず、而して之を他の一社会（余が非ユークリッド社会と名づくる者にして余が想像せんと欲するもの）に転送すれば、吾人は為めに之を他の規約に変形することに誘致せらるべし。(44)

ポワンカレによれば、二〇世紀物理学において「法則」とは「規約」であり、先述した時間・空間という「形式」は、はじめから唯一の超越論的与件とはみなされない。したがって、横光の提示するような世界認識を可能にするための「力学的形式」へと遡行する問い自体が、そもそもアインシュタインの提出した可変的な時間・空間の枠組みにおいては意味をなさないのである。

繰り返すが、本章で検討しておきたいのは、横光の科学理解の不徹底を断罪することではなく、近現代の科学思想史と新感覚派作家の交点をより多元的に探ることである。そうした立場を踏まえながら、一九二〇年代の横光の世界認識からはこぼれ落ちてしまうであろう二〇世紀物理学の学術的知見に眼を向けてみれば、同時代の科学言説のなかにも、さまざまな未発の可能性の萌芽を読み取ることができるはずだ。

たとえばアカデミズムの領域においては、一九二二年アインシュタイン来日に併せて、桑木彧雄によって「アインスタインが一九〇五年に提出した相対性原理の認識論的部分は後者〔エーテルを基盤とした一九世紀物理学的な空間概念――引用者注〕の認識を否定したもので、其結果不可認識なる物理的空間、エーテルを否定し、空間を再び真の空虚とした」ことが言及されている。(45) また、いわゆる大衆科学雑誌の領域においても、少なくとも一九二七年ごろにはすでに、石原純によって「エーテルと称へるのは、実は空間それ自身より以外の何ものでもなく、しかも空間それ自身が物質と共に或る現象的変化を呈することをゆるし」たことははっきりと宣言されていた。(46) すなわち、一九二〇年代の科学言説において、アインシュタイン来訪をひとつの頂点として、カント＝ニュートン的な時空間表象を存在論的に問いなおそうとする波は確実に押し寄せていたのである。

足穂は、そうした学術思潮の揺動のなかにこそ、自身の文学的想像力との接続の可能性を読み取っていた。長くなるが、その最も象徴的な文章を引用しておきたい。

かゝる私たちの行為の先端においては、たとへば電磁力論などいふことにおいても近来理論物理学の異常な進展はいはゆる哲学と自然科学とを益ゝ接近させてゐますし、この事は一方に、個人々において異る云はゞ（わからない事のあつち動かしこちら〈戻し）にすぎなかつた認識論的思索の無用を証すると共に、つとにアンリ・ベルグソン等によつて夢想されてゐる各方面の一致共力《マヽ》によつて次第に完成に近づく底の一つの進歩的宇宙学の曙光を明らかになしつゝあります故《マヽ》に「哲学の没落」といふのも認識論的なそれを指したものであり、又もし私たちが或物――それは将来の特質をなさんとする――を考へないときには、文学は遂にそれを出てそこに帰ると考へざるを得ないかの人情派即ち自然主義文学が、認識論と同じ不要のたはむれとするならば、こゝに「文学の滅亡」と云ふのも、ひつきやう自然主義的文学のそれを対象とするものであることが明らかになつて来ます。何故なら、新たに発生しようとするものゝ方へ基礎を置くなら、真の哲学とは又文学とは未だいづこにも開始されなかつたものであり、私たちに知られたのはたゞその先駆及暗示及素材として取り容れられるにすぎなかつたものと云へるからであります。(47)

ここにこそ、横光の言う「力学的形式」とは異質な領野に向けられた、足穂の理論物理学に対する興味・関心の根源を看取することができよう。足穂は、近代自然科学の理論体系のなかに、終わりのない「認識論的思索」という袋小路に陥ってしまう罠を見いだした。現象世界の成り立ちについていま一度存在論的に問い詰めてみれば、そこには〈いま・ここ〉の秩序体系を逸脱するような「進歩的宇宙学」としての「可能性の世界」への憧憬が織り込まれていたことが了解されるのである。後年、それは次のような人間観へとたどりつく。

われわれの体軀を構成している各細胞を千億箇の真空管に見立て、人体をもって曽つて在り、いま在り、まさに在ろうとする波動にそなえられた受信器だとするならば、このような粘膜質円筒こそ、そのまま地獄への隧道ならびに天上界への間道として、千万の「十界九地」を蔵してい

ることになる。人間はけだし、無限に空虚な存在可能性の台だと云わなければならない。(48)

足穂は、人びとの「体軀」をひとつの紐帯とすることで、「現実を超え」た異世界にいたるための通路を考究しつづけた作家であった。茂田真理子が述べるように、足穂がイタリア未来派の徹底的な破壊衝動を媒介することで、みずから独自の「模型世界」の構築を目指したのだとすれば、(49)そこには同時に、現象世界の多元的な相貌を肯定するための契機もまた埋め込まれていたと言ってよい。すなわち、足穂にとって二〇世紀物理学とは、そのような〈いま・ここ〉の存立構造を拡張させるための思弁的な引き金《トリガー》だったのである。(50)

おわりに

ニュートン以降の近現代物理学の領域においてたびたび生じた「知」の地殻変動は、新感覚派作家たちの文学活動においてもまた、それぞれの創意工夫を刺激するための原動力となっていた。一九二〇年代の横光が、みずからの足場となる〈いま・ここ〉の現象論的な解明を目指し、足穂が〈いま・ここ〉を超え出ようとする無数の「可能性」としての異世界に思いを馳せたのもまた、双方が理論物理学という思考の源泉に何らかの光明を感じ取っていたからにほかならない。(51)もちろん、実際にそれぞれの紡いだ物語作品には、本章で見てきたような単純な図式には回収されえない豊穣なモチーフが宿っていることも見落とすべきではないだろう。(52)だが、みずからの文学的方法論を双方が構築するにあたって、近現代の理論物理学が果たした役割を見定めておくことは、各々の実作における表現様式のあり方を考察するうえでも、大きな役割を果たすものであることは強調しておきたい。
もとより、新感覚派の文学史的位置づけが安定しない理由のひとつは、当該作家たちの方法意識がきわめて衒学的で複雑なものであり、その意味するところがいまだ有効にとらえきれていないことに由来していよう。[53]なかでも横光利一と稲垣足穂は、ともに現象世界の認識論的／存在論的な革新を試みた書き手であり、その創作営為の源泉については、今日でもさまざまな再検討の余地が残されていると言ってよい。互いに異なる角度から、近現代の理論物理学と格闘しつづけた横光と足穂の思想的な行程のなかに、同時代の「文学」と「科学」の交響現象の一端を窺い知ることができるだろう。

［注］

（1）横光利一「新藝術定義の樹立へ（12）もう一度文学について（上）」『読売新聞』一九二九・九・二七朝刊。
（2）稲垣足穂「近代物理学とパル教授の錯覚」『改造』一九二八・四。
（3）高橋孝次「新感覚派の夢——稲垣足穂と活動写真のメディア論」『千葉大学日本文化論叢』第六号、二〇〇五・六。
（4）高木彬「稲垣足穂と新感覚派——「WC」から「タッチとダッシュ」へ——」『横光利一研究』第一二号、二〇一四・三。
（5）中村還一「科学的要素の新文藝に於ける地位」『文藝時代』一九二五・九。同年同月には、雑誌『文藝日本』においても、細井和喜蔵が「文藝と科学」と題された論説を寄稿しており、そこでもまた

「現代の如く科学の時代では文藝の上にもまた科学的要素が含まれてなくてはならぬ」ことが説かれている。

（6）横光利一「客体への科学の浸蝕」『文藝時代』一九二五・九。
（7）横光利一「日記」『中央公論』一九三四・九。
（8）横光利一ほか「科学と文学を語る」『科学ペン』一九三七・一。
（9）横光利一「感覚活動（感覚活動と感覚的作物に対する非難への逆説）」『文藝時代』一九二五・二。
（10）稲垣足穂「私における形式と内容」『創作月刊』一九二九・五。なお引用部分については、すでに高木彬による考察がある（前出「稲垣足穂と新感覚派――「WC」から「タッチとダッシュ」へ――」）。
（11）稲垣足穂「「タルホと虚空」――理屈つぽく夢想的な人々のための小品」『ゲエ・ギムギガム・プルル・ギムゲム』一九二五・七。
（12）稲垣足穂「記憶」『新潮』一九二九・五。なお、こうした足穂の理論物理学へのまなざしは、のちに宇宙科学への熱烈な興味・関心と結びついていく。詳細は、本書の第八章を参照されたい。
（13）片山正夫『化学本論』内田老鶴圃、一九一四・一。のちに増補・改訂、本章での引用は一九二四年五月発行の改訂第六版のものに拠る。
（14）山本亮介『横光利一と小説の論理』笠間書院、二〇〇八・二。
（15）ヘルムホルツの「力学主義」についての要を得た解説として、伊勢田哲治『科学哲学の源流をたどる――研究伝統の百年史――』（ミネルヴァ書房、二〇一八・一一）を参照した。
（16）横光利一「愛嬌とマルキシズムについて」『創作月刊』一九二八・四。
（17）のちに一九三〇年前後を境として、横光は「力学的形式」をみずから退け、むしろ現象／物自体の二元論的な世界認識を明確に打ち出していくことになるが、その理論的な「転回」の諸相については、本書の第五章・第六章を参照されたい。
（18）稲垣足穂「「非ユークリッド」との因縁」『毎日新聞』一九七二・三・二九朝刊。

(19) 梶島二郎『非ゆうくりっど幾何学』内田老鶴圃、一九二二・七。
(20) 稲垣足穂「機械学者としてのポオ及現世紀に於ける文学の可能性に就て」『新潮』一九二八・二。
(21) この点については、本書の第八章も併せて参照されたい。
(22) その代表的なものとしては、片岡鉄兵「若き読者に訴ふ」(『文藝時代』一九二四・一二)や川端康成「新進作家の新傾向解説」(『文藝時代』一九二五・一)などが挙げられる。
(23) 位田将司『「感覚」と「存在」――横光利一をめぐる「根拠」への問い』明治書院、二〇一四・四。なお、同時代の文壇における認識論の扱いについては、片山倫太郎「新感覚派における認識論的問題の行方――川端康成、横光利一の類比的素描――」(『横光利一研究』第四号、二〇〇六・三)に詳しい。
(24) 前出『「感覚」と「存在」――横光利一をめぐる「根拠」への問い』。
(25) E・カッシーラー、山本義隆訳『現代物理学における決定論と非決定論――因果問題についての歴史的・体系的研究［改訳新版］』みすず書房、二〇一九・一。
(26) 稲垣足穂「童話の天文学者」『新青年』一九二七・一。
(27) 戸坂潤「物理的空間の成立まで(カントの空間論)」『哲学研究』一九二五・一。小泉義之は、戸坂の「空間」論について「直観空間は、前‐個体的なものを任意の個体的なものとして映し出す空間としてとらえ返されることになる」と指摘したうえで、G・ドゥルーズの哲学思想と比較・検討している(「直観空間と脳空間――戸坂潤とジル・ドゥルーズ」『現代思想』第三四巻八号、二〇〇六・七)。小泉の指摘を踏まえてみれば、本章で取り上げた足穂の「空間」概念もまた、思想史・文化史的により深く考察されるべき意義を持っていると考えられるが、その詳細は別稿に譲りたい。
(28) 現象世界の基層を「無数の薄板の重なり」としてとらえようとする発想は、前出「「タルホと虚空」――理屈つぽく夢想的な人々のための小品」をはじめとして、足穂文学の象徴的なモチーフとなっている。

(29) 原子・分子など現象世界の「物質」を「仮説的対象」とみなす考え方は、先述した『化学本論』のなかでも丁寧に紹介されている。

(30) 中河與一「科学上のテクニックと形式主義」『創作月刊』一九二九・四。なお、この点について小森陽一は、「コンテクストとしてのアインシュタインは決して横光や中河に孤立的に現れていた現象ではなく、一九二九年という特定共時態の共通項だったのである」と指摘しつつ、そこに小林秀雄の論説を位置づけている(『構造としての語り・増補版』青弓社、二〇一七・九)。昭和初期の文学者と理論物理学との交通を考えるうえで、小林の存在は無視することができない。本書のなかで主題的に取り扱うことはできなかったが、ここで同時期の小林の問題意識がどこにあったのかをごく簡単に瞥見しておきたい。一九三一年、小林は「文藝批評の科学性に対する懐疑」をめぐって「作品の印象の多種多様である事で色々と文句を言」う人びとに対して、次のように反駁している。

次の様な事実を、ちらりと見るだけでいいではないですか。では、物理学者は印象の多様性をどう始末してゐるのか、と。物理学者には印象の多様性なぞない、などとは飛んでもない事です。直接な印象がなければ、何んにも始まりやしません。物差しの度盛りのみえない物理学者なんてをりません。それなら、各人みな別々な度盛りの経験をしてゐる筈です。併し、一米はだれにも一米ではありませんか。文藝批評家の直接経験の世界は、物理学者の直接経験の世界に較べたら、無限に複雑だと言ふかも知れません、だが、それは五十歩百歩の相違です。(「文藝批評の科学性に関する論争」『新潮』一九三一・四)

引用文のなかで、小林は「物理学者」の世界認識を引き合いに出すことによって「文藝批評」の「科学性」を主張している。しかし一方で、一九三七年に行われた座談会においては、「藝術も科学も人間の自然に対する戦ひだといふ点では同じだが、だけどそのアーティフィシヤルな二つの技術が、方法がそれぞれ絶対にちがふと僕は思ふんだ」と述べ、「科学」と「文学」の「方法」は根本的に異なるとも論じていた(「文学主義と科学主義」『文学界』一九三七・七)。そこには、小林の「科学」に対するアンビヴァレントな評価が読み取られよう。山崎行太郎は、小林の興味・関心が晩年まで一貫して「アインシュタインの例に見られるような、理論物理学における「矛盾」をも恐れない過激な思考力の展開」、言い換えれば「その学問の成立根拠を否定し、また解体することさえも恐れない「物理学」における革命的な情熱」に向けられていたと指摘している（『小林秀雄とベルクソン――「感想」を読む』彩流社、一九九〇・一二）。「科学」・「文学」・「言語」の三幅対を横断的に思考しつづけた小林の批評活動は、同時代の学術情勢を踏まえつつさらなる検討ができるものと思われる。

(31)　前出『横光利一と小説の論理』。

(32)　高橋幸平「〈新感覚論〉から〈形式論〉へ――横光利一の文学論――」『国語国文』第八四巻三号、二〇一五・三。

(33)　T・クーン、安孫子誠也ほか訳『本質的緊張――科学における伝統と革新』第一巻、みすず書房、一九八七・九。なお、山本亮介は一九二〇年代の横光が「原子論」と「エネルギー論」の論争に関心を抱いていたことを詳らかにしているが（前出『横光利一と小説の論理』）、もとよりその論争は「実在論」＝「現象の背後に実在を想定し、それによって見かけ上の多様な現象を統一的に説明する立場」と「現象論」＝「現象間の関係を研究して法則を探求することを第一とし、実在をもちだすことを避ける立場」の思想的差異に重ね合わされる（三宅岳史「階層と実在――原子論論争とフランス科学哲学」『合理性の考古学――フランスの科学思想史』金森修編、東京大学出版会、二〇一二・一二）。その点に鑑みても、横光の言う「力学主義」は、いわゆる「実在」をめぐる形而上学に支えられたヘルムホルツ的な「力学」（mechanics）を指しているわけではなく、やはりみずからの立場と素朴実在論的な世界認識との差異を強調するために、やや不正確なまま用いられた術語であったと考えるべきであろう。

(34)　田邊元『科学概論』岩波書店、一九一八・九。

(35)　木田元『マッハとニーチェ――世紀転換期思想史』講談社学術文庫、二〇一四・一一。

(36) 横光利一「文藝時評（一）」『読売新聞』一九二九・三・一二朝刊。
(37) 本章で採り上げたほか、代表的な先行研究としては、中村三春『フィクションの機構』（ひつじ書房、一九九四・六）、伴悦『横光利一文学の生成――終わりなき揺動の行跡』（おうふう、一九九九・九）、前出『横光利一と小説の論理』、河田和子「科学と文学」（『横光利一の文学世界』石田仁志ほか編、翰林書房、二〇〇六・四）、高橋幸平「横光利一「蠅」の主題」（『国語国文』第七七巻一一号、二〇〇八・一一）、坂口周『意志薄弱の文学史――日本現代文学の起源』（慶応義塾大学出版会、二〇一六・一〇）などが、横光とアインシュタインの思想的連繫について言及している。もちろん、本章の立場もまたそうした連繫自体を否定するものではなく、本書の第六章ではその影響関係の諸相を扱っているが、それ以上に強調しておきたいのは、一九三〇年前後の横光が、相対性理論の学術的知見をひとつの世界認識として受け入れるまでに、本章で詳述したような種々の葛藤があったということである。
(38) 前出『構造としての語り・増補版』。
(39) 横光利一「形式とメカニズムについて」『創作月刊』一九二九・三。
(40) 前出『構造としての語り・増補版』。
(41) E・カッシーラー、山本義隆訳『アインシュタインの相対性理論――哲学からみた物理学の革命――』河出書房新社、一九七六・一。同書の梗概は、少なくとも一九二九年ごろには戸坂潤の手によって日本に紹介されている（『科学方法論』岩波書店、一九二九・六）。
(42) 石原純「相対性理論」『大思想エンサイクロペヂア』第四巻、春秋社、一九二九・九。
(43) A・アインシュタイン、石原純訳「幾何学と経験」『アインスタイン全集』第四巻、改造社、一九二三・八。
(44) H・ポワンカレ、林鶴一訳『科学と臆説』大倉書店、一九〇九・一二。
(45) 桑木彧雄『物理学と認識』改造社、一九二二・六。なお同書では、先述した「エネルギー論」が不可避的に抱え込まざるをえなかった形而上学的な性格にも言及されており、この時代の科学思想の水準を検討するうえできわめて示唆に富んでいる。

(46) 石原純「宇宙の限界と形」『科学画報』一九二七・九。

(47) 稲垣足穂「新文学の基礎【上】」『国民新聞』一九二九・三・二五朝刊。

(48) 稲垣足穂「Prostata ~ Rectum 機械学」『ヴァニラとマニラ』仮面社、一九六九・五。

(49) 茂田真理子『タルホ/未来派』河出書房新社、一九九七・一。また、同様の趣旨は、安藤礼二『光の曼陀羅――日本文学論』(講談社、二〇〇八・一一)でも指摘されている。

(50) この点については、森元斎「月と靄――稲垣足穂におけるリーマンと相対性理論、タルホ・コスモロジー」(『現代思想』第四四巻六号、二〇一六・三)に詳しい。

(51) もちろん、実際の理論物理学者たちがこうした思想的意義を背負っていたわけではなく、横光にせよ足穂にせよ、既存の科学言説を独自に換骨奪胎しながら受容していた点には十分に留意しておきたい。非ユークリッド幾何学を経由しつつ、マッハからアインシュタインへといたる科学史的な連続性/非連続性については、たとえば廣松渉『相対性理論の哲学』(勁草書房、一九八六・一)に詳しい。

(52) たとえば、初期の短編小説『園』(『文藝時代』一九二五・四)においては、「ボイルの法則」を導く数式が効果的に援用されている。この点については、河田和子『戦時下の文学と〈日本的なもの〉――横光利一と保田與重郎』(花書院、二〇〇九・三)に多くの示唆を受けた。

(53) 長山靖生は、新感覚派の書き手に共通する「いくつかの具体的傾向」として、「都市や天体・天空への興味」や「科学や機械に対する関心」を挙げたうえで「その興味や関心は神秘主義と容易に結びつく性質のものだった」と指摘しているが(「SFのある文学誌 [第六十回]」『SFマガジン』二〇一八・一〇)、そのような「科学」と「神秘」が入り混じる興味・関心のあり方もまた、各々の書き手たちが自然科学の学術的知見をどのように受容していたのかという個別具体的な検討を通じて考察されるべきものであろう。

第五章　観測者の使命——横光利一『雅歌』における物理学表象

はじめに

前章では、一九二〇年代の横光の理論物理学受容について、稲垣足穂との比較・検討を通じてその内実を探ってきたが、それは一九三〇年前後においてひとつの「転回」を見せはじめることになる。(1)山本亮介は、この時期の横光の活動について、「乗り越えるべき旧文学の主題として拒絶してきた人間の内面なるものが、文学の現代的課題として昇華されている様子を見て取った時、横光の文学が向かう対象は意識・心理へと〈転回〉しはじめた」と述べている。(2)一九二〇年代を通じて確立された世界認識の尺度としての主観‐客観の運動図式に、「心」＝「内面」の活写という「現代的課題」が照射されることで、横光はそれまでの文芸思想のさらなる刷新を試みていくのである。

また同時に、それまでの「感覚活動」論から「メカニズム」へといたる一連の理論体系を脱却し、いわゆる新心理主義の思潮動向へと接近するなかで、横光はみずからの「科学」観についても、根底的な問いなおしの必要性に迫られていた。山﨑國紀は「「科学主義」への志向」が「横光の内部には絶えず潜在していたようで、新心理主義文学を拓くときにも、間違いなく適用されようとした」ことを指摘しているが、[3]まさに「心」＝「内面」の「科学主義」的な相貌を考察することを通じて、横光は「科学」という概念自体に対する再検討へと向かっていくことになる。

このようなかたちで、横光のなかで本格的に「心」の問題と「科学」の問題が結び合わされつつあった時期の作品として、一九三一年七月一日から八月一九日にかけて『報知新聞』（夕刊）に連載された長編小説『雅歌』を挙げることができる。『雅歌』は、この時期の横光の思想形成を考察するうえで重要な手がかりとなる作品であるにもかかわらず、これまでの先行研究においてあまり言及されることがなかった。だが、この作品に描かれた「心」と「科学」の錯綜するモチーフを、横光文学における通時的・共時的な文脈のもとに位置づけなおしてみれば、そこには同時期の横光が直面していた認識論的な葛藤の諸相が、より明晰に浮かび上がってくるのではないだろうか。

のちの『紋章』（『改造』一九三四・一－九）や『家族会議』（『東京日日新聞』『大阪毎日新聞』一九三五・八・九－一二・三一）といった、いわゆる「純粋小説」への端緒としてみなされる『雅歌』は、また同時に横光文学の系譜において、物理学者を主人公に据えた「科学者もの」につらなる作品としてひとつの位置を占めている。実際、『雅歌』の主人公である羽根田は、物理学者らしく「一定の位置から動くことなく、動くものを観測しなければならぬといふ主義」を持った人物として造形されていた。

もっとも羽根田は、出来事の一切から距離を取った客観的で超越的な観測者として振る舞いつづけたわけではない。物語の結末は、研究活動の一環としてドイツへと向かう羽根田が、紆余曲折を経て恋仲になりつつあったちか子に対して、自身の抱いていた恋慕の想いをありのままに吐露すべきか逡巡する場面で幕を閉じるのだが、ここには「一定の位置から動くことなく」ちか子を「観測」しようとする物理学者としての羽根田の姿はなく、それまでの人生のあり方を問いなおそうとするひとりの男が描き出されている[4]。

そのような観測者としての羽根田の屈託は、同時代の理論物理学が直面したアポリアと、その問題意識の源泉を共有している。羽根田は、「観測」という行為を物理学的に考察することにこだわりつづけ、同時にみずからの「心」を「観測」することの原理的な困難に嵌まり込んでしまっていたが、まさに一九三〇年前後の理論物理学においては、観測者は観測対象に何らかのかたちで不可避的に介入せざるをえないといった立場が支配的となっていた。その中枢を占めていたものこそ、W・ハイゼンベルクの不確定性原理に集約されるような量子論・量子力学の学術的知見にほかならない。

なぜ『雅歌』と同時代の理論物理学とのあいだに、そのような共振する問題意識が見いだされるのだろうか。そこには、先述した認識論的なパラダイムの転換という共時的な背景を仲立ちとして、両者に通底していたひとつの状況論的な文脈を読み取ることができる。そのような観点を踏まえて『雅歌』を再検討してみることは、評論・随筆の類からは見えづらい一九三〇年前後の横光のたどった思考の軌跡を、改めて照らし返すための契機ともなるだろう。

一　書きなおされる物理学者

『雅歌』には、モダン都市を生きる上流階層の男女の恋愛模様が描かれている。しかし同時に、横光が物語上で企てた仕掛けのなかで見落としてはならないのが、作中のさまざまな場面に散りばめられた「科学」的な表現の数々であろう。そこには、いわゆる通俗小説としての物語様式とは別の水準において、同時代の横光の自然科学に対する興味・関心の一端を垣間見ることができる。

『雅歌』において、羽根田が「科学者」であるという設定に特別な意味が持たされていたことは、『報知新聞』に掲載された『雅歌』の初出版から、横光の死後刊行された改造社版『横光利一全集』（一九四八・四－一九五一・三）への改稿の軌跡をたどることで、より鮮明に浮かび上がってくるだろう。他の作品と比べて、後年の随想などでも決して言及される機会の恵まれなかった『雅歌』だが、横光はこの作品に対して、かなりの年月を経てもなお修正を施していた。[5]以下、初出版と改造社全集版との異同を、本論にかかわる範囲で比較してみることにしよう。

まずは書誌的な事項から確認しておきたい。『雅歌』は、当初『報知新聞』に連載されたのち、翌年（一九三二年）一二月に書物展望社から単行本として刊行されるのだが、その時点では多少の誤字の修正などはあるものの、目立った改稿は見られない。また、その後は改造社の『文藝復興叢書』（第五巻、一九三四・四）に再録され、さらに非凡閣から刊行された初の『横光利一全集』（第一巻、一九三六・一）にも所収されるのだが、その際にも取り立てて問題にすべき改稿の跡は確認できなかった。

本章で検討するような大規模な改稿は、横光の死後すぐに刊行された改造社版『横光利一全集』（第八巻、一九四九・三）において初めて示されることになる。[6]具体的にどの時点で横光が書きなおしを試みたのか、現時点で正確な特定を行うことはできないが、刊行過程を見るかぎりでは、一九三六年から没年（一九四七年）までのいずれかの時期になされたものと推定できよう。[7]そこで、『報知新聞』連載時点での本文と改造社版全集の本文を照らし合わせてみると、幾つかの興味深い修正点を見いだすことができる。

たとえば、冒頭付近で「恋愛的な行為」を禁じた「連愛」の共同体を設営する際に「会長は互選の結果、羽根田になつた」(傍線引用者、以下同様)という初出版の箇所が、全集版においては「科学者の羽根田」という但し書きが付され、その恋愛に対して奥手な性格が、あたかも「科学者」という職業的立場を通じて形成されたような格好になっている。同様の趣旨としては、羽根田がちか子に対する恋心を徐々に自覚する場面においても、初出版では「彼がどんなにうろたへ出さうとも、とにかくそれは彼にとつては、遅々として襲つて来た初恋だつたのだから仕方がない」とだけ記されていたが、全集版においては傍線部が「とにかくそれはこの物理学者にとつては」と修正され、わざわざ「物理学者」であることを強調する語り方がなされているのである。

ここにつづく文章では「彼はもがけばもがくほど、この頃はだんだんと息の切迫していく自分を感じた」と記されるのだが、全集版においては、さらに加えて「それは彼の学とは全く相反した感情の波打ちで、いはば何よりも強敵の襲来に等しいものだつた」という一文が挿入されている。改稿によって、羽根田のちか子に対する「感情」が、「物理学者」の「学」との関係のなかで意味づけられている。それは、たとえば初出版の「科学者の根津」という表現が、全集版で「医者の根津」という具合にただされていることとは対照的であろう。ここには、『雅歌』という小説作品において「科学者」＝「物理学者」という等式を立ち上げようとする明確な企図を読み込むことができる。

あるいは、羽根田がちか子に自身の実験室で撮影した写真を送るべきか否かで煩悶する場面を引用してみたい。

　いつたいから《ママ》神といふものは、馬鹿にしようと思へば、自分が馬鹿者ならいくらだつて馬鹿には出来るものだ。だが、自分の心霊だけは、誰も馬鹿には出来なからう。これが写真と神との間の秘密であると、さう羽根田は日頃から思つてゐるものなのだから、じつと自分を見てゐるちか子の写真を眺めてからは、ますます心念の統一力といふことに関しては、物理学的に考へ出していかざるを得なくなつたのだ。(初出版)

引用した箇所にも細かな異同は散見されるのだが、注目すべきなのは、この文章につづくかたちで書き加えられた次の一節である。

そして、この思想はまつたく無いわけではない。古くからある易の中心思想の重要な部面は何といつても、人の心といふものを物質と観てゐる部分だと彼は思つた。単にそれは精神だけではなく、時間といふものさへ物質だと観てゐるのである。何はともあれ、これは物理学者にとつてはたしかに一歩を奪はれた驚くべきことだつた。(全集版)

ここからは、横光の東洋思想への接近が見いだされるとともに、「精神」や「時間」をも視野に入れた「物質」の概念的な拡がりに接する「物理学者」の驚きを読み取ることができる。後述するように、「心」を「物質」と見立てること自体に、一九三一年時点での心理学言説と確かな並行関係があったことは、すでに小林洋介によって指摘されているが[8]、ここにおいても『雅歌』に伏在する物理学的な方法意識が、あからさまに前景化されているのである。

そして、本章の論旨において最も重要な改稿の部分を挙げておきたい。物語の後半において、羽根田がみずからの生き方を自問自答する場面である。[9]

他人に破損を与へぬといふこと。――この平凡な道徳は、彼は世の何物よりも尊いことだといつも思つてゐるのである。だから、彼は出来ることなら、植物のやうに自分の生れた地点から移動をせず、上へ上へとばかりのび上つていくことこそ自分の本分だと思つてゐるのだ。――（初出版）

これが、全集版においては次のように修正される。

他人に破損を与へぬといふこと。――この平凡な道徳は、皆からヨットの船長に選ばれただけあつて、彼にとつては舟とは限らず一団の長と名のつくもののもつとも考へるべきこと――ただ一人がひそやかな部分で考へ実行してゐるべき、物理学上の極微の物理の定律と同様に重要なことだと確信してゐた。であるから、彼は出来ることなら、植物のやうに自分の生れた地点から移動もせず、上へ上へとばかりのび上つていくことこそ自分の本分だと思つてゐるのだ。――（全集版）

傍線部に着目してみると、羽根田は現実世界になるべく干渉しないことを決めた自身の態度を、「物理学上の極微の物理の定律」として理解しているような体裁に改められている。この「極微の定律」という語句に、改稿時点での横光がどの程度まで具体的な内容を思い描いていたのかは判然としない。だが、ここでもまた「物理学者」としての職業倫理によって組み立てられた規範意識が、羽根田の生き方を決定づける根幹に据えられたかのような改稿がなされているのである。

ここまで見てきたように、全集版の語りにおいては、明らかに羽根田の「物理学者」としての側面が強調され、それによって小説作品としての装いもまた新たに再調律されていた。これらは後年に施された修正であるものの、そこに示された「科学」的なものへの指向性は、初めの連載時点ですでに持っていたと考えることもできる。

石塚友二は、「著者がこの作品〔『雅歌』――引用者注〕の発行を容易に書店に許そうとしなかった」と述懐しつつ、その理由として「横光氏はこの作品を未完成なものとして、従ってどれ程かの枚数を書き足した上で本にする心算でいたのではあるまいか」と推測している[10]。連載時点での横光が、この作品を「未完成」なものとみなしていたのだとすれば、これら一連の改稿過程には、石塚の言う「心算」の内実が、より鮮明なかたちで示されていたと解釈することもできるのではないだろうか。

佐藤卓己によれば、ちょうど『雅歌』が連載された時期の『報知新聞』は慢性的な部数不足に悩んでおり、一九三〇年六月に経営権を野間清治に委託し、編集戦略を大衆化路線に大きく舵を切りつつあったと言う[11]。そのような掲載媒体の大胆な方針変更は、新聞小説というジャンルに本格的に取り組みはじめた時分の横光にも大きな影響を与えたことだろう[12]。すなわち、『報知新聞』における抜本的な紙面改革は、横光自身の意図とは別の水準で『雅歌』の言説編成の大枠を規定していたと言える。

新聞小説としての『雅歌』において、通俗性・娯楽性の強度を保つために、雑音《ノイズ》となる種々の「科学」的な表現を排除せねばならなかったのだとすれば、横光がその作品としての完成度に不満を持っていたこともゆえなきことではない。少なくとも、横光が後年まで『雅歌』に修正を施していたという事実は、この小説の創作にあたって、単なる表層的な設定として「物理学者」を描いたわけではなかったことを証し立てるものとなるだろう。

併せて、一九三一年時点の横光が、『雅歌』に対してある種の「未完成」性を感じていたのだとすれば、それは物語構成の粗さや不備に拠るのではなく、むしろみずからの「科学」観が、あまりに生硬なかたちで小説作品に仮託されてしまっていたことにも由来していよう。逆に言えば、観測者としての羽根田の言動には、同時代の横光が直面していた認識論的な躓きが、決して解決されることのないままに、ひとつの切迫したアポリアとして描き出されていたとみなすこともできるはずだ。次節では、そのような躓きが、具体的にどのようにして『雅歌』に描かれていたのかを検討してみたい。

二　量子力学の問題構制

山本亮介は「量子論、あるいは不確定性原理への関心を帰着点の一つとする形式主義文学の議論において、当初から、未消化ながらも、物理学・化学の理論を自説の根拠として打ち出していたのが、横光であった」と前置きをしたうえで、この時期の横光の文学活動において、量子論的な問題提起がさまざまな水準で見いだされることを指摘している。[13]山本によれば「主観・主体の独立性といった認識論上の問いへ到達する方向性を持つ「観測問題」を、作家活動の初発期から、主客構造への問いを繰り返していた横光の思考に結びつけることは可能であ」り、実際に「書翰」（『文藝』一九三三・一二）や「純粋小説論」（『改造』一九三五・四）において、横光は「量子論の世界観を暗黙の前提」としていたことが考究されている。

もっとも、横光が量子論・量子力学について直接的に論じた評論・随筆の類が残されていない以上、その具体的な影響関係を実証することはきわめて困難であろう。そのような研究状況を踏まえたとき、『雅歌』における次の一節は、横光と量子論・量子力学のかかわりを考察するうえで示唆的である。

羽根田は比良から、ちか子をめぐつての坂崎と彼との活動を聞いてからは、梅子のいつたことを照らし合せて、周囲の波動の原因と結果をまで、かなりの確実さで観測することが出来て来た。

ここでやや唐突に挿入された「周囲の波動の原因と結果」や「観測」という表現に着目したい。一九三〇年前後の理論物理学をめぐる言説において、「波動」や「観測」といった術語は、明らかに量子力学の分野に親和性を持つものであった。[14] 本書のなかでも何度か触れてきたが、改めてその背景をごく簡単に瞥見しておきたい。

一九二七年、W・ハイゼンベルクがドイツの学会誌に発表した不確定性原理は、瞬く間に日本の論壇へと受容され、活発で旺盛な議論を巻き起こすことになった。ひとまずここでの不確定性原理とは、何らかの「観測」されるべき対象のあり方が、当の「観測」という行為自体によって決定づけられていくものであるといった転倒の論理の総称と考えて差し支えない。

ある任意の粒子の位置と運動量を、同時にかつ正確に確定させることができないという不確定性原理の帰結は、やがてそもそも「物質」とは何か、あるいは「物質」が存在するとはどういうことかといった、より思弁的で形而上学的な論争にまで拡大していくことになる。その理解度はともかくとして、最先端の自然科学に熱烈な関心を示しつづけていた横光にとって、こうした新時代の理論物理学の成果は、確かな衝撃をもって受け止められており、その驚嘆の念こそが『雅歌』において「波動」や「観測」といった表現を選ばせたのではないだろうか。

このように考えてみれば、『雅歌』という小説作品の読解にあたって、同時代の量子論・量子力学に端を発する認識論的なパラダイムの転換を参照してみることは、さほど牽強付会ではないことが了解されるはずだ。(15) 先の引用において、羽根田は「周囲の波動の原因と結果」を「かなりの確実さで観測することが出来」る人物として造形されていたが、まさに『雅歌』とは、そのような「確実さ」という憶見《ドクサ》が作中で幾度も問いなおされる物語であり、羽根田はその都度「観測者」としてのアイデンティティを揺さぶられることになる。それは、とりわけ「心」の「物質」的な様相を考察する場面において顕著に見いだされるだろう。

『雅歌』において、羽根田は「心」を精確に「観測」することは可能かという疑念を抱きつづけていた。たとえば、次の箇所を参照したい。

> 物理学者が恋愛に悩むなんて、そんな馬鹿なことがあるものか。――彼は上衣をぬぐと太い鉄の棒を切断機にかけて、モーターを廻し出した。鬼の持つやうな鉄棒が次ぎから次ぎへと、じくじく、じくじく音を立てて、まるで魚のやうに引きちぎれていつた。彼は水のなみなみと溜つた鉄槽の中へ抵抗力を試験する常用のピストルを数発続けさまにぶつ放した。しかし、そんなに彼は荒々しく暴れてみても、心といふものは、こちらの思ふやうには動かぬものだと気がついた。
>
> だが、心？
>
> 心とは何んだ？

この場面について、千勝重次は「「だが、心？　心とは何だ？《ママ》」」と羽根田が自問したときに、彼がそれを考える場合、その思考的主体は世界的に最高の水準を持った物理学（科学のなかで最も尖端的な学問としての）の知識である」ことを強調している。[16] だが、この時点での羽根田が、真の意味で「世界的に最高の水準を持った物理学」を体得した「科学者」であったのならば、みずからの「心」を「観測」しようとするジレンマのなかに、当時「最も尖端的な学問」であった量子論・量子力学にも関連するような、独自の問題構制を読み取っていたとみなしても良いはずだ。

　実験室において、羽根田はあらゆる実験対象を超越的に「観測」できる位置を確保していた。しかし、そこに自身の「心」をかき乱す存在としてのちか子が訪れることによって、羽根田の「観測者」としての立場は揺らぎはじめる。それは、当然ながら「科学者」としての羽根田の「物質」観ともまた密接にかかわっていよう。

　小林洋介は、一九三〇年前後において「心理学と物理学とが近接する状況にあった」ことを指摘しつつ「「雅歌」で、物理学者である羽根田が〈心とは何か〉という問いと取り組むことは、決して荒唐無稽なことではなく、むしろ当時の科学の状況を正確に反映したものだったと言える」と述べている。[17] 小林は、同時代に成立していたさまざまな心理学周辺の言説を跡づけていったうえで、「「雅歌」で羽根田が執拗に拘泥したのは、物質について意識するその心理のはたらきが外部現実である物質そのものに変化を及ぼす可能性についてであ」り、「このような考え方が成立するためには、〈心理〉が時間と共に流れるものであって空間とは没交渉であるという前提が覆され、〈心理〉は時間の流れの中にあると同時に空間のなかにも存在するという新たな認識が生じる必要があったはずである」とまとめている。

小林が述べるように、「心」を客観的な対象物として「観測」することを目指した『雅歌』の試みに、同時代の「心理」をめぐる文芸思潮に対する横光の批評的視座の一端を確認することは可能であろう。しかし、同時に眼を向けておかねばならないのは、そのような主観‐客観という対照関係のなかで「心」の動きを記述することが持つ物理学的な厄介さについてもまた、この時期の横光が十分に自覚的であったということである。

言うまでもなく、そもそも観測者たる主体が、観測対象としての「心」を客観的に記述するという主客二元論的なスキームは、それを問うているみずからの主体形成の条件を問題にせざるをえないという点において、つねにすでに破綻の可能性を忍び込ませている。だからこそ、羽根田は「心とは何んだ？」という自問自答を繰り返しつつも、それはついに解決されることのない謎として宙づりにされつづけていたのである。

他方、あらゆる「物質」にはたらきかける「感覚」の機制を、みずからの理論的な中核に据えていた一九二〇年代時点での横光にとって、「心」を外在的に「観測」することで生じる主観‐客観の運動図式の挫折は、同時に「感覚活動」から「メカニズム」にいたるそれまでの文芸思想の臨界点をも照らし出すものであった。世界認識の起点としての「心」もまた「物質」の一形態である以上、当然ながら観測対象の客観性を確保する特権的な主観（＝主体）の機能もまた、従来の主客二元論的な説明によっては根拠づけることができなくなってしまう。その意味で「心といふものは、こちらの思ふやうには動かぬものだと気がつい」てしまった羽根田の背後には、そのような「心」を「観測」することが抱え込む必然的な隘路に直面してしまった横光の姿が、二重写しのように投射されていたとも言えるのではないだろうか。[18]

以上見てきたように、小林の述べる「物理的現象」としての「心」のあり方を、同時代の横光が直面していた認識論的な葛藤や、二〇世紀物理学の方法論に関係づけられた思想的状況のなかで再定位してみたとき、改めて『雅歌』において「観測」行為の頓挫という主題《テーマ》が導入されたことの意味を検討することができるだろう。この点について、次節でさらなる考察を展開してみたい。

三　「文学のみの科学」の考究

辻哲夫は、近代日本の論壇状況と理論物理学の邂逅をめぐって、そもそも「一方では広い関心をひく親近さをもちながら、他方ではきわめて理解しにくい、その意味では疎遠な性格をもつという、相矛盾した知的構造をそなえる対象であった」がゆえに、その理解については西欧と比較して「哲学」的な解読格子が必要とされていたことを指摘している[19]。そのひとつの到達点とも言える相対性理論や量子力学は、まさにそのような意味で「科学」と「哲学」の領分が極限まで接近した時代思潮の産物であり、横光が一連の理論物理学の学術的知見と遭遇するまでの過程もまた、そうした「知」の学際的な越境を背景にしながら検討されるべきものであろう。

そのような文脈を踏まえつつ改めて確認しておきたいのは、横光が「観測」という行為をめぐって、その活動の長きにわたって鋭敏な問題意識を持ちつづけていたということである。以下、その思索のたどった道筋を概観しておきたい。

前章でも論じたように、一九二〇年代までの横光の「科学」観は、主として一九世紀の哲学思想を主軸とした現象論的物理学に端を発するものであり、みずからの世界認識の起点をなす「感覚活動」

のあり方に立脚した、きわめて思弁的な色彩の強いものであった。その総決算とも言える論説「形式とメカニズムについて」のなかで、横光は「総て現実と云ふもの――即ちわれわれの主観の客体となるべき純粋客観――物自爾――最も明白に云つて自然そのもの――はいかなる運動をしてゐるか、と云ふ運動法則を、これまた最も科学的に、さうして、それ以上の厳密なる科学的方法は赦され得ざる状態にまで近かづけて、観則《ママ》すると云ふ、これまた同様に最も客観的に、いささかのセンチメンタリズムをも混へず、冷然たる以上の厳格さをもつて、眺める思想――これをメカニズムと云ふ」と定義している。[20] ここには、それまでの「メカニズム」思想の要諦が簡潔に示されているが、そのなかで「観則」(=「観測」)に対する信頼は、ひとまず揺るぎないものとして確保されていたことが読み取られる。

だが、先にも見たように、量子力学における不確定性原理の成立をひとつの分水嶺として、同時代の物理学言説において「観測」の客観的な妥当性には疑いの眼が差し向けられつつあった。そして、横光の評論・随想においてもまた、一九三〇年前後を境として、単純に「厳密なる科学的方法」と「文学」の連繫を主張する態度が問いなおされていくのである。ここでは、『雅歌』連載開始の直前に書かれたと思われる次の文章を見ておきたい。

> 文学はどこまでも文学であつて、いふところの科学そのものでない。フロイドの精神分析学を引つぱつて来て文学に適用したつてそれはどこまで真実として頼れるのか分るものではない。科学々と云へば新しい文学だと思つてゐる人が甚だ多いのは遺憾なことだが、僕は何も科学を否定するのではない。科学的文学は良いが、唯文学には文学として別に他の科学から独立した、文

学のみの科学があるといふことが大切だ。[21]

ここで横光が提言した「文学のみの科学」の記述作法は、つづく段落のなかで「心理描写」として具象化されている。かつて横光は、「われわれは科学を何故に信用するのであるか」という問いを立てたうえで、「それは科学が人間の最も薄弱な心理の部面を掴んだからだ」と評していた。[22] だが、「冷然たる以上の厳格さをもつて、眺める思想」を支えていた一九世紀以前の「科学」観は、このときすでに危機的状況に瀕しており、それは横光のなかで、純然たる「科学」の手法によって「心理」を「観測」することに対する認識論的な懐疑の念と切り結ばれることになる。

ゆえに、一九三〇年以降の横光にとって、物理的な対象としての「心理」を分析的に把捉すること自体が、いわゆる一般的な意味での自然科学とは異質の「文学のみの科学」を探究するための導線となりえていた。『雅歌』には、そのような既存の「科学」観を躓かせてしまうモチーフが随所に描かれている。

たとえば『雅歌』のなかでは、羽根田が「念写」という超常現象に、異様なほど惹きつけられる場面がある。羽根田は、「ちか子の姿を自分が頭に浮かべただけで、自由にそのままフイルムへちか子の姿を映し出したいものだと思」い、また「それは絶対に可能なことだ」という堅い信念を抱く。それは、かつて自身が眼にした「念写実験」をめぐる数種類の「実験上の記録」に担保されており、羽根田はそれらの「実験」が「厳然たる現実上の事実であるといふことに関しては、何人といへども異議は申し立てられまい」ことを確信するのである。

小林洋介は、『雅歌』の物語内容に「念写」の概念が持ち込まれたことの意味について、「人の内部の無形の〈心〉が人の外部にある有形の〈モノ〉（物質）に直接変化を及ぼすことの実例」であると述べたうえで、「念写という現象を通して羽根田が、〈心〉には物理的な力があるという認識を獲得したのだとすれば、物理学者である彼が〈心〉とは何かを知ろうと執拗に考えることも、ごく自然なことだということになる」と指摘している。[23] だが、小林も述べるように、大正中期にひとつの流行を巻き起こした「念写」の実験は、いわゆる従来のニュートン力学からはとても首肯できないような、多分にオカルティックな要素をはらんだものであった。ゆえに「心」という主体（＝主観）と「写真」という客体（＝客観）のあり方が、観測者と観測対象を弁別する一九世紀以前の理論物理学では説明のつかない仕方で混淆してしまう「念写」の概念を、羽根田のように超常現象ならぬ「厳然たる現実上の事実」として物理学的に引き受けてしまったとき、それまでの主‐客の存立構造を明晰に分かつ発想自体が、抜本的に据えなおされることにもなるだろう。[24]

　このようにして、みずからの「メカニズム」思想における主‐客の運動図式が、もはや成り立ちえない地点に行き着いてしまったとき、横光は「物質」の概念規定そのものを再検討する立場へと向かわざるをえなくなる。その意味で、「心念の統一力」を「物理学的に考へ出していかざるを得なくなつた」羽根田の姿にもまた、一九三〇年前後の横光の葛藤が重ね合わせられるとともに、そこには同時代の横光が直面していた思想的課題の根幹を見いだすことができるだろう。それはまた、同じ時期の理論物理学が直面していた認識論的な転回と、その問題意識の骨格を分有してもいたのである。

　以上の論旨をまとめよう。一九二〇年代を通じて形成された主観‐客観の運動図式が、それまでの「メカニズム」思想とは異なった「文学のみの科学」の考究のなかで布置しなおされたとき、横光文学の系譜において、厳密に事物を把捉する営みとしての「観測」行為の頓挫という主題《テーマ》が浮上する。

ここで横光が抱え込んだ認識論的な葛藤の在り処は、同時期に書かれた長編小説『雅歌』の物語構成を検討することで窺い知ることができるのである。

『雅歌』において、超越的な「観測者」として見立てられた羽根田は、「心」を「観測」することのアポリアを通じて、不断に観測場のなかに投げ込まれざるをえない。このとき、羽根田の「物理学者」としての世界認識の仕方もまた問いなおされていくことになるのだが、そこには同時に「メカニズム」思想の臨界点に対峙した横光自身の姿をも透かし見ることができる。

その意味で『雅歌』とは、近代自然科学的な主体としての「観測者」が、みずからの特権的な位置(＝実験対象を超越的に俯瞰できる視点)を失効していくまでの心的過程を描いた物語であったと言えるだろう。それはまた、この時期の横光にとってなおも「文学」の問題と「科学」の問題がかぎりなく漸近し、緊張関係を取り結んでいたことを照らし返してもいよう[25]。

横光は、『雅歌』の単行本が刊行された翌年の一九三三年、自然科学と「心理」の関係をめぐって次のような文章を書き記している。

> 科学的無智、この科学に対する智識を深めれば深めるほど無智に近づく状態こそ、近代人の疾病である。心理に公式の生じて来た所以もここにある。理論と心理の見分け難くなつた源もここであれば、また理論と心理の一致して来た単純化もここにある[26]。

「科学に対する智識を深めれば深めるほど無智に近づく」という逆説を見いだしてしまった横光は、この後自然科学を直截的に論じることは避け、みずからの世界認識の態度もまた、より観念論的な方向へと舵を切っていくことになる。それは、何よりも「心」を「観測」することをめぐる原理的な困難を、横光が文学者として受け取ってしまったことの必然的な帰結であったのかもしれない。少なくとも『雅歌』には、そのような横光の文芸様式が転進する瞬間が、羽根田の「心とは何んだ？」という問いを通じて、確かに書き込まれていたのである。[27]

おわりに

横光利一という作家にとって、自然科学とはどのような意味を持つものであったのか――。横光研究のなかで、何度もかたちを変えながら議論されつづけてきたこの問いは、いまもなおその全貌が解き明かされることのないままに、私たちの前に差し出されている。だが、横光の生きた時代における科学言説の類は、今日の眼から見たときあまりに錯綜をきわめており、その全体像を俯瞰することはほぼ不可能に近い。したがって、いまできることは、横光と自然科学が何らかの仕方で接点を持つにいたるまでの諸相を、そのたびごとにたどりなおすような不断の作業の継続にほかならない。本章での議論もまた、そのような動機に貫かれている。

『雅歌』執筆と並行して、横光は『上海』（『改造』一九二八・一一―一九三一・一一）を発表している。詳しくは次章でも検討するが、『上海』ではアインシュタイン＝石原純による相対性理論の解釈フレームを通じて、徹底化された唯物論的な世界認識が、図らずも観念論へと転化してしまうまでの理路が描かれていた。ここにおいて、横光はありありと現前する「物質」の内奥に、一九世紀以前の理論物理学では意味づけることのできない不可知の審級（＝「物自体」）を読み込んでしまったのである。

『雅歌』における羽根田の懊悩は、そうした「物質」の徹底的な考察に「心とは何んだ？」という素朴な疑念を挿入することで、その方法意識自体を転覆させるような思考の可能性を問うていたとも言えるだろう。そのような問いかけは、たとえば『機械』（『改造』一九三〇・九）において「心理」の微細な動きが執拗に描き出されつつも、最後にはそうした言表行為が自己言及的に瓦解せざるをえなかったこととともまた無関係ではない。(28)

その意味で、横光の認識論的な葛藤が葛藤のままに提示された小説『雅歌』は、同時代における『上海』や『機械』の達成に対する陰画《ネガ》としての意味合いを含んでもいる。そのような通時的・共時的な位相を改めて注視してみたとき、『雅歌』は一九三〇年前後における横光文学の展開のなかで、あるひとつの試行錯誤の痕跡が刻みつけられた小説作品として位置づけることができるだろう。(29)

［注］

（1）たとえば『横光利一研究』第四号（二〇〇六・三）では、「一九三〇年前後の〈断絶〉と〈連続〉を問い直す」という特集が組まれ、そのなかで杣谷英紀は、主に〈時間〉概念の変転という視座から横光文学における「一九三〇年の転回」を論じている（「横光利一における〈時間〉の諸相――一九三〇年の転回――」）。また、石田仁志は「一九三〇年頃の横光は文学も「科学的な正しさ」を持つことが必要であると、繰り返し主張していた」が、一九三二年ごろを境に「そうした科学主義は現実を「法則や体系」で縛り、文学を圧迫するものとして否定されている」と述べたうえで、「文学の作用をそうした反・科学、反・合理主義の観点から見るとき、その先に文学表現としての空想性・理想主義、物語性、浪漫主義といった側面が浮かび上がってくることは想像に難くないだろう」と指摘している（「横光利一「純粋小説論」への過程――ポスト近代への模索――」『国語と国文学』第七四巻五号、一九九七・五）。本章でもまた、杣谷や石田の指摘を受け継ぎつつ、一九三〇年以降の横光文学において主題化されていった〝科学的な正しさ〟の超克という論点を考察してみたい。

（2）山本亮介『横光利一と小説の論理』笠間書院、二〇〇八・二。山本は、横光が作家活動の生涯にわたって「認識論的なアポリア」と格闘していたことを指摘しつつ、「新感覚派時代以来、唯心論と唯物論、主観主義と客観主義の間を――後者の立場を目指しつつも――彷徨っていた横光の思弁は、形式主義文学論争期における自然科学理論、科学史の知識の摂取を経て、「物理的に存在」する認識‐対象として、意識‐主観と物質‐客観とを同一のレベルにおいて捉える立場にまで突き進んだ」と述べている。もっとも、山本自身も指摘しており、また本章でも後述するように、一九世紀の理論物理学を基礎とした世界認識の尺度としての主観‐客観図式は、確かに新感覚派時代を通じた横光の理論的な中核となるものであったが、そこには同時に「破綻」の可能性を忍び込ませていたこともまた重要であろう。なお、量子力学の発想が「近代認識論の根本範式である主観‐客観図式の破綻を暴露し、それの終焉を宣告するものになっている」ことについては、廣松渉『科学の危機と認識論』（紀伊國屋書店、一九七七・一〇）に詳しい。

（3）山﨑國紀『横光利一論――飢餓者の文学――』和泉書院、一九八三・一〇。岩崎なつみは、山﨑の見解を継承しつつ、この時期の横光の方法意識について「真理の探究という科学の本質を取り入れつつも、非科学的な心理をも描き出す新たな科学として、文学が目指された」のであり、「科学で説明できない人間心理の複雑で不明瞭な実体のその不明瞭さそのものを、極めて明晰に表現することこそが、横光の文学実践をめぐる科学的意識の核だったと考えられる」と指摘している（「横光利一における科学的意識と心理主義――「鳥」に関する一考察――」『語文』第一五七輯、二〇一七・三）。

（4）玉村周は、『雅歌』について「動かない羽根田も、決して《関係性》の中で雁字搦めになって身動きが出来ずうずくまっていたわけではな」く、むしろ「動かないことが〈主義〉であり、結末ではその〈主義〉が実を結ぶことになる」とまとめている（『横光利一――瞞された者――』明治書院、二〇〇六・六）。

（5）たとえば「純粋小説論」（『改造』一九三五・四）において、横光はそれまでの長編小説群を「純粋小説」と総称しているが、そこでは一切『雅歌』の名前に触れられていない。横光が『雅歌』の存在を気にかけていたことは、本章で指摘した後年の改稿からも明らかであり、ここには何らかの意図がはたらいているものと推察される。

（6）なお、この刊行企画については、十重田裕一が「改造社の商業主義が露骨に表われることになる」と述べているように、かなりの無理を通して提案されたものであったようである（「出版メディアと作家の時代――改造社と横光利一の一九二〇‐三〇年代」『文学』二〇〇三・三）。十重田の指摘にあるように、版元である改造社の経営不振に伴い、全集の刊行は第二三巻（一九五一・三）を最後に中絶してしまうのだが、本章で検討する不明瞭な改稿過程についても、そのあたりの事情がかかわっていたものと推察される。

（7）すでに単行本化した作品に、後年の横光がなおも朱入れを施していた例としては、先述の『家族会議』を挙げることができる。経緯の詳細は、保昌正夫「松村泰太郎氏旧蔵資料について」（『日本近代文学館』第一一六号、一九九〇・七）を参照されたい。

（8）小林洋介『狂気と無意識のモダニズム――戦間期文学の一断面』笠間書院、二〇一三・三。

（9）この場面については、早くから福田恆存が「生きる道程に於いて破損を与へる、与へないといふことにではなく、破損の責任を負ふか、負はぬかといふこと、責任を怖れるか、怖れぬかといふことに、倫理の問題は係つてゐるのである」と述べ、「われわれはこゝに横光利一の無責任の倫理が最も極点に達したことを知る」と評している（「横光利一と「作家の秘密」――凡俗の倫理」『行動文学』一九三七・二）。

(10) 石塚友二「「雅歌」「花花」の初版」『横光利一全集（月報）』第四巻、河出書房、一九五五・九。掛野剛史は、さまざまな雑誌メディアを横断して小説作品を書き継いでいた一九三〇年前後の横光が、それまでになく生身の「読者」の存在に眼を向けつつあったことを指摘しているが（「見出された「読者」――昭和初頭の横光利一をめぐって」『都大論究』第四四号、二〇〇七・六）、こうした読者意識の変化もまた、連載時点での『雅歌』の表現様式にかかわっていたものと推察される。

(11) 佐藤卓己『『キング』の時代――国民大衆雑誌の公共性』岩波書店、二〇〇二・九。

(12) 古矢篤史は、一九三五年前後の横光が「純文学の新聞進出というメディア戦略」を視野に入れていたことを指摘している（「横光利一「家族会議」と〈新聞小説〉の時代――「義理人情」の表象と文芸復興における「民衆」意識の接点――」『国文学研究』第一六八集、二〇一二・一〇）。『雅歌』の改稿は「新聞小説」というジャンルに対する横光の態度を考察するうえでも、重要な補助線となるものと考えられる。

(13) 前出『横光利一と小説の論理』。

(14) たとえば、竹内時男『新量子力学及新波動力学講義』（大鎧閣、一九二七・六）では、いち早く「来る可き物理学は波動力学に於て指示せられてゐる」ことが喧伝されている。

(15) 横光は、形式主義文学論争が一段と高まりを見せていた一九二九年時点において「メカニズムの第一歩に於ては、主観と名のつく一切の、例へば霊魂も、精神も、アプリオリも、総て物質であり、電子であるとなす」という文章を書いている（「形式とメカニズムについて」『創作月刊』一九二九・三）。現象世界を成立させる「主観」の構成要素を、おしなべて「物質」＝「電子」の集束体としてとらえる「科学」観に立脚していた一九三〇年前後の横光にとって、「電子」の挙動が確率論的にしか表現しえないという不確定性原理の学術的知見や、粒子性と波動性を併せ持った「物質」＝「電子」の特異な存在様式によって導かれる事態は、自身の世界認識の根底にかかわるものとして提示されていたのではないだろうか。

(16)　千勝重次「横光利一の文学――心理主義から東洋的なるものへ――」『國學院雜誌』第六七巻一〇号、一九六六・一〇。なお、一九二七年に発表された論説でも、横光は「――心――どうも此奴だけは、いつまでたつても分らない」と書き記しており（「沈黙と饒舌」『文藝公論』一九二七・五）、ここからも羽根田の問いかけが横光自身の懊悩と重なり合うものであったことが間接的に証し立てられよう。

(17)　前出『狂気と無意識のモダニズム――戦間期文学の一断面』。

(18)　中川智寛は、「観察者としての透徹された視点に支えられつつ、複雑な恋愛関係をもある種の科学的な眼差しによって解剖可能である事を匂わせる、そのような試みが、「雅歌」という小説の最終目標だったと思われる」と述べているが（「横光利一「雅歌」試論」『あいち国文』第二集、二〇〇八・七）、むしろこのような「解剖」という行為自体が、すぐれて一九世紀物理学的な産物であったことを、羽根田の葛藤は指し示していたと言えるだろう。

(19)　辻哲夫「近代日本における物理学思想の受容」『物理学史研究』第三巻五号、一九六七・八。

(20)　前出「形式とメカニズムについて」。横光は、この後に「われ〳〵はこれから、此のメカニズムを延長させて――此のわれわれの生存しつつある限り、他の何物よりも信じることの出来得る科学を根拠にして、一切の文学を批判しなければならない」とつづけており、この時点で「科学」に対する信頼を高らかに謳っている。

(21)　横光利一「心理主義文学と科学」『文学時代』一九三一・六。

(22)　横光利一「新藝術主義の樹立へ（完）もう一度文学について（下）」一九二九・九・二八朝刊。翌年にもまた、横光は「新しい藝術派の真理主義者達の一団は、彼ら自身を、出来得る限り科学者に近づけなければならなくなつたのだ」と述べており、一九三〇年時点でも「科学者」に対する信認が失われていないことが了解される（「――藝術派の――真理主義について（上）」『読売新聞』一九三〇・三・一六朝刊）。

(23)　前出『狂気と無意識のモダニズム――戦間期文学の一断面』。なお、小林は『雅歌』における「念写」の記述について、その典拠となったであろう雑誌まで具体的に推定しているが、全集版において、この箇所にはっきりと「心理学雑誌」という但し書きが付されていることからも、小林の指摘が正鵠を射たものであったことが確認できる。

(24) ほか、『雅歌』に示された従来の科学的認識を躓かせてしまう例としては、羽根田による科学実験の場面が挙げられよう。この点について、菅野昭正は「実験が物理学の枠をはみだして、比喩の役割を負わされていること」を指摘しつつ、「外からくわえられた力にしたがってあらわれた「ひび」や「しわ」が、他人の言動という力によって生じる心のひび、しわを連想させるように、この小説は書かれている」と指摘している（『横光利一』福武書店、一九九一・一）。とりわけ「磁力の反発力によって浮遊する鉄棒」の実験については、武田信明が「互いに好意を持ちながら、いや好意を持ちあうがゆえに、結婚に踏み切れないという、いかにも横光的な男女二人の「宙吊り」の関係を象徴しているのかもしれない」という解釈を提示している（「落下の誘惑――横光的構図について」『早稲田文学』第九次、第二四巻六号、一九九九・一一）。

(25) 先にも引用した山本亮介は、横光の小説作品を貫く文学的理念として「近代・日本の問題として提示された、認識主体が抱えるパラドクス」を挙げ、それを「実体概念から函数的思考への移行という現代科学の問題系と論理構造を同じくしている」と指摘しているが（前出『横光利一と小説の論理』）、だとすれば『雅歌』における「科学者」の挫折というモチーフもまた、そのような横光の方法意識と明確に共鳴していたと言えるだろう。

(26) 横光利一「覚書」『文学界』一九三三・一〇。のちに横光は、「今日の文学は人間心理の場において発展してきた」としつつ、「それが行きすぎて心理学の立場、つまり科学の立場まで行きすぎたゝめ藝術であるには何処の地点まで引き戻すべきか、その点を求めるために云はゞ測量してゐるのが現在の文学であると思ふ」と述べている（「覚書――科学に関して」『早稲田大学新聞』一九三九・一一・八）。「心理」が「心理学」へと絡め取られる際に顕現する認識論的なアポリアこそ、以降の横光が終生抱え込んだ「文学」の課題であったとまとめられよう。

(27) 後年、いわゆる「古典回帰」的な様相を示す横光の小説作品にもまた、本章で示したような認識論的な葛藤を主題としたものが散見される。この点について、古矢篤史は「横光の民族に関する言説は一貫して認識論的な命題として提示されており、記紀・万葉集などの古典や明治という歴史に遡行する言説に対してその遡行の構造自体を根本から問いかけるとともに、回帰の不可能性ゆえに回帰を憧憬するロマン主義的構図をむしろ解剖してしまう」と述べつつ、「同時代に見られるような万葉や記紀（古典）、明治（歴史）などといった対象としての日本を持たず、そうした種々のシニフィエを生産する認識の形式的体系（認識そのもの）としての「日本」であることによって、同時代のロマン主義的思潮に対してもその形式自体を反問させるような命題を突きつけていたのである」と指摘している（「横光利一「旅愁」と「日本的なもの」の盧溝橋事件前夜――一九三七年の「文学的日本主義」とその「先験」への問い――」『昭和文学研究』第六四集、二〇一二・三）。古矢が述べるように、同時代の「日本的なもの」を模索する運動のあり方を対象化する批評的視座を、一九三七年時点の横光が担っていたのだとすれば、『雅歌』における横光（＝羽根田）の懊悩は、まさにそのような問題意識の底流をなしていたとみなすこともできるだろう。

(28) 横光は、『上海』執筆開始から『機械』にいたるまでの創作意欲の変遷について、「物質を極度に力をこめて書いて、もうこれで物質はいやだと思ふまでやつて、それから「機械」を書いたのですが、それが自然にいつたんぢやないかと、いまから考へますとさう思はれます」と述懐している（「横光利一氏と大学生の座談会」『文藝』一九三四・七）。ここからは「物質」の運動性を考察するなかで、必然的に「精神」や「心理」の問題が析出されることに、横光がきわめて自覚的であったことが読み取られよう。

(29) 千葉俊二は、横光の「科学と文学」と題された新資料に触れながら、まさに「心の問題」と「科学の問題」の交錯という主題系が、絶えず横光の問題意識の根幹にありつづけたと述べている（『文学のなかの科学――なぜ飛行機は「僕」の頭の上を通ったのか』勉誠出版、二〇一八・一）。この点に関する私見としては、拙稿「複雑な世界は複雑なままに――千葉俊二著『文学のなかの科学――なぜ飛行機は「僕」の頭の上を通ったのか』をめぐる覚書」（『テクネ』第三七集、二〇一八・五）も併せて参照していただければ幸いである。

※本章において引用した『雅歌』の本文は、改造社全集版のものを除き、書物展望社から一九三二年一二月に刊行された単行本を底本とする『定本横光利一全集』（第四巻、河出書房新社、一九八一・一〇）に拠る。ただし、原則としてふりがなは省き、旧漢字は新漢字に改めた。

第六章　「ある唯物論者」の世界認識

――横光利一『上海』と二〇世紀物理学

はじめに

一九三〇年前後、横光利一の文学的方法論が迎えた「転回」の一端は、前章でも指摘したように「心」＝「内面」の記述をめぐる認識論的な葛藤のなかに見いだすことができた。本章では、横光の長編小説『上海』（『改造』一九二八・一一－一九三一・一一）を分析することを通じて、その葛藤の諸相を別の角度から検討してみたい。

『上海』は、水島治男の証言にもあるように、もともと「ある唯物論者」という書名が予定されていた。(1) しかし、「ある唯物論者」の象徴とみなされる登場人物の参木は、「支那人は唯物主義者の一歩進んだ物理主義者の集団です」（一二）と述べており、「唯物主義」的な思想の限界を鋭く指摘する人物として描かれている。

「ある唯物論者」という題名で統御づけられる可能性を潜ませながらも、その理念が「物理主義者」によって超克されるという『上海』のねじれた物語構造は、同時代における自然科学受容の軌跡と密接にかかわっている。横光が自身の文学的方法論を構築するにあたって、同時代の自然科学の学術的知見を豊富に援用していたことは本書の第四章・第五章でも触れたとおりだが、一九三〇年前後の文壇・論壇における自然科学の享受は、おもに人体の仕組みを明らかにすることに主眼を置いた精神生理学の潮流と、より広く自然現象の全般を明らかにすることに主眼を置いた理論物理学の潮流が錯綜しつつ入りまじり、その展開はきわめて複雑なせめぎ合いを見せていたのであった。

『上海』には、そのような同時代の自然科学の動向をめぐる思想的な軋轢が刻みつけられている。なかでも、その〈身体〉表象のあり方を細かく検討してみると、そこには精神生理学の側に偏重した同時代文壇の自然科学受容に対する横光自身の懐疑を読み取ることができるのである。

本章では、横光の言う「物理主義」が、同時代の「唯物主義」に回収されえない多面的な様相をはらんでおり、その方法論的な枠組みが、相対性理論を軸とする二〇世紀物理学的な思考のあり方によって支えられていたことを明らかにする。そのうえで、『上海』に示された「唯物論」＝「唯物主義」と「物理主義」を分かつ思想的な差異に着目することで、同時代の科学思潮に対する横光の批評的視座を見定めることを試みる(2)。

とりわけ、一九三〇年前後の科学ジャーナリズムが、生理学的言説と物理学的言説が重層的に介在する特異な状況下にあったことを考慮しつつ、双方の立場に対する横光の視点が、『上海』のなかでどのような言葉のつらなりに仮託されているのか、その表現論的な特性を考察してみたい。本書の第四章から第六章までの議論を通覧することによって、大正末期から昭和初期において試みられていた「知」の学際的な越境のあり方について、横光を軸としたひとつの手がかりを得ることができるだろう。

一　〈身体〉と〈肉体〉のはざま

小森陽一は、『上海』の物語世界が無機質で即物主義的なイメージに覆われていることを指摘したうえで、そこに「上海に生起するあらゆる事態を「物自体の動き」という等価性において把握しようとした横光の問題意識」を読み取っている[3]。都市としての上海を描くことを通じて〈身体〉の物象性──言うまでもなく、そこにはのちに廣松渉が論じたような世界認識が介在している[4]──を活写しようとする横光の試みには、以降の『上海』研究史においてもたびたび注意が向けられている。

ところが、『上海』にあらわれた〈身体〉表象を改めて注意深く分析してみると、それは単純に物象一元論的な発想とは異なった、ある種の重層的な奥行きを持つものとして描かれていたことに気づかされる。先の引用文において、小森は「物自体」をほぼ「物質」と同一視しているが、のちに検討するように『上海』における理念としての「物自体」は、同時代の文壇・論壇に受容された二〇世紀物理学の学術的知見と根本的に結びついており、それは現象としての「物質」の運動とは別の角度から考察されるべきものであった。

『上海』に描かれた〈身体〉表象について、G・ガーリーは「人間の肉体としての身体は、安定した「物質」ではなく、物質的な現実の時空連続体に属する限り、相対的で不安定なものである」と述べつつ、「横光の定義した身体は、完全に自律的ではなくとも、物質的な世界に規定されてはいない」がゆえに、『上海』は「精神のレベルと物質性のレベルとの相関関係を描こうとした」作品であると指摘している。[5]ここには、およそ「物質」というもの一般に対する横光の特異な視点を垣間見ることができよう。[6]それは、『上海』における〈身体〉の描写にはっきりと示されている。『上海』では、人間の姿が〈身体〉と〈肉体〉という二種の表現によって区別されている。この点について小森は、さまざまな「民族意識」や「階級意識」のなかで「「肉体」と「身体」の間をゆれ動かざるをえなくなっている」参木の心的過程を追いつつ、「単なる「身体」の位相が、「肉体」化されてしまう危機を孕む形で、『上海』の世界は回転していくのである」と指摘している。[7]しかし、ここで真に問題となるべきなのは、そのような諸々の政治力学がはたらくための要件として、『上海』における〈肉体〉＝「物質」の存立機制が、横光のなかでナショナリスティックな「国家精神」と結びつくまでの原理的なプロセスを見定めることであろう。そこには、『上海』執筆時点での横光の世界認識のあり方の一端が投影されているはずである。

『上海』の〈身体〉表象をめぐる表現上の差異を比較したときに気づかされるのは、とりわけ〈肉体〉という言辞で修飾されるものが、自意識によって把捉することのできる〈身体〉表象から周到に疎外されているということであろう。言い換えれば、『上海』のなかで登場人物たちがみずからの意識を混濁させるとき、各々の〈身体〉は〈肉体〉として出来するのである。ひとつの例を引用しよう。

　彼女は真青になつたまま、再び猛然と、彼の頭の上へ、飛びかかつた。彼は風の中でオルガの身体を受けとめると、背後へよろめいて、壁の鏡面に手をついた。オルガは彼の肩口へ食ひつくと、首を振つた。参木は押しつける筋肉のうねりと、鏡面にしぼり出されて、長くなつた。彼と彼女との肉体は、狂気と生との一線の上で、うなりながら、朦朧と混雑した。と、二人は、今は

誰が誰だか分らぬガラスのやうに放心したまま、ばつたりと横に倒れた。（一三、傍点引用者、『上海』本文については以下同様）

参木は、ロシアから亡命した女娼オルガの〈身体〉を受け止めようとするものの、二人は「狂気と生との一線の上で」〈肉体〉となってともに「放心」してしまう。「朦朧と混雑」する〈肉体〉は、二人にとって確かな居場所を持たないものとして記述される。のちに、オルガは登場人物のひとり甲谷にも「癲癇が起る」から「あたしの身体が後ろへ反らないやうに抱いてて」（四三）と請願するのだが、その際に甲谷が「オルガの身体を反らさないやうにしつかりと抱きかかへ」られていることを照らし合わせてみれば、甲谷と参木の行動はきわめて対照的なものに見えるだろう。

本章では、『上海』に散りばめられた〈身体〉の記述作法を読み解いたうえで、横光の言う「物理主義」の思想が、具体的にどのような意味内容を持つものであるのかを明らかにしてみたい。それは、小森の指摘する「民族意識」や「階級意識」の前提ともなっていた一九三〇年前後時点での横光の「科学」観を、改めて逆照射するための契機ともなるはずである。そこで、本節ではまず、同時代の文学者たちの科学言説に対する横光の位置を簡単に確認しておこう。

これまでにも述べてきたように、一九三〇年前後の文壇では「科学」と「文学」の交点を模索する試みが盛んに行われていた。もちろん、同時代にあって「科学」を重視していた文芸運動としては、まずマルクス主義科学を基軸としたプロレタリア文学が想起されるだろう。横光を含む新感覚派文学とプロレタリア文学の理論的な相違点については、すでに多くの先行研究があるためここでは触れないが、千田実の言葉を借りるならば、それは「社会科学」と「自然科学」の双方を含み込んだ「科学」的なものの「権威」をめぐる抗争の一種としてみなされるものであった。[8]「彼等〔自然主義作家——引用者注〕が自然科学者の客観性を自らに要求して居ながら社会科学者の客観性を有してゐなかつたと云ふそのことの中に、彼等のレアリズムが社会をその全体性に於いて描き得なかつた最も根本的なる原因が存してゐるのである」（傍点引用者）という蔵原惟人の言葉は、そのことを如実に物語っていよう。[9] ただし、そのような棲み分けは「社会科学」と「自然科学」の隔たりのみに見いだされるものではなく、「自然科学」という領分の内側においてもまた複雑な様相を呈していたのである。

この点については本書の第三章でも検討したが、改めて先行文献を確認しておきたい。山本芳明は「モダニズム前夜」（＝大正中期）ごろにおいて、「科学」と「文学」を切り結ぶさまざまな「実験的な試み」がなされていたことに言及し、そのような「文学と科学との流通と相互関係こそ、やがて来るモダニズムの時代の科学受容の地ならしになり、その確立へと導いたものと考えられる」と指摘している。[10] しかし、その具体的な例証として扱われた言説群は、総じて異常心理学や変態性欲学に代表されるような〝精神生理学〟の潮流に属するものであったことには注意しておきたい。[11] 小林洋介が指摘する〈自然科学的心理観〉に根拠づけられた〈狂気〉や〈無意識〉の表象もまた、広義の精神生理学——なかでも神経病理学——的な立場に大きく拠っていたことを示している。[12] したがって、いわゆる新感覚派の理論体系についても、その大勢は右のような精神生理学的な「科学」観に動機づけられていたことは明らかであろう。

ところが、横光の自然科学に対する興味は、そうした潮流と重なり合いつつも、若干のずれをはらむものであった。[13] 本書の第四章でも確認したように、横光の「科学」観が示された最初期の文章は、『文藝時代』一九二五年九月号の特集「科学的要素の新文藝に於ける地位」に寄稿された評論「客体への科学の浸蝕」まで遡るが、その冒頭部分の「科学を会得したと云ふ効果は、客観の法則を物理的に認識したと云ふ効果である」という有名な一文に示されているとおり、横光の自然科学に対する興味・関心は、その当初から「客観の物理的法則」（傍点引用者）へと向けられていたのである。横光の関心領域が「われわれの客観となる客体が、科学のために浸蝕されて来た」ことにあったとすれば、それは同時代の文壇で受け止められていた「科学」観とは、その文学的想像力の淵源が大きく異なっていたと見るべきではないだろうか。[14]

実際、「客体への科学の浸蝕」と同じ特集号では、同時代の精神生理学への眼配りも丁寧に行われていた。「在来の心理学は精神物理学であつて、一種の自然科学であるが、此の精神分析学は、一般心理学の如く、多数の人々の心理の共通性を概括的に研究するものではなくして、個々人の特有な心理を全く、個別的に研究するものである」という伊藤欽二の文章は、その象徴的な好例である。[15] ここには、同じ自然科学の周縁をめぐりつつも、横光と各々の新感覚派作家たちのあいだに微かな亀裂を見いだすことができるはずだ。自然科学の学術的知見と「文学」の交通可能性が繰り返し議論される時代にあって、その筆頭をなす存在とみなされていた横光の「科学」観は、確かにその大筋を共有しながらも、同時代における文壇の潮流とは異質の地平にひらかれていたのである。

以上駆け足で見てきたように、一九三〇年前後の文壇・論壇から見た自然科学は、大きく精神生理学と理論物理学の両翼へと引き裂かれていたと言ってよい。『上海』がそのような状況下に書かれた小説作品であることを踏まえたとき、先に示した〈身体〉と〈肉体〉を分かつ表現様式の差異には、自然科学に対する横光の姿勢そのものが明瞭にあらわれていたことが了解されるだろう。次節では、「物理主義者」としての横光が、同時代の精神生理学に根ざした科学思想との懸隔をどのように受け止めていたのかを踏まえたうえで、『上海』における〈身体〉表象の分析へと立ち返ってみたい。

二　戯画としての「骸骨」

一九三〇年前後の横光は、現象世界の秩序体系を生理学的に記述することと物理学的に記述することとの原理的な違いを思索していた。その意味で『上海』の冒頭で参木が放つ「これには何か、原理がある」（三）というやや唐突な台詞は、『上海』の物語構造そのものを予告するようなエピグラムだとみなすこともできる。

『上海』には、「フィリッピンは心理学より物理学を中心にして進んで来た」（七）という一節がある。もちろん、これは汽船の製造における材木資源の調達という文脈から語られたものであるのだが、ここには「心理学」（＝人間科学）よりも「物理学」（＝物質科学）に着目せざるをえない産業構造のあり方が示されているとともに、横光自身の「科学」観が象徴的に仮託されているとも言ってよい。ならば、横光にとって「物理学」とはそもそもどのような「原理」を担っていたのだろうか。

一九三〇年、横光は「真理は唯物論でも観念論でもなく、生理学でも心理学でもない。真理はただ人間学である」というL・フォイエルバッハの言葉を引きつつ、真理探究の礎としての「人間学」を「科学以上の科学」（傍点引用者）と評していた[16]。この論説において、横光は「文学の冷然たる科学性は、いかなる科学とても持たねばならぬ隠れたるかの大真理に向つての、悠々たる探検にその目的を持つのである」と勇ましく述べている。ここに込められているのは、まさに「真理」へと到達すべき「科学以上の科学」への並々ならぬこだわりにほかならない。

『上海』が主題としているのもまた、そのような本来の自然科学が持っていた「真理」探究の態度を呼び覚ます方法意識の模索であろう。そのような観点を踏まえたとき、物語の冒頭近くにおいて、参木の感情が発露するさまがきわめて生理学的な運動として綴られているのは示唆的である。


　参木に教されてゐることは、事実、ただ時々古めかしい幼児のことを追想して、涙を流すことだけだつた。彼は泣くときには思ふのだ。

　――えーい、ひとつ、ここらあたりで泣いてやれ。――と。（一）

　参木は、物語のなかで「確かな心理の現れを、形の上に示」（五）す人物として描かれている。このように、登場人物たちの「心理」描写の一切を形式化するテクストとして『上海』を意味づけてみれば、その傾向はまた、次に引用する場面にも顕著に見いだされるだろう。


「君、君が踊りを見てると、みんな骸骨に見えないかい。」と甲谷は云つた。

「それが此の頃困るんだ。俺の家の中は骸骨でいつぱいさ。生きてる人間を見てゐても一番先に肋骨が見えてくる。」

「ぢや、僕も君には骸骨見《ママ》たいに、見えてるのか。」

「うむ、それや見えるね。とにかく人間と云ふ奴は、誰でも障子みたいに骨があるんだと思ふと、をかしくなるよ。」（四）

ここに示されているのは、「物質」として客体化された人間に対する戯画的なまなざしである。人間の〈身体〉を生理学的に解剖してみたとき、そこに残るのは「骸骨」の群れのようなグロテスクな表徴だけであり、横光の求めていた「真理」に近接することはできない[17]。人体の表層的な姿かたちに拘泥する精神生理学の学術的知見が、横光にとって「科学以上の科学」の意義を持ちえなかったのは、そのような理由に拠っている。

「骸骨」たちの踊りを見る甲谷は、友人の山口から、ストライキによって大量に流れ出る「死体」から「人骨」を抜き取り、国外へと輸出する「死人製造会社」の話を聞かされる。「参木が人骨製造会社の支配人に納まつてゐる所」を思い浮かべる甲谷にとって、参木の「彼らしい幸福」は「骸骨の踊りの中から舞ひ上がつて来る」ものとして想像される。ところが、のちに参木は、お気に入りの踊子であった宮子に踊りを勧めようとするものの、いざ「踊つたつていいけど、あなた一度、あたしと踊つてよ」（二九）と誘われてみると、頑なに踊ろうとはしないのである。踊ることで「舐められるやうに溶けていく自分のうす寒い骨を感じ」てしまう参木は、まさに「骨」の律動によってみずからの〈身体〉が交易品として上海を踊りまわることの滑稽さに耐えることができない。

『上海』において、「人骨」が経済空間のなかで物象化された「商品」として流通されるさまが描かれることは、一見したところ作中の「物理主義」的な世界観の寓喩のようにも読み取られるだろう。だが、そのような「物質」としての〈身体〉表象は、それが〈自然科学＝人間科学〉というパラダイムに依拠するものであるかぎり、やがては「骸骨」の踊り（＝資本主義の論理）へと逢着せざるをえない[18]。そうした状況下において、「人骨」が市場のなかで無機質な交換価値を帯びていくことで生じる享楽的な「踊り」に対して、「唯物論者」ならぬ「物理主義者」としての参木は、断固たる抵抗を試みていたのである。

もっとも、そうした〈自然科学＝人間科学〉の等式に支えられた精神生理学的な人間観の払拭という試みは、別のかたちで新たな精神主義《スピリチュアリズム》を呼び寄せてしまうものであったことも留意しておかねばならない。

本書の第四章でも確認したように、一九二〇年代までの横光の方法意識は、総じて現象世界の存立構造を認識論的に考究する一九世紀の理論物理学と親和性を持つものであった。そのような横光の試みは、一九三〇年前後を境として徐々に変転を見せはじめるのだが、そこに介在していたのが、本書でもたびたび言及してきた石原純の科学言説である。

本書の第二章でも触れたように、横光は「文藝時評（一）」（『読売新聞』一九二九・三・一二朝刊）において、石原純が『改造』一九二九年三月号に寄稿した論説「アインシュタインの新学説について」を引用している。「我々は既に自然科学がすべてを支配する時代を経験してゐる」ことが高らかに宣言されたその論文の末尾では、相対性理論が「我々の物理学的世界形像に対して統一的な根本的な基礎を確立する」ものであることが強調されていた。一九三〇年前後の横光は、このような石原による相対性理論的なものの見方と、それまで立脚していた現象学的な時空間表象とのあいだで、独自の文学理論を醸成させていくことになる。

小森陽一は、この点について「形式主義者たちの主張する「唯物論」の理論的基礎は、アインシュタインの「統一場理論」に代表される、現代物理学における最も先端的な成果にあった」と指摘している[19]。だが、実際にはここで紹介された相対性理論の学術的知見は、従来の「唯物論」的な世界認識の仕方自体をも問いなおすものであったことに注意せねばならない。

石原によれば、一般相対性理論の意義は、ニュートン物理学における万有引力と一九世紀物理学における電磁気力を理論的に縫合しうるような、確固たる「統一的な根本的な基礎」の確立という点にあった。それはまた、それまでの「唯物主義」的な世界認識の更新を促し、ありありとまなざされた現象世界とは異なる位相に「物理学的世界形像」の構築を認めている点において、物象一元論的なものの見方に対する批判的視座――本書の第二章でも確認したように、同時代に書かれた別の論説のなかで、石原はそれを「超唯物性」と名づけている[20]――をも内包していたのである。

横光自身、先の文章のなかで、何よりも「形而上学的な理論」の「改革」という可能性に、相対性理論の功績を認めていた。もちろん、実際のところ横光が相対性理論の要諦を精確に理解していたかどうかはきわめて疑わしいが、その学知があらゆる現象世界の運動を記述しうるような「統一」の原理として受容されたとき、それは横光がそれまで手にしていた世界認識を、存在論的な方向へと飛躍させる橋頭堡の役割をも果たすことになる。それは、ことさらに専門的な科学理論の領域に限った話ではない。

たとえば、現象世界を超脱する次元へと向けられた相対性理論の解読格子は、すでに一九二二年一二月、アインシュタインの来日に併せて「相対性理論特集号」として編纂された雑誌『改造』において、「アインスタイン讃称詩」と銘打たれた石原純による創作「黒く究まる光」のなかに見いだすことができる。自然科学に対する興味を持ちはじめた若き横光が、このひときわ目立つ科学叙情詩を読んでいたとすれば、その冒頭「形容のない風と炎、／捉み得られない宇宙エーテル、／幻覚、錯感、／感情の誘惑、／それらが充ちわたつてゐる狭い地上にも、／あらゆる現生を超脱して／まつすぐに彼岸に達すべき／科学の流れが育つて来ました」（／は改行、以下同様）という一連のパラグラフのなかに、理論物理学に仮託されたはるかな「彼岸」を憧憬する「超唯物的」な趣向を受け取ったとしても不思議ではないはずだ。ならば「私はそのまへにじつと心を潜め、／自然が秘蔵してゐる／限りない深奥の世界から、／私たちの心像として／そこに映じ得る限りの照明を／探りもとめることが出来るでせう」という石原の紡ぐ詩的な言語イメージのなかに、『上海』執筆を通して「物自体を考へ」ようとする横光の問題意識の淵源を読み取ってみることもまた、決して牽強付会とは言えないだろう。[21]

一九三〇年、横光は「精神、心理、内容をさへも一つの実体と見ること、この方法（メトード）をとるものこそ真理主義者としての真の形式主義者の態度である」と述べたうえで、「他の科学の領域の遠く及ばざる非科学的な実体の部分を、科学的な正しさに表現し計算し得る方法の発見及びその応用、それが真理主義者の新しい藝術的目的とならねばならない」と宣言していた。[22]ここでの「実体」という言葉を、機械的に「物質」へと置き換えてみれば、確かに「精神」や「心理」は「物質」的な運動によって秩序づけられるものであるという、いわゆる「唯物主義」的な発想の要諦を読み取ることができるだろう。

だが、むしろここで言う「実体」を「物質」の次元には還元されない「物自体」の謂いとして再解釈してみれば、「真理主義」は「精神」や「心理」の具象化を可能にするような超越性をはらんだ概念装置として、唯物一元論的な世界認識に収斂しえない「物理主義」的な様相をも帯びはじめることになる。小川直美は『『上海』が物質的なものから精神的なものへと描く対象を変化させて行ったこと」について、「横光がエッセイの中でメカニズムを「物理主義」から「真理主義」へと変化させて行ったこととつながっているのではないだろうか」という解釈を示しているが[23]、二〇世紀物理学を梃子とした世界認識という観点から見れば、詰まるところ「真理主義」とは「物理主義」の別種の様態にほかならないとも言えるのである。

以上見てきたように、決してそれ自体を触知することはできないものの、現象としての「物質」の基底に理念としての「物自体」を措定するような思考様式こそ、横光が石原＝アインシュタインの科学言説から受け取った二〇世紀物理学的な世界認識の骨子であった。[24] 次節では、そのような「物理主義」の考え方を前提としたうえで、『上海』における〈身体〉と〈肉体〉の往還という主題系をより詳しく読み解いてみたい。

三　現象に伏在する「精神」

『上海』における「物理主義者」としての参木の言動は、管見のかぎりでは神谷忠孝によって初めて本格的に検討された。神谷は「ここで言う物理主義者とは、既成の思想にとらわれず、たえず動く現実に即応して生きる柔軟な処世法をさしている」と述べ、その意義を「道徳とか正義という精神主義より前に肉体で生きる人間の行動を全的に肯定する」ものと位置づけている。[25] 神谷は、同時代の「唯物論」という術語が不可避的に内包せざるをえなかったマルクス主義思想とは別の地平に生じた、横光独自の「唯物論」への視座を確認することによって、一九三〇年前後の横光が残した理論的文章との共振性にも多く眼を配っている。

その後、『上海』内で議論される「唯物主義者」と「物理主義者」の関係に、「思想小説」という解釈コードから踏み込んだ考察を展開したのは堀井謙一である。堀井は「通常の唯物論が、物質の根源性とその法則性を認め、しかる後に精神の相対的自立性を、また物質的法則性に対する人間の意識的な働き掛けによる現実の変革の可能性を認めるのに対し、横光の「物理主義」は、どこまでも物体を根底におき（…）、すべての原因を物体に還元して物理法則的に人間や社会を把握する」と述べ、『上海』において「物理主義」の思想が発露した場面を次々とあぶり出している。[26]

だが、ここまで検討してきたように、『上海』における「物理主義」とは、「たえず動く現実に即応して生きる」ことや「すべての原因を物体に還元」することばかりではなく、より広く「人間学」としての「原理」を標榜するものであった。あらゆる「唯物主義者」が到達しえなかった「真理」として、「物質」としての〈肉体〉を基礎づける「物自体」の位相を見据えようとする困難な試みこそが、横光の言う「物理主義」の思想が導いたひとつの到達点だったのである。

マルクス主義科学的な意味での「唯物論」において、「現象」と「物自体」の分別はそもそも意味をなしえなかった。「現象と物それ自体との間の、神秘的な、人為的な、理屈でこね上げた区別は、徹頭徹尾、哲学的無意味である」というV・レーニンの言葉は、そのことを如実に物語っている。[27] しかし、左派論壇からは「ブルジョア唯物論」[28]とも揶揄されていた二〇世紀物理学的なものの見方においては、まさに諸現象の運動を可能にするような「純粋客観」としての「物自体」の想定こそが何よりも重要視されており、横光の関心もまたそこに集中していたのである。

だからこそ『上海』では、諸現象の「彼岸」へと向けられた「超唯物的」な「物自体」の実在性を承認することが、思想としての「物理主義」から紡ぎ出されるひとつの帰結として、個々人の行動原理の背後に伏在する「精神的なもの」――横光にとっては、それもまた虚構《フィクション》でありながら人びとの「生」の基盤を形成するものであった――を担保することになる。それは、横光のなかで、精神生理学に偏重した同時代文壇の自然科学受容に対抗するために要請された相対性理論の文学的方途のなかに、皮肉にも「国家精神」の発露と共犯関係を結ぶような因子が繰り込まれていたことをも意味していよう。

もとより、「科学」的な思考の枠組みを「国家精神」や「民族意識」といった観念と結びつけてしまう言説の類は、戦時下においてとりわけ顕著に見いだされるものであった。本書の第一章でもその状況論的な文脈を詳述したが、そのようないわゆる〝日本科学〟と称されるものの興隆が、実際のところ文部省の思想統制政策に支えられていた一方で、[29]横光に関しては、より原理的・形而上学的な水準において、諸々の現象と区別される超越的な審級の在り処を考察しようとしていた点に、まずはその独創性が認められるのではないだろうか。

そして、何よりもそうした感覚一元論から〈現象／物自体〉二元論への「転回」を引き起こした横光の「物質」観は、すでに『上海』における〈肉体〉の記述作法のなかにはっきりと示されていたのである。たとえば、『上海』では〈肉体〉という言葉に対して、〈身体〉に還元されることのできない思弁的な意味を背負わされた箇所が散見される。それが最もはっきり示された場面を引用しよう。

> どこの国でも同じやうに、この支那の植民地へ集つてゐる者は、本国へ帰れば、全く生活の方法がなくなつて了つてゐた。それ故ここでは、本国から生活を奪はれた各国人の集団が寄り合ひつつ、世界で類例のない独立国を造つてゐる。だが、それぞれの人種は、余りある土貨を吸ひ合ふ本国の吸盤となつて生活してゐる。此のためここでは、一人の肉体は、いかに無為無職のものと雖も、ただ漫然とゐることでさへ、その肉体が空間を占めてゐる以上、ロシア人を除いては、愛国心の現れとなつて活動してゐるのと同様であつた。（九）

上海に集う各々の「人種」は、固有の地名を刻んだ国土を持たない民族である「ロシア人」を除外してしまえば、おしなべて〈肉体〉として抽象化され、「愛国心の現れ」という言葉で一括されていく。ここにおいて、〈肉体〉が「空間を占め」るといった現象世界の水準における「物質」の運動が、同時に個々人の茫漠とした意識の内奥に「愛国心」の発現をも擬制することになる。

引用部において「独立国」を形成する人的資本としての〈肉体〉は、「愛国心」が芽生えるための触媒というかたちで、個々人の意識を飛び越えて徹底的に抽象化されたものとして記述されている。言わば『上海』において〈肉体〉を描出することは、石原の科学言説を通じて相対性理論を受容した横光にとって、「唯物主義」が「超唯物的」な世界認識へと反転する論理構造の苗床ともなっていたのである。

参木の〈身体〉表象もまた、参木が「日本人」としての「民族意識」を内面化したとき〈肉体〉へと変貌する。それを端的な言葉で括ったのが、「彼は領土が、鉄よりも堅牢に、自身の肉体の中を貫いてゐるのを感じないわけにはいかなかつた」（四〇）という結末近くの一節である。ここで参木が「感じないわけにはいかなかつた」のは、個々人として現象する〈身体〉が、同時にまた「民族」のなかで分有された共同幻想としての〈肉体〉でもあったことを示す兆候にほかならない。だからこそ、参木にとって「物自体」へとつらなる「領土」とは、何よりもまず〈肉体〉の水準において見いだされなければならなかった。「物自体」を希求しようとする意志が、現象としての〈身体〉の運動を条件づけているような〈肉体〉の機制を仮構する契機となったと言ってもよい。[30]

上海を遊歩する果てに参木が掴んだ「ゲマインシャフト（共同体）としての「日本」」へと向けられた「実感」を、金井景子は「日本人としての肉体の認識」と呼んだが[31]、ここに示された参木の〈肉体〉に対する「実感」は、理念としての「物自体」の存立機制を考究する「物理主義」の思想が、図らずも「日本人としての」「民族意識」と結びついてしまうような事態をも暗示していた。そうした参木の「民族意識」は、まさにそれを書く横光自身の世界認識のあり方をも照らし返すことになるだろう。

その意味で、本章の冒頭に掲げた「唯物主義者の一歩進んだ物理主義者」の思想とは、従来のマルクス主義的な意味での「唯物論」を転覆させる根源的な「唯物論」（＝「科学以上の科学」）でありながら、そこには「唯物主義」的な発想を乗り越えるような「超唯物的」な回路をも同時に内包していたのである。それは、精神生理学を脱却した「真」なる自然科学としての二〇世紀物理学に、横光が「精神的なもの」の在り処を読み込んでしまったことの必然的な帰趨でもあるだろう。

『上海』において、参木は「肉体よりも先立つ自分の心の危険さを考へ」（二一）る人物として造形されていた。徹底的に抽象化された〈肉体〉の理念を、個々人のなかで発露する「心」の動向に対して優先させるような態度こそ、本章で述べてきた「物理主義」から導かれたものにほかならない。結果として、先の引用に示された〈肉体〉と「愛国心」の親和的な結託は、それまで自意識によって把捉されていた参木の体性感覚をも喪失させるのである。物語の後半部に眼を向けてみよう。

彼は母国を肉体として現してゐることのために受ける危険が、このやうにも手近に迫つてゐる此の現象に、突然牙を生やした獣の群れを人の中から感じ出した。彼は自分の身体が、母の体内から流れ出る光景と同時に、彼の今歩きつつある光景を考へた。その二つの光景の間を流れた彼の時間は、それは日本の肉体の時間にちがひないのだ。そして恐らくこれからも。しかし、彼は彼自身の心が肉体から放れて自由に彼に母国を忘れしめようとする企てを、どうすることが出来るであらう。だが、彼の肉体は外界が彼を日本人だと強ひることに反対することは出来ない。（三五）

この瞬間、個々人の〈肉体〉に流れる「時間」と、国家としての「日本」に見立てられた〈肉体〉に流れる「時間」が等しく一致する。それはまた、あらゆる人間の行為を枠づけるような「外界」として〈肉体〉が屹立することによって、理念としての〈肉体〉が現象としての〈身体〉に先立って上海のなかに存立する情況をも暗示していよう[32]。

注目すべきなのは、ここで引用した「彼の肉体は外界が彼を日本人だと強ひることに反対することは出来ない」という一節の「肉体」の箇所が、のちに一九三五年に書物展望社から刊行された「決定版」において、「身体」という言葉に書き改められているということである。本章で検討してきたような表現上の差異に横光が込めた意味を踏まえてみれば、この改訂はさまざまな問題を誘発するものであろう。〈肉体〉に内包された触知不可能な規範としての「民族意識」が、あたかも〈身体〉の水準において素朴に会得されたものであるかのように語られてしまったとき、本来の「物理主義」が担っていたはずのパラドキシカルな論理構造は塗りつぶされていくのである。

同じく、芳秋蘭と議論を交わす参木は「各国が腐り出し、蘇生するかの問題の鍵は、此の植民地の集合である共同租界の掃溜の底に、落ちてゐるにちがひないのだ」（二四）という強い信念を抱くのだが、「掃溜」に伏在する「国家精神」のあり方についての問いは、「決定版」において「まだ誰も知らぬ掃溜の底」という修飾がなされたかたちで提示されることになる。ここで横光は、先に引用した一文の直後に「ここには、最早や理論を絶した、手をつけることの不可能な、混濁したものが横つてゐるのである」と書き足すのだが、それは同時に、相対性理論という「理論」の内側から導かれたはずの「物自体」への通路が忘却され、「愛国心」の存立機制が「理論を絶した」超越そのものを志向する概念装置として読み換えられる事態をも意味していよう。

ここまで見てきたように、一九三〇年前後の横光が主張した「物理主義」とは、みずからの〈身体〉を〈肉体〉として形象化することが、同時に「骸骨」の「深奥」に潜む「精神的なもの」の招来へと帰着するような世界認識のことであった。そこには、確かに〈自然科学＝人間科学〉というパラダイムに対する横光の問題意識が明確に織り込まれていたと言ってよい。だが、そのような同時代思潮へのまなざしが「決定版」において修正され、錯綜をきわめた重層的な論理構造が均質化されてしまったとき、そこには「精神的なもの」をめぐるファナティックな信条だけが取り残されることになる。後年、長編小説『旅愁』（『東京日日新聞』『大阪毎日新聞』一九三七・四・一四夕刊－『人間』一九四六・四）において、「合理」と「非合理」の区別なく普遍的なものとして記述される「愛国心」の発露に、もはや「科学以上の科学」を希求しようとする横光の意志を読み取ることはできない[33]。

以上の論旨をまとめよう。従来〝唯物論から観念論へ〟という流れだけでは説明できなかった横光文学の変転は、横光が「真理」探究の礎としての二〇世紀物理学のなかに、「科学以上の科学」を垣間見てしまったことの帰結とみなすべきものであった。『上海』における〈身体〉と〈肉体〉の拮抗には、そのような「科学」と「文学」をめぐる横光の孤独な格闘の痕跡がひそかに刻印されていたのである。

おわりに

一九二六年、桑木厳翼は「今日の哲学に於ては最早物心の何れが世界の本体であるか、といふやうな問題を提出しない」がゆえに、「両者の一に重きを置くやうな考方を許すことは出来ず、物質のみを論ずる科学といふものを認めないから、物質科学の発達は同時に精神（仮りに之を分別するならば）科学の発達を伴ふとするのである」と述べたが、まさに一九二〇年代を通じて、「物質科学」と「精神科学」の境界線は絶えず揺らぎをはらみ、相互に干渉しながら混じり合っていた。[34] そのような文壇の潮流を踏まえてみれば、横光の「物理主義」的な世界認識が、結果的に「精神的なもの」の表徴とねじれたかたちで縫合されることになったのは、言わば必然的なことであったのかもしれない。[35] しかし、今日その問題系を再検討してみることは、同時期における「科学」と「文学」の邂逅が引き起こした種々の軋みを顕在化させるような意義を持つだろう。

『上海』のなかに、同時代のマルクス主義的な科学理論への批判が読み取られることは先行研究でも多く指摘されている。だが、ここまで見てきたように、それ以上に『上海』における「物理主義」に仮託されていたのは、同時代の文壇において享受された自然科学の動向そのものに対する痛烈な批評性でもあった。

ただし、そのような横光の「科学」観は、図らずも帝国日本に蔓延していた国家主義《ナショナリズム》という別種の超越性を引き寄せてしまう導線ともなっていた。それは、現象世界と「物自体」を峻別することで、理論物理学と文学的方法論の交通可能性を模索しつづけた横光の試みが、不可避的に嵌まり込んでしまったジレンマであると言ってもよい。『上海』は、そのような昭和初期における錯綜した科学思潮の軌跡そのものを掬い取ったテクストとして意味づけることができると同時に、長きにわたって認識論的な葛藤を重ねつづけた横光の問題意識が戦時下において逢着する地平を、鮮やかなほどに暗示してもいたのである。

〔注〕

（1）水島治男『改造社の時代〈戦前編〉——恐慌より二・二六事件まで』図書出版社、一九七六・五。十重田裕一が述べているように、それは「改造社の商業主義」の一環としてみなすべきものでもあろうが（「出版メディアと作家の時代——改造社と横光利一の一九二〇－三〇年代」『文学』二〇〇三・三）、本章ではそうしたメディア論的な視角を踏まえつつ、より横光の思想的な問題意識に引きつけたうえで、その意味するところを探ってみたい。

（2）「唯物論」と「唯物主義」というふたつの表現を、横光が明らかに同義的に用いていることを踏まえて、以降の本章では便宜的に「唯物主義」という言葉で統一することにしたい。

（3）小森陽一『構造としての語り・増補版』青弓社、二〇一七・九。

（4）廣松渉『資本論の哲学』平凡社ライブラリー、二〇一〇・九。

（5）G・ガーリー「植民都市上海における身体——横光利一『上海』の解読——」『思想』一九九七・一二。

（6）のちに横光は「僕は上海に行つて、「上海」を書きましたが、それには精神とか意識とかいふものよりも、出来る限り物質を書かうと思ふたですね」と述べたうえで、「物質ばかりを書くと、妙に反対の精神とか意識とが《ママ》よく分つて来るものです」と語っている（「横光利一氏と大学生の座談会」『文藝』一九三四・七)。邵明琪は、この発言を参照しつつ、横光の「物質」観について「必ずしも作者の掌上で踊らされる物的対象という意味ではなく、作者から一定の距離を置くところにある自律的存在というニュアンス」を持っていることを強調しているが(「横光利一『上海』論――語りの構造からの考察――」『国語と国文学』第九三巻一〇号、二〇一六・一〇)、そこに「精神的なもの」が介在する理路については、いまだ十分な解明がなされていない。

(7) 小森陽一『〈ゆらぎ〉の日本文学』NHKブックス、一九九八・九。

(8) 千田実「形式主義文学論争について――論争する「科学」的で非科学的な文学論――」『明治大学文学部・文学研究科学術研究発表会論集』第四集、二〇一四・三。

(9) 蔵原惟人「プロレタリヤ・レアリズムへの道」『戦旗』一九二八・五。

(10) 山本芳明『文学者はつくられる』ひつじ書房、二〇〇〇・一二。

(11) 小林洋介『〈狂気〉と〈無意識〉のモダニズム――戦間期文学の一断面』笠間書院、二〇一三・二。

(12) たとえば、新感覚派の旗手として横光とともに括られることの多い中河與一もまた、みずからを含む「新感覚派」を「神経派」と称していた(「新しき時代の為に」『文藝時代』一九二五・七)。

(13) 横光の自然科学受容の過程や同時代思潮からの影響については、本書の第四章でも名を挙げた先行研究に多くを負っている。

(14) 阿部知二は「今一段、文藝に対して近接の関係にあるもの、われわれが、まづ考察しなれけ《ママ》ばならぬのは、心理学的なサイエンスであ」り、「物理学的なものは副次的な関係であらう」と述べている(「文藝批評と科学・精神分析――ハアバアトリイド」『新科学的』一九三〇・七)。ここからは、文壇における精神生理学の受容が、いわゆる「内面」の詳述を基調とした文芸様式の展開へと接続するまでのゆるやかな道筋を確認することができる。

(15) 伊藤欽二「精神分析学の藝術瞥見観」『文藝時代』一九二五・九。

(16) 横光利一「文藝時評」『改造』一九三〇・六。

(17) その意味で、「物象化は物質と人間との未分化状態を作り出すが、それは決して両者の蜜月ではない」く、「物質の人間との相互越境は、その意表を突く変成のゆえに、常に無気味さの感覚を共示するものとして表現される」という中村三春の指摘は首肯できるものの(『フィクションの機構2』ひつじ書房、二〇一五・二)、本章ではその問題提起を『上海』というテクストの様式的な特質に収斂させるのではなく、それを書く横光自身の世界認識の側から読み解いてみたい。

(18) 位田将司は、この点について「人間の身体は通常何ら「物神崇拝的性質」を帯びていないが、「商品」として見做されるや生者は「逆立ち」し、突然死者となり「骸骨」として「踊りだす」のである」と指摘している(『「感覚」と「存在」――横光利一をめぐる「根拠」への問い』明治書院、二〇一四・四)。本章の論旨に照らして考えてみれば、そのような〈身体〉=「骸骨」の物象的な性質は、位田の言うマルクス主義的唯物論との並行関係とはまた別に、人間の形象を即物的に分析する精神生理学の枠組みに対する批判的視座をはらんでいたとも解釈できるだろう。

(19) 前出『構造としての語り・増補版』。小森は同書で、横光の「メカニズム」とは「相対性理論の立場に立つこと」であると論じているが、本章の後半で検討するように、その射程はより広く「唯物論」を超脱した国粋主義的な思潮が芽吹くための導線ともなっていたと考えられる。

(20) 石原純「近代自然科学の超唯物的傾向」『思想』一九三〇・九。なお、相対性理論が「「現象」の奥に在る実在について認識し、それを学問的に体系化しようと志向する」ものであったことは、廣松渉『相対性理論の哲学』(勁草書房、一九八六・一)に詳しい。また、日本の文壇における相対性理論の受容については、金子務『アインシュタイン・ショック――日本の文化と思想への衝撃』(第二巻、岩波現代文庫、二〇〇五・三)や前出『構造としての語り・増補版』を参照した。

(21) のちに横光は、講演会のなかで『上海』執筆の時期を振り返りつつ、「物自体を考へるために上海を話すのだ」と述べている(「仮説を作つて物自体に当れ」『帝国大学新聞』一九三四・五・二一)。これを受けて、坂口周は「物自体」を「認識の盲点を占めるもの」としてとらえることを主張している

（『意志薄弱の文学史──日本現代文学の起源』慶応義塾大学出版会、二〇一六・一〇）。

(22) 横光利一「──藝術派の──真理主義について（下）」『読売新聞』一九三〇・三・一九朝刊。

(23) 小川直美「横光利一『上海』とメカニズム」『大阪経済大学教養部紀要』第一五号、一九九七・一二。

(24) ただし、同時代の一般相対性理論をめぐる理解に照らしてみても、横光の言う「物理主義」は、きわめて素人科学的なものであったと思われる。横光は、未発表の草稿のなかで「電磁理論と引力法則とを一つの根本的な量に包含したのはアインスタインである」と述べ、そこにかねてから自身の主張する「メカニズム」の汎用性を読み取っているが（引用本文は「メカニズムと形式　中河與一氏へ」と題されたもので『定本横光利一全集』〔第一六巻、河出書房新社、一九八七・一二〕に所収されている）、石原は「万有引力と電磁気力が同一の世界テンソルによつてあらはされると云ふことが、両者の全く同一であるのを証明したかのやうに世には伝えられた」ものの、「それは我々の直感を超越する高遠な理論の余りに卑近な通俗化でもあつたであらう」と述べており、その科学方法論を雑駁に濫用することを厳しく戒めている（「アインシュタインの新学説として報道せられた万有引力と電磁気力との関係」『自然科学』一九二九・四）。

(25) 神谷忠孝「『上海』──唯物から唯心へ」『国文学　解釈と教材の研究』第三五巻一三号、一九九〇・一一。

(26) 堀井謙一「思想小説としての『上海』」『日本文学』第四〇巻一号、一九九一・一。

(27) V・レーニン、山川均ほか訳『唯物論と経験批判論』白揚社、一九二九・七。また、一九三〇年前後の日本における同書の理論的な受容動向は、秋澤修二「認識論に於けるレーニンの弁証法」（『プロレタリア科学』一九三〇・九）を参照した。

(28) 永田廣志『日本唯物論史』白揚社、一九三六・九。

(29) この点に関しては、岡本拓司「戦う帝国の科学論──日本精神と科学の接合」（『帝国日本の科学思想史』坂野徹ほか編、勁草書房、二〇一八・九）に詳しい。

(30) なお、「物自体」に関する横光の言及は新感覚派の時代まで遡ることができるが、その定義には若干のずれが散見される。横光の「物自体」解釈の思想的背景については、たとえば高橋幸平「〝新感覚〟理論と象徴主義——横光利一「感覚活動」——」(『国語国文』第七六巻九号、二〇〇七・九)に詳しい。

(31) 金井景子「租界人の文学——横光利一『上海』論——」『新感覚派の文学世界——『文芸時代』を中心に』紅野敏郎編、名著刊行会、一九八二・一一。

(32) その意味で、「彼の肉体は外界が彼を日本人だと強ひることに反対」できない理由を「横光流の唯物論、相対的な物理学認識」による「固定化、実体化」の帰結とみなす河田和子の指摘は首肯できるものの(「〈上海もの〉と五・三〇事件——横光利一の『上海』とその周縁」『横光利一研究』第八号、二〇一〇・六)、その「物理主義」的な相貌はむしろ、〈現象/物自体〉という二元論的な図式で物語世界の存立構造を切り分けることで、何らかの超越的な審級を要請したこと自体に由来するものと見るべきであろう。

(33) 本章で『旅愁』の言説分析について具体的に触れることはしないが、その物語様式が近代自然科学の「超克」という論理によって貫かれていることは、たとえば金泰暻『横光利一と「近代の超克」——『旅愁』における建築、科学、植民地』(翰林書房、二〇一五・一)で詳細に検討されている。

(34) 桑木厳翼「自然科学に対する誤解」『科学知識』一九二六・三。

(35) 伴悦は、『上海』に示された参木の「心理的転換運動」を、先述した相対性理論における「内部的変換のメカニズム」の作用として意味づけている(『横光利一文学の生成——終わりなき揺動の行跡』おうふう、一九九九・九)。

※本章において引用した『上海』の本文は、改造社から一九三二年七月に刊行された単行本を底本とする『定本横光利一全集』(第三巻、河出書房新社、一九八一・九)に拠る。ただし、原則としてふりがなは省

き、旧漢字は新しいものに改めた。

III　モダニズム文学者と数理諸科学の邂逅と帰趨

第七章　「合理」の急所——中河與一「偶然文学論」の思想的意義

はじめに

一九三〇年代までの中河與一は、創作と並行してさまざまな論争に応戦したことでも知られている。なかでも、一九三五年前後の中河が取り組んでいた試みは、量子力学をはじめとした先端的な理論物理学と、みずからが小説作品を書くうえでの創作技法を、何らかのかたちで結び合わせることであった。本書の第一章でも引用した『新科学的』創刊号（一九三〇・七）の巻頭言「文学に於ける最も新鮮なる発展——これは二十世紀の科学的方法に於て初めて可能である」には、そのような中河の文学的理念が色濃く刻み込まれている。(1) それはまた、一九三五年前後に相次いで発表された、いわゆる「偶然文学論」と呼ばれる一連の評論群にも受け継がれていく。(2)

だが、こうした〝科学愛好家〟としての中河の相貌と、一九三五年前後を境として徐々に傾倒していった、いわゆる国粋主義的なイデオロギーを切り結ぶ思考の連繫については、いまだ理解しにくいところがあるのも事実である。その要因のひとつは、のちの中河自身が「偶然文学論」の思想的意義を、端的に「非合理の美学」という表現で語ってしまっていることに由来していよう。

たとえば、一九三五年一一月に第一書房から刊行された論集『偶然と文学』の「自序」では、「一人吾々の徒が偶然といひ、飛びゆく現実として現実を複雑に体験しようとする」ことの原理的な解明が目指されており、「偶然」をめぐる「理論は理論として独行し、交響するにちがひない」と説かれている。そこで強調されているのは、あくまで現象世界を理解するための「理論」を考究する試みであり、だからこそそこには、量子力学という自然科学の専門知が豊富に援用されていたのであった。

しかし、『偶然と文学』に大幅な増補・改訂を施したうえで再刊された『非合理の美学』（角川書店、一九五四・六）の「序文」では、その装いが大きく刷新されることになる。

十八世紀中葉以来、吾々は次第に合理主義の上にすべての思想と行動とを組織して来た。しかるにいま吾々の前には新しい非合理の紛糾が無数に殺到して来た。かくて二百年間の思想の基底は漸く動揺し、吾々はいま新しい人生観をうちたてなければならぬ時に至らうとしてゐる。
今日の烈しい現実はもはや過去の理論をもつてしては捕捉しがたく、過去の合理主義、必然論をもつてしては、もはや何ものをも説明し得なくなつてゐる。彼等はいつも単純に割り切らうとする。しかし単純に割り切ることは常に危険である。かつ現代は混沌とした絶望と頽廃に血ぬられてゐる。

「偶然文学論」として提示された一連の試みが、「新しい人生観」という語句で括られることによって、『偶然と文学』という書物は、あたかも人びとの生きるべき指針をめぐる一種の〝自己啓発本〟としての様相を帯びることになる。ここにおいて、種々の「理論」の「交響」を描き出すことを目指していたはずの「偶然文学論」は、ほかならぬ後年の中河自身の言葉によって、その方法論的な境位が遡行的に隠蔽されてしまったと言ってよい。しかし、一九三〇年代時点における思想圏の渦中に「偶然文学論」の主題系を押し戻してみたとき、単純に「非合理の美学」という言辞に回収されえない「偶然文学論」の射程を、改めて問いなおしてみることができるのではないだろうか。

本章では、「偶然文学論」に援用された量子力学の論理構造を再検討し、同時代思潮における位置づけをたどりなおすことを試みる。本書の第一章でも検討したように「偶然文学論」は、発表当時の文壇・論壇における政治的布置のなかで、きわめて多面的な受容がなされていた。その錯綜した論旨をいま一度解きほぐし、量子力学の発想に内在する脱構築的な戦略のあり方に眼を向けてみれば、そこには一九三五年前後における言説空間の間隙を突くような「偶然文学論」の思想的意義が、おのずと示されることになるだろう。

一　標語としての「知的浪漫主義」

中河の「偶然文学論」は、一九三五年二月九―一一日の『東京朝日新聞』朝刊に掲載された随筆「偶然の毛毬」から本格的に始動する。そのなかで中河は、必然論を主張していたはずの自然科学が「反つて偶然論に進歩して、その深切複雑な構造を披瀝してゐる」ことを挙げ、その例証として「ハイゼンベルグ、ボルン、ヨルダン等」によって提唱された量子力学の概略（=「非確定理論」）を紹介した。一九三〇年代時点での量子力学は、観測行為が対象のあり方を決定づけるといった転倒の論理をはらむものであり、中河はそこに自身の抱く世界認識との確かな共振性を読み取っていたのである。

そうした中河の量子力学理解が妥当なものであったのかについては、すでに真銅正宏や黒田俊太郎によって詳細な分析が施されている。真銅は、中河の論説について幾度も訂正の跡が見られることを挙げ、「自己の「偶然」論に科学的な根拠を得るために、性急な証明を試みた」箇所が散見されることは否めないものと指摘した。[3]黒田もまた「中河の認識は唯物論的決定論からアインシュタイン的決定論へと、実は〈必然思想〉の内部で歩みを進めたに過ぎない」ものであったと論じている。[4]

したがって、今日までの先行研究における「偶然文学論」は、その理論的な正当性への疑念から「神秘主義」の産物として受け取られてきたきらいがある。たとえば、山形和美は「中河は神秘主義を拒否してはいる」ものの、「彼のロマン主義は一種の不可知論的神秘主義とみなさざるをえない」と述べており、[5]また川上真人も「「不確定」という物理的コンセプトを、いつのまにか「不可思議」という神秘主義的ニュアンスのコンセプトにすりかえてしまっている」ことに注意を促している。[6]

確かに理論的な精度という観点から「偶然文学論」を読み解いてみれば、そのような「神秘主義」的な趣向があったことは事実である。しかし、当時から田邊元が指摘していたように、本来の量子力学が引き起こした認識論的な転回は、当然のことながら「自然科学の精神と相容れない神秘主義を導入すること」ではなかった。[7]中河も「科学が刻々に固定した観念を破壊して常に進行してゐること」を踏まえなければ、自説は単なる「一つの懐疑論、神秘説になる」と述べており、あくまでも科学的方法論という「知」の基盤に立脚する姿勢を明確に取っていたはずである。[8]たとえ、量子力学の学術的知見を恣意的に用いる傾向があったにせよ、「偶然文学論」の思想的水脈を語るとき、このような中河の態度を無視することはできないだろう。

こうした方法意識は、同時代においては「知的浪漫主義」という術語と密接に関係づけられる。先述の雑誌『新科学的』では、一九三二年二月号において「科学的ロマンチシズム」の特集が組まれているが、そのなかで佐々木英夫は「浪漫的現代精神の高揚を現代の科学的認識の上に結びつける」こと、言い換えれば「浪漫精神」とは「進歩せる現代の精神科学、自然科学、社会科学の提供する智識を方法として取り入れることによつて科学的性格を帯びる」ものであると強調していた。(9) 以降も「知的浪漫主義」や「科学浪漫主義」の標語は、中河の編纂する雑誌を中心として、一九三〇年代の論壇・文壇においてたびたび顔を覗かせることになる。

もっとも、その具体的な意味内容については、同時代の言説空間において必ずしも明確に共有されていたわけではなかった。たとえば、田村泰次郎は「科学的ロマン主義」について、それは詰まるところ、小説作法上の「レアリテ」について意識的に振る舞うことであると論じているが、(10) ここでの「科学的」とは、言わば近代小説における叙述のあり方について内省を迫る心構えの全般を指し示しており、それは佐々木の言う「科学的」の語法とただちに同一視できるものではないだろう。

中河自身は、その名も「科学とロマン」(『読売新聞』一九三二・一・一二朝刊) と題された論説において、次のように述べている。

> 吾々、今あらゆる理論の根拠として科学を持ち来たらなければならぬ事を思ふ。未知に対する絶えざる追窮の精神。吾々の思考と生活とを健康に持ちなほさなければならない事を思ふ。

この論説のなかで、中河は「科学と平行するロマン、文藝復興風を今、文学の上に持ち来たらなければならない」と高らかに謳っている。中河にとって、「科学」と「ロマン」（＝「文学」）は、ともに「知に対する絶えざる追窮の精神」を持つという点において「平行」的に把握されるものであった。ここに見られる「知的浪漫主義」的な「科学」観は、のちの「偶然文学論」の論旨においても少なからぬ影響をおよぼすことになる。

実際、「偶然文学論」のなかに「知的」な表徴を読み取ろうとする立場は、これまでにも例がないわけではなかった。同時代において、すでに三木清は、「偶然文学論が浪漫主義の精神に一致するものがあることは事実であるが、中河氏の理論は、それが現代自然科学の基礎理論から出発してゐるやうに、この点で心情の浪漫主義に対して知性の浪漫主義を掲げるものとして、特色があり、重要性があるのではないかと私は見てゐる」と述べており[11]、先述の川上真人もまた、「偶然文学論」が一種の〈知的ロマンチシズム〉として評価すべきものであったことを強調している[12]。

しかし、「知的浪漫主義」や〈知的ロマンチシズム〉といった標語は、先にも見たように決してその意味内容が一義的に確定されていたわけではない。ならば、検討されるべきは、中河が提示した「科学とロマン」という表現に集約される「知的浪漫主義」の理念が、「偶然文学論」の論旨にいかなるかたちで照射されているのか、その実質を見定めることであろう。

そのような問題提起を踏まえたうえで、ここで留意しておきたいのは、「偶然文学論」の論旨がそもそもきわめてあいまいで、解釈のハレーションを引き起こすような趣向を多分にはらんでいたということである[13]。たとえば、中河は「偶然」に翻弄される人間の「生」について、「それは不聡明といふよりは、もつと矛盾にみち、合理を越えた本能的な宇宙の偶然力、予期によつて生かされてゐるからに違ひなからう」とまとめている。[14] ここで用いられた「合理を越えた」というやや不用意な言い回しが、即座に「不可知論にも和してゐられる」という森山啓の批判を招いたのも自然なことであったろう。[15]

同様の趣旨は、左派論壇からの批判に対する応答[16]――「私は総てを可能性に於て見、不可知の深遠さに於て見たいのである」――や、その直後に執筆されたとおぼしき別の文章[17]――「私は嘗て、幾度となく、偶然論といふものが、浪曼《ママ》主義の「驚き」や「憧憬」といふものと基を一つにするものである事を云つて来たが、今こそ人々は偶然論といふものによつて浪曼主義者の心情と、その論理的構造とを理解しなければならない」――においても散見される。こうしたあからさまな飛躍を含んだ叙述のあり方が、同時代において素朴な意味での「浪曼主義」的な思潮との結託を促し、また「神秘主義」的な受容を誘発させた側面があることは否めない。

だが、それは単なる中河の雑駁な言語使用の問題として片づけられるものであろうか。そこには、既存の「合理」／「非合理」という二元論的な構図において割り切ることのできない、ある異質な理路をも読み込むことができるのではないだろうか。

今日「偶然文学論」を再評価するうえで考慮されるべきなのは、そこに援用された量子力学の学術的知見を、単なる権威づけられた自然科学の一形態としてとらえるのではなく、その内在的な知的機構をあぶり出し、それがもたらす可能性を限界まで問いなおすような視座の導入であろう。少なくとも、戦時下において展開された「非合理」を是とする中河の超‐国家主義な言論のあり方が、ある一面においては「偶然文学論」において展開された「科学」と「ロマン」の接合を雛形にしたものである以上、そこで量子力学がどのような役割を果たしていたのかを見なければならないと思われる。[18]

二　「合理」と「非合理」のはざま

竹内時男は、一九三一年時点で「過去二世紀の間発展し来つた理論物理学は今一つのクリチカルな時期に入つた」と述べ、理論物理学によって「最も簡単であり最も明瞭であつた多くの概念は今は不明瞭に、疑はしく、又矛盾的にすらなつて来た」と綴っているが[19]、この時期産声を上げたばかりの量子力学は、まさに「クリチカル」な科学現象を象徴する格好の題材としてみなされていた。本節では、一九三〇年代の論壇・文壇を賑わせていた量子力学の衝撃について、その受容と展開のありさまを瞥見したうえで、「偶然文学論」において量子力学が援用されたことの共時的な意味を考察してみたい。

そもそも量子力学、あるいはその前提となる量子論とは、原子や分子といった微視的な対象を扱うきわめて専門的な理論物理学の一分野である。その学術的知見が、一九三〇年代の論壇・文壇を席巻したのは、やはり一九二七年に提唱された「ハイゼンベルクの不確定性原理」が深く寄与していよう。「不確定性原理」から導かれる謎めいた帰結――ある粒子の位置と運動量を、厳密な意味で同時に知りえないというもの――は、見方によっては、あたかも人知を逸脱した「非合理」のオカルティズムを招来する動きが、徹底的な「合理」性を是とする自然科学的な思考体系の内側から沸き起こったかのように映ったことであろう。

ただし、言うまでもないことだが、純粋な科学理論としての量子力学自体のなかに、もともとそのような超越性への志向が潜在していたわけではない。本書でもたびたび言及してきた理論物理学者の石原純は、元来「物理学で用ひる種々の概念の中には唯物的なものと観念的なものとが入り混つてゐる」と述べつつ、「近代の物理学理論には後者に属するものが非常に多」く見えるような風潮に対して警鐘を鳴らしている。[20] 別の文章では、「かやうな世界の実在を理由なしに「信仰し」ようとする唯物論者もまた之に追随して、量子論の如きを一つの観念論であるとして排撃しようとする傾向さへある」と述べているように、これらの論説で石原は、量子力学から編み出された世界認識の仕方が、ただちに「非合理」的なものへとたどり着くわけではないことを繰り返し強調している。[21]

理論物理学者たちのあいだで討論された量子力学の解釈問題は、やがて既存の「因果律」の転覆という議題へと集約される。たとえば、坂井卓三は「量子物理学は非常に複雑の作用を提供したが、これに適応する為には因果律の概念を拡張し精錬しなければならない」と述べ[22]、日本で初めて量子力学を本格的な研究対象とした理論物理学者の仁科芳雄も「従来の儘の内容をもつ因果律は、量子現象に対して縁の遠いものである事は否み得ない」と指摘している。[23]『科学』誌上でも、この時期には橋田邦彦や石原純、寺田寅彦らを中心として「因果律」をめぐる議論が誌面を多く賑わせていた。[24]

中河もまた、「偶然文学論」のなかで「因果律」の問題を何度も主題的に論じている。もちろん、その具体的な内容は、同時代の理論物理学者たちのターミノロジーを継ぎ接ぎしたものに過ぎなかったのだが、少なくとも中河の量子力学理解の一端が、「因果律」の成立の可否にかかわるものであったことは確かであろう。「因果律は物理的科学の可能性に対する必要な仮定であるといふカントの説明は疑ひもなく炯眼な且つ正当な注意を含んでゐるが、併し決定的な因果律の存在を結論するといふ事は全く度を超えた敷衍である」という理論物理学者E・ヨルダンの言葉の言葉を引き合いに出したうえで、中河は次のように述べている。

これ〔あらゆる「数学的法則」が「一定の始原」と「用意せられた還境《ママ》條件」を必要とすること——引用者注〕は法則を否定しようとするのではなく、如何なる法則と雖もそれが常に「確率」としてのみしか現はれないもので、決してそれが必然といふやうなものでないといふ事である。秩序と数理の世界と雖も、その紛糾せる点に於て、暗澹たる点に於て、決して他の世界を変りはないのである。恐らくもつと吾々の思考を微細にすれば、吾々が原因結果の理論を完全に飛び越す事は寧ろ当然に違ひなからう。(25)

言うまでもなく「因果律」の成立とは、いわゆる近代合理主義の価値規範を支える重要な屋台骨のひとつである。中河にとって量子力学は、最先端の自然科学として徹底的な「合理」性（＝「原因」と「結果」の堅牢な対応関係）を追究したものでありつつも、同時に任意の「数学的法則」のなかで析出された「原因」と「結果」の強度に、確かな亀裂を生じさせるものでもあった。(26)言わば、ここにおいて中河は、量子力学の方法論を「合理」と「非合理」双方に回収されえない特異な遊動性を帯びたものとして受け取ったのである。それはまた、同時代に交わされた唯物論と観念論をめぐる諸々の抗争においても、ひとつの逃走線を介入させることになる。

一九三〇年代の言説空間においては、現実世界の「合理」的な把捉を目指そうという態度自体が、多分に政治的な企図をはらむものであった。たとえば、戸坂潤は「合理主義」を「モダーニズム（感覚上の合理主義）」「インテリの能動性など（主知主義＝社会的合理主義）」「マルクス主義的弁証法（唯物論）」の三種に類別したうえで、「マルクス主義的弁証法」を「最高の常識水準」とみなしている。(27)自然科学の領域において、真理の客観性を支える礎石とされていた「合理」性という価値規範は、一九三〇年代の左派論壇においては唯物史観的な社会構想へと継承される。[28]『唯物論研究』改め『学藝』創刊号（一九三八・四）の「発刊の辞」においては、「合理的精神」を標識としてありうべき文化形態を模索する旨が宣言されているが、ここに「非合理」とファシズムの連繋を前提とする見方が介在していることは明らかであろう。

「合理」という思考の枠組みを、そのような唯物思想を肯定するための方法論的な支柱としてみなす立場からすれば、「偶然文学論」が「他ならぬ中河與一氏や横光利一氏の様なブルジョア作家」の詭弁に過ぎないものとして糾弾されるのもまた、ごく自然なことであったろう。[29]しかし、中河が試みたのは、量子力学の学術的知見を経由することによって、そのような「合理」的な世界認識の尺度自体を失効させてしまうような理路を探り当てることであった。岡邦雄に対する反駁を引用しよう。

> 然し私は、今日では最早観念論とか唯物論とかいふ分類は無意味だと考へてゐる。如何なる唯物論者と云へども観念の体系を持たずして今日の現象を理解し論ずる事は出来ないからである。[30]

「偶然文学論」は、唯物論と観念論を止揚する試みである以上に、量子力学において徹底化された唯物論は、むしろ観念論へと転化しうることを主張するものであった。それは、左派論壇が主張する弁証法的な唯物史観のなかに、欠かしえない代補《サプリメント》として繰り込まれた「観念の体系」に着目することで、唯物史観が立脚する「合理」という土俵自体を躓かせてしまうような企てにほかならない。[31]

一方で、ここで示される中河の立場は、いわゆる日本浪曼派によって提唱された「非合理」をめぐる言説群ともまた、その問題意識を異にするものであった。たとえば、その典型として保田與重郎の次のような言葉を参照したい。

この数年間の文学の動き方は、大へん興味があつた。それは合理から合理を追うてある型を出られぬ「知性」がどんな形で同一の堕落形式をくりかへすかを知る一つの標本的実例である。己の頽廃の形式さへ予想した文学運動があつたとすれば、日本浪曼派の文学運動などその一つである。この驚くべき意識過剰の文学運動は、従つて、今日から云つても、旧時代の没落を飾る最後のものとして充分なデカダンスである。[32]

すでに第一評論集のなかで「たゞその永劫に美しい感傷、一切人文精神の地盤たる如きかゝる感傷にふれるとき、今宵も僕は理知を極度にまで利用してみつゝ、なほついに敗れて愚かな感動の涙にさへぬれ（…）」と書き記していた保田にとって、「合理」とは本来的に超克されるべき踏み台にほかならなかった。[33]そのような「合理」とは別の地平に屹立する「非合理」への信頼は、少なくとも「偶然文学論」の論旨には見いだしえない。すでに述べたように、みずからの「偶然文学論」が「不可知論」や「神秘説」へと回収されることを峻拒しつづけた中河は、ありうべき基盤を失った「合理」という価値規範を、無前提に承認するのでも「非合理」によって超克するのでもなく、そこに内包されているアポリア自体を端的に見つめなおすことを主張していたのである。[34]

ニュートン以来の近代自然科学が「知」の総合的な秩序体系の閉域として成立したものであり、その最終的な根拠律への遡行を回避するようなかたちで初めて機能するものであったとすれば、量子力学における「因果律」の破綻は、中河にとって、まさにその成立の基盤を問いただすような思想的意義を担うものであったと言ってよい。そこにこそ、中河は「合理」から「非合理」が析出されるまでの独自の理路を読み込んでいたのである。

　以上見てきたように、従来の「合理」的なものの見方に支えられた左派論壇の「法則」観と、「非合理」への捻転を軸とした日本浪曼派的な心性（＝「デカダンス」）は、ともに「合理」と「非合理」の二元論的な図式によって成立する論理構造を前提としている点で、奇しくも共犯関係を結んでしまっている。「偶然文学論」におけるあいまいで振れ幅のある筆法は、まさにこのような共時的磁場のもとでこそ、肯定的にとらえ返すことが可能なのではないだろうか。

三　同時代思潮との交点

　ここまでの論旨をまとめておこう。「偶然文学論」における屈折した叙述のあり方は、近代自然科学の秩序体系から「因果律」の破綻が、不可避的に引き起こされてしまうことの背理に由来するものであった。それは、左派論壇における「合理主義」的な唯物史観とも、日本浪曼派における「非合理主義」的なロマンティック・イロニーとも重なり合わず、むしろ双方の間隙をすり抜けて「合理」と「非合理」の二項図式自体を転倒させてしまうような創造的動機《モチベーション》に貫かれている。

　「合理」と「非合理」双方の世界認識が、ともに左右両壇の政治思想と不可分に結びついていた時代にあって、そもそも「合理」と「非合理」を峻別する近代的な「知」の判断基準そのものが成立しえなくなるような事態を剔抉すること。異なるベクトルへと引き裂かれた「偶然論」の表現様式は、さしずめ「因果律」の失効という量子力学の学術的知見を梃子とすることによって、そのような「合理」と「非合理」の強固な対称関係そのものが決壊するような瞬間を描き出す試みでもあったのである。[35]

そのような「偶然文学論」に包含される脱構築的な戦略のあり方は、たとえば同時代の文化的水脈においては、先述した田邊元の哲学思想と連動するものである。田邊は、「科学」と「哲学」の関係を「存在の本質的構造と現象的実現との対立的統一といふ存在論的見地から観ることは、批判哲学の形式主義を克服すると同時に、旧き自然科学の独断から免れる為めに、今日最も必要なることと思はれる」と述べている。[36] 言わば、田邊にとって「唯物論」(＝自然科学)は、「観念論」(＝「批判哲学」)と対立するものであるとともに、その土台をなす理論ともみなされていたのである。

田邊は、中河の「偶然文学論」について総合的には高く評価している。[37] だが、中河に宛てた書簡のなかで、田邊は「偶然文学論」を「新文学の精神に共通なる基礎を与へるもの」であると激賞しながらも、「必然論の反定立としては偶然論は必要ですが、それが一面に偏するならば一種の神秘主義に陥らざるを得ないでせう」と述べ、「単なる非合理主義は新文学の精神とは正反対と思ひます」と警告してもいた。

林晋が指摘しているように、おおよその理解として「田辺は科学哲学、特に数理哲学から出発し、ドイツ留学後、次第に一般的哲学に近接し、弁証法研究、「種の論理」、「懺悔道の哲学」を経て、「死の哲学」に到った」とされているが[38]、実際には田邊は晩年まで数理哲学の論文を書き継いでおり、林の言葉を借りれば「田辺哲学では、数理以外の哲学が数理の哲学と濃密な関係にあり分離できない」ものである。たとえば、一九三三年時点における田邊は、量子力学の思想的意義を次のようにまとめていた。

量子力学の不定性原理の齎す最も重大なる結果が、物理学に於ける因果律の否定乃至制限にあることは、此理論に革命的意義を付与するものなること否定出来ない。蓋し物理学に於ける因果律とは、一の時間点に於ける物体の物理学的規定を以て、それに近接継起する時間点に於ける物理学的規定を必然的一義的に決定することが出来る、といふ要請を意味するのであるが、不定性原理に拠れば、物体の位置と運動量とは同時に精密に規定することを容さゞるものであるから、因果律の要求する物理学的規定の必然的一義性なるものが意味を失ひ、不定性関係の範囲内に於ける確率の間に存する関係を意味する外無きに至るからである。(39)

いわゆる「絶対弁証法」の理念を重視していた田邊の立場は、中河の「偶然文学論」とただちに重なり合うものではないものの、引用文を読めば「因果律」の失効をめぐる問題意識自体は通底していたことが読み取られるだろう。田邊によれば「心理学と生物学」を典型とする諸学問は、良くも悪くも人びとの活動との相関関係において把捉されるものであるがゆえに、最終的には客観的な妥当性の基盤を持ちえない。加えて、二〇世紀においてはさらに「是等の学に対し客観的認識の模範と考へられ、その精密なる理論は完全に人間関係を脱却して実在の模像たるものと認められた物理学が、今や同様の困難に遭遇せざるを得なくなつた」のだという。(40)

ここから、以降の田邊哲学においても「合理」から「非合理」へといたるまでの通路が主要な論点として浮かび上がることになる。長くなるが、一九三七年に発表された論説から引用しておきたい。

現実に随順するとは、単に主観の計量予測と企画設計とを抛棄して客観的実在に身を委ねたゞ受動的に無生物の如くに運動することを謂ふのではない。却て徹底的に合理性を求めて法則理論に従ひ現実の支配統制を遂行しながら、本来現実が同時に合理的にして非合理的なるに因り、合理性の徹底は即ち非合理性に窮極し、たゞ実証的なる現実と合一することに依つてのみ、合理性が否定を通じて実現せられることを意味するのである。我我の自己は、自己を失ひ現実の内に自己を否定する時真に自由なる自己となる如く、合理性は合理性を否定して現実の実証性に合一する時、却て合理性を回復する。併し同時に、其場合に於て実証性は最早合理性に対立する実証性としては否定せられ、却て合理性に帰一すること、恰も自己が現実なる場合には、現実が即ち自己に外なると同じ《マ》い《マ》。斯の如く対立が交互的に否定し合い、其極、無に於て両者が絶対否定の統一に入るのが、主観的行為現実の具体相であつて、それに於て合理性と実証性とが統一せられ、科学性が現実そのものの構造に現はれるのである。(41)

「科学性」の成立条件をめぐって展開されたこの論説からは、後期の田邊哲学において欠かすことのできない意義を持つ「行為的自覚」という概念の形成にあたって、「合理性」と「非合理性」の相補的な関係がきわめて重要な役割を担っていたことが了解されよう。こうした「知」のあり方全般に対する田邊の哲学的思索の根幹に、二〇世紀物理学の方法論が密接にかかわっていたことは、次の引用からも明らかである。

相対原理、相補性、不確定性等の概念は、啻に量子論の基本的範疇であるのみならず、更に量子論的物理学の哲学的自覚の範疇でもある。これ量子論そのものが、その行為的自覚の側面に於て自ら哲学に接するのであつて、これが行為論的立場の特色なのだからである。ここに至つて初に設定した物理学と哲学との関係の最具体的なる段階が、量子論に於て原理上確立せられたことを結論して差支あるまい。物理学と哲学とが量子論に於てその相排的相補性を自覚するのである。[42]

田邊にとって「理論」の次元と「行為」の次元を媒介する量子力学の学術的知見は、みずからの世界認識そのものと直截的に関係づけられていた。ここに見いだされた「物理学」と「哲学」の有機的な関係に、中河の「偶然文学論」と共振する思考の枠組みを読み取ることは可能であろう。

田邊や中河は、ともに戦時下において超－国家主義の台頭に理論的な根拠を与えた人物として、今日では断罪されてしまっている。しかし、それは決して、近代自然科学的な「知」のあり方を「超克」した地平にあらわれた、単に「浪漫主義」的な世界認識に由来するものではない。[43]事実、「合理」と「非合理」の二元論的な位階《ヒエラルキー》を転覆させる力への着目は、ほかにもこの時期の論説に数多く散見されるものである。たとえば、「いつたい合理主義の存しないところに固有な意味における非合理主義が存するであらうか」、「合理追求の烈しさのないところに非合理主義が生れるであらうか」という三木清の言葉には、「合理」の内側から「非合理」の理念が析出されることに対する驚嘆の念を読み取ることができるだろう。[44]同様の趣旨は、福富一郎「非合理性論理の問題――哲学的に見たる全体性について――」(『科学知識』一九三九・二)などをはじめとして、同時代の論説において広く散見される。

また、「偶然文学論」が発表された前年には、L・シェストフの『悲劇の哲学』(河上徹太郎ほか訳、芝書店、一九三四・一)が刊行され、文壇・論壇においていわゆる〝シェストフブーム〟が勃興していた。「科学や理性の現実に対する抗議が合理性の非合理性に対する抗議であるとすれば、悲劇の哲学のそれは反対に、非合理性の合理性に対する抗議である」という言葉は、まさにこの時期の論壇・文壇の問題意識を象徴的に指し示していよう。[45]「科学」的な知性によって割り切ることのできない現実世界の裂け目に、一種の「非合理」を見いだそうとする態度は、同時代の理性一般に対する茫漠とした危機感と明確に響き合っていたのである。[46]

だが、少なくとも「偶然文学論」を構想した時点での中河にとって、「非合理」は単なる「合理」の余剰として示されるものではなく、むしろ「合理」性を追究しようとする思考様式の中核において、まぎれもなくひとつの場所を占める類のものにほかならなかった。ゆえに、中河にとって量子力学は、そのような「合理」と「非合理」の双対的な絡み合いを照らし出す思考装置として、確かに「偶然文学論」における〝可能性の中心〟をなしていたのである。そこには、のちの中河が嵌まり込んでしまった反《アンチ》‐近代の理念までの道筋をも読み込むことができるだろう。

上牧瀬香は、中河を念頭に置いた「形式主義文学理論の「科学的合理主義」のイデオロギー」が、皮肉にも「戦争肯定や死の賛美の概念と結びつく可能性をも示している」ことを指摘している。[47]だが、上牧瀬の述べる「戦争肯定や死の賛美」に中河が取り込まれてしまったのは、単に「科学万能主義」から生じた軍事テクノロジーの称揚に拠るものではない。そこには、近代自然科学の方法論が自壊しはじめた「科学の危機」の時代において、なおも「知」の基盤を確保することの原理的なアポリアに直面した文学者としての葛藤が、確かに刻みつけられている。

戦時下における中河の時局との結託を、今日の視点から批判することは容易い。しかし、むしろそこで問われなければならないのは、そのような思想的転換が、いかなる理路を経て形成されたものであったのかという、具体的な思考の道筋をたどりなおすことであろう。少なくとも、本章で検討してきたような量子力学的な意味での「偶然」の論理構造には、「合理」的なものの存立機制を考究していたはずの知識人たちを、「非合理」的な行動へと駆り立てるような独特の回路が胚胎されていた。この回路を探索する試みにこそ、現代において「偶然文学論」を読みなおすことの意義は宿っていよう。[48]

おわりに

本章では、「偶然文学論」における「合理」と「非合理」の錯綜した関係のあり方を再検討し、そこに援用された量子力学の思想的意義を、同時代思潮のなかで改めて位置づけなおすことを試みた。「非合理」的なものへの着目は、この時期の知識人たちの論調をゆるやかに統御していたが、その実態に分け入ってみると、そこには単純に「合理」的な秩序体系との対立関係においてとらえきれない多面性や重層性が見いだされる。少なくとも、近代自然科学の内在的な危機の瞬間に図らずも遭遇してしまった中河にとっては、近代合理主義という価値規範もまた、その成立と崩壊が不可分のかたちで重なり合うものとして受け止められていたのである。そこに、冒頭に示したような中河の古典回帰的な志向の萌芽をも取り出すことができるだろう。

ここまで見てきたように、そのような精神的動機は、中河の個人的な思想・信条のみに由来するものではない。実際、中河の「偶然文学論」提唱とほぼ時を同じくして、戸坂潤は「復古主義の特色であつた原始化は併し、実はその原始化の理想にも拘らず、日本の最も発達した近代的資本主義が自分自身のために産み出した処の、一つの近代化に他ならぬ、といふことを忘れてはならぬ」と述べていた。[49] 戸坂が述べるところの近代合理主義が不可避的にはらんでいる内破の引き金は、いまもなお再検討されてしかるべきものであろう。
「真実を追窮する事によつて不思議に到達する」こと、そして「真実の中に不思議があるのではなく、真実それ自身の性質が不思議だといふ事を発見する」という中河の主張は、きわめて雑駁なものであったにせよ、まさにその意味で「合理」と「非合理」の区分そのものを転倒させてしまうような危うい批評性を携えている。[50] 結果として「偶然文学論」は、そのような視座を内包させることによって、一九三〇年代の言説空間を鋭く穿孔するテクストとなりえていたのである。

［注］

（1）雑誌『新科学的』は、表紙に「文藝」の文字が小さく印字されており、先行研究においては『新科学的（文藝）』と表記されるのが通例であったが、中河自身は次のように述べている。
雑誌「新科学的」の事を、よく「新科学的文藝」と人が書いてくれる。これは老婆心理である。あとの「文藝」はいらない。無い方がサツパリして趣味にあつてゐる。（「悲劇（下）」『読売新聞』一九三一・一〇・二九朝刊）
この中河の言葉に鑑み、本章では『新科学的』と表記を統一した。なお、『新科学的』は当初から創作よりもむしろ論説を重視した編集方針を取っていたが、中河自身がもともと「腐敗した現文壇の空気を底から引き掻き廻すやうな評論が出なければ、到底この文壇を方向転換させるやうな、新興文藝の誕生は見られないと思ふ」と述べており（「希望」『文章往来』一九二六・一）、比較的論説の多い『新科学的』の誌面構成には、そのような中河の企図が明瞭に込められていたものと思われる。

（2）「偶然文学論」は、戦後A・カミュの賞賛などを受けるかたちで、総じて実存主義的な見地から読み解かれてきた節がある。こうした「偶然文学論」に関する読まれ方の変化と、そこに介在する中河自身の戦略性については、改めて別稿で論じたい課題である。なお、一九三五年時点での中河の「理論」志向については、一九三〇年一月に新潮社から刊行された論集『形式主義藝術論』冒頭の一節「理論に於ける重大なる発展、それは今後の人々に最も多く待つところのものである」という問題意識を引き継ぐものであろうが、結果的に後年の中河が「理論」を手放したのか否かという問題についても、今後の研究を通して検討していきたい。

（3）真銅正宏『偶然の日本文学――小説の面白さの復権』勉誠出版、二〇一四・九。また、「偶然文学論」における科学言説の位置づけを概観した先行研究としては、中村三春『花のフラクタル――20世紀日本前衛小説研究』（翰林書房、二〇一二・二）があり、本章の論旨も中村の研究成果に深く依拠している。

（4）黒田俊太郎「メカニズムからの飛躍――中河與一の〈新科学的〉という発想について」『鳴門教育大学研究紀要』第三一号、二〇一六・三。また、黒田俊太郎『「鏡」としての透谷――表象の体系／浪漫的思考の系譜』（翰林書房、二〇一八・一二）では、「形式主義文学論」から「偶然文学論」への移行に当たって、量子力学の学術的知見が一種の「比喩」として落とし込まれていくまでの過程が克明にたどられている。

（5）山形和美「実存主義と中河」『中河与一研究』笹淵友一編、南窓社、一九七九・三。

（6）川上真人「中河与一〈偶然論〉に関する一考察」『東洋大学大学院紀要』第三七号、二〇〇〇・三。

（7）田邊元『哲学と科学との間』岩波書店、一九三七・一一。

（8）中河與一「偶然論への反撃――再び森山氏並びに岡邦雄氏に」『読売新聞』一九三五・八・三朝刊。

（9）佐々木英夫「科学的浪漫主義論」『新科学的』一九三二・二。黒田俊太郎もまた、「科学的ロマンチシズムは、『新科学的文芸』の後継誌『翰林』の創刊（昭八・七）以降、同誌上で堰を切ったように展開される偶然論に連続する志向を既に胚胎していた」と指摘している（前出「メカニズムからの飛躍──中河與一の〈新科学的〉という発想について」）。
（10）田村泰次郎「新ロマン論」『文学』一九三二・三。
（11）三木清「『偶然と文学読後感』」『翰林』一九三六・一。
（12）前出「中河与一〈偶然論〉に関する一考察」。
（13）「偶然文学論」における評価のあり方は、発表当初からきわめて両義的であった。言い換えれば、一九三五年前後の「偶然」をめぐる一連の論争は、さまざまなジャーゴンが飛び交いながらも、ついにその錯綜をきわめた議論がメタ・レヴェルにおいて統括されることはなかったのである。この点の詳しい考察については、本書の第一章を参照されたい。
（14）中河與一「偶然文学論」『新潮』一九三五・七。
（15）森山啓「「偶然文学論」の苗床」『新潮』一九三五・八。
（16）中河與一「偶然文学論の深化」『経済往来』一九三五・九。
（17）中河與一「偶然文学論」『文藝』一九三五・一〇。
（18）荒木優太は「偶然性の小説のなかで、なぜナショナリズムが要求されるのか」という問題を立てたうえで、次のように述べている。

〈リアリズム〉を守りつつ──つまりは運命の説得力を読者にまで広げつつ──、複数の偶然を取り扱うには、物語外に流れる大きな文脈（暗黙の歴史的前提）から任意のトピックを抽出し、小説の偶然と二重写しにして隠れた一貫性を保証する虚構の仕組みが求められるのではないか。ここにおいて、登場人物の主観や作者の意図から解き放たれた仕方で偶然の説得力が生じ得る。正しく、偶然文学で求められるナショナリズムは、偶然＝運命の結びつきをより強固にするためのセメント

の役割を果たしている。（『仮説的偶然文学論――〈触れ‐合うこと〉の主題系』月曜社、二〇一八・五）

「偶然」から「運命」への（半ば恣意的な）転換という事態に、時局におけるナショナリズムへの発露を読み取った荒木の論旨はおおよそ首肯できるものの、同時に中河の「偶然文学論」に限ってみれば、やはりそこで「合理」性の追究が必ずしも捨て置かれていたわけではなかったということもまた見落とすべきではないと思われる。

(19) 竹内時男『物理学的新世界像』春秋社、一九三一・一一。

(20) 石原純「物理学上の概念に対する唯物性の意味について」『唯物論研究』一九三三・一〇。

(21) 石原純「偶然論と自然科学――自然の偶然性――」『日本評論』一九三五・一〇。

(22) 坂井卓三『量子力学序論』大日本気象会、一九三五・九。なお、不確定性原理以前の量子論においては、「因果律」の問題はそこまで大きな論点となっているわけではなかった。一九二〇年代前半の論説においても、前出の石原純は量子論の重要な意義を波動と粒子の非局所性に求めている（「量子論に於ける現象の不連続性（七）」『思想』一九二三・一二）。また、石原自身の「因果律」理解については、次の文章が参考になるほか、本書の第二章も併せて参照されたい。

畢竟、私たちは単なる物質現象を取り扱ふ限り、そこに因果を思惟することは、無用の混迷を招くだけであつて、何の役にも立たないのです。私たちは正直に事実を記載して、適当な概念を求め、その結合関係たる自然法則を探し出しさへすればそれでいゝのです。どれが原因であり、どれが結果であるかを尋ねるのは、自然科学的に抑も愚問でなければなりません。（「物質現象に於ける因果則」『思想』一九二四・七）

(23) 仁科芳雄「量子論に於ける客観と因果律」『思想』一九三五・一〇。仁科の当該論文については、佐藤信衛「哲学と自然科学――専門の内外――」（『改造』一九三六・五）と仁科芳雄「哲学と自然科学」（『改造』一九三六・六）のあいだで、その妥当性について議論が交わされたことからも窺われるように、ここで仁科が示した「因果律」の定義が、同時代の科学者たちに広く共有されたものというわけではない。物質の波動性を定式化し、量子力学の礎を築いた物理学者ルイ・ド・ブロイは、量子物理学における「因果律」と「決定論」の関係はきわめて錯綜しているため、いまだ明確な解答を提示する段階にはないと述べており（石川湧訳「量子物理学に於ける非決定論」『科学ペン』一九三八・二）、従来の「因果律」が崩壊したとみなす立場自体が、そもそもひとつの解釈の表明になりえていたということが了解される。この点については、富山小太郎「量子論に於ける古典的なるもの」（『科学』一九三九・五）などが参考になる。なお、これらの解釈論争がもたらした社会思想史的な意義として、G・アガンベン『実在とは何か――マヨラナの失踪』（上村忠男訳、講談社選書メチエ、二〇一八・七）から多くの教示を得た。

(24) 橋田邦彦「因果性と全機性（Ⅰ）（Ⅱ）」（『科学』一九三二・一一―一二）などがその一例である。なお、富山小太郎「量子力学に於ける測定の問題」（『唯物論研究』一九三三・二）では、昭和初期の「因果律」をめぐる各々の主張が体系的に整理されており、きわめて参考になる。

(25) 前出「偶然文学論」（注14、同名の論説である注17とは無関係）。

(26) 本書の序章でも示したように、こうした二〇世紀物理学の学術的知見を「ブルジョア唯物論」と称して排撃する動きは、永田廣志『日本唯物論史』（白揚社、一九三六・九）をはじめとした左派論壇のあいだで広く巻き起こっていた。

(27) 戸坂潤「常識・合理主義・弁証法」『セルパン』一九三五・一。

(28) なお、石原は量子論を解説するなかで、「我々が電子の世界に於て法則を蓋然的にのみしか知ることができないと云ふこと」を強調しつつ、ゆえに「社会科学に於ける因果の概念も亦必然的でなくて蓋然的にのみ形作られねばならぬことを考へるならば、我々は自然科学に於ける諸関係をそこに是非とも参考に資すべきであらう」と述べている（「自然科学及び社会科学に於ける因果的必然性の概念」『思想』一九三一・一二）。廣見温は、これを受けて「近頃、自然法則の妥当性も絶対的ではなく、蓋然的であることが承認されてきた」がゆえに、「だから量られたる法則、即ち、いはゆる統計的法則、更に言い換へれば、偶然の法則が最も顕著に法則としての性格をもつことになる」と持論を展開した（「法則について――問題の概観――」『唯物論研究』一九三三・二）。ここまでは多くの自然科学者の納得するところであろうが、廣見はそれを「新な意味で因果法則でなければならぬ」と述べたうえで、「社会法則こそより以上に法則としての資格を持つ」（傍点引用者）と結論づけるのである。自然諸科学の領域において「法則」観が変容するなかで、逆説的にも「社会法則」こそが経験科学としての「自然法則」に優越するかのような論調は、この時期の左派論壇において広く見られるものである。

（29）本間唯一「「偶然文学論」の検討」『唯物論研究』一九三五・一〇。

（30）中河與一「偶然論の確立【2】――被観測体、観測体――」『読売新聞』一九三五・一一・二一朝刊。

（31）中河が、当初から唯物弁証法的な思考の枠組みの批判概念として「偶然」の論理を構想していたことは、本書の第一章でも引用した次の文章からも読み取られる。

　見よ。自然科学の発展に於て、吾々は嘗て弁証法的発展を見ただらうか。万有引力の発見に。原子の発見に。電子の発見に。第四次元世界の発見に。――これ等のものは、嘗て一度も弁証法に発展したためしが無いのである（「新らしい文学と物理学」『文学風景』一九三〇・六）。

（32）保田與重郎「文明開化の論理の終焉について」『コギト』一九三九・一。江口渙が、当時台頭しつつあった日本浪曼派の理念について「最近のロマンテイシズム運動は、プロレタリア文学理論の、ひいてはマルクス主義の合理主義《ラショナリズム》的一面への機械的反発である」と一蹴しているように（「浪曼主義の問題（三）サンヂカリズムへの道」『東京朝日新聞』一九三五・四・七朝刊）、両陣営の主張は、同時代から「合理」と「非合理」をめぐるヘゲモニー闘争としてとらえられている節があった。

（33）保田與重郎「日本の橋」『文学界』一九三六・一〇。なお、保田は中河の「偶然文学論」に対して、自身が「最新物理学に曉通せぬ」ことを断ったうえで、それでもなお「氏のあこがれのある美神への祈念」があると論じている（「中河與一氏の「偶然と文学」」『文藝汎論』一九三六・一）。

(34) 中河は、後述するように一九三四年前後のシェストフブームに強い興味・関心を示していたが、そのなかで「「非合理性の合理性への抗議」によつて行はれ更にそれがもう一つ奥で合理である事に気付くところまでゆかなければならないのだと思つてゐる」と述べている（「リアリズム摘要【三】」『読売新聞』一九三四・九・一六朝刊）。こうした「合理」と「非合理」の入れ子構造に、さしあたり同時代における日本浪曼派の理念との距離感を推し量ることができるだろう。

(35) ただし、中河自身は「偶然文学論」を小説作品の技巧にかかわるものとしてとらえていたようだが、その具体的な応用までにはいたらなかったようである。九鬼周造もまた、総体的には「偶然文学論」に賛同の意を寄せながらも「量子力学的偶然は量子力学そのものにとつて飽くまでも、「不可知な次元」に属するものである」ため、物語世界への具体的な導入は困難であると述べているほか（『偶然性の問題』岩波書店、一九三五・一二）、萩原中「偶然文学論への応酬」（『文学評論』一九三五・一〇）にも類似した指摘がある。

(36) 田邊元「古代哲学の質量概念と現代物理学――自然弁証法への一着眼点――」『思想』一九三五・一〇。

(37) 引用した書簡は『翰林』（一九三五・八）に掲載されている。

(38) 林晋「田辺元の「数理哲学」」『思想』二〇一二・一。

(39) 田邊元「新物理学と弁証法」『改造』一九三三・四。

(40) 田邊元「量子論の哲学的意味」『思想』一九三七・六。ただし、戦後になって田邊は、こうした自身の見解を未熟なものとして反省し、量子論・量子力学の哲学的意味を「無の存在論的形而上学」に求める立場を打ち出している（「局所的微視的」『展望』一九四八・一一）。

(41) 田邊元「科学性の成立」『文藝春秋』一九三七・九。

(42) 田邊元『岩波講座物理学1A――物理学と哲学』岩波書店、一九三九・一〇。

(43) 中沢新一によれば、数理哲学者として自身のキャリアを出発させた田邊元は、早くからG・カントールなどの数論のなかに、数学的な公理系に内在する「超越性」への志向を読み取っていた（『フィロソフィア・ヤポニカ』講談社学術文庫、二〇一一・一〇)。あらかじめ「超越性」を含み込んだ「知」のあり方に対する着目は、田邊哲学の核心をなすものであるとともに、本章で検討してきたような「偶然文学論」の要諦とも響き合うものであろう。

(44) 三木清「非合理主義的傾向について」『改造』一九三五・九。

(45) 三木清「シェストフ的不安について」『改造』一九三四・九。三木のこの論説に対して、中河は「こゝで云はれてゐる科学の合理性といふ言葉は、今日では単にそんな風にだけ呼んですまされないかも知れない、と私は考へるが、それにしても近頃最も見ごたへのする真実といふものへの解釈で、何時かの読売に出た単文と併せよんで、こんな素晴らしい所説をなし得る人はそんなにあるものではないと思つた」と賞賛している(「リアリズム摘要【二】」『読売新聞』一九三四・九・一五朝刊)。

(46) 佐藤裕子は、一九三四年前後における一連のシェストフブームについて「外部の世界と自身の間をつなぐ糸が断ち切れ、人々は、生活の現実性や自身の内面世界の現実性に対する信頼を失った」とまとめたうえで、「外的不安が内在化し、不安な自意識は、文学や哲学にその表現を求めた」と述べている(「シェストフ哲学と日本のドストエフスキー受容」『法政大学教養部紀要外国語学・外国文学編』第一一五号、二〇〇一・二)。この点については、本書の終章で改めて触れておきたい。

(47) 上牧瀬香「「文芸上の科学的合理主義」としての形式主義文学論――中河与一の〈文学〉と〈科学〉――」『文学――物語・消費・大衆』二〇〇七・三。

(48) 柳瀬善治は、田邊の哲学原理と横光利一の問題意識の親和性を指摘したうえで、「田辺の議論はむしろ相対性原理や量子力学の知見を「必然性の論理」に置きなおそうとしている」と指摘している(「種の論理・力学的空間・未来への象形文字――田辺哲学から横光利一へ」『近代文学試論』第五〇集、二〇一二・一二)。柳瀬によれば「田辺の理論は、相対性理論などの理論物理学への関心ののちに「身体性」と「科学性」の問題が浮上し、さらに「運動性をはらんだ場所ならざる場所」としての東アジア表象が立ちあられ《ママ》てくる論理的必然性を説明可能とするものであり、またそれらを体現するテクストとして横光の『上海』がある」という。このあたりの「哲学」と「文学」を切り結ぶ思想的な並行関係については、今後も重ねて考察したい論点である。なお、柳瀬には他の論考として「表象の危機から未来への開口部へ――田辺元と横光利一の交錯点」(『戦間期東アジアの日本語文学』石田仁志ほか編、勉誠出版、二〇一三・八)もあり、ともに大きな示唆を得た。

(49)戸坂潤「現下の復古現象について」『改造』一九三五・五。

(50)中河與一「リアリズムの問題――万覚帖・五――」『翰林』一九三四・四。

第八章　多元的なもののディスクール――稲垣足穂の宇宙観

はじめに

本書の第四章では、横光利一の「現実」観と比較・検討するかたちで稲垣足穂の科学言説を検討した。本章では、多元的なものへの憧憬という観点から、改めて足穂の理論物理学受容に光を当てることで、その同時代的な先駆性を別の角度から浮かび上がらせてみたい。

近代日本文学史において、稲垣足穂という作家はどのような評価を受けてきただろうか。晩年の足穂は、雑誌『中央公論』に『星を売る店』という小説作品を掲載した際、菊池寛から「愚劣だよ、憤慨したね」とまで罵られ、久米正雄に「別に天才でなければ書けぬと言う代物でもなさそうだね」と一蹴された一方で、芥川龍之介からは「しかし誰にも書けるというものでもない」という賞賛を受けたと回想している。[1] 総じて、その独特の美意識に支えられた童話的な作風のために、作家活動の長きにわたってさまざまな毀誉褒貶に曝されてきた書き手であったと言えよう。

文壇ではいわゆる「新感覚派」の一員として数えられていたが、そこでの立ち位置もまた安定しないものであった。高橋孝次は、かつて川端康成が「横光や中河与一」に代表される「新感覚派の才質」と、足穂に代表される「新感覚的才質」を弁別していたことを受けて、「稲垣足穂はいわば生来の「新感覚的才質」ゆえに、新感覚派としては周縁的な位置付けをされてきた」と指摘している。[2]しかし、高橋も述べるように「新感覚派」の本流に還元しえない足穂の特異性は、「生来の「新感覚的才質」」という曖昧な印象論にのみ帰着させるべきものではない。横光利一を中心としたモダニズム作家たちの再評価の機運が高まりつつある今日において、足穂が書き残したものの方法論的な射程は改めて見据えておく必要があるだろう。

これまで足穂は、幻想的で風変わりな修辞を得意とする寓話作家としてみなされる傾向が強かった。[3]自他ともに認める最初期の代表作『一千一秒物語』(金星堂、一九二三・一)では「月」や「星」を擬人化し、夜空の天体世界を詩的なイメージやナンセンス・ユーモアによって幻惑化しようという試みを読み取ることができる。そのような趣向は、戦後において少年愛の動機と結びつくことで、随筆『A感覚とV感覚』や『少年愛の美学』をはじめとしたエロス的な美の情念へと受け継がれていく。結果として、今日の足穂評価の力点は、多くがその独特のダンディズム精神へと集約されていった。[4]

しかし、そうした足穂文学の研究動向において、半ば等閑視されてきたものがある。それは、最新の宇宙科学に対する熱烈な執心にほかならない。もちろん、足穂の宇宙科学に対する興味・関心は、これまでの研究においても色々なかたちで考察の俎上に載せられることは多かった。しかし、当時の文壇における自然科学受容のあり方や、二〇世紀物理学の地殻変動を踏まえつつその実態を体系立てて分析したものは、意外なほど数が見られないのである。[5]

文学者としての足穂の活動は、一九二〇年代から戦後までつづき、またその内容も多岐にわたっている。しかし、その作品群には〈いま・ここ〉から切断された「別世界」へと飛躍するような共通の主題系を読み取ることができる。ＳＦ（＝サイエンス／スペキュレイティヴ・フィクション）という言葉がいまだ本格的に輸入される以前から、足穂は一貫して自然科学に対する飽くなき探究心を持ちつづけていた。それは、同時代の言説空間において共有された近代合理主義の理念とは異なる独自の宇宙認識を形成するものである。足穂の「新感覚的才質」は、こうした方法意識のあり方にこそ、その源泉を見いだすことができるのではないだろうか。本章では、こうした前提を踏まえつつ、主として新感覚派時代の足穂の宇宙論を読み解いていくことで、足穂文学の基底をなしていた思考回路の一端を照らし出してみたい。

一　「必然性」からの脱却

本書のなかでも折に触れて述べてきたように、近代自然科学あるいは近代天文学の歩みが、ニュートン力学以来の均質で永遠不変の宇宙像によって統御づけられていたとすれば、一九世紀半ばにおいて、その堅牢な秩序体系は徐々にその信頼が崩れつつあった。その典型として挙げられるのが、Ｂ・リーマンやＮ・ロバチェフスキーによって提唱された「非ユークリッド幾何学」の概念である。私たちを取り巻く時空間表象は、定常的な拡がりを持った線形な性質を持つものではなく、むしろ可変的で動態的なものとしての姿を有している。従来の時間・空間概念をめぐるこうした根本的な発想の転換は、何より先進的な文学者たちを深く魅了することになった(6)。

そのような時空間表象の揺らぎは、旧来の自然科学的世界像に対する人びとの認識の枠組みを大きく覆すものでもあった。中村雄二郎は、次のように述べている。

> 近代科学はもともと、場所の限定から自由になるところから出発し、リニヤーな（線形の）因果関係によって自然を法則的に捉えることに成功し、そうした思考の強さを生かして飛躍的に発展した。
>
> そのように《ママ》自然科学において、どうして場（場所）の考え方が必要になり、要請されるようになったのであろうか。（…）線形の古典物理学そのものの内部から、その枠ぎりぎりのところで場の問題があらわれたことは、それだけですでに、場が問題になる必然性を示している。リアリティに即して実在を捉えていくとき、場が問題になる強い必然性である。(7)

「線形」の秩序体系に支えられた近代自然科学の方法論は、何よりも客観的・絶対的な時空間表象を前提として成立するものであったが、一九世紀半ば以降の理論物理学においては、むしろ曖昧なものとして捨象されたはずの生き生きとした時間・空間の描像――すなわち「場」の考え方が呼び覚まされることになる。そのような学術思潮の揺動期にあって、そもそも時間・空間とは何か、あるいは現実世界はどのような姿をしているのかといった素朴な問いが、知識人たちの多くを惹きつけたのはごく自然のことであっただろう。

近代日本において非ユークリッド幾何学の概念が広く人口に膾炙していったのは、ひとえに一九二二年のアインシュタイン来日に拠るところが大きい。アインシュタインが提唱した相対性理論に対する同時代の知識人たちの受容と展開については、すでに本書のなかでも検討してきたが、改めて繰り返しておけば、当時の文壇・論壇において明治期以来の「知」の根本原理の転換は、まさに新時代の幕開けを予感させるものとしてみなされていたのである。(8)

中条省平は、足穂文学における「空間と知覚の構造」をめぐって、とりわけ「終着点だと思ったら出発点に戻っている螺旋構造」や「見ている自分がいつの間にか見られている自分に転位する分裂的な感覚」を重視している。(9)中条が指摘する主－客の存立構造を反転させる足穂の文芸様式には、先に見てきたような均質に拡がっていく無機質な時空間表象ではなく、絶えざる蠢動の可能性をはらんだ「場」の考え方が介在していることは言うまでもない。こうした足穂の世界認識のなかに、足穂が生涯をかけて追い求めた「宇宙的郷愁」というモチーフの淵源を見ることができよう。(10)

足穂にとって、宇宙空間の果てに向けられた憧憬と、それをまなざす「私」の自己喪失的な体性感覚は、分かちがたく結びついたものであった。実際、作家としての足穂の活動には、その生涯を通じて「人間」と「天体」の結びつきはいかにして可能かという主題系が伏流しており、足穂は数々の文章のなかでそれを繰り返し綴っている。

私において考えられないものの連結は、人間と天体である。だから私の処女作「一千一秒物語」の中では、お月さんとビールを飲み、星の会合に列席し、また星にハーモニカを盗まれたり、ホウキ星とつかみ合いを演じたりするのである。この物語を書いたのが十九歳の時で、以来五十年、私が折にふれてつづってきたのは、すべてこの「一千一秒物語」の解説に他ならない。(11)

足穂の興味・関心は、初期から晩年にいたるまで、つねに「人間と天体」の「連結」のみであり、そこにおいて「文学」と「科学」の隔たりは軽々と架橋されている。それはまた、二〇世紀初頭において急速な発展を遂げた宇宙物理学に対する執心とも密接にかかわっていよう。

本書の第三章や第六章でも検討したが、総じて昭和初期の文壇における自然科学の受容は、人間の身体・精神の病理的な様相を解明することを目指した精神生理学や心理学（＝人間科学）の系統が主流であった。これに対して足穂は、人間存在の深淵を理解するためには、何よりもまず私たちを取り巻く宇宙空間の物理的な存立構造を知る必要があると考えていた。本書の第四章でも部分的に引用した次の論説は、その意味で足穂文学の象徴的なマニフェストとしての意味合いを帯びている。

> ふいに、それは生理学に対する物理学であるといふアイデアをつかんだのでした。（…）前者は只行はれてゐるべきものにすぎないが、即ち女や花や昆蟲の住む必然性の世界であるけれども、後者とは現実を超えてさらに別箇の消息が取扱はれるべきところ、無限なる吾々の可態《ママ》性の世界を意味してゐなければならない。そして一かうにつまらない日頃の夢に反した鴉片の夢も、つまりはそれが人生を切りはなしたMechanismであるからといふ点にを《ママ》いて説明が出来るとしてみると、幸福論を離れられぬ一般の人人《ママ》が生理学に止つてゐるといふのは、もはや議論の余地のないことのやうに思はれてきました。[12]

足穂が変革期の理論物理学から得たのは、人間に内在する「生理学」的な条件から〈いま・ここ〉に生きることの「必然性」を受け止めるのではなく、むしろ「現実を超えてさらに別箇の消息」へと帰着するような「可能性」＝「可能性の世界」への志向であった。足穂はまた、同じ文章のなかで「八方へめぐるイマジネーションの矢車は、すでに人間性の苦悶といふやうなところを超え、生理学たる文学の領域すらとび出して、全宇宙にまでひろがらうとする熱意をはらんだアンビッションを察せしめるではありませんか」と述べており、みずからの仕事を「文学」＝「生理学」という等式からの解放を目指したものとして位置づけている。

山本貴光は、そのような「生理学」と「物理学」に関する足穂の論説をめぐって、次のように述べている。

> 彼は一方で宇宙を成立させる条件を記述した物理学の機械論的なモデル（模型）を手にしながら、他方で同時にそうしたモデルが規定する規則に従って多数の要素同士がかかわりあい交差する場面を見ているのだ。厳格な機械論者なら、すべての事物が物理法則にのっとって完全に決定されるのだから、そこに自由の生じる余地はないし、そうした規則と宇宙に存在する物質の状態がわかれば未来を正しく予測できるというラプラスの魔が存在できると考えるだろう。あるいはスピノザのように世界は完全に決定論的に動いているものの人間の認識が脆弱であるために、人間にはその必然が見通せないと考えるだろう。しかし足穂はそのようには考えていない。反復をこととする機械の組み合わせから反復されない差異が無限に生じるその機微に着目しているのだ。(13)

「必然性」の論理に支えられた決定論的な宇宙観から脱出するために、絶えざる「差異」を析出する思考装置として変革期の「物理学」を据えなおしてみること。そのような動機《モチベーション》が足穂にあったのだとすれば、そこに先述したような非ユークリッド幾何学的なものの見方はどのようにかかわってくるのだろうか。次節では、以上のような問題意識を前提として、足穂文学における「物質」と「場」の関係について、さらなる考察を深めてみたい。

二　「物質」と「場」のドラマ

「物質」に対する足穂の視線は、言うまでもなく未来派やダダイスムの流れを引き継いだ同時代の芸術運動のなかに位置づけることができるだろう。川又千秋は、それを「物質界に対して抱かれた、灼けるような連帯の欲望」という言葉でまとめつつ、「物質」に魅了されつづけた足穂を「新感覚派にもっともふさわしい資質の作家」として高く評価している。(14)そのような「物質」としてあらゆる人間の姿かたちが記述されることは、まさにそれまでの「内面」(=近代的自我)という観念形態への、ひとつの強力なアンチテーゼとなりえていた。

もちろん、「物質」としての「私」というモチーフ自体は、これまで見てきたように、横光利一や中河與一など他の新感覚派作家たちの活動とも共鳴している。しかし、もとより一口に新感覚派と言っても、実際には各々の文学者たちの「物質」観は大きく異なっていた。この時期の横光が、人間の自意識をも一種の「物質」とみなし、そこから独自の仕方で形式主義文学論を立ち上げていったことはその一例であろう。

だが、本書の第四章でも触れたように、そのような横光の「物質」観について、足穂はあまり心を動かされることはなかったようである。足穂の眼から見た横光の形式主義文学論は「書生的衒気を出な」いものであり、また「ついに彼のどの作も通読する気になれなかった」と書き残している。[15] 時間・空間の「形式」をめぐる認識論的な懐疑の念に支えられた横光の文学活動は、足穂にとって単なる衒学趣味の産物としてしか映らなかったのである。

前節で引用した中条の指摘にあるように、足穂にとって「物質」としての人間を記述することは、何よりもまず主‐客の循環的な螺旋構造において意味づけられるものであった。晩年のエッセイから引用しよう。

> 物質の中心部に在るのは只無限の拡がりだと言うが、「われわれ」も又、無限を持ってきて初めて満足するような方程式でないのか？　われわれは各自にブラックホールを通って別な宇宙へ生まれ変っているのでなかろうか？（…）われわれ各自がそれぞれに廻転している天体に他ならない。この点から言えば、われわれは誰でも大団円のブラックホールを通って、永遠に更生している。[16]

「私」＝「物質」の内部運動のなかに、足穂は「別な宇宙」への転生の契機を見いだそうとする。すでに新感覚派時代の足穂は、自身の創作理念について、「ロボツトなどゝは全くちがつた人間そのままの個性をもつた人形」を描くものであり、「そのやうに生命だけをぬきとられた月や星や人や鳥や木や草は、地球とそのまはりの空間に規模広大なイーストランドを現出する」と述べていた。[17]「タルホ入門」と題されたこの文章のなかで、人間は「人形」として月や星と同じように即物的に形象化されている。[18] 足穂は、そのような「物質」の汎濫する物語世界の内奥に、むしろ「無限の拡がり」を読み取ろうとしていた。足穂にとって重要な文学的想像力の供給源となっていたのは、そのような「方程式」として抽象化された「われわれ」の生成過程にこそあったのである。

同じく、後年に発表された随筆「物質の将来——エッセー風の創作」（『海』一九七四・六）のなかで、足穂は宇宙物理学者J・ガモフによる次の言葉を引用する。「当方（こちら側）に物質が多量に存在する場合には、空間は自ら楕円形に成らざるを得ないし、先方に物質が多い場合には、空間は双曲線状になる」。足穂が二〇世紀の宇宙物理学から受け取った「アイデア」とは、あらゆる時空間表象が「物質」から切りはなされたところに屹立する無色透明な容器ではなく、両者は相互に関係づけられた協同体として出来するという見方にほかならない。その意味において、足穂の文学的方法論は、その作家活動の初期から晩年まで一貫していたと言えるのである。

ここまで「場」と「物質」の双対性こそが、足穂の宇宙観を支えていた根底的な思考の枠組みであったことを確認した。[19] それはまた、「物質」の重量に応じて時間・空間の存立構造が歪曲していくことによって、あたかも「物質」同士が互いに引き合っているように見えるという、相対性理論以降の二〇世紀物理学がもたらした認識論的な転回の軌跡と並行関係をたどることができる。本書のなかでもたびたび述べてきたように、アインシュタインによる一連の特殊／一般相対性理論がもたらした衝撃とは、何よりもア・プリオリなものとして位置づけられていた時間・空間という超越論的な与件が変動すること、そして「物質」に加わる重力の強さによって、その変動のあり方がおのずと規定されていくということであった。

実際、足穂は新感覚派時代からアインシュタインへの言及を繰り返しており、つねにその関心の中核は、時間・空間というものの概念に対する問いが「過去数千年にわたる人類思索が得たる実在に関する唯一の理論的概念として残るだらうといふ」ことへの驚嘆に注がれていたと言ってよい[20]。それは、同時代における科学解説書とのあいだに、確かな共振性を読み取ることができる。たとえば、理論物理学者の竹内時男は、この時期に「宇宙空間が有限無涯なることは、この空間が曲率を有し、非ユークリッド的であるためであ」り、「この曲空間の大《ママ》いさはそれを填充《ママ》してゐる物質や輻射エネルギーの量によつて定まるのである」という趣旨のことを書き記している[21]。同書では、「三次元球面の曲率は四次元空間の超人間『神』より見れば直ちに知られる」ものの、「三次元の世界に棲んでゐても経験範囲が増し又理智判断あらば、其空間の曲りを知る事が出来る訳である」と説かれており、そのような二〇世紀物理学が提示する新しい自然科学的世界像が、足穂の文学的想像力を大いに刺激したことは明らかであろう。

ここにおいて、青年時代の非ユークリッド幾何学への関心に端を発する足穂の理論物理学受容は、人間の「内面」なるものを遠心的にとらえなおし、生き生きとした「物質」と「場」のドラマを描くような興趣として結実した。非ユークリッド幾何学に立脚した時空間表象において、何よりも「物質」としての「私」は「場」の様態に依存する。だからこそ、足穂は一貫して「人間」(＝「私」)と「天体」(＝「場」)の往還する物語世界を描きつづけた。足穂自身の言葉を借りるならば、それはみずからの小説作品を「物質」たちの躍動する一種の「劇場」として据えなおそうという営みにほかならない。先述の「タルホ入門」には、そのような新感覚派時代の足穂の「物質」観が明示的に書き込まれている。

> 即ち、それは吾々の精神作用のうちの最も電気的なもの——感覚に訴へてゐるといふキーノー

トをのぞいては、あいつ〔足穂自身のこと——引用者注〕の作品に対するどんな評価も全く見当はづれだ。（…）在来の理智と感情の文学を超えた全然別のカテゴリーにあるから、——あたらしい感覚の文学がその二つの合成でしかなかつた昨日のデイケイしたものから醗酵したのにくらべ、特にあいつの場合にを《ママ》いてはいかなる伝統もない圏内に入つてゐるからだ。ひよつくりと現はれたこの今日の科学の感覚（人間の感覚と云つてはふさはしくない）の産物は、同じ感覚一途にしてもアルチユールランボオとは似てもつかないもの、そこにはどのやうな人間らしい病的な分子もふくまれず、あくまでも物質のもつ健全と明るさである。(22)

従来信じられてきた「人間の感覚」が遠景へと退き、さらに「人間らしさ」の源泉が「病的な因子」として棄却されたとき、対照的に「物質のもつ健全と明るさ」が育まれていくことになる。その意味で、足穂にとって理論物理学との邂逅は、人びとの「内面」なるもの（＝「人間らしさ」）を、絶えず脱中心的にはぐらかそうとする独創的な表現の展望をもたらしたのだと言える。

以上見てきたように、足穂にとって非ユークリッド幾何学以降の宇宙物理学とは、詰まるところ「内面」をめぐる近代小説のドラマツルギーを後景化させ、「物質」に対する「あたらしい感覚」を醸成させるための格好の思考装置であった。足穂が拘泥しつづけてきた「考えられないものの連結」としての「人間と天体」の調和は、非ユークリッド幾何学に依拠する「物質」と「場」の双対関係にこそ仮託されていたのである。足穂が述べているとおり、それは「今日の科学の感覚」と的確に呼応するものであった。その一例として、同じように理論物理学に関する同時代言説を引用しておきたい。

在来のユークリッド空間を平面とすれば非ユークリッド空間は球面の如きものである。球面であれば限界はなくとも有限であり得る。かく宇宙が有限で球面の如気であれば一つの方向に真直に歩いてゆけばいつかは同じ処へ戻つて来るであらう。例へばそれは地球の表面を一方へ真直に歩く様なものである。アインスタインの宇宙は有限であるが、それは何故かと云へば空間が歪んでゐるためで、空間が歪むのは何故かと云へばそれが非ユークリッド空間だからである。それが実質的なものであるからなのである。而して宇宙の拡りはその中にある物質の量に依る事で、空間の曲率半径は宇宙の全物質の量と比例する事が結論されるのである。物質の総重が大なれば大なる程宇宙の拡がりは大で、もし物質がなくなれば曲率半径は零となり宇宙は一点に縮んで仕舞ふであらう。即ち物質あつて始めて宇宙があるのである。[23]

「物質あつて始めて宇宙がある」という考え方を「私」と物語世界の関係にまで敷衍させてみれば、足穂の言う「劇場」の比喩が、きわめて正統な根拠を持ったものであったことが了解されるだろう。ここに、中条の指摘する「終着点だと思ったら出発点に戻っている螺旋構造」を可能にさせるための理論的骨格を見いだすことができる。まさにそのような異形の時空間表象を前提とすることで、足穂は「人間と天体」の往還を描きつづけていたのである。[24]次節では、そのような足穂の文学的想像力の射程が、同時代の「無限宇宙」をめぐる論説の類に対して、確かな批評性を持ちえていたことを明らかにしたい。

三　「無限宇宙」の存立構造

安藤礼二は、近代市民社会における人文諸科学の研究対象が「世界という外部の表現、すなわち宇宙の構造の探究（宇宙論）」と「個人という内部の表現、すなわち精神の構造の探究（心理学、さらには心霊学）」という「二つの極へと分化していった」ことを指摘したうえで、「近代の表現（哲学と文学）において、両者（外的宇宙《アウタースペース》と内的宇宙《インナースペース》）は通底する」と述べている。(25)「私」の外部の極点としての「宇宙」と内部の極点としての「心理」の双対性は、何よりも「近代の哲学と文学」の領域における表現営為の根本を規定していた。それは、やや解像度の粗い見取り図ではあるものの、およそ日本の論壇・文壇においても例外ではないと思われる。

たとえば、明治期において絶大な影響力を誇った思想家の三宅雪嶺は、その名も『宇宙』という著作のなかで、「超絶的に大なる我」と「宇宙」のあり方を重ね合わせたうえで、天下国家にかかわる諸々の持論を展開している。(26)今日ではやや奇抜とも思われるこうした宇宙論の類は、近代日本精神史の一角において確かな位置を占めていた。「吾人は真善美の円満なる極致を以て人類の理想なりといふに躊躇せず、この人類の理想、これやがて宇宙の目的にあらざらむや、吾人は更らに宇宙に於ける人類の地位に論及せざるを得ず」といった論調は、その典型をなすものである。(27)そのような時空間表象の枠組みには、やがて「無限宇宙」という修辞が施され、「それは我々有限なる者にとつて、何と不思議な、重いひびきを有つた言葉であらう……」といった叙情的な文言によって綴られていくことになる。(28)

また、足穂が小説作品を発表しはじめた時期の雑書を繙いてみれば、たとえば次のような記述も散見される。

　そも〳〵「宇宙」なる言葉は、吾人の経験や感覚を超越して、およそ、此の世にありとあらゆるものを漏らさず包含する一切の称呼《ママ》であつて、昔から、科学者よりもむしろ哲学者や宗教家が用ゐたものである、しかるに、近代の科学者が空間の究竟《ママ》を研究した結果、遂に「宇宙」を天体の極端な大集団、即ち銀河系全体の別名とするに至つたのである。[29]

引用文においては、個々人の意志を「超越」するものとして「宇宙」を「科学者」の手から取り戻すことが主張されている。そのような立場を敷衍させてみれば、やがて各々の「心」＝「内面」自体を「宇宙」に投射しようとするオカルティックな言説の類が登場することにもなるだろう。昭和初期に「貧民街の聖者」として活躍した社会運動家、賀川豊彦の言葉を引こう。

　宇宙の心は人の心に投影してゐる。人に心がある以上宇宙自然に心がある筈である。若し宙宇《ママ》に心なしとするならば我々の心は何処から来たか不可解になつて来る。故に我々の心は宇宙の心を暗示してゐる。即ち此処に宇宙を見んとするものは、人の心を見なければならぬ理由が存してゐる。[30]

言うまでもなく、「我々の心は宇宙の心を暗示してゐる」といった言辞のあり方自体が、すぐれて心理主義的なパラダイムのもとで成立した特異な産物にほかならない。だが、そのような「宇宙」と「心」＝「内面」が無前提に重ね合わされた二項図式は、やがて「宇宙」という概念そのものの二元論的な理解へと結びつくことになる。雑誌『科学画報』のなかから、象徴的な記事を引用しよう。

> 宇宙と言ふ言葉は、本来哲学上の言葉であつて、決して天文学上のものではない。此の言葉の本統の意味は『創造されたる総てのものを一括したもの』又は『存在する総てのものの一括』又は『吾人が認識する総てのものの一括』である。（…）広い見地から見て、宇宙には、少なくとも
>
> 一、精神宇宙（Spiritual Universe）
>
> 二、自然宇宙（Natural Universe）
>
> の二種があつて、此の二つは可なり別々に吾人の認識中に存在すると見るべきものである。[31]

こうした「精神宇宙」と「自然宇宙」への類別には、もとより「宇宙」の造形が唯一の「天文学」（＝自然科学）的な見方に回収されるものではないという反‐実証主義的な発想が伏在している。加えて興味深いのは、同時代の科学啓蒙書の類においても、そのような見方を補完する主張が垣間見られることである。当時の自然科学を網羅的に扱った『万有科学大系』（第一巻、万有科学大系刊行会、一九二六・七）の冒頭「科学総論」において、永井潜は「由是観之、宇宙は、運動であつて同時に静止であり、変化であつて同時に不易であり、幻影であつて同時に実在であり、物質であつて同時に精神であり、吾であつて同時に外界であらねばならない」と述べている。結果的に、こうした過剰とも言え

る独特の修辞をまとった科学言説が、先述の心理主義的な宇宙論にある種の説得性を与えていたものと思われる。当時の百科事典的な記述のひとつを参照しておこう。

宇宙とは吾人の認識の一切を包含するものを意味する。従つて、此の一切を思想的に系統づけたものが宇宙観である。しかし、吾人各自の認識の内容と外延が必ずしも一致しないのであるから、厳密に言へば、各個人の持つ宇宙観は多種多様であつて、殊に其れは社会文化が進むほど甚だしいと見ねばなるまい。(…)職業に応じ、境遇に応じ、又、地位、素養、傾向、時代等に応じて、日夜、直接間接に交渉を持つ範囲が、各人各様の人生観、世界観乃至、宇宙観を規定することゝなる。[32]

こうした「吾人の認識の一切を包含するもの」としての宇宙観は、一九三〇年代に差し掛かると、たとえば井上日召の「宇宙の真体即ち吾人の真体は全一体なのであるからして個人と社会並に国家とが対立して居つてはならない」といった、きわめて全体主義的で危うい自我認識へと昇華される。[33]荒川幾男は、井上の主張を受けて「このような大宇宙に合体することによって生きる私という自然宗教的な個我意識は、近代日本の意識の底に素朴に横たわっていた常識のごときものともいえた」と指摘しているが[34]、こうした普遍性・超越性への志向をまとった同時代の宇宙観に対して、本章で確認してきた足穂の文学的方法論はどのように位置づけられるだろうか。ここでは、一九三四年に書かれた足穂独自の「空間」論を見ておきたい。

空間は広大無辺だとか深遠であるなどと云はれるが、頭のいゝ言葉だとは思はれない。何故なら、一体深遠で無辺なのは、空間なのか、それ共そんな対象に就て思ひを巡らせてゐる自分の方にあるのか、一かうに判らないからである。[35]

ここで「空間」と「自分」の存在論的な差異が明示されないことによって、双方は主‐客を転倒させる循環構造を帯びはじめることになる。前節までにも見てきたように、そのようなかたちで絶えず「私」という存在様式が〈いま・ここ〉に居ることの「必然性」を脱臼し、自身の「生」のあり方を多元化・輻輳化させる戦略のなかに、足穂の理論物理学受容の核心は宿っていたのである。[36] 引用のつづきを見ておこう。

非ユークリド的空間の発見者ボリアイは「自分の造つたものが五重の塔なら、今までのすべては紙の家である」と云つた。明日はどんな建物が現れるであらう。宇宙といふものもはじめこそ落付いてゐたが、吾々の考へが次第に進歩するので極りがわるくなつて、自身をコソ〳〵と吾々の方へ合はしてゐるのではないか知ら？　諸君にはそんな気がしないかな。そろ〳〵階下に降りて街でも歩かう。さようなら！[37]

足穂は、先述した「自然宇宙」と「精神宇宙」の差異を単純な二項対立の図式でとらえていない。その物語世界において、両者はただ高次のものへと止揚されるばかりではなく、絶えず各々の帰属すべき領野が干渉し合う双対的なものとしてみなされていた。そのような趣向は、初期から晩年までの足穂文学の基底をなすものとして了解することができる。
たとえば、一九二〇年代の創作「近代物理学とパル教授の錯覚」では、登場人物の口を借りて自身の小説作品を次のように評していた。

「天文学といふものが宇宙をひろめて行き、お天道さまだつてお星さまだつて、吾々にはごらんのやうに何の趣味もない計算問題として扱はれてゐるが、一方、タルホ君に見るやうなお星さまはどうしたものかな、お星さまが酒場へやつてきたりホーキ星が自動車ととつ組んだりすることもどこかにほんとうらしい――それにこんな考へは昔は全くなかつたものらしい。近代耽美派文学（さう云ふのかどうかよく知らないが）の一形式だといふ他に、もつと根拠を持つたものらしい[38]」

星々の運動にひとつの「根拠」が拵えられることで、足穂の描く「物質」と「場」のドラマは「ほんとう」らしさを獲得する。あるいは、戦後になって発表された随筆「僕の〝ユリーカ〟」では、次のような記述が見いだされる。

　靄の朝歩いていると、物象や人影が立ち現れては薄れて行くので、恰もロシアの小説を読んでいるような、リーマン的孤独感に導かれますが、埠頭に横付けられた巨船に向かって立っているような場合には、ロバチェフスキー的な吸引を身に感じて、自己喪失の不安に襲われます。[39]

ここに示された「リーマン的孤独感」や「ロバチェフスキー的な吸引」という語句を、単なる詩的でペダンティックな修辞《レトリック》としてとらえるべきではない。そのいささか特異な表現が指し示しているのは、認識主体としての「私」と時間・空間の境界線自体を消失させてしまうような思考の可能性なのである。(40) 繰り返すように、それは時空間表象の遊動性・可変性と結びつくことで、現前する「私」の描像が幾重にも輻輳化していくといった、初期足穂文学のモチーフから一貫したものにほかならない。

先に見たように、足穂が自身の創作活動において最大の仮想敵としていたのが、一律に均質化された「生理学」的な人間の様態であり、同時に現象世界の姿かたちを水平化してしまうような「必然性」という軛であった。言わば、そのような〈いま・ここ〉に沈潜する偶有性への憧憬――すなわち、この現実世界の内側に折り畳まれた、ありえたかもしれない別の可能性を志向しようとする感性の枠組み――を引き受けることは、たとえば戦時下にあって〝近代の超克〟という大仰な意志を担った文学者たちの表現営為とは一線を画していよう。その意味で、西欧由来の「合理」的な秩序体系の「超克」を謳う文化思潮のあり方に対して、足穂の宇宙論は確かな批評性を含み込んでいたのである。

以上のことから分かるように、足穂にとって二〇世紀の宇宙物理学は、そうした〈いま・ここ〉の「必然性」を内破するための導線となりえていた。それはまた、多方向的に拡散する「私」の様態を肯定し、生成変化の運動を引き起こすために欠かせないスプリングボードでもあったのである。

おわりに

足穂は、一九二〇年代からすでに「リアリズムなどといふ言葉はもうすぐになくなつてしまひ、超自然主義など云ひ出されても、それは何ら科学上の自然現象に反する意味でもなければ人間性に反するものでもないことが人々になづかれるやうになる」と考えていた。[41]そこには、近代自然科学的なものの見方に支えられた「必然性」という思考原理を内側から突き崩すような批評的視座を読み取ることができるだろう。

先にも確認したように、非ユークリッド幾何学から二〇世紀物理学にかけての躍進がもたらした時空間表象の変動は、均質に統御づけられた無機質な自然科学的世界像から追放された、弾性のある「場」の考え方を再び呼び覚ますことになった。いわゆるニュートン的な絶対時間・絶対空間を基軸とした近代小説の系譜において、このことの意味はどれほど強調してもし過ぎることはない。[42]こうした新しい動きに敏感に応接した足穂の小説作法は、同時代の言説空間において、冒頭に示した「新感覚的才質」というあやふやな印象論を超えて、より明確に意味づけられるべきものであるはずだ。

もとより本章では、時代をまたいで書かれた理論的な側面を持つ文章を多く扱ったがゆえに、たとえば初期の足穂が描いた寓話的小説群のなかで、そうした試みがいかに実践されていたのかということについては具体的に触れていない。しかし、同時代の宇宙物理学と足穂の文学的想像力が交錯する地平を、改めて通時的・共時的な角度から跡づけていくことは、広義の自然科学と文芸思潮の交点を検討するうえで、なおも再考に足りうるだけの重要な価値を持っていると言えるだろう。

［注］

（1）稲垣足穂「タルホ＝コスモロジー——作品的自伝（一）——」『文学界』一九七〇・八。

（2）高橋孝次「新感覚派の夢——稲垣足穂と活動写真のメディア論」『千葉大学日本文化論叢』第六号、二〇〇五・六。なお、以降の足穂研究史において、「新感覚的才質」という表現が繰り返し用いられていることについては、高木彬「稲垣足穂と新感覚派——「ＷＣ」から「タッチとダッシュ」へ——」（『横光利一研究』第一二号、二〇一四・三）に詳しい。

（3）たとえば、足穂が文壇に登場してきた時期の同時代評価の一例として、次の文章を参照されたい。

現代は殊に現代の紳士と淑女は面白い大人の童話を求めてゐる。茶話を求めてゐる。なるべく奇抜なるべく彼等に似合はしい瀟洒とした、なるべく文明的な、都会人的な童話を。（伊福部隆輝「現文壇の二思潮——文壇の現状に就いて論ず（２）——」『文章倶楽部』一九二五・一一）

ここからも、足穂が新感覚派の同人だった時期から「大人の童話」の書き手として期待されていたことが了解されよう。後年、瀬沼茂樹もまた「稲垣足穂はきわめて特異な才能をもち、本質的に詩的ファンタジ《ママ》を生活する詩人であり、生れながらの新感覚派と評することができる」と述べている（『大正文学史』講談社、一九八五・九）。

（4）三島由紀夫は、足穂を「真に男性の秘密を打った最初の文学者」とみなしたうえで、「足穂が男性におけるスパルタ乃至「葉隠」の先天的憧憬と、「宇宙的郷愁」とを同一次元で語ってしまったとき、そこですでに凡ては語り尽され、文化と芸術の問題性は究めつくされてしまったのかもしれない」と述べている（「解説」『日本の文学』第三四巻、中央公論社、一九七〇・六）。高橋孝次もまた「足穂は、再評価による「異端作家」としてのイメージ、出版メディアでの取り上げられ方、当時の作家自身によるパフォーマティブな言動、露出などによってかなりエキセントリックな作家イメージをまとわされていくのだが、それに従って足穂作品の分析も結果的に、作家の特異性そのものへと回収されてしまう傾向が強かったと言わざるをえない」と指摘している（「稲垣足穂『弥勒』論——『ショーペンハウエル随想録』をめぐって――」『日本近代文学』第七一集、二〇〇四・一〇。

（5）足穂の宇宙言説を論じた代表的なものとしては、本章で引用した文献のほか、松岡正剛「幻想幾何学と模型存在学」（『タルホ・クラシックス〈2〉アストロノミー』読売新聞社、一九七五・一）や、鎌田東二「タルホの宇宙論と異界論――「瞬間」の形而上学」（『鳩よ！』第一〇四号、一九九二・七）などが挙げられる。また、安藤礼二は『光の曼陀羅――日本文学論』（講談社、二〇〇八・一一）において、近代日本文学における宇宙論の系譜のなかで足穂の果たした思想的意義を総合的にとらえ返すことを試みている。ただし、足穂の理論物理学受容を、通時的・共時的な文脈をたどりながら具体的に跡づけていく試みは、管見のかぎりではいまだ本格的な論究がなされていない。

（6）足穂の非ユークリッド幾何学受容については、「非ユークリッドへの憧れ」（『数学セミナー』一九七一・三）などを参照した。

（7）中村雄二郎『場所（トポス）』弘文堂思想選書、一九八九・三。

（8）権田浩美は、「アインシュタインやその先駆者たちが活躍した時期と、所謂新精神《レスプリ・ヌーヴォー》に基づいた新興芸術運動が起こった時期が重なっている点」の重要性を指摘している（『空の歌――中原中也と富永太郎の現代性』翰林書房、二〇一一・一一）。非ユークリッド幾何学や二〇世紀物理学に接することで鍛え上げられた足穂の方法意識も、そのような文脈から改めて問いなおされる必要があると考えられよう。

（9）中条省平『反＝近代文学史』文藝春秋、二〇〇二・九。

（10）高橋孝次が指摘するように、足穂文学のなかで「宇宙的郷愁」という言葉が初めて用いられるのは戦後にいたってからであるものの（「『少年愛の美学』とフロイトの反復説」『千葉大学人文社会科学研究』第二一号、二〇一〇・九）、そうした感性の発現自体は、新感覚派時代まで遡ることができると考えられる。折目博子もまた、足穂の「宇宙的郷愁」を「「以前ここに居たことがある」、あるいは、いつだったか此処で、まさしくこれらの人々と共に、ちょうどこれと同じことを語った《ママ》」、という突然感情は、同時に、「ひょっとしてこれから先に経験すること」のようだし、「それは自分ではなく、他人の上に起っていることではないか」などと思われたりする」ものであると説明している（『虚空稲垣足穂』六興出版、一九八〇・四）。

（11）稲垣足穂「無限なるわが文学の道」『朝日新聞』一九六九・四・八夕刊。

（12）稲垣足穂「記憶」『新潮』一九二九・五。

（13）山本貴光「計算論的、足穂的――タルホ・エンジン仕様書」『ユリイカ』第三八巻一一号、二〇〇六・九。

（14）川又千秋「千年紀末の残照――タルホ随想」『ユリイカ』第一九巻一号、一九八七・一。

（15）稲垣足穂「新感覚派始末」『人間喜劇』一九四八・八。ただし、引用は「新感覚派前後」（『稲垣足穂全集』第九巻、筑摩書房、二〇〇一・六）の本文に拠る。

（16）稲垣足穂「私はいつも宇宙の各点に電話をかけている――空間のこの怖るべき渦巻」『海』一九七一・一。

（17）稲垣足穂「タルホ入門――初学者諸彦《ママ》のために」『不同調』一九二六・一二。

（18）高橋孝次は、『一千一秒物語』の冒頭部分を引用しつつ、その特質として「作品世界自体がキネオラマ（キネマとパノラマの合成語で、模型の見世物）のような一種の模型世界であり、そこにあらわれる登場人物はほとんど機械仕掛けの人形のようなものである」と指摘している（前出「新感覚派の夢――稲垣足穂と活動写真のメディア論」）。高橋は、その表現様式が「現実世界を直接描こうとするのではなく、当時の新興メディアである「活動写真」（映画）の中で描かれた世界を、もう一度散文によって再現するといった迂回ともいうべき方法によって得られたもの」としているが、そこに宇宙物理学の学術的知見がもたらした影響もまた軽視すべきでないと思われる。

（19）こうした自意識を包含しつつ編成される「場」のあり方には、同時代の日本思想に根ざした思考の特性を抽出することもできる。たとえば、西田幾多郎は経験主体が「於かれている」基体としての

「場」のあり方に着目し、自我とは端的に「場所」のことだと言い切っている（『一般者の自覚的体系』岩波書店、一九三〇・一）。もちろん、安易にここだけを切り取ってただちに思想的な共通性を見いだすことはできないが、少なくとも西田の述べる「場所」＝「場」の理念に、足穂文学にも通じるような「虚無」のイメージを読み込んでみることは、さほど牽強付会なことではないはずである。なお、足穂と西田の文学的想像力の交錯については、高原英理『無垢の力――〈少年〉表象文学論』（講談社、二〇〇三・六）にも言及がある。

(20) 稲垣足穂「アインスタインの空間とベルグソンの時間に就て」『文藝レビュー』一九三〇・八。なお足穂は、その独自の宇宙観を構築する際、アインシュタインの相対性理論を批判的に継承した理論物理学者W・ド＝ジッターの宇宙論にも大きな影響を受けたことを繰り返し語っている。ド＝ジッターの宇宙論については、雑誌『科学』一九三一年九月号において、「拡大する宇宙」という論文の抄訳が掲載されている。同論では、「我々の感官が感覚し得る程度の大きさの物理的現象、即ち余りに小さ過ぎも大き過ぎもしない現象に対しては、ユークリッド空間が実在の物理的空間のよほどよい近似者であることは確かである」が、一方で「電子や宇宙全体に対してはもはや近似は成り立たない」ことに対する驚嘆の念が執拗に強調されており、本章で跡づけてきたような足穂の宇宙観との親和性を見いだすことができよう。なお、ド＝ジッターの宇宙論を平易に解説した最初期のものとして、同じく一九三一年に書かれた竹内時男の文章を引用しておきたい。

　時間の輪廻性を相対律的宇宙論に初めて導入じ《ママ》たのは、天文学者ドウ・ジッターである。彼によると、宇宙は空間的にのみならず時間的にも無始無終であり、未来を追うて進むと再び過去に、又現在に復帰するのである。時間が一方向を持つといふのは小さな経験の範囲内のことであり、大いなる経験範囲に於ては斯くの如き結果を見るのである。たゞ《ママ》ドウ・ジッターの宇宙は空間的にも端を持たないが、空虚なる空間であり、其処には物質も輻射も存在することを許されない。是がドウ・ジッターの宇宙形式の困難なる点である。（「科学の新世界から見た神の問題（上）」『読売新

聞』一九三一・一〇・二九朝刊）

また、このようなアインシュタインやド＝ジッターが提示した新しい宇宙像の科学史的な意義については、村上陽一郎『宇宙像の変遷』（講談社学術文庫、一九九六・六）に詳しい。

（21）竹内時男『原子と宇宙』春秋社、一九三三・九。こうした科学言説を踏まえつつ、後年の足穂はみずからの宇宙論のなかでも「空間という空ッポな容器の中に物がはいっているのではない、物質が空間を定めている」こと、さらに「物体の存在によって周囲の空間にさまざまな変化が起り、空間は創造されつつあるものである」ということを何より強調していた（『宇宙論入門』新英社、一九四七・一一、ただし引用は『稲垣足穂全集』〔第五巻、筑摩書房、二〇〇一・二〕の本文に拠る）。

（22）前出「タルホ入門――初学者諸彦《ママ》のために」。

（23）大町文衛『最近自然科学十講』太陽堂書店、一九二四・九。

（24）新感覚派時代から、足穂は宇宙物理学で言うところの「曲率」の概念を重視していた。初期の随想のなかで、足穂は萩原朔太郎の反‐科学主義的な論説を批判しつつ、「さくらかざしたニッポンムスメのみかんじて、空間曲率の優婉に気付かないなら、――十九世紀酒壜にはられた天体旅行のレッテルのみ知つて、原子に衝突するアルファ粒子の音が拡声器を通じて吾々の耳につたへられるといふ最近の事実を見逃すなら、詩人朔太郎氏はもはや吾々の時代に用なき人と断定せざるを得ない」と述べている（「滑稽二つ」『文章往来』一九二六・六）。

（25）安藤礼二『場所と産霊――近代日本思想史』講談社、二〇一〇・七。

（26）三宅雪嶺『宇宙』政教社、一九〇九・一。清家基良は、端的に「雪嶺思想のすべては『宇宙』に流れ込み、またそこからあふれ出す」と評している（『戦前昭和ナショナリズムの諸問題』錦正社、一九九五・一二）。なお、雪嶺の哲学的方法論と宇宙論とのかかわりについては、奥村大介「宇宙と国粋――三宅雪嶺のコスミズム」（『明治・大正期の科学思想史』金森修編、勁草書房、二〇一七・八）などにも詳しい。

(27)　加藤咄堂『宇宙論』鴻盟社、一九〇五・九、傍点省略。
(28)　浅野利三郎『宇宙の話』世界思潮社、一九二二・四。
(29)　著者未詳『宇宙の驚異』アクメ学術映画部編、アクメ商会、一九二七・四。
(30)　賀川豊彦『神に就ての瞑想』教文館出版部、一九三〇・六。この時期の賀川は『神と苦難の克服』(実業之日本社、一九三二・一〇)などでも、独自の神秘主義的な宇宙論を多く書き残している。
(31)　山本一清「他の宇宙系の話」『科学画報』一九二四・九。
(32)　山本一清「宇宙論」『大思想エンサイクロペヂア――自然科学』第四巻、春秋社、一九二九・九。なお、こうした宇宙観の形成にあたっては、やはり最先端の理論物理学の方法論が与えた影響も無視できないものと思われる。一九一六年、いわゆる一般相対性理論が提唱されて以降「此広大無辺の空間の深淵の中に、互に離れながら同時に幾多の宇宙が存在し得ることは明瞭であり、且又、恐らく存在するであらう」という見方が、科学者共同体のなかでも支配的となりつつあった(J・トムソン、北川三郎ほか訳『科学大系』大鐙閣、一九二二・一〇)。こうした存在論的な宇宙空間の複数性をめぐる議論は、同時代の「精神宇宙」に仮託された自我認識の枠組みにもまた、確かな影響をおよぼしていたと考えられよう。
(33)　井上日召『日本精神に生よ』改造社、一九三四・一〇。
(34)　荒川幾男『昭和思想史――暗く輝ける1930年代』朝日選書、一九八九・八。
(35)　稲垣足穂「空間放語(1)」『国民新聞』一九三四・八・一五朝刊。
(36)　もとより、文学的想像力の発露によって既存の時間・空間をめぐる認識の枠組みが組み換わっていくという足穂の考え方は、J・ランシエールが述べているように、すぐれて「美的＝感性論的」なものであると同時に「政治的」なものでもある(梶田裕訳『感性的なもののパルタージュ――美学と政治』法政大学出版局、二〇〇九・一二)。その意味でも、足穂の文学的理念を狭義の〝政治性〟から単純に切りはなすような見方は再考を要するだろう。

(37) 稲垣足穂「空間放語(4)」『国民新聞』一九三四・八・一八朝刊。
(38) 稲垣足穂「近代物理学とパル教授の錯覚」『改造』一九二八・四。
(39) 稲垣足穂「遠方では時計が遅れる」『作家』一九五六・二。ただし、引用は「僕の〝ユリーカ〟」と改題された『稲垣足穂全集』(第五巻、筑摩書房、二〇〇一・二)の本文に拠る。また、引用部の科学思想史的な背景を分析したものとして、久高将壽「タルホ・レベル・レクト・パンクト――幾何学と幻想　宇宙文学「僕の〝ユリーカ〟」から」(『ユリイカ』第一九巻一号、一九八七・一)を参照した。
(40) なお、足穂の『僕の〝ユリーカ〟』は、一読して明らかなようにE・A・ポーの『ユリイカ』に着想を得たものだが、周知のように『ユリイカ』には、「物質的および精神的宇宙に関する随想」(An Essay on the Material and Spiritual Universe)という副題が付されていた。村上陽一郎は、この点について「ポーは科学と詩人の想像力との綜合を目途としたのでもなく、もともとは詩人の想像力に味方しながら一種のパロディを生み出すことを目指したのでもなく、精神的宇宙も含めた宇宙についての知識、すなわち科学は、自ら詩人の想像力を伴うべきものとして措定されていたのではないだろうか」と指摘している(「一九世紀科学と探偵小説」『ユリイカ』第一二巻一二号、一九八〇・一一)。こうした背景を踏まえてみたとき、足穂の『僕の〝ユリーカ〟』は、ポーの宇宙論を最大限に活かしつつ、なおそこに別様の可能性を読み取ろうとする試みであったとみなすこともできるだろう。
(41) 稲垣足穂「機械学者としてのポオ及現世紀に於ける文学の可能性に就て」『新潮』一九二八・二。
(42) D・ハーヴェイは、「空間」の存立機制を「絶対的なもの」と「関係的なもの」に分別しつつ、「ヨーロッパの主権国家システムを確立した一六四八年のウェストファリア条約の時期に、空間の絶対的見解が優勢になった」ことを指摘している(大屋定晴ほか訳『コスモポリタニズム――自由と変革の地理学』作品社、二〇一三・九)。ハーヴェイが述べるように、ニュートン力学に支えられた均質な絶対空間は、それ自体が「権力の容器」にほかならず、足穂の試みはそうした「空間」の政治学的な読み換えとして理解することもできるだろう。

第九章　「怪奇」の出現機構——夢野久作『木魂』の表現位相

はじめに

ここまで、第七章では中河與一、第八章では稲垣足穂を扱ってきた。いずれも新感覚派の一員として一九二〇年代の前半から活動してきた書き手たちだが、一九三〇年代において「合理」的なものの見方をめぐる議論は、より多様な文芸ジャンルにおいて主題化されていくことになる。その最も象徴的な好例は、言うまでもなく「探偵小説」であろう。本書では「探偵小説」と自然科学のかかわりについて中心的に扱うことはしないが、少なくともここまで扱ってきた「合理」と「非合理」の錯綜する一連の問題系は、その境界線上に立ちあらわれたジャンルとしての「探偵小説」ともまた無関係ではない。(1)本章では、そのような観点をもとに、そのなかでも夢野久作の文学活動を考察してみたい。

一九三六年、晩年の夢野は、ある随筆のなかでやや奇妙な比喩表現を用いている。

> 探偵小説の神秘は究極する処、神秘であつてはいけないと思ふ。$2\div 2=1$であり、$2\times 2=4$でなければ結極感心出来ない事になる様である。
> $1=X/X=1\times 1=0/0=8\div 8$なんて云ふのを使ふのは大抵素人に限るやうである。
> $\sqrt{-1}$を使ふ時、本格探偵小説の価値は〇《ママ》となるか、又は性質を変じてノンセンス、ユーマー、怪奇小説の類に堕するやうである。(2)

夢野は、「探偵小説」の論理性を「$2\div 2=1$」「$2\times 2=4$」という数式に集約させつつも、一方で「ノンセンス、ユーマー、怪奇小説の類」を生み出す創作原理を「$\sqrt{-1}$」という独特の修辞によって説明している。ここには、どのような企図が込められていたのだろうか。

「探偵小説」の書き手としての夢野が、本格的な推理の構成を重視しながら、同時にまたその舞台装置としての「怪奇」性の演出に対してもこだわりを見せていたことは、すでに先行研究でも多く指摘されている。(3) しかし同時に、前掲の引用文にも示されているように、夢野は「探偵小説」の物語様式を支える理知的な思考の枠組みから、おのずと「怪奇」的なモチーフが出現するものとみなしていた。その意味で、晩年の夢野が提示した「本格探偵小説」の「性質を変じて」「怪奇小説」へといたるまでの回路は、絶えず「本格」／「変格」というジャンルの間隙を揺らぎつづけた夢野の方法論的な趣向が明確に反映されていると言ってよい。しかし、その具体的な達成については、何よりも小説作品の実践においてこそ問われなければならないだろう。

本章では、以上のような問題意識を前提としつつ、その独自の「怪奇」観が象徴的に織り込まれた作品として、雑誌『ぷろふぃる』（一九三四・五）に発表された短編小説『木魂』を分析してみたい。

『木魂』の主人公である「彼」は、徹底的に抽象化された数理世界へと没入することによって、自然現象に対する素朴な経験の仕方を覆してしまうような思考の可能性を数学に求めていた。だが、そのような演繹的な知性に偏重した判断のあり方を追究する「彼」の態度は、物語が進展するにつれて徐々に脅かされていき、最終的に「彼」は轢死の道へと追い込まれることになる。

本章で考察したいのは、『木魂』という小説作品に描かれた「怪奇」性――すなわち「彼」の狂人化の過程――が、数学的理性に内在する問題系として描かれたことの意味である。そこには「合理」と「非合理」の圏域がかぎりなく漸近する時代状況において、「本格」と「変格」を独自の仕方で媒介させようとする夢野の文学的理念を読み取ることができるだろう。従来、夢野文学のなかでもあまり注視されることのなかった小説作品である『木魂』の読解を通じて、「探偵小説」の内的機構から立ちあらわれた「怪奇小説」に対する夢野の創作営為の核心へと迫ってみたい。

一　数学的理性への偏執

……俺はどうしてコンナ処に立ち停まつて居るのだらう……踏切線路の中央に突立つて、自分の足下をボンヤリ見詰めて居るのだらう……汽車が来たら轢き殺されるかも知れないのに……

『木魂』は、みずからの存在感覚への異和から書きはじめられる。小学校の算術教師であった「彼」は、不慮の事故によって妻子を相次いで亡くしてしまうのだが、それ以降の「彼」は、やがて汽車に轢き殺されるだろうという根拠のない予感を抱きつつも、日夜踏切に向かってしまうことを止めることができない。

「彼」は「此頃、持病の不眠症が嵩じた結果、頭が非常に悪るくなつて居る事を自覚して居た」のだが、その際にみずからが編纂した「小学算術教科書」によって「一日の労苦を忘れた気持ち」になる。極度の神経衰弱に追い込まれた「彼」にとって、「小学算術教科書」を繙きながら数学的な秩序体系に身を寄せることは、何よりも自身の心理状態を安定化させる作用を果たしていた。それは、冒頭の混濁する意識からの回復が、懐中の「銀時計」を確認する行為によってなされる場面に象徴的に示されていよう。「8の処に固まり合つて居る二本の針と、チツ〳〵と廻転して居る秒針とを無意識にヂーツと見比べ」る「彼」は、盤面に映った無機質な数列を知覚することを通じてようやく平静を取り戻す人物として造形されている。(4)

こうした数学的なものに対する「彼」の耽溺は、「子供の時分から持つてゐる一種特別の心理的な敏感さ」に由来している。もとより「彼」は、「大好きな数学の本を拡げて、六ヶしい問題の解き方を考える」ことを何よりの悦びとする少年であった。しかし、「そんな風に数学の問題に頭を突込んで一心になつて居る時に限つて、思ひもかけない背後の方から、ハツキリした声で……オイ……と呼びかける声が聞こえて、彼をビツクリさせる事がよくあつた」。数理世界への没入の体験は、正体不明の「声」を招き寄せることになる。以来、「彼」は「声」の幻聴に苛まれつづけ、それは妻子に対する贖罪の念と混ざり合いながら、最終的に「彼」を轢死の運命へと誘い込むのである。

以上、『木魂』の大まかな物語展開をたどってきたが、このようにまとめてみれば、物語内で「合理」（＝数学的理性）の側に立っていたはずの「彼」が、やがて「非合理」的な「声」に呑み込まれていくまでの心的過程が、さしあたり『木魂』において「怪奇」性を導入するための仕掛けとして描かれていたことが了解されよう。こうした観点からは、たとえば伊藤里和が「〈木魂〉に対する合理的なアプローチは、逆に数理的に解き明かすことのできない非合理を証明する結果となっている」ことを挙げながら、「科学では解明できない〈木魂〉を描くことで迷信を復権させ、それによって科学に懐疑を示す視点を与えている」と指摘している。[5]

確かに、『木魂』は「合理」的な知性が「非合理」的な「声」の発現によって崩壊するまでの道筋を描いた物語としてまとめられるだろう。しかし、同時にまた問われるべきなのは、そこでの「声」が、あくまで数学という「合理」的な思考様式の側から去来するものとして扱われていたことの意味である。[6] 少なくとも、単に「合理」的な世界認識のあり方を超脱した地平に「彼」の狂人化の契機を求めようとする見解では、数学的な秩序体系に向けられた「彼」の異様なまでの強迫観念《オブセッション》を取りこぼしてしまうだろう。

実際、「彼」は「「心霊界」といふ薄ツペラな雑誌」に所収された論文のなかで、みずからの「声」の幻聴に「木魂」（＝「自分の霊魂が、自分に呼びかける声」）という学術的な説明が拵えられることによって、一時的に幻聴の病理から解放されていた。[7] ここにおいて、「非合理」に対する「合理」の勝利が一度は謳われるのだが、作中の現在時点における「彼」の識閾下において、抑圧されていた「声」はその活力を取り戻し、数学的理性は再び「怪奇」的なモチーフへと転化することになる。

これら一連の心的過程は、単に「合理」的な秩序体系が脆弱なものであるという理屈によって説明をつけることができない。幼少期以来、「声」の幻聴は「彼」が「数学の問題に頭を突込んで一心になつて居る時に限つて」訪れていたのだから、「彼」の錯乱の原因は数理世界への逃避が不完全であったことではなく、むしろそれが達成されてしまったこと自体に由来するものと考えるべきであろう[8]。それは、結末近くにおいて「声」の幻聴を「イリユージヨン」として数学的理性の側に囲い込もうとする次の場面に象徴的である。

……俺は一種の自己催眠にかゝつてコンナ下らない事を考え続けて来たのだ。俺の神経衰弱が此頃だん〳〵非道くなつて来た為に、自己暗示の力が無暗と高まつて来たお蔭でコンナみぢめな事ばかり妄想するやうになつて来たのだ。

……ナアーンダ。……何でも無いじや無いか……。

……妻のキセ子も、子供の太郎も、まだチヤンと生きて居るのだ。太郎はモウ、とつくの昔に学校に行き着いてゐるし、キセ子は又キセ子で、今頃は俺の机の上にハタキでも掛けて居るのじやないか。あの大切な「小学算術」の草案の上に……。

想像上の「小学算術」の草案に思いを馳せることで、「彼」は前述の「錯覚作用」を「自己催眠」の産物として片づけようとする。そして、既存の秩序体系のなかで意味づけられない「声」の幻聴に対して、「彼」のなかで強引に辻褄が合わせられようとするのだが、その直後に「彼」は自己喪失に陥り、冒頭で示唆された轢死の運命をたどることになる。すなわち、作中に示された「合理」から「非合理」へと向かう回路は、単に「合理」では説明のつかない出来事があるという理屈で処理されるべきものではなく、むしろ「合理」的なものの存立機制に内在していた背理に拠るものと考えるべきであろう。

この点を検討するために、作中において数学に対する「彼」の並々ならぬ偏執が刻まれた場面を、幾つか列挙してみたい。たとえば、線路に足を踏み入れながら、「今まで考え続けて来た彼自身の過去の記憶を今一度、シン〳〵と泌み渡る頭の痛みと重ね合はせて、チラ〳〵と思ひ出しつゞけ」ている以下の場面を参照しよう。

> 要するにそんなやうな種々雑多な印象や記憶の断片や残滓が、早くも考え疲れに疲れた彼の頭の中で、暈かしになつたり、大うつしになつたり、又は二重、絞り、切組、逆戻り、トリック、モンタージュの千変万化をつくして、或は構成派のやうな、未来派のやうな、又は印象派のやうな場面をゴチヤ〳〵に渦巻きめぐらしつゝ、次から次へと変化し、進展し初めたのであつた。さうして彼自身が意識し得なかつた彼自身の手で、彼のタッタ一人の愛児を惨死に陥れて、彼をホンタウの独ボッチにしてしまふべく、不可抗的な運命を彼自身に編み出させて行つた不可思議な或る力の作用を今一度、数学の解式のやうにアリ〳〵と展開し初めたのであつた。

千変万化する「種々雑多な印象や記憶の断片や残滓」が「彼」の脳内に散乱しはじめたとき、「不可抗的な運命」に対する過剰な自覚が、「彼」のなかであたかも「数学の解式のやうに」体系的に馴致されていくことになる。ここで「数学の解式」は、錯乱状態に陥った「彼」にとって、みずからの内的経験に一定の「科学」的な規律《コード》を仮構するための導線ともなりえていよう。

同様に「彼」を脅かす「笑い声」の正体が、単に「枕木」と「軌條」の擦れる音であったと理解したとき、「彼」は「今までの悲しい思出からキレイに切り離されて、好きな数学の事ばかりを考えながら」線路の上を歩きはじめる。ここでもやはり、眼前の自然現象が数学的な秩序体系によって覆われていく様子が克明に記述されることになる。

彼の眼には、彼の足の下に後から〳〵現れてくる線路の枕木の間ごとに変化して行く礫石の群れの特徴が、ずつと前に研究しかけたまゝ忘れかけて居る函数論や、プロバビリチーの証明そのもの〻様に見えて来た。彼は又、枕木と軌條が擦れ合つた振動が、人間の笑ひ声に聞こえて来るまでの錯覚作用を、数理的に証明すべく、しきりに考え廻はしてみた。それは何の不思議もない単簡な出来事で、考えるさへ馬鹿々々しい事実であつたが、しかし其単簡な枕木の音波が人間の鼓膜に伝はつて、脳髄に反射されて、全身の神経に伝はつて、肌を粟立たせるまでの経路を考えて来ると、最早、数理的な頭ではカイモク見当の付け様の無い神秘作用みた様なものになつて行くのが、重ね〳〵腹が立つて仕様がなかつた。

「彼自身に取つて最幸福な、数学づくめの瞑想の中へグン〳〵と深入り」しながら、「彼」はみずからを取り巻いている「数理的な頭ではカイモク見当の付け様の無い神秘作用」を「数理的に証明」することにこだわりつづける。このとき、数学的理性に基づいた世界認識が、同時に自然現象に対する「彼」の経験のあり方をも根拠づけていることに注意しておきたい。「彼」の知覚のあり方が「脳髄」や「神経」などの物質的な運動現象を軸として統御づけられていくことで、逆説的に「彼」の見方は「数理的な頭ではカイモク見当の付け様の無い神秘作用」の側へと取り込まれてしまうのである。

ここまで見てきたように『木魂』における「声」の「怪奇」性は、数学的理性と対立するものではなく、むしろその成立の瞬間において不意に顔を覗かせてしまう類のものであった。次節では、それが意味するところについて、さらなる考察を展開してみたい。

二　逸脱する記号演算

前節では、『木魂』における「彼」の狂人化の過程に、数学的理性に対する過剰なまでの偏執の念が織り込まれていることに着目したが、それは小学校教師としての「彼」のややいびつな算術教育論ともまた無関係ではない。「彼」は「今の教育法は、すべての人間の特徴を殺してしまふ教育法」であり、「数学だけ甲で居る事を許さない教育法なんだ」という持論を展開することで、同時代の算術教育のあり方を鋭く指弾している。「彼」によれば「彼奴の数学は、生徒職員の数と、夏冬の休暇に支給される鉄道割引券の請求歩合と、自分の月給の勘定ぐらゐにしか役に立たない」ものであるという。

ここで同時代における算術教育論の変遷を仔細に追っていくだけの余裕はないが、本章の論旨にかかわる範囲でごく簡潔にまとめておきたい。大正末期から昭和初期において、いわゆる「数学教育改良運動」と呼ばれる諸々の議論が巻き起こっていたが、それらは概して「数学の学問的系統」を重視した立場と「学習者の経験」を重視した立場に引き裂かれていた。(9) だが、一九三五年前後を境として、広く「生活の改善」という到達目標を軸とした両者の統合が目指されることになる。このとき「数学の学問的系統」に依拠した論理主義・形式主義的な数学観は、その根拠をみずからの内的経験に頼ることができないというアポリアを抱え込んでいたために、実際の教育現場における指導理念と相性の悪いものとみなされていた。(10)

『木魂』における「彼」もまた、論理主義・形式主義の立場に寄り添っていたことは明らかだが、そこで同時に悩まされていた「声」の幻聴もまた、そのような考え方を徹底させることによって、半ば必然的に生起したものではなかっただろうか。昭和初期の数学教育をめぐる状況論的な文脈へと眼を向けてみれば、みずからが狂死することに対する「彼」のやや過剰なほどの怯えには、息子に対する自責の念ばかりではなく、より深く根源的な問題構制を汲み取ることもできるはずである。

先述した数学教育論争において、論理主義・形式主義的な立場の理論的土台となっていたのは、最終的な根拠律への遡行が封じられることで、初めて数学的な秩序体系は有効に機能しうるという見方であった。これを『木魂』の物語展開へと敷衍させてみれば、作中の「自分を呼びかける自分の声」とは、生活空間のあらゆる次元において数学的理性を縦横無尽に張りめぐらせた結果、同じくその最終的な正統性を問うことを禁じられた代償として、言わば内在的に呼び覚まされた認識論的な懐疑そのものであったとも解釈できるのである。

それは、小説作品としての『木魂』の表現様式とも密接にかかわっている。たとえば、「声」の幻聴が「心霊学」という学術的知見によって解き明かされる以下の場面を参照したい。

> 一切の人間の性格は、ちやうど代数の因子分解と同様な方式で説明出来るものである。換言すれば一個の人間の性格といふものは、その先祖代々から伝はつた色々な根性……もしくは魂の相乗積に外ならないので、たとへば（A^2-B^2）といふ性格は（A＋B）といふ父親の性格と（A−B）といふ母親の性格が遺伝したものゝ相乗積に外ならない……と考えられる様なものである。

「人間の性格」が「代数の因子分解」によって説明されることで、数学的な秩序体系への信頼が、ひとまずこの時点で記号演算を駆使する語りの効果によって保証されている。(11) しかし、そのような統制は、作品の結末まで安定したまま持続して機能するわけではない。「彼」が「国道」や「部落の家々」が織りなす街の景観に視線を向ける場面を引用しよう。

> その景色の中の家や、立木や、畠や、電柱が、数学の中に使はれる文字や符号……√・＝・０・∞・ｋｌｍ，ｘｙｚ，αβγ，θω・π……なんどに変化して、三角関数が展開された様に……高次方程式の根が求められた時の複雑な分数式の様に……薄黄色い雲の下に神秘的なハレーションを起しつゝ、涯てしもなく輝やき並んで居た。形に表はす事の出来ないイマジナリー・ナンバーや、無理数や、循環小数などを数限りなく含んで……。

物語の後半において、「彼」を幻惑する「神秘的なハレーション」は、無作為に並べられた「√」や「∞」などの諸記号を通して書き込まれることになる。ここにおいて、数学的理性によって成立したものであったはずの記号の羅列が、作中でおどろおどろしい「怪奇」的な雰囲気をもたらす効果を生み出していることに留意したい。そのような記号演算の意味論的な逸脱を促すような言説の仕様は、次の場面と的確に照応している。

> 彼は、彼を取巻く野山のすべてが、あらゆる不合理と矛盾とを含んだ公式と方程式にみち〳〵て居ることを直覚した。さうして、それ等のすべてが彼を無言のうちに嘲り、脅かして居るかの

様な圧迫感に打たれつゝ、又もガックリとうなだれて歩き出した。さうして其様な非数理的な還境に対して反抗するかのやうに彼は、ソロ〳〵と考え初めたのであつた。

「あらゆる不合理と矛盾とを含んだ公式と方程式」とは、まさに数学的理性によって眼の前の自然現象を囲繞しようとした極致において噴出するものであり、そのとき「数理的」な秩序体系と「非数理的な還境」は入れ子のようなかたちで反転する。『木魂』に描かれているのは、まさにこのような意味で、従来の統御づけられた「知」への自己言及的な懐疑の果てにあらわれる「怪奇」性の表徴であったと言えるだろう。

もとより、ありありとした直観に根拠づけられていたはずの記号演算の公理系は、その自律性が強化されるにつれて人びととの直截的な世界認識から乖離してしまうものである以上、そこには不可避的に内的経験と対応関係を持たない何らかの〝剰余〟が発生してしまわざるをえない。夢野をとらえて離さなかったのは、まさにそうした最終的な根拠律の措定を迂回することで危うく成立する数学的な秩序体系の不気味さであり、それはまた夢野にとって、あらゆる記号表現に伏在する「怪奇」的なモチーフを説明するための橋頭堡の役割を果たしてもいたのである。

併せて注意すべきなのは、物語の後半において「彼」を発狂させる契機となった「声」が、認識主体としての「自分の声」から息子の「声」へとすり変わっていたことの意味であろう。結末部で「彼」は、息子とおぼしき「声」に身を委ねることで「スッカリ安心したかの様に眼を閉ぢて、投げ出した両手の間の砂利の中にガックリと顔を埋め」、遠のく意識のなかで「……ナアーンダ。お前だつたのか……アハ……アハ……アハ……」と安堵する。ここにおいて、幼少期に聴き分けることのできなかった「声」の正体が、実は死んだはずの息子の「声」であったことが示唆されるのだが、それが明らかに因果関係の破綻した「非合理」的な解釈であることは言うまでもない。

にもかかわらず「木魂」を息子の「声」と誤認することで、あたかも数理世界に没入した時と同じように「彼」が「スツカリ安心」することができたのは、先に見たように「合理」的なものの見方を突き詰めることで、図らずも「あらゆる不合理と矛盾とを含んだ公式と方程式」を「直覚」してしまった「彼」の知覚のあり方の変化にこそ由来していよう。[12] それはまさに、ほかならぬ夢野自身が「合理」的な思考様式を徹底させたことの必然的な帰結として、数学的理性の圏域において「怪奇」性が出現するまでの事態をとらえていたことを意味しているのではないだろうか。

ここにおいて、本章の冒頭に示したような夢野の創作原理の真価が問われることになるだろう。次節では、夢野が論説や随筆のなかで展開していた「怪奇小説」論を改めて確認しながら、改めてその方法論的な可能性を再検討してみたい。

三　「怪奇小説」の記述作法

谷口基は、一九三〇年代の「本格」／「変格」をめぐる「探偵小説」論争を跡づけつつ、その要諦について「因果応報の思想を背景とする怨霊復讐譚に替わる近代的「怪奇」システムの出現——それは〈非合理の合理主義〉＝〈非論理の論理〉に貫かれた新しい物語を生み出す契機となった」と述べている。[13] 谷口の指摘に従うならば、夢野が『木魂』で試みた「怪奇」的なモチーフの出現を描こうとする試みは、同時代に漠然と共有されていた「変態」＝「変格探偵小説」という等式を穿ち、[14] ジャンルとしての「変格探偵小説」の成立条件そのものを問うていたとみなすことも可能だろう。本節では、いわゆる「探偵小説」の創作理念としての「本格」／「変格」の問題系をくぐり抜けることで、一九三五年前後の夢野がどのようなかたちで自身の小説作法を確立させるにいたったのか、その方法意識の諸相を改めて検討してみたい。

元来、夢野は作家活動の最初期から「探偵小説」の存立機制がはらんでいる内在的な破綻の可能性に眼を向けていた。たとえば、「探偵趣味」と「猟奇趣味」というふたつの概念について、夢野は「唯物文化が唯一の生命としてゐる――2＋2＝2×2＝4――式な哲学に飽き果てた近代人がその生活の対照として石から油を取るやうな思ひをしてヒネリ出した趣味」という点から見て、両者に本質的な区別を設けるべきではないと主張している。[15]それは、夢野の作風がつねに「本格」と「変格」を揺れ動きつづけていたことの理由を示すばかりでなく、みずからの小説作法の水準において、ある理知的な営為とそこに拮抗する「怪奇」性の顕現を、そもそも峻別していなかったことを証し立ててもいよう。

もっとも、こうした「変格」への志向を抱きつづけた夢野は、同時に「探偵小説」の書き手としてのふるまいに対する逡巡の念を繰り返し書きつけてもいた。

　ところで私は今でも探偵小説の定義がわからずに困つてゐるのです。阿呆らしい話ですが自分の書いてゐるものはドンナ種類に属する小説だらうかと時々疑つてみる事さへあります。さうして漠然ながら、これでも探偵小説に入れられぬ事はあるまい……と云つたやうなアイマイな、コヂツケ半分の気持ちで満足して、自分勝手な興味を中心に書いてゐる状態です。[16]

「目下の処本格物は書けないやうです」、「一々事実にくつ付けて一分一厘隙の無い様にキチ〳〵とキメツケて行く苦しさに、いつも書きかけては屁古垂れさせられて終ひます」と綴られるこの文章の末尾近くにおいて、夢野は「私は探偵小説作家のなり損ひかも知れません」と書き記している。ここには、単なる自己韜晦の念とは別に「探偵小説」というジャンル自体の遊動性に対する自覚的なまなざしを読み取ることができよう。

『木魂』が掲載された雑誌『ぷろふいる』に、夢野が幾度か寄稿した論説もまた、既存の「探偵小説」というジャンルの外延を問いなおすような批評的視座に貫かれている。そもそも『ぷろふいる』は、同時代の「探偵小説」を扱った同人誌のなかでも多分に批評的な言論へとひらかれた雑誌であった。たとえば『木魂』掲載号と同じ誌面では「PROFILE OF PROFILE」と題された読者参加型の投稿欄が設置され、意欲的な文芸批評の場が築き上げられている。吉田司雄もまた「「ぷろふいる」が創作だけでなく、批評やエッセイにも相応のページを割く探偵小説専門雑誌であった」ことを挙げつつ「「ぷろふいる」の面白さとして最初に讃えるべきは、探偵小説批評の充実であろう」と述べている[17]。その象徴的な一例として、ここでは『木魂』掲載の翌年に発表された夢野の論説を参照したい。

　今までに色々な形式の探偵小説が、書かれては飽きられ、工夫し出されては行詰つて来た。書いて行く小説家の方ではモウいけない。行き詰つた〳〵と悲鳴をあげてゐる向きがある様であるが、しかし、それは書く方の側だけの話ではあるまいか。

　読者側の方では、まだ飽きても行き詰つて居ない様である。モツト〳〵強い、深い、新しい刺戟を求めてゐる自分自身の恐ろしい心理の欲求を、その日〳〵の生活の間隙にハツキリと感じつゝ、飢ゑ渇いた様な気持ちで本屋の店先をウロ〳〵してゐるのではあるまいか。[18]

ここで夢野が述べているのは、既存の「探偵小説」の土壌において「新しい刺戟」を生み出すような創造的表現の探究である。そうした「新しい刺戟」を促すための具体的な実践として『木魂』の試みを意味づけてみることで、夢野の「変格探偵小説」ないしは「怪奇小説」論が持つ批評的射程の一端もまた垣間見えてくるのではないだろうか。

同年に発表された別の論説においても、夢野は「エロ、グロ、ノンセンス、ユウモア等の謎々以外の風味を含ませるのは探偵小説の邪道堕落道である」という「本格探偵小説の真価は、もはや古典的なものになつてしまつてゐる」と評したうえで「探偵小説の真の使命は、その変格に在る」と宣言する。[19]夢野にとって「変格探偵小説」とは、何よりも「古典」的な「本格探偵小説」からさらに進歩を遂げたジャンルとしてみなされていた。井上洋子は「久作の探偵小説は、トリックの解明と合理的解釈を主軸にする、知的娯楽としての探偵小説とは明確に異なっている」ことを指摘しているが[20]、夢野はそのような両ジャンルの質的差異にきわめて意識的であったと同時に、理知的な思考の枠組みに支えられた「探偵小説」の物語内容が、必然的に「本格」から「変格」へと転化するという確信を抱いてもいたのである。

また、同年に『ぷろふいる』誌上で展開された別の論説も、併せて参照しておこう。

科学は、すべての尊といもの、美しいもの、不可思議なものを信じなかつた。就中、神によつて作られた宇宙万有の美しさと不可思議さを絶対に信じなかつた。その神秘をドン底まで探偵して、電子の作用に過ぎない事を計数の上で嘲笑し、その信仰心理を徹底的に分析して、＋－〇《プラスマイナスゼロ》式な利己人の表現に過ぎないと喝破し、一切の美を醜悪な、又は単純無趣味な、直線、もしくは曲線にまで分解し、罵倒しつくした。(21)

ここで、一種の科学原理主義者として振る舞う夢野の言明について、それを文面通りに解釈しようとも一種の反語的な表現として解釈しようとも、それらは単純に理知／神秘という二項対立の罠へと絡め取られてしまう。だが、夢野が『木魂』で描いた「彼」の数学的狂気とも言うべき「怪奇」性は、まさにそうした二元論的な思考体系の中核において、その論理構造に亀裂を走らせるものとして機能していたのではなかっただろうか。

「本格探偵小説の価値」と「ノンセンス、ユーマー、怪奇小説の類」が表裏一体の関係であることを考究した本章冒頭の論説「探偵小説随想」は、その先鋭的な提言にほかならない。伊藤里和は、この論説を引用しつつ「「本格」から逸れようとも「$\sqrt{-1}$」のように実体化されない虚像を描くことが久作作品に欠かせない要素であることを示している」と指摘している。(22)しかし、そのような「実体化されない虚像」が、伊藤の述べるように「記号化を拒む記号、記号自身を分裂させる記号」の謂いであったのだとすれば、そこには必ず記号操作の正統性をめぐって、数学的な再帰構造を破綻させる引き金（＝最終的な根拠律の失効）が見いだされることにもなるだろう。そのような記号表現の両義的な仕様にこそ、夢野は「本格探偵小説」の存立機制から原理的に「変格探偵小説」ないしは「怪奇小説」というジャンルが産出される独自の理路を読み取っていたのだと言える。

周知のように、かつて江戸川乱歩は「探偵趣味といふもの」について「一方に於ては、怪奇、神秘、恐怖、狂気、冒険、犯罪、などのそれ自身の面白さを意味し、他方では、それらの不思議だとか秘密だとか危険だとかを、うまく切り開いて行く明快なる理知の面白さを意味する」と述べていた。[23] もちろん、この一文だけをもって、ただちに乱歩が「怪奇」と「理知」の「面白さ」を互いに相克すべきという考えだったとの即断はできないが、少なくとも双方のジャンル間に何らかの質的差異があることを前提とした論説の類は、同時代の「探偵小説」をめぐる言説空間において散見されるものであった。[24] しかし、本章で検討してきたように、夢野にとっての「怪奇」とは「理知」と二項図式的に対立するものではなく、むしろその方法論的探究の中核に姿をあらわすものにほかならない。[25] そのような夢野にとっての「怪奇小説」の記述作法を自己言及的に開示したテクストとして、小説作品としての『木魂』の表現営為を意味づけることができるのではないだろうか。

以上の論旨をまとめよう。『木魂』において「彼」を懊悩させていた「あらゆる不合理と矛盾とを含んだ公式と方程式」は、夢野の「変格探偵小説」ないしは「怪奇小説」論のもとで、その批評的意義をとらえ返すことができる。すでに見たように、「彼」の数学的理性が「非数理的な還境」を「直覚」してしまうのは、妻子を亡くした「彼」の個人的な錯乱に拠るばかりでなく、「彼」が全幅の信頼を寄せていた数学の記号操作が抱え込んでいる構造的な問題でもあった。「本格探偵小説」がおのずと「変格」へと転化すると考えていた夢野は、そのような「合理」から「非合理」へと逸脱する運動のあり方に、「古典」的な「本格探偵小説」の存立構造を反転させるような「真の使命」を見いだしていくことになる。『木魂』において、抽象的な記号演算の過程にしか存在しない「イマジナリー・ナンバー」（＝虚数）の「ハレーション」を感じ取ってしまった「彼」の葛藤には、そのような夢野自身の文学的理念が明瞭に刻印されていたと言えるだろう。

おわりに

　ここまで見てきたように、夢野の小説作法において、数学的理性の圏域から「怪奇」性が析出される契機へと向けられた問いは、取りもなおさず「変格探偵小説」や「怪奇小説」のジャンル意識をめぐる試行錯誤の軌跡と密接に関係づけられるものであった。『木魂』において「合理」を内破する「非合理」を感得してしまう「彼」の狂気に仮託されていたのもまた、同時代の数学的な秩序体系に繰り込まれた認識論的な不安を、物語世界における「怪奇」的なモチーフの発現として肯定するための戦略にほかならない。

　論理主義・形式主義に傾倒した数学的方法論の再帰構造が強調されることで、それまで〃理性的〃であったとされるさまざまな事象の土台が揺らいでしまうという逆説は、「本格」と「変格」を越境する書き手としての夢野の文学的想像力を大いに刺激し、またそこにひとつの創造行為の理路を立ち上げている。[26] そのような趣向を踏まえたとき、ジャンルとしての「探偵小説」の存立機制に関する夢野の問題意識が凝縮されたテクストとして『木魂』を読みなおすことができるだろう。それはまた、ほかならぬ「怪奇小説」の書き手としての夢野の小説作法におけるひとつの結節点として、これまであまり顧みられていなかった『木魂』の試みを再評価することにもつながるはずである。[27]

　また併せて、本書の第七章や第八章において検討してきた中河や足穂らの文業をここで再び想起してみれば、そこに同時代を貫くひとつの精神作用のあり方を抽出することもできるだろう。一九二〇年代から三〇年代を通じたモダニズム作家たちの取り組みは、まさに時代が直面していた「合理」と

「非合理」の界面においてこそ、その思想的意義を問いなおすことができるのではないだろうか。[28]

［注］

（1）S・クラカウアーは、近代市民社会における「探偵小説」の成立をめぐって、次のように述べている。

探偵小説の存在を証明する理念、探偵小説を創出する理念、それは隈なく合理化され文明化された社会という理念である。この社会を探偵小説は徹底した一次元性で把握し、美学的な屈折を駆使して体現する。文明と称されるこの現実社会のリアルな再現が問題なのではない。このリアリティの知的な性格を際立たせること、それこそ探偵小説がもともと目指すところなのだ。探偵小説は文明社会に歪んだ鏡像を対置する。文明社会の怪奇な陰画が、その鏡像に映し出されるのである。

（福本義憲訳『探偵小説の哲学』法政大学出版局、二〇〇五・一）

「合理化され文明化された社会」の「陰画」としての「怪奇」性を描く試みの是非は、昭和初期の論壇・文壇においてまさに「本格」／「変格」という論争を借りて立ちあらわれた。それは、「探偵小説」が原理的に「合理」と「非合理」の間隙に成立するジャンルであったことと無関係ではないだろう。

（2）夢野久作「探偵小説漫想」『探偵文学』一九三六・四。

（3）堀切直人は、「夢野久作が探偵小説を自分の主要な表現手段に選んだ」ことの理由として、「理性」と「神秘」といった対立概念を「分裂のまませめぎ合わせ、デカダンスをその極まで追いやり、その果てでデカダンスを乗り越えようとする営みに、探偵小説こそが他の何よりもふさわしい形式のように思えたからであろう」と指摘している（「「灰頭土面」の神秘」『新編・日本幻想文学集成』第四巻、国書刊行会、二〇一六・一二）。

（4）多田茂治は、こうした「彼」の神経症的な不安によって『木魂』は作者である夢野自身の「自己表白をうかがわせる作品」であったと指摘している（『夢野久作読本』弦書房、二〇〇三・五）。

（5）伊藤里和『夢想の深遠――夢野久作論』沖積舎、二〇一二・九。

（6）山本巖は、作中に登場する「自分の霊魂が、自分に呼びかける声」をめぐって「〈実世間〉への回路を求め得ない者は、自然に魂のよりどころを求めるしかないが、その自然でさえ、自分の空想の世界で再構築したものでなければならず、そこから聞こえる声は、結局「自分の声」でしかない」と述べている（『夢野久作の場所』葦書房、一九八六・一二）。確かに、『木魂』の物語構造にそのような自閉性や妄想性を認めることはできるが、やはり同時に問題とすべきなのは、そのような「自分の空想の世界」に耽溺する「彼」が、まさに「合理」的な判断を尊重する数学教師として造形されていたことではないだろうか。本章では、山本の指摘する「彼」の自閉性・妄想性が、作中において「合理」的なものから「非合理」＝「怪奇」的なものへの逸脱を促すような仕掛けとして導入されていたことの意味を考えてみたい。

（7）ここで言及される『心霊界』は、心霊科学協会によって一九二三年から二四年にかけて刊行された同名の雑誌に着想を得たものと思われるが、管見のかぎりそのなかに「木魂」という概念について扱った論考は見当たらなかった。

（8）作田啓一は「彼」の錯乱の原因となっている「声」をめぐって、「その声の主体は時空の軸上に局所づけられないという意味で、その声は現実界からの声であるというほかはない」と指摘したうえで、「彼の言う探偵小説の使命は現実界にかかわる「何か」の探求であったのだ」と述べている（『現実界の探偵――文学と犯罪』白水社、二〇一二・三）。作田の言う「現実界」を、「合理」的な世界認識を可能にする条件としてとらえてみれば、そこから響く「彼」自身の「声」と言う幻聴は、まさに「怪奇小説」としての『木魂』において「怪奇」的なモチーフそのものの成立にかかわっていたことが了解されよう。

（9）この点の詳細は、『算術教育の研究』（全国数学教育学研究会編、学芸図書、一九七〇・五）や高木佐加枝『「小学算術」の研究――（緑表紙教科書）編纂の背景と改正点及び日本算術教育のあゆみと将来への論究』（東洋館出版社、一九八〇・六）などを参照した。また、鹿野政直は、一連の数学教育論の成果について「こうした問題提起は、注入主義から開発主義へという、折からの教育改造の機運の一環をなすものだったとともに、もっとも抽象的で論理的な完結した世界を自任していた数学に、「人生」という函数を入れたことで、衝撃的な新鮮さをもちました」とまとめている（『近代日本思想案内』岩波文庫、一九九九・五）。

（10）同時代における論理主義・形式主義的な数学論の解説については、たとえば下村寅太郎「数理哲学の一方針」（『哲学研究』一九三二・五）に詳しい。

（11）この場面について、谷川健一は「A＋Bだけが非常に強調されちゃうとA－Bのほうはどうもしょうがなくなっちゃって自分の中にいにくくて外に出ちゃうというわけですね」と述べたうえで、「それが自分を呼ぶというわけですよ」と解釈している（「多義性の象徴を生み出す原思想」『夢野久作全集』第三巻、三一書房、一九六九・八）。しかし、そのような解釈自体が数学的な正しさを称揚する語りの効果によって支えられており、『木魂』にはその自己言及的な破綻も書き込まれていたこともまた併せて考慮すべきではないだろうか。

（12）結末部について、谷口基は「「自己の霊魂」――遺伝子の相乗積――から発せられる警告の中に混入した、数理的に説明のつかない、矛盾にみちた「声」を、石炭列車にはねられた転瞬の際、死んだ息子・太郎のそれと悟り微笑する終幕」とまとめている（「すべてが「空虚」に――夢野久作の探偵と怪異」『幽』第二六号、二〇一六・一二）。また、伊藤里和は「〈木魂〉の声の主」をめぐって、「死んだはずの太郎ならば、これは怪談じみた結末となる」一方で、「自分をまなざす他者としてもう一人の自分の姿を発見する様を描いているとするならば、そこには引用文冒頭の「俺はキチガヒになるかも知れないぞ」と呼応する、狂気の表現が見出されよう」と指摘している（前出『夢想の深遠——夢野久作論』）。だが、注意すべきなのは「怪談」か「狂気」かという二者択一的な主題のあり方ではなく、認識主体としての「彼」がそのような状況を「怪談」とも「狂気」ともとらえておらず、あくまでも数学的理性を喪失したわけではないと自己了解していたことである。ここにおいて、作中における息子の「声」は「枕木」と「軌條」の擦れる音と本質的に差異がなく、ともに「彼」を「数学づくめの瞑想の中へグン〳〵と深入り」させる引き金となっていたことが読み取られる。

（13）谷口基『変格探偵小説入門——奇想の遺産』岩波現代全書、二〇一三・九。また、紀田順一郎は「推理小説は新しく、形式も整っているのに反して、怪奇小説は古風で、輪郭もはっきりしない」と述べつつ「前者を本格と称し、後者を変格という奇妙な名称で便宜的にまとめる傾向は、怪奇小説を従属的な地位に落としてしまった」と指摘している（『幻想と怪奇の時代』松籟社、二〇〇七・三）。その存立構造を批判するにせよ賞揚するにせよ、こうしたジャンルの二元論的な評価軸は、後述するように同時代の「探偵小説」論の前提となっていたことが窺われる。

（14）ここで「変格探偵小説」のジャンルをめぐる論争には踏み込まないが、たとえば甲賀三郎は「探偵術座談会」（『文藝春秋』一九二七・一二）において、「変格探偵小説」を「変態」的な営為を描くジャンルとして位置づけている。

（15）夢野久作「ナンセンス」『猟奇』一九二九・八。なお、以後の本節で検討していく夢野の論説について、松田祥平は「探偵小説のスタンダードという地位までも簒奪しようとする——本格／変格という二項対立がはらむ〈正統性〉という基準によるジャンル内での階層関係《ハイアラーキー》を転覆させようとする姿勢」を読み取っており（「探偵小説をめぐる相克と夢野久作——本格／変格探偵小説論争を軸として——」『立教大学日本文学』第一二〇号、二〇一八・七）、その考察には大きな示唆を受けた。

（16）夢野久作「涙香・ポー・それから」『新青年』一九三一・二。

（17）吉田司雄「解説——鬼たちの饗」『ぷろふいる』第一二巻（復刊）、ゆまに書房、二〇一〇・一。

(18) 夢野久作「探偵小説の正体」『ぷろふいる』一九三五・一。

(19) 夢野久作「探偵小説の真使命」『文藝通信』一九三五・八。

(20) 井上洋子「夢野久作の探偵小説論――〈絶対探偵小説〉をめぐって」『福岡国際大学紀要』第一七集、二〇〇七・二。

(21) 夢野久作「甲賀三郎氏に答ふ」『ぷろふいる』一九三五・一〇。

(22) 前出『夢想の深遠――夢野久作論』。また、先述の松田祥平も「本格／変格探偵小説の相克のただ中における夢野のいわば迷走は、明らかに探偵小説の形式性から来るものとは異質な興味を追求していたにもかかわらず、同カテゴリへの帰属意識の高さ故に、その〈正統性〉に由来する権威性を内面化することで引き起こされた事態だと考え得るのである」と指摘しているが（前出「探偵小説をめぐる相克と夢野久作――本格／変格探偵小説論争を軸として――」）、本章での議論を通じて確認してきたように、夢野の「探偵小説」論にはそのような諸々の「形式」のあり方自体を躓かせてしまう「変格」の可能性への言及もまた見いだされるという点が重要だと思われる。

(23) 江戸川乱歩「探偵趣味」『早稲田学報』一九二六・九。

(24) よく知られているように、のちに乱歩は「犯罪小説家、怪奇小説家といふものがハッキリ分立してゐない日本の小説界では、探偵小説出身の作家達が、謂はゞその親類筋であるそれらの方面へ思ふまゝ手を拡げて行くことこそ望ましいのであつて、そこに本来の探偵小説そのものの成長、拡充もあり、日本探偵小説壇の好もしき多様性が見られるのだと思ふ」と述べている（「日本探偵小説の多様性について」『改造』一九三五・一〇）。ここに言う「多様性」のなかに「論理的探偵小説」と「犯罪、怪奇、幻想の文章」が包摂されるのだが、夢野の試みはそのような「多様」な「探偵小説」のモチーフ同士を媒介するものであったとも言えるだろう。この点について、原田洋将は「本来「探偵小説」のために導入された「科学」の概念は、犯人の残した痕跡の観察からなる犯罪捜査や、死体に現れた特徴から犯行を分析するための手段であり、それは理知的な推理と謎の漸次的な解剖を主題とする「本格探偵小説」の領域に属するものであった」にもかかわらず、「乱歩にとっての「探偵小説と科学」の結びつき」が「現実世界と空想世界を結び合わせるための架け橋として機能していた」と指摘している（「江戸川乱歩「芋虫」に見る「探偵小説」と「科学」の接点」『阪神近代文学研究』第一五号、二〇一四・五）。

(25) なお、谷川渥は乱歩と夢野の「猟奇趣味」を比較しつつ、「奇形性や皮膚感覚に対するオブセッションによってしばしば特徴づけられる乱歩の「猟奇性」があくまでも主体の欲望に関わっているのに対し、久作のそれは個別的主体の欲望に還元されぬ、それを突き抜けた別のところへ向かっていたともいえるだろう」と指摘している（「夢野久作のエロ・グロ・ナンセンス」『国文学　解釈と教材の研究』第三六巻三号、一九九一・三）。

(26) ここまで示したように、他の「探偵小説」の書き手たちと比べてみたとき、夢野の「変格」論や「怪奇」論はやや異質な印象を受ける。たとえば、田中雅史は「久作の探偵小説観は、彼が近代日本文化について実際に見聞したことを、世紀末芸術の終末論的感受性を通して表現しているものであ」り、「日常性の限界を破る侵犯的表現」であったと指摘している（「「変格」的なものの探求——夢野久作とオスカー・ワイルドの比較を中心に」『言語文化研究』第九集、二〇〇二・二）。本章の趣旨は「変格探偵小説」の通史をたどることが主眼ではないため、先行研究で問われてきた「変格」の定義をめぐる議論には踏み込まないが、本章のなかで示した「本格」から「変格」への逸脱という主題系は、「本格」と「変格」を異質なものとしてとらえようとする見方自体に一石を投じるものであったと考えられる。

(27) このような形式主義・論理主義に依拠した数学的方法論が抱え込んだ破綻の可能性については、本書の終章でも改めて検討する。

(28) 本書の第七章でも述べたように、『木魂』が発表された一九三四年前後は、何より「シェストフ的不安」という標語が広く人口に膾炙した時期でもあった。「吾々の科学が従来了解して来た事は、ただ、恰も全く存在しないものであるかのやうに生のあらゆる驚怖すべきものから背き離れ、恰も理想が現実の実在であるかのやうに理想をそれに対立させる事だけであつた」というシェストフの言葉には、近代自然科学の秩序体系が、現実世界の生々しさを隠蔽・秘匿したうえに成り立っていたことへの戦慄が刻まれている（河上徹太郎ほか訳『悲劇の哲学』芝書店、一九三四・一）。三木清は、それを「非合理性の合理性に対する抗議」であると述べ、「我々がしつかり立つてゐると思つてゐた地盤が突然裂け、深淵が開くのを感ずるとき、この不安の明るい夜のうちに於いて日常はないと思つてゐたものが唯一の現実として我々に顕はになる」ということに驚嘆した（「シェストフ的不安について」『改造』一九三四・九）。ここに夢野の「怪奇」観を擦り合わせてみたとき、本章で検討してきたような夢野の試みは、より共時的な文脈のもとでとらえ返されるべきものであったことが了解されるだろう。

終章　パラドックスを記述するための文学的想像力

一　「経験」と「理論」の乖離

本書では、昭和初期の言説空間を中心に、文化思潮としての「科学」と「文学」が交錯する諸相を描き出すことを試みてきた。各論の考察を通じて明らかにしてきたのは、同時代を生きる書き手たちの問題意識が、それまで人びとが素朴に信じていた「経験」に対する認識論的な懐疑の念に支えられていたということである。序章で指摘したことの繰り返しとなるが、それは何よりも従来の古典物理学的な世界像のあり方自体に亀裂を走らせるパラダイムの転換にほかならなかった。

折しも昭和初期という時代は、主として理論物理学や数学基礎論の領域において、いわゆる「科学の危機」や「数学の危機」と呼ばれる学術思潮の揺動が盛んに取り沙汰された時代にあたっている。そのような文化状況を背景としつつ、この時期の論壇・文壇においても「合理」的なものと「非合理」的なものの境界線を根底から問いなおそうという機運がひとつの高まりを見せていた。言わば、

「科学の危機」や「数学の危機」という問題系を通過することで、それまで「合理」的だと考えられていた思考様式が軒並み「非合理」の側へと転化してしまうような事態が、このときの言説空間において出現しつつあったのである。

　こうした「合理」的なものの存立機制をめぐる諸々の議論は、徹底的な「合理」主義者と評される戸坂潤によって次のように総括されることになる。

> 思惟の形式的で機械的な判断や推理が、思想のメカニズムであり、それが又理論といふものであり論理といふものであり、又科学といふものだ、とこの思想拒絶症は決めてかゝつてゐるのである。だから彼等思想拒絶症患者によれば、文学や哲学を救ふためには、かうした科学・論理・理論・思想に対する信用を捨てゝかゝらねばならぬといふことになる。２２が４は論理的に必然だが、２２が５といふ計算をする人にとつては、この誤謬を犯すこと自身の本当であることを誰が疑ひ得よう（…）とさう彼等は云ひ出すのだ。[1]

　戸坂は、一九三四年前後に相次いで勃興した一連のシェストフ現象――詳細は本書の第七章を参照されたい――をめぐって、「一国のジャーナリズムを挙げて問題にするに足る程重大性のあるものとは到底思はれない」と非難しつつ、「科学・論理・理論・思想」によって包摂されえない領域に対する知識人たちの憬きが「文学主義」の賜物でしかないと喝破した。「非合理」＝「２２が５」への憧憬は、詰まるところ「合理」＝「２２が４」的な世界認識を「文学主義」の名のもとに否認するための詐術に過ぎない。しかし、そのような同時代の論壇・文壇における「合理」への不信を単なる詭弁として解決しようとする戸坂のシェストフ理解は、一連のシェストフブームに示された「不安」の輪郭をどこまでとらえていただろうか。[2]

藤井貴志は、このあたりの事情について「シェストフ的不安の時点で針は大きく「２＋２＝５」の側へと振れてしまって」おり、「振り切られた針は戸坂潤あるいは板垣直子によって揺り戻される事になろうが、そこで「２＋２＝４」との際どい緊張などもはや見出し得べくもなかった」と指摘している。[3]「２＋２＝５」あるいは「２２が５」への逸脱は、何らかのかたちで秩序体系の「外部」に超越性を措定してしまった瞬間に、その発生の始原への問いは消失してしまうだろう。[4]だが、真にシェストフやシェストフに魅了された人びとを戦慄させていたのは、むしろそのような超越性を導く問いの構造が、何より秩序体系に内在する裂け目としてあらわれてしまったことにこそあったのではないだろうか。[5]

藤井が述べているように、「２２が４」と「２２が５」をめぐる世界認識の闘争は、古くはＦ・ドストエフスキーから芥川龍之介・小林秀雄を経て、一九三五年前後における文学的想像力の根幹を確かに枠づけていた。たとえば、中河與一は次のように述べている。

> 吾々は二と二を加へて四になる事を知つてゐる。これも法則である。(…)即ち数学にあつては、常に一つの答へがあるやうに装置せられてゐるのであつて、吾々はこれを尊重する。然し事実といふものは、あらゆる装置、別の体系の装置を可能にするほど、ひろく大きいといふところに、宇宙の現実に於ける面白さがあるのである。[6]

ここで示された「数学」と「事実」の二項対立が、単に自然科学的な推論と日常的な生活感覚の乖離として受け止められたとき、「合理」＝「２２が４」と「非合理」＝「２２が５」の隔たりは、結局のところ共約不可能な各々の価値観の違いへと帰着してしまうだろう。実際、萩原朔太郎は「人生がもし賭博であるならば――２２が４の確然律でないならば――彼等〔「平凡を悦ぶ」ような「常識人」――引用者注〕は不安で一日も生きられないのだ」と述べながらも、「天才とナポレオン」は「２２ガ４の確然律を否定して２２ガ５の超常識に飛躍をする」とつづけ、中河による一連の「偶然文学論」を反‐科学主義的な立場から擁護している[7]。

しかし、先にも述べたように、ここで中河を驚愕させていたのは、そのような「超常識」への「飛躍」が、あらかじめ「数学」の秩序体系に包摂されていたということであった。昭和初期に活動した知識人たちに大きな衝撃を与えたのは、まさにそのような「合理」から「非合理」への「飛躍」を可能にする自己否定の運動にほかならない。それは、戦時下において次のような論説へと受け継がれる。

> 単なる合理主義の破綻は明らかである。然し又非合理的なものを単に非合理的なものとして止めておくことも正しい態度とは考へられぬ。非合理的なものの合理化こそ大切である。然し非合理的なものの合理化とは、合理的なものと非合理的なものとを対立させて、後者を前者に従へさせることではない。それはつまりは後者を無力にすることである。真の意味での非合理性の合理化とは非合理性そのものを合理性としてとらへることである[8]。

ここにおいて、「合理」と「非合理」という対立図式を支えていた思考のあり方そのものが問いなおされ、「合理」から「非合理」への逸脱の仕方――あるいは「非合理」から「合理」への着地の仕方――が、時局における重要な思想的課題として改めて措定されることになる。図らずも、こうした「合理」と「非合理」の入れ子構造の理論的な源泉となっていたものこそ、本書で見てきたような二〇世紀物理学における一連の展開にほかならなかった。そのことに鑑みても、一九二〇年代初頭における相対性理論ブームから、戦時下における「非合理」的なものの「合理」化にいたるまでの回路に、ある種の連続性を読み取ることは可能であろう。

「経験」を裏切ってしまう「理論」としての現代物理学に対する知識人たちの驚嘆は、本書のなかで取り上げてきた言説群以外にも、さまざまなところに見いだすことができる。たとえば、雑誌『新青年』では、断続的に「新青年趣味講座」と題されたさまざまな学術的知見の特集記事が掲載されていたが、そのなかで「物理学」の項を担当した石原純は、次のように述べている。

> 物理学に於てその記述の言葉は数学的公式によつてなされてゐる。しかも数学的公式はそれらが従ふところの数学的理論によつて種々の形式に変更されることもできる。我々はそのうちで或る簡単な形式を見出だすならば、之に相応する概念《ママ》を根拠として、それから逆に経験的事実を理論的に導き出すことができるであらう。これが即ち物理学の理論と称するものであり、その根拠としての仮定が正しいならば我々のまだ経験しなかつた事実をすらもこの理論によつて予言することができるのである。(9)

「我々のまだ経験しなかつた事実をすらもこの理論によつて予言することができる」（傍点引用者）

という石原の見解は、まさに「経験」と「理論」の乖離自体を受け止めるところから始められたものであり、それは取りもなおさず、直観と思惟が恒常的に一致する「2が4」的な世界認識を根底から転覆させる可能性をも含んでいた。同時代の論壇・文壇における「科学の危機」や「数学の危機」の受容と展開は、そのような時代の趨勢においてこそ固有の思想的意義を担っていたと言えるだろう。

本書の第三章でも引用したが、一九二九年に行われた「探偵小説」の創作原理をめぐる座談会において、木々高太郎は「我々の青年時代は自然科学が余り青年諸君の間に行渡つて居りませんでしたからさうでありましたけれども、もう今、或は将来は、自然科学に関する関心も高まつて来ますから、両者の結合したもの、即ち探偵小説が最後の、一番拡がるべき役割を持つてゐると私は信じて居りますね」と述べているが、この発言を受けて、小栗虫太郎は「数学者の思惟抽象の世界」としての「理論物理学」に最も「スリルを感じる」と応じている。[10] ここからは、単なる形而上学的な理念としてみなされていたはずの「思惟抽象の世界」が、まぎれもなく「知」のフロンティアとして、先鋭的な「探偵小説」の書き手たちを惹きつけていたことが了解されよう。従来、それはあくまで「探偵小説」というジャンルの技巧的側面に拠るものと考えられていたが、本書のなかで論じてきたことを踏まえてみれば、そこにより根源的な問題意識を読み取ってみることもまた可能であるはずだ。

ならば、そのような新しい「理論」の相次ぐ群生が、ほかならぬ文学者たちにとって重要な思考の光源となりえていたのはなぜだったのだろうか。次節では、改めて昭和初期の文学者たちが直面していたアポリアの核心はどこにあったのかを検討したうえで、本書なりの結論を示してみたい。

二　パラドックスはなぜ回避できないのか

H・J・モーゲンソーは、近代自然科学を基盤とした二〇世紀までの社会科学の動向において「必要とされたのは、自然科学の合理的方法を社会に移植し、そうすることで計画的自然に酷似した計画的社会を創出する意識的な努力であった」とまとめつつ、次のように述べている。

しかし、その信念がニュートンやデカルトの機械論的物理学の中で絶えず更新されてきた確証を基礎づけ、見出したのと同様に、相対性理論や量子論といった新たな物理学は、こうした信念の修正のための完全な部門となっている。新しい物理学は、一方の人間精神と、いま一方の自然・社会との間に密接な照応が存在することを明らかに示している。現代科学思想は、近代が空しく渇望した自然と社会の統合を復権している。しかし、精神、自然、そして社会が共にする共通要素は、もはや純然たる理性ではなく、非理性によってとり囲まれ、分散され、基礎づけられた理性、つまり暗い嵐の海のただ中に不安定に置かれた小島なのである。(11)

モーゲンソーは、戦間期ドイツの社会学的分析をもとに、そのような二〇世紀以降の理論物理学の認識論的／存在論的な転回が、同時代の政治理論や文化思潮の領域においても「非理性」的な言説の類が蔓延る温床となったことを指摘した。「合理」と「非合理」のはざまに据え置かれた「新しい物理学」の登場は、人びとの「人間精神」を理解する思考様式の形成にあたっても、看過することのできない大きな影を落としていたのである。それは、具体的にどのような思想的課題を浮かび上がらせたのだろうか。

柄谷行人は、現代物理学の達成を「形式化」という概念で括り上げることで、同じく二〇世紀初頭の数学基礎論において議論を巻き起こした〝ラッセルのパラドックス〟――自分自身を要素として含まない集合全体の集合を想定することで、集合の論理体系自体が自壊してしまうありさま――と並行させながら論じている。[12] 柄谷によれば「現代物理学は、けっして観察手段による知覚の拡張によって、微細さ（あるいは巨大さ）の領域に入っていったわけではな」く、むしろ「それは、そもそも経験的な〝知覚〟に背を向けること、あるいは、欺瞞的にその基礎を〝知覚〟においていたにすぎないユークリッド的公理体系を疑うことからはじめている」という。ある自然現象の「真理」に近接するために、みずからの「知覚」（＝経験的なもの）を原点としたユークリッド幾何学的な時空間表象のあり方を括弧に入れなければならないという背理は、まさに〝科学のための科学〟として「形式化」された一九世紀以降の理論物理学の極点において不可避的に噴出するものであった。

こうした自家撞着の論法から導かれるのが、いわゆる「自己言及のパラドックス（決定不能性）」にほかならない。どのようなかたちであれ、独立した閉域を構築していたはずの「科学」的な秩序体系が、絶えざる「形式化」の運動にさらされることで、そこに際限のない再帰的な循環構造が生じてしまう。それを阻止するために「形式体系は、自己言及的な形式体系において、その自己言及性（自己差異性）が禁止されるところに成立」せざるをえない。[13]

柄谷は、一度「形式化」の運動に取り込まれた「知」のシステムは、「形式体系の〝内部〟（牢獄）から出ようとするか、外部性をとりこもうとする安易な試みがつねにくりかえされる」しかないのだが、しかし「外部性があるとすれば、それは形式体系の内部における自己矛盾としてのみあらわれるだろう」と述べている。「自己言及のパラドックス」の解決は、結局は任意のところに何らかの恣意的な切断線を挿入させるしかない。ここにおいて、かつて近代自然科学の成立に伴い経験主体から切りはなされたはずの超越的な審級が、再び呼び覚まされることになる。

「形式化」の無限循環を回避するためのそのような思考操作は、ラッセルが前述のパラドックスに応対するために提唱した階型理論（＝タイプ・セオリー）の仕様と構造的に等しい[14]。ある論理体系を丸ごと包摂するようなメタ論理を措定することによって、もともとの論理体系内の矛盾を別の位相で解決しようというラッセルの方略は、確かにひとつの打開策ではある。だが、そのようなメタ論理（＝超越性を含み込んだ階梯構造）の要請は、当然ながらあらゆる論理体系の全域を包み込むような根拠律の誕生を容易に許してしまうことにもなるだろう。

たとえば、一九三〇年代の横光利一や中河與一といった気鋭のモダニズム作家たちが、急激に国粋主義イデオロギーへと傾倒していくのは、その象徴的な一例である。よく知られているように、横光は長編小説『旅愁』（『東京日日新聞』『大阪毎日新聞』一九三七・四・一四夕刊－『人間』一九四六・四）において、数学者という設定の宇佐美槙三に「集合論の公理は逆説が逆説を生んで、真理が何ともかともならなくなつて来てる《ママ》」のだから「数学もかうなつちや、僕らはどこに信頼すべきか分りません」と語らせている。沖野厚太郎は、ここに『機械』（『改造』一九三〇・九）の末尾における「私」の発狂から引き継がれた、際限のない「自己言及のパラドックスが「真理」の実在性をおびやかすというテーマ」を読み取っているが[15]、それは横光個人の問題意識にとどまらず、同時代の知識人たちを取り巻いていた「不安」の行方を暗示するものでもあろう。

そのような「不安」のあり方は、ある意味で戦間期に特有の時代感覚であったと言うこともできる。菅野昭正は、C・ボードレールのモデルニテ論を参照しつつ、どこか憂鬱な気分の蔓延する「近代という時代の課す問題」とは、端的に「伝統と前衛を調和する仕事」によって生じた分裂の意識によるものであったと述べている。(16)もちろん、単に「近代性《モデルニテ》」という概念装置によって、時代状況の異なるふたつの精神営為を強引に括り上げることはできないだろうが、少なくとも昭和初期における知識人たちの理論物理学への興味・関心の高まりとその挫折は、近代化に伴う最先端の方法論（＝「前衛」）の追究と、みずからの拠って立つ足場（＝「伝統」）への自覚の乖離によって生じた、人びとの寄る辺のない閉塞感を象徴的に体現していたと言えよう。そこに、既存の論理体系の破綻を別の位相で解決しようという前述の動機もまた顔を覗かせてくるわけである。

シェストフブームに典型的な知識人たちの「不安」を、そのような思想的水脈のもとで再定位してみれば、同時代の学術思潮のなかで生じた「危機」の様相に、知識人たちがやや過剰なほどの動揺を示したことの理由もまた仄見えてくるだろう。「形式化」の存立機制を問うてみたとき、不可避的に立ち上がってしまう破綻の理路は、おのずと秩序体系の「外部」を求めようとする機運を高めていくことになる。ところが、「外部」への逸脱という誘惑は、戦時下においては「民族精神」という根拠律を安易に仮構することにもつながりかねない。その意味で、かつて理論物理学の学知に傾倒した文学者たちの多くが、時局においてナショナリスティックな情動へと近接していったのは、各々の問題意識が時代状況のなかに取り込まれていったことの必然的な帰結であったとも言えるのである。(17)

もとより、ある任意の〝科学的真理〟にまつわる解釈フレームに、各時代の文化思潮のあり方が密接にかかわっているという発想自体は、今日の科学史研究の基底をなす考え方のひとつである。(18)とりわけ帝国日本において、それは「国体」の問題系、さらにはそれを支えていた天皇制の権力構造へとたどりつくだろう。「国体」（＝天皇制）論が、「どのように脅かされようとそれは決して揺らぎはしないという希求とも事実ともつかぬ一事のみを、当のそれの具体的内実には決して踏み込むことなく語っている言説」として提示されていたことはつとに指摘されているところだが[19]、それは先述した自己言及の運動そのものを無効化させてしまうような、あらゆる他の形式体系を包摂する（かのように装われた）超越性の表徴とみなすことができる[20]。

言い換えれば「国体」（＝天皇制）の理念とは、全ての自己言及の運動を制止させてしまう不可知のメタ審級であり、こと時局においてはあらゆる根拠律への遡行を封殺する絶対的な空域にほかならなかった。よく知られているように、一九三七年に当局から発表された『国体の本義』の冒頭には「国体は、我が国永遠不変の大本であり、国史を貫いて炳として輝いてゐる」とある[21]。ここに、あらゆる認識論的な懐疑を失効させてしまう「永遠不変」（＝遡行不可能）な「禁止」の力を見て取ることは容易い。

さらに、そのようなメタ審級の要請は、併せて大日本帝国憲法の存立機制とも重なり合う。林尚之は、帝国憲法が「その根本を第一条という空疎な条項においていた」ことを指摘しつつ、その「君主国体」の制度自体がやはり「究極的には他の意味内容に翻案不可能な、同語反復によってしか定義できない空疎な概念であった」がゆえに、そこに逆説的なかたちで「立憲政治を運用する原理としての法的妥当性」が拵えられていたと述べている[22]。林が論じているように、詰まるところ「帝国日本の立憲主義とは、空疎な国体を準拠にして憲法条文を弾力的に運用することで、天皇の代位主体を恒常的に創出しえる政治システムを構築して、矛盾的な帝国憲法を安定させる解釈改憲イデオロギーを意味していた」のだとすれば、何より「国体」の理念とは、帝国憲法がそれ自体として閉じた秩序体系を保持するために持ち込まれた超越的な作動原理にほかならなかったと言える[23]。

帝国憲法が矛盾のない統治システムであることを可能にさせる綴じ目としての「国体」（＝天皇制）の理念は、やや大仰な言い方をすれば、時局において諸々の文化思潮を貫く認識枠組《エピステーメー》の範型としてみなされるものであった。すなわち、ひとたび「形式化」した後はどのようにでも運用されながらも、なおそこに始原としての絶対的な空域が機能している（かのような）装いを与えようとする二重の論理構造に、先に示した「自己言及のパラドックス」における思考操作との相同性を読み取ることができるのである。

相対性理論や量子力学の学知に対する文学者たちの応答が、そのような同時代思潮の枠組みに紐づけられていたとすれば、その理解のあり方そのものがすぐれて「国体」（＝天皇制）の理念に拘束されていたとも言えるだろう。それは、「外部」としての根拠律を措定しようという営みこそが、戦時下において文学者たちを〝超越的なもの〟へと駆り立てる間接的な契機となりえていたことを意味してもいよう[24]。ここに、前述したメタ／オブジェクトの位相を分かつような階型の仕様が仮構されることになる。

それを逆の立場から見れば、昭和初期の知識人たちを懊悩させていたのは、まさに〝ラッセルのパラドックス〟をどのように回避すべきかという問いであったとも言えるだろう。すでに見たように、「自己言及のパラドックス」の作動原理は〝ラッセルのパラドックス〟の自家撞着に端を発するものである。何らかの「形式体系」の成立を可能にさせる論理構造のなかに、その論理構造自体を瓦解させてしまう因子が現出するという事態は、それまで段階的に積み上げられてきた近代自然科学という

「知」のシステムそのものを根本的な混迷へと落とし込んでいった。

もちろん、その解決への道筋は幾度も提言されてきたことである。たとえば一九三〇年代半ば、晩年のE・フッサールは「幾何学的な、また自然科学的な数学化の場合には、われわれは、無限に開いた可能的経験のうちにある生活世界――われわれの具体的な世俗生活の中でたえず現実的なものとして与えられている世界――に、いわゆる客観的科学の真理というぴったり合った理念の衣を合わせて着せるのである」と述べている。(25) フッサールは「「数学と数学的自然科学」という理念の衣――あるいはその代わりに、シンボルの衣、シンボル的、数学的理論の衣といってもよいが――は、科学者と教養人にとっては、「客観的に現実的で真の」自然として、生活世界の代理をし、それをおおい隠すようなすべてのものを包含することになる」と指摘し、より原初的にありありと感得される「生活世界」の復権を提唱した。それは、「理念の衣」＝「理論」と「生活世界」＝「経験」を二項対立的に配置することによって、あらゆる「形式化」に陥らない仕方で後者の生き生きした「現実的なもの」を確保しようとする方略だとまとめられる。

だが、フッサールの言う「生活世界」の復権は、先述した「自己言及のパラドックス（決定不能性）」を回避した地平にしか成立しえないものである以上、それは決して根源的な解決とはならないだろう。まさにそのような回避の仕方は、人びとの経験的な位相を裏切る「形式化」の罠から眼を背けることで初めて成立していたものに過ぎないからである。ここに、同時代の文学者たちを悩ませていたアポリアが噴出することになる。

改めてまとめておこう。なぜ昭和初期の文学者たちは〝ラッセルのパラドックス〟につらなる諸々の問題群に取り憑かれていたのか。そこには、本書の序章でも触れた二〇世紀物理学の解釈学的な志向が介在している。理論知が実践知を先導するかたちで「形式化」された相対性理論や量子力学の方法論は、何よりも人びとが素朴に感得している〈いま・ここ〉という「経験」の特権性を穿つような思想的意義を携えていた。そのような新しい理論物理学に拠って立つ世界認識の枠組みは、何より「合理」的な価値規範を内破する「非合理」的なものの存在を文学者たちに突きつけたのである[26]。

そして、その論理的な帰結として、根拠律をめぐる問いを制止させる〃超越的なもの〃への思弁が誘発されることにもなる。「形式化」の隘路に対する知識人たちの慄きが、同時代における政治思潮のあり方と結びついてしまったとき、統治システムに内在していた認識論的な盲点は、諸現象の運動を可能にさせるための唯一無二の絶対的規範へと反転する。それは、戦時下における知識人たちの相次ぐ「転向」の動きの源流に、従来指摘されてきた国粋主義や古典回帰の情念とは別の精神回路を見いだすことにもつながるだろう。

言わば、近代自然科学の内側からその秩序体系自体を裂開させてしまうような同時代の学術動向――それらはいずれも、構造的には〃ラッセルのパラドックス〃の変奏《ヴァリエーション》である――において、文学者たちはその理解度は措くとしても、そこにみずからの「不安」を仮託しつつ、同時に創造営為の鉱脈を求めつづけていたのである[27]。本書のなかでさまざまな角度から検討してきた既存の秩序体系の逸脱についての試みは、そのひとつの典型をなすものであろう。そのような種々の文業は、戦時下において特定の根拠律を必要としない超越的な審級（＝「国体」の理念）を呼び込んでしまう契機となりえていた。その点において、昭和初期の知識人たちが探究した「文学」と「科学」の邂逅をめぐる企ては、それ自体が同時代の文化思潮における躓きの石となってしまっていたとも言える。しかし、その思考の可能性と躓きの在り処を改めて再検討してみることは、依然として今日の私たちに多くの見識を与えてくれるだろう。(28)「形式化」の隘路をめぐる問いは、いまだ解決されることなく宙づりのままに漂いつづけているからである。

［注］

(1) 戸坂潤「シエストフ的現象に就いて」『文学評論』一九三五・二。同年には、西田幾多郎もまた、シェストフの思想を「合理的な何ものの基礎にも立つてゐない」と述べ、自然科学的な世界認識から断絶したものと解釈している（「ベルグソン、シエストフ、その他――雨日雑談――」『改造』一九三五・四）。なお、こうした一九三四年前後のシェストフブームについては、平野謙が指摘しているように、同時代の「現代文学」が「マルクス主義文学」を中軸として、急激な変貌をとげつつあった」ことと無関係ではない（『文学・昭和十年前後』文藝春秋、一九七二・四）。本書の文脈に置きなおしてみれば、そのような「変貌」は、何よりも素朴実在論的な世界認識（＝「必然」の論理に支えられた自然科学的な「現実」観）に対する認識論的な懐疑と同型のものであったことが了解されるはずである。

(2) 藤井貴志『芥川龍之介――〈不安〉の諸相と美学イデオロギー』笠間書院、二〇一〇・二。藤井は、同書のなかで「「二二が五」が非ユークリッド幾何学というまぎれもない「数学」と結びつきながらも、それが神秘的な「粉飾」抜きには理解され得なかったという世俗的な事実」に着目し、その状況論的な文脈を詳細に検討している。また、武者小路実篤は『新科学的』（一九三二・二）に「2＋2＝4」という題の小文を寄せているが、そのなかで自身の恋慕の情念を「あまりに二二んが四である」（傍点引用者）と形容している。ここにも示されるように「2＋2＝4」という表現のあり方は、同時代において確かに一定の流行現象を見せていたと考えられるだろう。

（3）もっとも、ここで戸坂が「文学主義」と批判しているのは、シェストフの思想そのものというよりは、それを空虚な修辞《レトリック》として消費している文壇・論壇ジャーナリズムの現状であったと考えるべきであろう。この点については、戸坂潤『思想としての文学』（三笠書房、一九三六・二）でより精緻な議論が展開されている。

（4）この点について、水谷真人は小林秀雄の論説を検討しつつ以下のように述べており、大きな示唆を受けた。

「科学」とは2＋2＝4の「＝」を許している自己の在りようへの問題意識、自然科学を自然科学たらしめている規範そのものを基礎づけている要請への志向であり、自然科学とはとりあえずそれを不問に付したところから出発する作業なのだ。つまり「科学」とは、「＝」を書いている瞬間の筆圧に根拠を与える原理的条件の問題であり、自然科学とは、そうした感覚への眼差しを消去したあとに残される、2＋2＝4たちが織りなす様々な文体の戯れにほかならないのである。（『批評と文芸批評と――小林秀雄「感想」の周辺』試論社、二〇〇七・七）

（5）青野季吉は、一連のシェストフ現象について次のようにまとめている。

シェストフはさういふ風に、理智や科学や法則に向つて、激しい戦ひを挑んだが、しかしそれが人々の生存にとつて、不用なものとか、無価値なものと考へたのではない。それらの云はば人間の生存の方便にすぎないものが、人間の魂の領域にまでも手をのばして、そこに君臨しようとする越権に向つて、憎悪を浴せたのである。（「シェストフの思想とこの国の知識人」『月刊文章講座』一九三五・六）

ここに見られるように、シェストフ現象は自然科学に対する盲目的な信頼や、過剰な汎‐実証主義に対する反動として生じたところがあり、それはやはり既存の秩序体系の自壊をめぐる学術思想の揺動と表裏一体のものとしてとらえる必要がある。その意味で、一九三四年に巻き起こったシェストフ現象には、戸坂の言う「合理」性という価値尺度そのものが機能不全となってしまった時代状況のあり方が確かに投射されていたと言える。

（6）中河與一「偶然論の確立【1】――非難一束に答へて――」『読売新聞』一九三五・一一・二〇朝刊。同時期には、横光利一もまた「ヨーロッパの法則の行きつまりが、シェストフの不安の思想になって、法則に反旗を飜し始めて来た」と述べつつ、「もう二二が四ではないのだ」断言しており（「大阪と東京」『大坂朝日新聞』一九三四・一二・四朝刊）、明らかに問題意識の共振が読み取られる。

（7）萩原朔太郎「詩人の勝利（中河與一氏の偶然論2）【完】」『読売新聞』一九三五・一二・一四朝刊。もっとも、萩原は単に反‐科学主義の立場から「詩人」のふるまいを擁護したわけではなく、むしろ「科学」への不信を二〇世紀という時代に固有の問題系としてとらえていたことは留意しておきたい（『日本への回帰』白水社、一九三八・三）。

（8）船山信一「日本文化と合理性の問題」『読書人』一九四一・一二。

（9）石原純「物理学」『新青年』一九二八・二。

（10）江戸川乱歩ほか「探偵小説座談会」『文学時代』一九二九・七。

（11）H・J・モーゲンソー、星野昭吉ほか訳『科学的人間と権力政治』作品社、二〇一八・三。

（12）柄谷行人『内省と遡行』講談社学術文庫、一九八八・四。

（13）前出『内省と遡行』。なお、柄谷はこうした操作が論理的に無効であることを示したのが「ゲーデルの不完全性定理」であると指摘している。「ゲーデルの不完全性定理」をめぐっては、以降も多くの議論を巻き起こしたが、なかでもよく知られているように、D・R・ホフスタッターの著作『ゲーデル、エッシャー、バッハ――あるいは不思議の環』は、八〇年代以降の人文諸科学において多大な影響力を誇った。「数学の形式システム（つまり、意味を考慮せずに記号を機械的に操作するだけで限りなく数学上の真理を生み出す規則の集まり）に現れるゲーデルの不思議の環は、このようなシステムが「それ自体を知覚すること」それ自体について語り、「自己意識をもつこと」を可能にするループであり、ある意味で、このようなループをもつことによって形式システムが自己を獲得する、と言っても言いすぎではない」というホフスタッターの指摘は、いまもなお示唆に富むものであろう（野崎昭弘訳「ＧＥＢ20周年記念版のために」『ゲーデル、エッシャー、バッハ――あるいは不思議の環［20周年記念版］』白楊社、二〇〇五・一〇）。この点に関する私見については、本書の補論iiを併せて参照されたい。

（14）この点については、三浦俊彦『ラッセルのパラドクス――世界を読み換える哲学――』（岩波新書、二〇〇五・一〇）などを参照した。

（15）沖野厚太郎「モダニズムのたそがれ――横光利一『旅愁』論Ⅰ――」『文藝と批評』第九巻七号、二〇〇三・五。山本亮介もまた、横光利一のテクストを分析しつつ「人間にア・プリオリに内在するとみなされる民族なるものは、「認識そのもの」と形式上同位に置かれることで、その対象化（内容への問い）が禁じられる」と指摘している（『横光利一と小説の論理』笠間書院、二〇〇八・二）。

（16）菅野昭正『憂鬱の文学史』新潮社、二〇〇九・二。

（17）中村三春は、「前期においてあれだけ科学主義を唱えた横光が、後期においては（…）科学否定へと逆転するのは、端から見れば逆転だが、虚構主義を本質とする記号学のむしろ徹底とも言えるのである」と述べているが（『花のフラクタル――20世紀日本前衛小説研究』翰林書房、二〇一二・二）、本書での議論を踏まえてみれば、併せてその問題意識は「科学の危機」や「数学の危機」につらなるものでもあったことが窺われるだろう。

（18）ここでの理論的な枠組みは、いわゆる「科学知識の社会学（Sociology of Scientific Knowledge）」の領域における諸成果に支えられている。「科学知識の社会学」は、あらゆる「科学知識」の成立条件を、特定の歴史的文脈との関係性のなかでとらえようとする（金森修「科学知識の社会学」『科学論の現在』金森修ほか編、勁草書房、二〇〇二・四）。たとえば、「科学知識の社会学」にかかわる記念碑的な論考として Paul Forman, "*Weimar Culture, Causality, and Quantum Theory: Adaptation by German*

Physicists and Mathematicians to a Hostile Intellectual Environment", Russell McCormmach ed, Historical Studies in the Physical Sciences, Vol. 3, University of California Press, 1971. が挙げられる。ここでは、黎明期の量子論のなかで示された「因果律」にかかわる種々の論争が、同時代のドイツを中心とした地政学的な背景に由来するものであったことが考察されている。また、この分野を含む近年の科学論の展開を横断的に扱ったものとして、綾部広則「来たるべき科学論へ向けて――ポストＳＳＫ時代の課題」（『現代思想』第二九巻一〇号、二〇〇一・八）などを参照した。

(19) 松浦寿輝『明治の表象空間』新潮社、二〇一四・五。「国体」の理念について、松浦は「シニフィエの空虚＝空洞性それ自体によってのみ、初めて有効に機能しうるシニフィアンというべきもの」であり、「それが変わるやもしれぬという不安と危機感に急き立てられ、それは変わらないのだと性急に断定することを人に強いるもの」であると述べている。「国体」が変わることそのものが許されないという論理構造は、まさに「内省」というすぐれて自己言及的な営みを封殺することによって、自己言及の作動原理そのものを突き崩してしまう思考のあり方と共振するものであったとまとめられよう。

(20) こうした考え方に、いわゆる構造主義の発想を重ね合わせてみることもできるだろう。もちろん、双方の思想的連繋に過剰な意味を見いだすことは避けなければならないが、とりわけ以下で引用するＧ・ドゥルーズの要点整理は、まさにここまで述べてきた理路を説明するものとしても読むことができるはずである。

対象＝ｘが駆け巡る複数のセリーが互いに相対的な移動を必ず示すのは、構造内での項の相対的な場所が、最初は項の絶対的な場所に従って決まるからである。以後は任意の時に、いつでも循環し、いつでも自分から移動する対象＝ｘの関係で、相対的な場所は決まる。この意味で、移動は、より一般的には、交換形式は、外部から付加される特徴ではなく、根本的な特性であって、そのおかげで、構造を関係の変化の下で場所の秩序として定義できるようになる。構造は、根源的な第三者によって、しかし自己自身の根源のない第三者によって動かされる。構造全体に差異を配分し、自らの移動で微分的関係を変化させることで、対象＝xは、差異そのものを差異化して分化するものとなる。（小泉義之ほか訳「何を構造主義として認めるか」『無人島1969－1974』河出書房新社、二〇一三・六）

(21) 文部省編『国体の本義』一九三七・三。

(22) 林尚之『主権不在の帝国――憲法と法外なるものをめぐる歴史学』有志舎、二〇一二・一二。林は、帝国憲法の主権論について、「最高独立の力である主権は自らのうちに上位者を認めないが、そのような性質が自己自身の働きによって自己を破壊する逆説を孕むことになる」と指摘しつつ、「この主権の自己否定（不在）から「近代が始動したという逆説的事態を起点にして思考をはじめなければならない」と述べている。帝国憲政の根本をなしていたこのアポリアは、何より「形式化」の諸問題をめぐる学術思潮の問題系として、改めてとらえなおすことが可能であろうと思われる。

(23) 同時代の憲法学者らによる国体憲法論が、いわゆる美濃部達吉の「天皇機関説」に代わる規範原理を模索するものとして示されていたことは周知のとおりだが、そのような方法意識のあり方は、しばしば「国体科学」（里見岸雄『国体憲法学』二松堂書店、一九三五・一〇、傍点引用者、以下同様）や「精神科学」（筧克彦『大日本帝国憲法の根本義』岩波書店、一九三六・六）、あるいは「新しい理論」（大谷美隆『国体憲法原理』有斐閣、一九三五・一一）という修辞で呼びあらわされていた。ここには、秩序体系におけるメタ審級としての「国体」にかかわる諸々の議論が、あくまで君主統治のシステムをめぐって「合理」的な存立機制を希求しようという意志に貫かれていたことが窺われる。

(24) 文化思潮としての国粋主義もまた同型的にとらえられるだろう。よく言われているように、国粋主義が「近代日本の急速な欧化（洋才による洋魂化）によって浮遊するナショナル・アイデンティティ（和魂）をなんとか係留しようとする格闘のなかから生まれた」ものであったことは確かであろうが（竹内洋「はじめに」『日本主義的教養の時代』竹内洋ほか編、柏書房、二〇〇六・二）、特に科学理論の問題系に照準を絞ってみれば、それは何より自然科学の方法論に内在する再帰性（＝自己言及性）の運動を封殺する効能を持っていたことが、知識人たちにとってなお重要であったと思われる。

（25）E・フッサール、細谷恒夫ほか訳『ヨーロッパ諸学の危機と超越論的現象学』中公文庫、一九九五・六。

（26）なお、「探偵小説」の文脈においては、いわゆる「新本格」のブームを経験した一九九〇年代以降、先述した「ゲーデルの不完全性定理」を援用した柄谷の立論を経由することで、探偵たちの推理行為を成り立たせている「形式」のあり方自体を問いなおそうという機運が高まっていった。その先鞭をつけたのが法月綸太郎「初期クイーン論」（『現代思想』第二三巻二号、一九九五・二）であり、小森健太朗の表現を借りるならば、それは「仮に探偵小説内の記述文を論理命題の集合として総体的にみなした場合、自分自身の無矛盾性を主張する命題の中に証明できないもの（文）がある」という問題提起にほかならない（『探偵小説の論理学――ラッセル論理学とクイーン、笠井潔、西尾維新の探偵小説』南雲堂、二〇〇七・九）。本書の論旨に照らしてみたとき、法月の言う「形式化」のアポリアは、単に「探偵小説」というジャンルに固有の問題ではなく、近代日本文化史の一角を占める重要な論点として再配置することができるだろう。

（27）中川成美は「所与としてある「生活世界」への疑念は、「新感覚派」の主要なテーゼ」であったことを指摘している（『モダニティと想像力――文学と視覚性』新曜社、二〇〇九・三）。「モダニズム文学理論をマルクス主義に対置して考えるのではなく、二十世紀初頭のパラダイム変換を背景に共有された文学的モダニティ（モデルニテ）の多彩な思考実験の相互の〈交通〉（コミュニケーション・インクスチェンジ）に脈絡づける方が理解は早い」という中川の指摘は、本書においても大いに首肯するところである。もっとも、柄谷が指摘しているように、フッサールはもとより「知覚や生活世界に回帰しなければならないといっているのではな」く、むしろ「ロマン主義的な情動や気分が支配するファシズムの時代に、合理性の基盤を確立しよう」としていたことは注意しておく必要があるだろう（『隠喩としての建築』講談社学術文庫、一九八九・三）。

(28) 本書の補論部では、ゼロ年代において「私」が「私」であることの不確定性をめぐる主題系が、量子情報技術や多元宇宙という舞台装置を借りることで、どのように描かれうるのかについて考察していく。あらかじめ先取りしておくと、その問題意識は、詰まるところ「形式化」の隘路に直面した昭和初期の文学者たちと根本を共有している。雑駁な議論であることを承知で言えば、そのような内的葛藤を葛藤のままに提示することを目指した創造的表現として、モダニズムの文芸思潮から今日のサイエンス・フィクションにいたるまでの芸術様式の系譜を再考してみることができるのではないだろうか。かつて、柄谷行人は「二十世紀において顕在化しはじめた文学や諸芸術の変化、たとえば抽象絵画や十二音階の音楽などは、互いに並行し関連しあっているだけでなく、物理学、数学、論理学の変化にも根本的に対応している」と指摘したが(前出『隠喩としての建築』)、それを広く「自己言及のパラドックス」に対する応答として括り出してみれば、その文化史的な達成については、なお再検討に値するだけの余地があるだろうと思われる。

補論・i 「存在すること」の条件

――東浩紀『クォンタム・ファミリーズ』の量子論的問題系

はじめに

二〇世紀以降の理論物理学の分野において、量子力学はきわめて大きな意味合いを持っている。もともと光のエネルギーをめぐる粒子説と波動説の論争を出発点として発展を遂げたこの研究領域は、それまでの均質に秩序づけられた自然科学的世界像を根本から描きなおし、従来の古典物理学的な世界認識の臨界点を浮かび上がらせたからである。

事物のありありとした現前性を融解させてしまう量子力学の方法論は、ときに物語文化の領域において、現実世界に「私」があらわれているという「生」の実感そのものを穿つような舞台装置として機能するものであった。それは、まさに「この瞬間・この場所に私が存在している」という比類なき確信に、一筋の疑いを挿し込もうとする試みにほかならない。結果として、二〇世紀物理学においても生じた大規模なパラダイム・チェンジは、私たちの〈いま・ここ〉という世界認識の尺度においてもまた、大きな変革を迫ることになったのである。

そのような量子力学と近現代日本文学の邂逅については、これまでにもさまざまな作家たちのあいだで小説作法の探究が目指されてきた。本書の第七章でも検討したように、古くは中河與一「偶然文学論」にはじまり、ＳＦの本格的な勃興以降では、量子力学の学術的知見を援用することによって、人びとの感性が揺さぶられるようなドラマを描いたものは枚挙に暇がない。(1) こうした動向は、とりわけ九〇年代以降における〝並行世界もの〟の物語文化の隆盛と相俟って、主に「ポップカルチャー」の領域を中心にひとつのムーヴメントを生起させたと言える。(2)

加えて、そのような潮流を生みだした背景となるもののひとつが、同じく九〇年代以降に本格的に実装化された超域的な情報通信社会——いわゆるユビキタス社会の到来であろう。さまざまに張りめぐらされたコンピュータ・ネットワークのなかに「この私」のアイデンティティが無数に拡散する情報環境において、「私」はほんとうに〈いま・ここ〉に存在しているのだろうかという問いは、きわめて切実なアクチュアリティを喚起するものとなっている。(3)

この点について、千田洋幸は「「私が私であること」の不確定性」をめぐる「偶有性の感覚」が、ゼロ年代の文化思潮のなかでひとつの高まりを見せていったことを指摘している。(4) 図らずも、そうした流れに連動するかたちで〝並行世界もの〟の物語文化が台頭していたのだとすれば、そのなかで量子力学がもたらした衝撃の深度もまた、改めて見定めておくべきではないだろうか。

そのような観点から、本章ではゼロ年代を代表する思想家、東浩紀による初の長編ＳＦ小説『クォンタム・ファミリーズ』(『新潮』二〇〇八・五 - 二〇〇九・八) を読み解いてみたい。この小説では、量子計算の結果によって無数に分岐した並行世界を舞台に、登場人物たちの身体感覚が揺らいでいくさまが巧みに描かれている。

まず強調しておきたいのは、『クォンタム・ファミリーズ』の方法論的な射程は、作者の東自身が先導者として中心的な役割を果たした、いわゆる「ゼロ年代批評」における広義の「キャラクター」論の圏域にとどまるものではないということである。とりわけ、先述した超域的な情報通信社会の成立という共時的な文脈を視野に入れて『クォンタム・ファミリーズ』を読みなおしてみたとき、そこには東が述べる「並行世界を自分ではつくれないけれど、並行世界の中に生きることができる存在たち」としての「動物＝キャラクターの問題」をめぐる哲学的構想とは、全く異質の論点が胚胎されていたことが了解できる。(5)

本章では『クォンタム・ファミリーズ』の読解を通じて、九〇年代からゼロ年代初頭にかけて「偶有性の感覚」を育んだ文化思潮のもとで、量子コンピュータという情報技術が担っていた思想的意義を探ってみたい。

一　量子テクノロジーの到達地点

量子力学の不可思議な帰結は、その黎明期から多くの議論がなされてきた。ここでその系譜を改めてたどりなおす余裕はないが、見方によるとそれは、人知を超えたオカルティックな産物として受容されてしまう側面があったことは注意しておきたい。今日においても、そうした神秘性を喚起させる一種の技巧的なトリックとして量子力学が濫用される傾向は、さまざまな文芸ジャンルのなかで広く散見されるものである。(6)

しかし、だからといってもちろん、量子力学の成果を実際の生活圏から切りはなされた単なる科学方法論として切り捨ててしまうのは全くの早計であろう。すでに本書のなかでも述べてきたように、量子力学は観測行為が観測対象のあり方を決定づけるという転倒した論理をはらむものであり、それは結局のところ「物質」が存在するとはどういうことなのかという根本的な問題を誘発させるものであった。

たとえば、一九二七年にW・ハイゼンベルクが提唱した不確定性原理は、ある任意の粒子の位置と運動量を、同時にかつ正確に確定させることができないということを指し示すものである。森田邦久が指摘するように、それは観測者の認識能力の限界を意味するとともに、そもそもあらゆる事物はみずからの存在の根拠を立証できないという驚くべき事実をも導き出すことになる。(7)

言わば、近代自然科学の根本をなす普遍的な「物質」の概念は、ここで実在と非‐実在の差異を融解させる大きなねじれを抱え込むことになった。(8) 次節でも詳しく検討するように、それはまさに〈いま・ここ〉の特権性を基礎づけていた思考様式のあり方が、同時代の理論物理学的なパラダイムの内側から突き崩されたことを意味している。

さらに、そのような量子力学の方法論は、コンピュータ・ネットワークの躍進と相まって、今日の情報技術社会の成立においてきわめて重要な役割を果たしている。以下、具体的な『クォンタム・ファミリーズ』の考察に入るための前提として、本章での議論の指針ともなるべき今日の量子テクノロジーの進展について、ここでそのあらましを瞥見しておきたい。

ゼロ年代の初頭において、たびたび「量子テレポーテーション」の試験的成功がメディアを賑わせていたことは記憶に新しいが、一九六〇年代のいわゆる量子レーザー技術に端を発する一連の量子テクノロジーの展開は、小澤正直の言葉を借りるならば、「量子状態というそれまでいわば仮想現実にすぎなかったものを自由に制御する可能性」を招来させるものであった。(9) それは結果的に、量子力学の学術的知見が情報技術の領域へと実装化されていくことで、先述した〈いま・ここ〉の特権性の裂け目が工学的に可視化される契機ともなったのである。

細谷曉夫は、理論としての量子力学においては「電子の位置も運動量も、認識の枠内で語られていて、それらの存在に対する問いが放棄されている」ことを挙げ、のちに量子情報技術が整備されることによって、ようやく「マニュアルを越えた量子力学のより深い理解を可能にするようになった」と指摘している。(10) その象徴的な事例こそが、量子コンピュータの登場にほかならない。

一九九四年、P・W・ショアーによって量子コンピュータの雛形が発表されたことに伴い、量子力学はその応用領域を飛躍的に拡張させていくことになった。量子コンピュータの作動プロセスにおいて、データ量の最小単位としての「一量子バイト」は、並行世界において重ね合わされた二五六通りのパターンにおいて同時に計算処理される。量子情報技術の草分け的存在である理論物理学者のD・ドイッチュによれば、そのような計算処理に基づく量子コンピュータの情報技術は、それ自体が〈いま・ここ〉の秩序体系に多元的な揺らぎをもたらすのだという。(11)

もちろん、このような考え方を詭弁として捨て去ってしまうことは容易であろう。だが、ここで眼を留めておくべきなのは、ドイッチュの述べるような多元世界の諸相は、冒頭に示したコンピュータ・ネットワークのなかに拡散する「私」の様態ともまた密接に関係づけられるということである。すなわち、ここにいるということがあいまいにしか実感できない現代人たちの心性と、計算処理するための資源をここではないどこかから借用する量子コンピュータの着想には、眼の前の現実世界の強度に亀裂を差し挿むという意味合いにおいて、確かに共鳴する志向性が見いだされるのである。

本章で強調しておきたいのは、量子力学が本来的に持っていた神秘主義的な覆いを剥ぎ取ってしまえば、量子力学の発想自体はきわめて使い勝手の良い理論であり、特に九〇年代以降においては、コンピュータ・ネットワークをはじめとした種々の情報工学に積極的に応用されているということである。佐藤文隆によれば、それを可能にさせたのは、量子力学を「現象を計算で扱う操作主義的便法」と割り切る態度であり、また同時に、複雑な理論を実践化するための「思想善導策」を模索する発想の転換であったという[12]。

量子力学を「操作主義」の産物とみなしてみれば、たとえば先に言及した事物そのものの存在論的な体制を覆す量子テクノロジーの学術的知見は、冒頭に述べたような並行世界を主題としたゼロ年代的な物語文化の台頭と、密接に関係づけられることになるだろう。実際、この時期の文芸誌では、量子論的な可能世界と「文学」をめぐる特集も組まれている[13]。ここにおいて、現行の量子テクノロジーによって並行世界が実現できるか否かにかかわらず、「思想善導策」としての目覚ましい躍進によって〈いま・ここ〉とは異なる存在様式のあり方が開示されることになったのである。

ここまでの論旨をまとめよう。純粋な理論だけが過度に先行してしまった黎明期の量子力学は、さまざまに刺激的なアイディアを覗かせながらも、それが具体的な実践知の水準において試されることはなかった。結果として、量子力学の哲学的含意が再びアクチュアルな問いを喚起するためには、九〇年代以降に発展を遂げた量子コンピュータなどの新しい情報工学の登場を待たねばならなかったのである。

そして最も重要なことは、そのようなかたちで量子情報技術が飛躍的な発展を見せたことで、そこに成立する情報環境に投げ込まれた人びとの「生」の様態もまた、〈いま・ここ〉の唯一性とは別種の秩序体系によって根拠づけられていくということである。次節では、そのような問題意識を踏まえつつ、『クォンタム・ファミリーズ』の物語構造を具体的に読み解いてみよう。

二 「計算」の理念

『クォンタム・ファミリーズ』は、量子論的に拡散した並行世界において織りなされる近未来SF長編小説である。まずは、作中の最も象徴的な箇所を抜き出しておこう。

> ぼくは考えた。ひとの生は、なしとげたこと、これからなしとげられるであろうことだけではなく、決してなしとげなかったが、しかしなしとげられる《かもしれなかった》ことにも満たされている。(…)直説法過去と直説法未来の総和は確実に減少し、仮定法過去の総和はそのぶん増えていく。(父Ⅰ)

この小説においては、ありえたかもしれないさまざまな可能世界が現実世界と並置されてしまったとき、なおもかけがえのない「この私」を条件づけるものとは何かという根底的な問いかけが、物語全体の主題系を貫いている。東自身の言葉を借りるならば『『クォンタム・ファミリーズ』はまさに(量子脳計算機科学という架空のSF設定によって)、コンピュータ・ネットワークが入り組み、確定記述の束が発散し、可能世界が露呈してしまった世界において、家族四人がそれぞれ「私とはだれか」を探求する物語として書かれてい」る。[14]

ここで注意しておきたいのは、そのような「この私」の存立条件を模索しつづける登場人物たちの行動が、この物語においては「家族」という連帯意識と不可分に結びついていることである。絓秀実は、そのような「主体」としての成熟を要請する「ファミリーロマンス」的な相貌を「劣化した実存主義」と呼び、その思想的な限界性を鋭く批判している。[15]それはまた、そもそも作中の量子コンピュータがある種の「ギミック」に過ぎず、そのＳＦ的な意匠が有効に機能していないという大澤信亮の批判まで一直線に結びつく。[16]

確かに、「ファミリーロマンス」の一形態として『クォンタム・ファミリーズ』をとらえてみれば、作中で用いられる「量子脳計算機科学」の考え方は、単なる「ギミック」としての効果しか持ちえないだろう。しかし、このような批判は、総じて〈いま・ここ〉に生きる唯一の「主体」なるものの特権性を前提とすることで成立するものであったことには留意しておきたい。前節で示したように、量子テクノロジーの革新性は、むしろこうした現前するかけがえのない「私」という概念の強度が揺らいでしまう点にあったはずである。本節では、そのような観点から『クォンタム・ファミリーズ』において描かれた量子力学的な世界観の内実に眼を向けてみたい。

そのひとつの緒として、作中に散りばめられた「計算」というモチーフに着目してみよう。たとえば、この小説作品の冒頭には「君の意志の格律は、たとえきみがどのような行為をしたとしても、いつでも同時に普遍的立法の基礎として計算される」（資料Ｃ）という一文が掲げられている。そこでは人びとの「意志」が、すべてデジタルな「計算」の結果として情報処理されてしまう。往人によるテロ計画のメモとおぼしきこの「資料」に示された「計算」の理念は、物語世界の全編を枠づけるような役割をなしている。

作中において、大島理樹は以下のように説明していた。「人間の脳はじつは、異なった世界で異なった個体の脳で計算されている」（娘Ⅱ）。したがって、「人間は世界を量子計算を通してしか認識できない」（同）。そのような情報環境のもとでは、作中における「量子家族の宿命」もまた、単なる「刻まれたスクリプト」（同）へと還元されてしまうだろう。葦船風子は、そうした「魔法のような技術」（父Ⅳ＋娘Ⅳ）を、端的に「計算上はそうなります」（娘Ⅱ）と答えている。

風子がにわかには信じることのできない並行世界間の「転送」は、たとえ感覚的には認められなくとも「計算」のうえでは認められる。あらゆる出来事が「計算」によって記述されるものである以上、登場人物たちのいかなる行動も――実の父親がテロリストであったことすらも「数学的に決定されてい」（娘Ⅱ）たように――「計算」の結果から逃れることはできない。ここには、絓の言う「ファミリーロマンス」からはこぼれ落ちてしまうような主題系を垣間見ることができるだろう。量子情報技術によって組み立てられた物語世界の秩序体系は、もとより「計算」の理念から切りはなされて成立しえない。ここにおいて、もはや「計算されていない」物語世界は「存在しない」（家族Ⅲ）ということが作劇上の前提となるのである。

あらゆる事象が、あらかじめ定められた「方程式」のなかで数学的に情報処理されてしまうという設定は、その表現上の特性を方向づけてもいよう。「プロトコル」（資料C）「セーブデータ」（父Ⅱ）「出力」（家族Ⅲ）といったデジタル・コンピュータを想起させる術語を効果的に用いた語りの様式は、先述した物語世界を成立させている「計算」の理念と明確に調和している。膨大な専門用語が書き込まれた『クォンタム・ファミリーズ』のＳＦ的な色彩は、たとえば「並行世界を矛盾なく成り立たせるためにつぎ込まれた精力があまりにもすさまじく、途中でくたびれてしまった」という批判をも誘発させるものであった(17)。

だが、こうした過剰とも言える衒学的な言説編成が、読み手に対してある種の説得性を与え、一定の「真実味」を喚起しうるのもまた、前節で触れた量子コンピュータの台頭という九〇年代以降の情報環境の趨勢に拠るものであろう。『クォンタム・ファミリーズ』では、物語世界の存立機制は「計算」によって説明しつくされるという語りの信念がその中核を貫いているが、量子論的に拡散したネットワーク空間において、「計算」可能なものの外部を想定することはきわめて困難なものとなっている。それは、葦船家の家族関係に集約されるかたちで、端的に以下の引用部にまとめることができよう。

運命を受け入れるとは、過程を受け入れることでも結末を受け入れることでもなく、おそらくはその数学的な限界を受け入れるということなのだ。人間は数学には抵抗できない。そして抵抗しても意味がない。二かける二は断固四であり、それはドストエフスキーの時代もいまも変わらない。ぼくは、どの人生を選んだとしても、渚と友梨花と風子と理樹が作り出す四角形から決して逃れることができない。（家族Ⅲ）

いかなる行動・言動も「数学的な限界」のなかで「運命」づけられていることに対して、もはや往人は「抵抗」することを放棄している。ここに示されているのは、詰まるところ「人間は数学には抵抗できない」という諦念にほかならない。

しかし、そうした決定論的な世界認識のあり方は、結末（＝「物語外」）において変化を見せはじめることになる。

……ただ、ぼくがいま知っているのは、友梨花を愛するためにはこの堂々めぐりを断ち切らねばならないということだ。そしてそんな決意を、まるでもう無限の回数、無限の機会にわたり繰り返してきたような、そんな錯覚に捕らわれてかえっていま足が動かなくなっているということだ。（：i汐子）

「物語内」における葦船一族たちの「堂々めぐり」は、「物語外」と題された短いエピローグにおいて「断ち切ら」れることになる。ここには、「物語内」の「数学的な限界」を転覆させてしまうような別種の理路を読み取ることができよう。こうした階梯構造を意味づけるひとつの指標として、東は「ゲーム的リアリズム」という概念を打ち出している。(18) 東によれば、「ゲーム的リアリズム」とは「物語を複数化し、キャラクターの生を複数化し、死をリセット可能なものにしてしまう」ような表現形式であり、その土台は「ポストモダンの拡散した物語消費と、その拡散が生みだした構造のメタ物語性」に支えられたものであるという。

「物語内」で決定づけられた「運命」が「物語外」で覆されるという作劇のあり方に着目してみれば、確かに『クォンタム・ファミリーズ』には、東の言う「構造のメタ物語性」という解読格子を見いだすことができるだろう。実際、東自身もまた「物語内には並行世界がある」にもかかわらず「最終章だけは、その並行世界がたくさんある「物語」をまるごと外部から見た、また別の世界で記されていることになっている」ことを『クォンタム・ファミリーズ』読解の核心として強調していた[19]。しかし、東自身が述べるような「ゲーム的リアリズム」の単なる実践としてのみこの作品の批評的価値を位置づけてしまうと、そこに前述の量子テクノロジーが導入されていたことの意義は削ぎ落とされざるをえない。この点について、次節でさらに詳しく検討してみたい。

三　汐子は「存在」するか

「ゲーム的リアリズム」の理念によって『クォンタム・ファミリーズ』を読み解いてみたとき、それは半ば必然的に、作中の並行世界を統御するただひとつの「メタ物語」の審級が特権視されることになる。そうした読解のあり方は、いわゆる「ゼロ年代批評」の水脈において、あらゆる並行世界を経由しながらも、最終的には唯一の現実世界（＝「メタ物語」）へと回帰してしまう多くの「キャラクター」論の系譜と、明らかな共振関係を結んでいよう[20]。そこには、無数のありえたかもしれない並行世界を生きる「私」の「運命」を引き受けることで、逆説的にかけがえのないひとつの「生」を志向しようとする実存主義的な解釈の仕方が、多かれ少なかれ伏在していると言ってよい。

だが、量子力学的な世界観においては、そのような「物語外」と「物語内」の差異もまた、そもそも存在論的に等価なものとみなされていた。そのことを徴候的に示していたのが、冒頭近くにおける以下の場面である。

――もしもし。

ぼくはもういちど言った。
受話口の奥でかすかに音がした。
女性の声のように響いた。幽霊の声に似ていた。ぼくが幼いころに話題になった、レコードを逆回転させると聞こえるという幽霊の声に似ていた。(…)なぜか幽霊の声はとても近しく、懐かしく親しみのある声のように響いた。ぼくはその声を知っているはずだった。それもつい最近、耳にした声だった。(…)「電話を切ってと言っているの!」(父Ⅱ)

並行世界からのメールに導かれて往人が赴いたアリゾナの地で、突如として電話が鳴り響く。だが、ここでの電話の主の正体をつかむことは、結局のところ最後までできない。この「声」は、物語世界の解釈においてどのような意味を持っているのだろうか。

ここで、これまで本章のなかで半ば意図的に眼を向けて来なかった登場人物、汐子に着目してみたい。汐子は、先の運命論的な「四角形」に嵌まらない人物でありながら、同時に「物語外」において往人、友梨花と家族を構成していることから、「物語内」の秩序体系を超脱する「物語外」=「メタ物語」的な審級としてとらえることができるだろう。しかし、汐子という人物の造形は「物語外」においで初めて描かれるわけではない。むしろある瞬間、不意に現出するかたちで「物語内」にも書き込まれていたのである。

汐子のことは忘れて。(父Ⅱ)
彼女を汐子と名づけました。(娘Ⅲ)

……この世界を作り上げたのは、おそらく汐子です。（家族Ⅲ、太字原文）

娘の汐子は答えた。（ｉ汐子）

葦船夫妻の忌むべき烙印《スティグマ》として刻まれた死者としての汐子像は、童話の主人公や仮想インターフェースへと変転しつつ、徐々に物語世界への干渉の度合いを強めていく。そして「物語外」においては、ついにみずからの肉体を獲得することで、ひとつの居場所を持つにいたるのであった。[21] だが、そのような「寓話」的な読解に引きずられて、広義の「ファミリーロマンス」として『クォンタム・ファミリーズ』の物語を総括することは慎まねばならない。[22] そのような読解の枠組みは、結局のところ「メタ物語」の審級における救済を特権視することで、先述した「物語外」と「物語内」の非対称な関係のあり方を補完することにもなりかねないからである。もう一度「物語内」で提示されていた「計算」の理念を確認しておきたい。

往人がなにを質問したとしても、この世界ではそれらしい解答が用意されているだろう。あらゆる伏線は回収されて、物語はそれらしい結末を迎えるだろう。いかに現実が突拍子のないものに見えたとしても、そのすべてはどこかの水準で必ず解かれ線形化されるだろう。
そして、そのいずれの解答においても、往人の運命は変わらないままだろう。（家族Ⅲ）

「物語内」においては、各々のあらゆる行動に対して「それらしい解答」が用意されていた。したがって、そうした往人の「運命」は、幾重もの並行世界を彷徨しつつも、さしあたって最終的には、ただひとつの「メタ物語」＝「物語外」の水準において救済されたようにも見えるだろう。このような解釈には、先に見たようなメタ次元の「プレイヤー」視点を軸とした「ゲーム的リアリズム」の解読格子が色濃く反映されていることは言うまでもない。

だが、先にも見たように「物語内」と「物語外」を分かつ並行世界の位相差が、量子論的‐存在論的に等価なものとしてみなされるならば、そのような葦船一族の救済をめぐる「寓話」的な読解は再考を迫られることになる。そのような量子計算に支えられた新しい並行世界においては、登場人物たちの「生」のあり方もまた、前節で示したような「数学的な限界」とは別の回路によって意味づけられることになるからだ。たとえば、次の場面を参照したい。

> もしも文字が分解され複製の道具になり、紙のうえに定着することではじめて生きるのだとすれば、わたしたちもまた、肉体的な死を迎え、すべての量子計算が終わったときに、はじめて本当の生を与えられるのかもしれません。
>
> 物語として。
>
> あるいは方程式として。（娘Ⅲ）

「生」とは「物語」であり「方程式」である。『クォンタム・ファミリーズ』の物語世界においては、数学的な秩序体系が組み換わることで、そのたびごとに登場人物たちの存在論的なステータスが意味づけられなおす。結果として、「量子計算」の帰結としての「方程式」から析出される構造体としての汐子が、逆説的に「肉体的な死を迎え」た登場人物の「生」の体性感覚を呼び覚ますのである。風子が、汐子に対して過度な存在感を意識してしまうのは、こうしたところから理解されるだろう。(23)

> 汐子。
> それは風子が、二〇三六年のもうひとつの世界において、端末の安物のバンドルソフトから抽出しネットワークのデータベースと父の物語によって育てあげた、コミュニケーションを偽装するオープンソースの人格インターフェイスプログラム。ユーザーの設定どおりの声を発し、ユーザーが好むどおりの会話を設計し、ライブラリの遺伝的進化で個性を演出する単純なアルゴリズム。けれども風子にとっては、かけがえのない一回性を抱えた魂の依代。（家族Ⅰ）

「計算」可能なものの理念を限界まで突き詰めていくなかで、眼の前にあらわれない（＝〈いま・ここ〉に現前しない）ものこそが「かけがえのない一回性を抱えた魂の依代」として感得されてしまうことになる。別の場面において、風子は汐子の名前を思い浮かべることによって、その「新しい身体」に「微かな熱」（父Ⅳ＋娘Ⅳ）を帯びていた。ここには、前節で指摘した「物語外」において登場人物たちの「生」が取り戻されるための契機が、もとよりはじめから「物語内」に書き込まれていたことが明瞭に示されている。

量子力学的な世界観において「存在すること」の条件を考えるとき、それが〈いま・ここ〉における唯一の秩序体系に収斂されるものであるか否かは重要ではなかった。むしろ、ふとした瞬間「安物」の「単純なアルゴリズム」のなかに、ありありとした生命の息吹を感じ取ってしまうことがある。

だが、それを単に想像上の産物として切り捨ててしまってはならない。それは、はっきりとした「声」の感触を伴って、確かにこの現実世界の内側に生起したものであったからである。

西欧形而上学的な「存在」の概念を脅かし、現前するものの彼岸から招来される「声」を、東はJ・デリダの術語を借りて「来るべきもの＝幽霊」と名づけていた。東は、初の書籍となった『存在論的、郵便的――ジャック・デリダについて』において、論理形式の不完全性によって確定記述の訂正可能性が絶えず招き寄せられてしまうことを「幽霊」の比喩によって説明している。[24] そのような理論的前提を踏まえたとき、「この私」に取り憑く（非-）存在者としての「幽霊」の形象は、確かに『クォンタム・ファミリーズ』における汐子像と軌を一にしているものだと言えるだろう。

しかし、ここには『クォンタム・ファミリーズ』において量子テクノロジーが担った方法論的な意義が反映されていない。冒頭にも述べたように、九〇年代以降における量子テクノロジーの台頭に伴う情報環境の躍進に着目したとき、『クォンタム・ファミリーズ』には、並行世界のなかで拡散する「生」のあり方を、「構造のメタ物語性」を梃子とした「ゲーム的リアリズム」の理念とは別の角度から問いただしていくような思考の可能性を見いだすことができる。それはまた、不確実なここではないいどこかとしての並行世界に向けられたまなざしを、量子テクノロジーの実装化という状況論的な文脈を通して、内在的に逆照射する営みともなりえていよう。

その意味で、『クォンタム・ファミリーズ』における量子テクノロジーの仕様には、九〇年代以降の情報環境において顕在化した「偶有性の感覚」を、それまでの秩序体系とは異なる存在様式を認めるものとして再定位するための契機が埋め込まれていた。すなわち、それは幾多の可能世界を経由しつつも〈いま・ここ〉に逢着する「ゲーム的リアリズム」＝「キャラクター」論の見地から、複数的なネットワークの束に拡散する人びとの「生」の諸相を考察したときに、削ぎ落とされてしまう並行世界の存立機制を改めて掘り起こす試みでもあったのである。

おわりに

本章で見てきたように、並行世界の計算資源を借用することで成立する量子コンピュータは、何よりも〈いま・ここ〉の唯一性を無効化させてしまう意味作用を持つものであった。『クォンタム・ファミリーズ』を読解するうえで、少なくともそのような特異な舞台装置が導入されていたことの意義を無視することはできない。それは、九〇年代以降における情報環境の変動という社会的背景を考慮してみたとき、まぎれもなく確かなアクチュアリティを持ちえていたからである。

本章の冒頭にも引用した千田洋幸は、再帰的近代社会としてのゼロ年代初頭において「生の行き詰まりの感覚と、自己を支えてくれる小さな世界への執着が発生し、特にポップカルチャーの諸ジャンルにおいては、「世界の終わり」「時間／空間ループ」「転生」「パラレルワールド」を含む物語世界、「トラウマ」「解離」を負ったキャラクターへの想像力が発動する」ことを指摘している。[25] 先行する論考においてもまた、『クォンタム・ファミリーズ』はそのような「生の行き詰まりの感覚」を描いた「ポップカルチャー」的な「キャラクターへの想像力」の変奏《ヴァリエーション》として語られることが多かった。

だが、そのなかで問いなおすべきなのは、むしろそのような読解のアプローチを可能にさせた物語世界の仕掛けであろう。『クォンタム・ファミリーズ』では、コンピュータ・ネットワーク上に拡散する人びとのアイデンティティの揺らぎが、量子力学的な世界観の揺らぎと重ね合わされることで、同時代における〝並行世界もの〟の物語文化を突き抜けた確かな批評性を携えている。

「ゲーム的リアリズム」の理念に基づいた「キャラクター」論は、それが現前する古典物理学的な時空間表象への信頼を前提に置くかぎり、逆説的に〈いま・ここ〉の特権性を前提とせざるをえない。そのようなアポリアを回避するためには、前述の「偶有性の感覚」という概念自体を状況論的に問いなおす必要があるだろう。すなわち、九〇年代以降の時代精神としての「「私が私であること」の不確定性」をめぐる考察は、もとより人びとを救済するような「メタ物語」などありはしないという端的な事実を引き受けることから始められるよりほかないのである。

その意味で、SF小説としての『クォンタム・ファミリーズ』に持ち込まれた量子テクノロジーの学術的知見には、それまでの〈いま・ここ〉を唯一の基点とした「生」の諸相に対して、異なる存在様式のあり方を開示するような可能性が賭けられていたことが了解されよう。このような観点を踏まえたとき、『クォンタム・ファミリーズ』は、ゼロ年代の文化思潮におけるひとつの里程標として位置づけることができるはずである。[26]

〔注〕

（1）ここでは限られた紹介しかできないが、量子力学を援用した現代SF文学の系譜は、G・イーガン『宇宙消失』（山岸真訳、創元SF文庫、一九九九・八）をはじめとして、近年でも法月綸太郎『怪盗グリフィン対ラトウィッジ機関』（講談社、二〇一五・七）や、P・フォレスト『シュレーディンガーの猫を追って』（沢田直ほか訳、河出書房新社、二〇一七・六）など、ある程度持続的な流行現象を築き上げている。本章では、そのような系譜を前提としつつも、主にゼロ年代の文化思潮における『クォンタム・ファミリーズ』の批評的意義に焦点を絞って考察を展開した。

（2）ゼロ年代における〝並行世界もの〟の隆盛については、千田洋幸「パラレルワールドを超えて――二〇一〇年代文化の再構成――」（『日本文学』第六三巻四号、二〇一四・四）や押野武志「フラット化する文学」（『日本文学』第五七巻一号、二〇〇八・一）に詳しい。また、市川真人は「未来像を隠喩的に描くパラドックスを抱えながら量子力学や並行世界に近年人々の物語が惹きつけられたのは、物理的構造の多くは近代の延長線上にありつつ、概念が隠喩的構造を離れんとしている今日の必然的帰結だ」と指摘しており（「文学2・0――余が言文一致の未来」『日本2・0――思想地図βｖｏｌ．3』東浩紀編、ゲンロン、二〇一二・七）、本章の問題意識もまたこうした論点の延長線上に位置づけられるものである。

（3）九〇年代以降、コンピュータ・ネットワークをはじめとする電子メディアの興隆が、いかに人びとの感性の枠組みを変容させたかという問題系を扱った嚆矢としては、たとえば西垣通『聖なるヴァーチャル・リアリティ――情報システム社会論』（岩波書店、一九九五・一二）が挙げられるほか、近年では大黒岳彦『情報社会の〈哲学〉――グーグル・ビッグデータ・人工知能』（勁草書房、二〇一六・八）などでも主題的に論じられている。

（4）千田洋幸『ポップカルチャーの思想圏――文学との接続可能性あるいは不可能性』（おうふう、二〇一三・四。また、この点については本書の補論iiも併せて参照されたい。

（5）東浩紀ほか「東浩紀の11年間と哲学――『クォンタム・ファミリーズ』から『存在論的、郵便的』へ」『新潮』二〇一〇・七。

（6）たとえば、小林泰三『酔歩する男』（『玩具修理者』角川書店、一九九六・四）では、量子力学の学術的知見がホラー小説の舞台装置として導入されている。また、専門的な科学理論としての量子力学が、もとより近代合理主義的な価値規範と相容れない「未開の思考」に親和性を持つものであることについては、全卓樹『エキゾティックな量子――不可思議だけど意外に近しい量子のお話』（東京大学出版会、二〇一四・九）などに詳しい。

（7）森田邦久『量子力学の哲学――非実在性・非局所性・粒子と波の二重性』講談社現代新書、二〇一一・九。また、不確定性原理の認識論的な解釈と存在論的な解釈の二重性については、小澤正直「不確定性原理の新展開――古い解釈と新しい定式化」（『数理科学』第四三巻一〇号、二〇〇五・一〇）からも多くの教示を得た。

（8）ただし、それは近代天文学の領域において、必ずしも平板に馴らされた均質な自然科学的世界像が前提とされていたことを意味するわけではない。この点については、長尾伸一『複数世界の思想史』（名古屋大学出版会、二〇一五・二）に詳しい。

（9）小澤正直『量子と情報――量子の実在と不確定性原理』青土社、二〇一八・一一。

（10）細谷曉夫「認識の物理学としての量子力学と時空」『現代思想』第四〇巻一号、二〇一二・一。

（11）D・ドイッチュ、林一訳『世界の究極理論は存在するか――多宇宙理論から見た生命、進化、時間』朝日新聞社、一九九九・一〇。

（12）佐藤文隆『量子力学は世界を記述できるか』青土社、二〇一一・六。

（13）ここで『文藝』（一九九四・一二）における特集「可能世界トラヴェラー」を概観してみたい。監修を務めた三浦俊彦は、「ポシブル・ワールド入門（瞑想導入篇）可能世界は可能なのか」と題された巻頭言において、「哲学・論理学だけでなく他の分野でも、例えば素粒子の波動性を非確率的に解釈するために量子力学で、ビッグバン以前のインフレーションと物質の進化と生命誕生の奇跡を脱神秘化するために宇宙論で、現実以外の多数の諸宇宙の実在、というものが近年ますます科学的に要請されるようになっている」ことを強調している。この特集のなかでは、中沢新一「唯識論・多世界解釈・一般経済学」でも量子論的な多世界解釈が検討されているほか、和田純夫「量子物理学の可能世界」でも、量子力学は「ある一個の電子がここにあるという状態、別の所にあるという状態、さらに別のところにある状態、そういう様々な状態が同時に「共存」している」という「物質観が基本になる」と説かれている。こうした可能世界と物語文化の関係をめぐる考究を引き受けるかたちで、ゼロ年代初頭には並行世界や多重人格というモチーフにも改めて光が当てられることになった。詳細は、たとえば『ユリイカ』（第三二巻五号、二〇〇〇・四）における特集「多重人格と文学」所収の諸論を参照されたい。

(14) 東浩紀『ゆるく考える』河出書房新社、二〇一九・二。

(15) 絓秀実ほか「〇〇年代の可能世界」『述（近畿大学国際人文科学研究所紀要）』第四号、二〇一一・二。さらに、論旨の方向性は異なるものの、家族の「絆」や「血統」という問題系の延長線上に『クォンタム・ファミリーズ』読解の力点を置いた論考としては、法月綸太郎「東浩紀と「家系」の問題——東浩紀『クォンタム・ファミリーズ』」（『波』二〇一〇・一）や、飛浩隆「そして葦船は往く」（『ユリイカ』第四二巻六号、二〇一〇・五）がある。

(16) 大澤信亮『新世紀神曲』新潮社、二〇一三・五。さらに、栗原裕一郎「世界の終りと三五歳問題」（『文学界』二〇一〇・三）にも、量子テクノロジーは「現実と虚構を区別ができないというそれ自体はありきたりな命題にリアリティを与えるために導入されたガジェットであり、本質的にはあまり重要でない」という指摘がある。また、『クォンタム・ファミリーズ』の問題意識と同時代の文学作品との共振性については、安藤礼二「複製たちの廃墟——続・二〇一〇年代の批評と小説」（『文学界』二〇一〇・八）でも触れられている。

(17) 小川洋子「勇気の問題」『新潮』二〇一〇・七。

(18) 東浩紀『ゲーム的リアリズムの誕生——動物化するポストモダン2』講談社現代新書、二〇〇七・三。斎藤環は、その理論的な要諦を「作品の物語的主題ではなく、その構造」に着目することを通じて、「メタ物語的な読者／プレイヤーをいかにして物語のなかに引き込むか」を扱うための概念装置であったとまとめている（『関係の化学としての文学』新潮社、二〇〇九・四）。また、『クォンタム・

ファミリーズ』の創作にあたって、東がそのような物語世界の階梯構造を意識していたことについては、東浩紀「次のディケイドをはじめるために――『存在論的、郵便的』小説としてのQF」(『ユリイカ』第四二巻六号、二〇一〇・五)等からも確認できる。

(19)前出「東浩紀の11年間と哲学――『クォンタム・ファミリーズ』から『存在論的、郵便的』へ」。

(20)ゼロ年代以降における「キャラクター」論の動向については、たとえばさやわか『キャラの思考法――現代文化論のアップグレード』(青土社、二〇一五・一二)に詳しいが、ここでも広義の可能世界論との親和性が示唆されている。なお、このような発想の淵源に位置づけられるのが、柄谷行人による「単独性」の概念であろう。「私」が「ここにいる」という現実性は、あそこ(ここより他の場所)にいるかもしれないという可能性のなかではじめて在る」という「この私」の存立条件に関する柄谷の考究(『探究Ⅱ』講談社学術文庫、一九九四・四)は、まさしく九〇年代以降の文壇における〝並行世界もの〟の物語文化の隆盛を間接的に担保していたのであり、また同時にゼロ年代の文芸批評のあり方をも大きく規定していたと言えるだろう。

(21)以降の読解については、村上裕一『ゴーストの条件――クラウドを巡礼する想像力』(講談社、二〇一一・九)に大きな示唆を得た。

(22)『クォンタム・ファミリーズ』を「人生の寓話」として読み込もうとする解釈については、たとえば東典幸「東浩紀『クォンタム・ファミリーズ』――投瓶通信からのアプローチ」(『大阪大谷国文』第四一集、二〇一一・三)がある。

(23)ここで汐子という仮想インターフェースの身体表象をめぐって、その「物質」としての相貌が、従来の古典物理学とは違う仕方でとらえなおされているのは、昨今のフェミニズム・スタディーズの観点から見ても示唆的である。たとえば、いわゆる思弁的実在論(Speculative realism)の成果を踏まえつつ、R・シェルドンは「物質がまた、時に予期せぬ仕方で活動することは、フェミニズムの新しい唯物論の貢献であり、相関主義との相違である」と述べており(難波阿丹訳「形式/物質/コーラ――

オブジェクト指向存在論とフェミニズムの新しい唯物論」『現代思想』第四四巻一号、二〇一六・一）、性的身体の「物質」性を存在論的に再定位することを提案している。そのような視座を踏まえたとき、本章で示したような量子情報技術に支えられた「存在すること」自体の多元性をめぐる問いは、今日に確かなアクチュアリティを持つものであったことが了解されるはずである。

(24)　東浩紀『存在論的、郵便的――ジャック・デリダについて』新潮社、一九九八・一〇。

(25)　前出「パラレルワールドを超えて――二〇一〇年代文化の再構成――」。

(26)　大西永昭は、「二〇〇〇年前後に発表されたゲーム性を備えたメディア作品がメタフィクション的な多重構造作品として表現されることへの関心から出発した東は、自身の小説ではその審級の多重構造という設定を最初から物語内容に取り入れ、複数化した可能世界を描くSF小説を書きあげた」と述べたうえで「『クォンタム・ファミリーズ』の並行世界は、自らゼロ年代の文学表現を体現しようとすることで描かれた表現だったといえる」と指摘している（「高橋源一郎とゼロ年代の小説――「悪」と戦う」試論――」『近代文学試論』第四九号、二〇一一・一二）。だが、作中における量子情報技術の意義を踏まえたとき、『クォンタム・ファミリーズ』の重要性は「ゼロ年代の文学表現」の「体現」ではなく、むしろそのような文化思潮のあり方に対する〝抵抗〟の可能性にこそあったと言えるのではないだろうか。

※本章において引用した本文は、『クォンタム・ファミリーズ』（河出文庫、二〇一三・二）に拠る。

補論ii　自己言及とは別の仕方で
——円城塔『Self-Reference ENGINE』と複雑系科学

はじめに

二〇世紀の半ば以降、ビッグバン理論を経て万物始源の謎を追っていた宇宙物理学の領域に、ひとつの疑問が挿し込まれた。一体なぜ、この宇宙はこれほどまで絶妙に調和しているのか。俗に言う「ファイン・チューニング」と呼ばれる奇跡的なバランスのなかで、私たちは幸運にも「この宇宙」に生を受けることができた。このような生命誕生をめぐる神秘を解き明かすために、物理学者たちは驚くべき結論を導き出す。

いわく、宇宙はこの宇宙ひとつではない。私たちの住む宇宙の外側には、無数の宇宙が泡のように生起しつづけている。したがって、この宇宙がまるで私たちのために拵えられたかのように感じる私たちの直観は、無限に生起する宇宙空間のなかではきわめて自然なことなのである——。

もっとも、こうした二〇世紀後半の理論物理学が導いた最大のパラダイム・チェンジとも言える多元宇宙仮説は、物語文化の領域に眼を転じてみれば、とりわけ革新的な発想ではないようにも見える。無限に拡散する宇宙に、あてどない「私」の存在を重ね合わせようとする企ては、古くからある文学的モチーフとして、ひとつの系譜をたどることも可能であろう。ならば、そこから編み出されるＳＦ的な想像力もまた、単純に複数的な「私」という主題《テーマ》へと回収されてしまうのだろうか。

本章では、多元宇宙という時空間表象のあり方が、私たちの思考の枠組みにもたらした衝撃の深度について考察するために、現代文学とＳＦの両端を架橋する作家、円城塔の初となる長編小説『Self-Reference ENGINE』を読み解いてみたい。『Self-Reference ENGINE』において、物語世界は無数に関係づけられた宇宙の連鎖によって構成されており、それらは相互に循環・生成を繰り返すひとつの有機的なシステムとして見立てられている。そのような物語世界においては、かけがえのない「私」という人格像もまた、分裂と統合を繰り返しながら存在論的な揺らぎを含んでいかざるをえない。

補論ｉでも見たように、千田洋幸は九〇年代以降の日本の物語文化において、ポップカルチャーの領域を中心として、いわゆる〝並行世界もの〟の作風が多く台頭してきたことを指摘している。[1]千田によれば、そのような現実世界の異なる相貌に対する関心の高まりは、「「私が私であること」の不確定性」といった九〇年代以降に特有の「偶有性の感覚」と呼応するものであるという。[2]

千田の見立てに従うならば、そのようなあやふやな「私」に対するまなざしが、同時期に隆盛した「セカイ系」と呼ばれる物語文化の潮流と密接に関係づけられるものであることもまた領けるだろう。肥大化した自意識を、外的世界の命運と無媒介に縫合してしまう「セカイ系」的な感性のあり方が、ゼロ年代前後の文化思潮に固有のムーヴメントを形成していたのだとすれば、二〇〇七年に刊行された『Self-Reference ENGINE』もまた、ゼロ年代という時代精神を映し出すひとつの典型として受け取られたとしても不思議ではない。

だが、そのような「この私」の特権性を描いてきた「セカイ系」の潮流に、『Self-Reference ENGINE』における「私」の記述作法を収斂させることができるだろうか。そこには、ありえたかもしれない可能世界（＝並行世界）に向けられた方法意識とは、全く異質の問題系が胚胎されているのではないだろうか。

本章で焦点を当てるのは、『Self-Reference ENGINE』に描かれる「私」の生成変化である。後述するように、作中において「私」が「私」であるという同一性への信頼は、物語世界の絶え間ない反復の連鎖によって瓦解してしまうことになる。そこでは、言わば自己表象としての「私」を語るための記述作法を、根本的に転回させてしまうような思考の可能性が問われているのである。本章では、こうした論点を軸として、多元宇宙のなかの「私」という視座が引き起こすジャンル横断的な想像力の射程を考察してみたい。[3]

一　「私」語りの作法

作中の一節の引用からはじめよう。「我々の宇宙自体が、宇宙構造がかつてからそうあったかのように偽装して生まれた、生成消滅を繰り返す泡のようなものである」（03:A to Z theory）。これは、現代物理学の領域において八〇年代以降大きく注目されることとなったインフレーション宇宙論――すなわち、原初の宇宙が膨張作用を起こすことで、以降あらゆる宇宙が入れ子状に無数の発芽プロセスをたどっていったとする仮説――の着想に根ざした宇宙創成の比喩である。[4]私たちの生きる宇宙空間の複数性をも示唆するようなこの仮説は、『Self-Reference ENGINE』の物語世界の根幹をなすものである。

また同時に『Self-Reference ENGINE』の結末部には、「お話は整列可能集合ではな」く、「どんなお話の間にも無数のお話が入り込んでいる」（エピローグ：Self-Reference ENGINE）という一文が記されている。「絡まりに絡まりあった時間線」において展開される「お話」のいずれかが「そのはじまりの時間に繋がってい」（プロローグ:Writing）るような円環の体系は、ちょうど冒頭部からあらゆる物語が「全ての可能な文字列」（同）に過ぎないことが示唆されているように、明らかに小説内で小説そのものの仕組みを考えるための自己言及的な視座を導入することを促している。

そのような特性は、自己表象としての「私」を語るための話法ともまた親和的に結びつく。なぜなら、自己表象としての「私」を内省的に語ろうとすれば、その最終的な根拠を担保するような審級が「私」のなかに内在しない以上、それは永遠につづく自己言及の連鎖という罠に嵌まり込んでしまわざるをえないからである。すなわち、あらゆる「私」語りは、語られる「私」に組み込まれない特権的な外部を想定せざるをえないにもかかわらず、この循環性を断ち切るメタ・レヴェルの階層を、「私」の内側において問うことは許されないというジレンマを抱え込んでいるのである。

こうした「私」を語るときに陥ってしまう不可避的なジレンマは、主に情報理論の領域でフレーム問題と称されるものと通底している。ある状況において任意の決断がなされる際、必ずその外枠に隠された前提（フレーム）を想定せざるをえないというアポリアは、与えられた指示の意味内容を適切に決定づけるような判定基準を事前に措定することができないという点で、確かに自己言及の形式と重なり合う面を持っている。

そのような前提をもとに、自己言及あるいはフレーム問題の仕様を、言語そのものに胚胎される意味論的な規範の水準において、抜本的に再検討するための総合理論を築き上げたのが中村三春『フィクションの機構』（ひつじ書房、一九九四・六）である。中村はここで、近代小説における言語機構を「他の言語使用全般を相対化する機能を有した特権的なジャンルとして見なす」ことで、「自己言及的な認知のプロセスにおいて、システムの変化を帰結する」ような「〈オートポイエーシス・システム〉〔システムという統一体そのものが当のシステム自身によって産出されるような仕組みのこと――引用者注〕と連動させたフレーム理論の文芸学」への考察を展開している。[5]

　近代日本文学の系譜において、中村がそのような「フレーム理論の文芸学」の象徴的な事例として挙げているのは、「アヴァンギャルド文芸やメタフィクション、ひいては小説ジャンル一般」であり、ここでは「ジャンルのフレームそのものを自己言及的な関連づけのなかに明示的に置くことによって、ジャンルの法則を相対化し、読者のフレームを炙り出し、変形・否定・更新などの組み替えを迫るようなテクストが数多く存在する」ことが指摘されている。[6] すなわち、「自己言及システムの文芸学」という言葉に集約される中村の試みとは、小説言語の原理的な特質（＝メタ言語性）を逆手に取ることによって、広く認知意味論の文脈において自己言及の問題を再考するための壮大な構想であったと言えるだろう。

　だが、仮にそのような「文芸学」の構築によって、フレーム理論と近代小説の言語機構とのあいだに一種の交点が生まれうるとしても、もちろん依然として「私」の根拠を問う自己言及的な内省が、端的に意味を持たなくなるわけではない。事実、今日の文壇においてもなお、「私とは何か」という古くて新しい問いを軸とした葛藤は、かたちを変えつつも繰り返し反復されつづけている。[7] ならば、さまざまな破綻の可能性を抱えながらも、なお拘りつづけざるをえない「私」の語り方をめぐるパラドクスは、どのように記述されうるものだろうか。

ひとつの鍵となるのは、自己言及の回路そのものを「私」という造形が成立するための機能のひとつとして据えなおすことで、「私」の内部構造を外部世界とのアナロジーによって把捉させるような視点の導入である。N・ルーマンが指摘するように、そもそも超越的な外部が想定されない「自己言及システムは、循環性を基礎的必然として受け入れる」ことを可能にするものであった。[8] ゆえに、そのようなシステムが成り立つための方法論的な土台自体を記述することは、先述の「私」語りがはらんでいるジレンマを肯定するためのひとつの契機となりえるはずである。

ここまでの論旨をまとめておこう。あらゆる物語世界のなかで登場人物たちが「私」の根拠を語ろうとするとき、それは必然的に自己言及の形式を取らざるをえない。[9] そして同時に、『Self-Reference ENGINE』においては、登場人物たちを包み込んでいる物語世界もまた、広義の自己言及システムによって構築されるものであった。ここには、物語世界の生成原理と「私」の記述作法とのあいだに、一種の相同関係を読み取ることができる。

この相同関係にこそ、従来の自己言及の形式が抱え込まざるをえなかった閉鎖的な隘路を、先述したフレーム問題の外部へと解放するための引き金が埋め込まれている。その具体的なアプローチについては次節以降で検討することとして、本節では作中に導入されている方法意識の前提をもう少し確認しておこう。

先に現代物理学の領域における多元宇宙論について簡単に触れたが、ある宇宙が当の宇宙自身を析出するような運動のあり方は、作中において「セル・オートマトン」という計算モデルの事例によってあらわされている。[10]「勝手に自分複製しては増えていく機械の基礎理論」(06:Tome) としての「自己増殖オートマトン」――あるいはそこから逆説的に導かれる「自己消失オートマトン」――の謂いは、たとえば次のような説明にも見いだされるだろう。

無数の宇宙を新造するのに、無限の情報量は必要ではなかった。それがこいつの言いたいことだ。平面に白と黒のタイルを並べるだけでも、そこには組み合わせ的に無限のパターンが現れうる。非周期的にしか並べられないタイルとなれば周期構造は決して出現しないのだから、本当に無限のパターンが登場するだろう。(05:Event)

ここで述べられているのは、まさに有限の周期構造から無限のパターンを産み出そうとする「自己増殖」的な所作である。こうした生成プログラムによる万物の起動条件は、たとえば複雑系科学の言葉を借りるならば、多元宇宙というマクロな自然科学的世界像を、ミクロな生命モデルの「協同現象」の産物としてみなす「自己組織化パラダイム」のヴィジョンと相即するものだと考えられよう。[11]宇宙と人間の両端にまたがる「自己組織化」の理念――すなわち、生命モデルを含めたあらゆる生成変化の仕方を、システム理論に依拠した広範なダイナミクスのなかでとらえようとする立場――は、今日の自然科学と人文科学を切り結ぶグランド・セオリーの一端を築き上げている。

こうした「自己組織化」の過程に、先述した「私」をめぐる問題系が包摂されうるとすれば、そこに繰り込まれた自己言及の形式もまた、「私」語りに内在する葛藤とは別種の理路によって語り起こすことが可能となるのではないだろうか。次節では、そうした視座を踏まえつつ、『Self-Reference

ENGINE』の具体的な作品分析に移ってみたい。

二　生成変化する「私」へ

『Self-Reference ENGINE』は、線条的な方向性を持った時間表象が機能不全を起こすことで、時間を「凍りつかせ」(プロローグ:Writing)てしまうような特異点(=「イベント」)についての説明から幕を開ける。もとより、線形に秩序づけられた時間概念が存在しない以上、「イベントの瞬間には無数の宇宙が、まるで昔からそうであったかのように、瞬時に生成され」(05:Event)、かつその内実は無数に書き換えられてしまうことが、物語の冒頭において徴候的に示されることになる。

この小説作品において、「私とは何か」という問いがうまく実を結ばないのは、そのようにして編成された「イベント」後の多元宇宙のなかで、「私」の心理的記憶そのものが別世界の「私」と不可避的に混交してしまうからである。たとえば、登場人物のひとりジェイムスは、彼が聞いた台詞がいつ話されたのかについて決して思い出すことができないものの、それは確かに別の宇宙で敷島という人物が聞いた台詞と正確に対応していた。

「この現象に対する理解度は、私たちもあなたがたもあまり変わりがないのです。無限で割られた有限の数、すなわち零という意味において」

それはさっきも聞いた台詞だと抗弁しかけるが、さっきがいつのさっきなのかが思い出せない。(10:Daemon)

「イベント」によって孤立した断片宇宙が再縫合された物語世界においては、ふとした瞬間に、異なる宇宙に暮らす「私」の意識が嵌入されてしまうことになる。そのようにして際限なく拡散する「私」の様相からは、たとえば「私」が「「ここにいる」という現実性は、あそこ（ここより他の場所）にいるかもしれないという可能性のなかではじめて在る」という、柄谷行人による「単独性」の議論がただちに想起されるだろう。[12]「こうではなかったかもしれない私」という反実仮想こそが「この私」という虚像を根拠づけていくという逆説は、まさに「私とは何か」という問いを成立させることを可能にするものであった。それは、作中においては以下の場面に象徴的にあらわれている。

> その奔流の中にあって、それでも首尾一貫性の回復を試みる巨大知性体との行動は、多分こうまとめるしかない。
>
> ジェイムスはジェイムスでいたい。
>
> このジェイムスがジェイムスではないならば、ジェイムスにそう思わせているものを見つけ出したい。それは白紙への抗弁なのかもわからない。かつて動物に仮託して想像され、子供の中に夢見られていた、白紙《タブラ・ラサ》への抵抗だ。白紙と呼ぶことすら適当とは言いがたい、ただの透明、あるいは真空への申し立てだ。真空ですらない、ただそのままの宇宙への、最早宇宙とすら呼びがたい素体への、無すら存在しない無への憤りだ。（同）

「私」の根拠を問う終わりなき自己言及は、絶えざる過去の改変において「無数に繰り返されてきた」（同）ものであった。それでもなお、「ジェイムスはジェイムスでいたい」という「この私」に対する確かな情念を、「白紙《タブラ・ラサ》への抵抗」というロマンティシズムの精神と貼り合わせてみれば、そこには「私」の揺るぎない「主体」性を梃子とした実存的な解釈コードが見いだされることになる。だが同時に、前節で見た『Self-Reference ENGINE』における物語世界の存立機制が、そのような確固たる強度を持つ「私」に綻びを生じさせるものであったことを踏まえてみれば、この小説作品における登場人物たちの統合的な人格像は、そもそもはじめから考察できないものであったことにも気づかされるはずである。[13]

実際、登場人物たちは「私」の造形を、きわめて柔軟で可変的なものとしてとらえていたことに注意しておきたい。たとえば、第六章の「僕」は、意識のなかに混入する別世界の「僕」との交わりのなかで、「自分は誰であるべきなのか」(06:Tome、傍点引用者)を考えつづける存在として記述されている。ここにおいて、〈いま・ここ〉に屹立する「私」の根拠を問うことは、「この私」という特権的な自己表象を導くための前提条件としてみなされるものではなく、むしろそのような「私」の造形自体が弾力的に生成変化する運動体としてとらえられていることが窺われよう。[14]

もちろん、「私」という統合的な主体のあり方がそれほど確固たるものではなく、ある瞬間に異形の姿へと転化するものであるという変異《メタモルフォーシス》のモチーフは、古くから物語文化のなかに導入されていたことである。しかし『Self-Reference ENGINE』では、そのような生成変化する「私」の諸相を正面から描くのではなく、それまでの「私」の同一性を根拠づけていた問いの形式をも変質させるような創発的原理——作中において、たとえばそれは「自分たちの処理能力をもってしても解体できないパズル」(02:Box)という表現で示されている——が、作中における「私」の根拠を語るための骨格として据えられている。こうした「私」語りの方法論的な転回を踏まえたとき、『Self-Reference

ENGINE』に描かれる「私」の生成変化もまた、その哲学的な射程を再検討することができるのではないだろうか。

ここで着目したいのが、作中において物語世界と人間たちの関係を「進化」(10:Daemon)という言葉で括った以下のモノローグである。

これはとても奇妙な進化の過程なのだと、ジェイムスはユグドラシルの細い背中を見つめながら思う。人間も巨大知性体も、巻き戻されては書きなおされ、先送りされては記述され、そのたびに何らかの意味で超時間的変化を蓄積させていく種類の、これは進化なのだ。その果てにあるのは、時空を再統一する何者かであるのかもわからない。そういった考え方とは全く無縁な、異質のものであるのかもしれない。(同)

絶えず書き換えられてしまう時間の流れに翻弄される人間たちの命運が、ここにおいて「進化」という生態学的な語彙によって説明されることになる。こうした生命現象にかかわる独特の世界観が指し示すのは、前節でも見たように、ほかならぬ「私」という自己表象が成立するための条件もまた、広く「私」が「私」自身を創出する「自己組織化」の理念に導かれたものであるという、徹底的に汎用化されたシステム理論の発想にほかならない。作中の言葉を使うならば、「生命進化のランドスケープ」――すなわち「自然に発生したものたちが、群れ転がって行進し、相互に相互を計算しながら、雪崩をうって転落していく谷間」(08:Travelling)のなかで出来する「私」の形象は、統一されざるこの小説作品の中核を確かに貫いている。

実際『Self-Reference ENGINE』では、物語世界そのものが「無数に存在する宇宙を自在に演算する無数の巨大地生体の群」(10:Daemon)として描かれており、明らかに生命工学的なディスクールがその全体を覆っている。ならば、その秩序体系を支える理論的な枠組みもまた、広義の自己言及システムによって説明することができるはずだろう。(15) ここにおいて、「自己組織化」の理念からオートポイエーシス・システムにいたる複雑系科学のさまざまな方法意識の展開は、単なるSF的な装飾としての意味合いを超えて、生成変化する「私」のあり方を記述するための思考装置としての役割をも果たすことになる。(16)

作中における多元宇宙の姿かたちを、生成変化しつづける「私」の精巧な写像としてみなすならば、「私」/「生命」/「宇宙」というトリニティを、ともに「自己組織化」という相似的なスケールのなかに位置づけることが可能となるだろう。次節では、そのような多元宇宙と「私」語りの相同性が切りひらいた文学的想像力の地平について、さらなる分析と考察を深めてみたい。

三　生命モデルとしての多元宇宙

第一節でも引用したように、『Self-Reference ENGINE』の物語世界は「どんなお話の間にも無数のお話が入り込んでいる」ものとして記述されていた。そのような物語世界の存立構造を、ひとつの巨大な生態系の隠喩《メタファー》として見立ててみれば、この作品においては、あらかじめ定められた完成系を持たないままに「私」が「私」を産出するようなオートポイエティックな生命機構が、物語世界の全編を統率するような強力な概念モデルとなっていたことが了解されるだろう。

こうした生命工学の学術的知見をひとつの手がかりとして、改めて物語内の「私」を記述するための話法をたどりなおしてみよう。その際に重要な補助線となるのが、オートポイエーシス・システムのはたらきに欠かすことのできない作動要因として、細胞生態学者のH・マトゥラーナとF・ヴァレラが掲げた「攪乱（irritation）」の概念である。[17] いわく、オートポイエーシス・システムは、任意の閉域を形成するにあたって、既存のシステムを構成する要素の内外がくっきりと分割されていくことになる。この外的環境と内的自己のはざまに、互いに決定性を持たないような影響関係が生じることで、外部と内部の双方に革新の可能性が生まれていくのである。

人間の自意識が自律的に生成変化していく存在であるとして、それが各々の内的な運動によってあらかじめ組織化されたものなのか、あるいは外的な環境との相互浸透によって「攪乱」された結果によるものなのか、本質的に区別することはできない。作中においてそれは、巨大知性体ペンテコステⅡの崩壊に伴い、「イベント後の第五世代」に属する「私」が思い描いた次のような思考実験に示されている。

　クローンをめぐる自己同一性に関する議論は繰り返すにも物憂い。しかも記憶までを含めて自在に加工が可能となると、問題は拡散しきってしまって、いちいち取り上げようにも無力感の方が先にたつ。ある朝目覚めてみると甲虫であり、甲虫自身が発生以来のただの甲虫として自己を認めている場合に、何の問題が起こるというのか。巨大知性体の操作能力は、既にそうした領域にまで達していた。（16:Sacra）

ある「甲虫」が自身を「甲虫」であるとみなすとき、その判断が元々の「甲虫」自身によってもたらされたものなのか、あるいは何らかの外的環境の変化によって「攪乱」されて生じたものなのかを問うことに意味はない。それは、「甲虫」が「私」の問題にすり替わってもまた同様である。宇宙が無限に反復を繰り返し、その都度過去が分岐しつづける作中の世界観においては、「私」が「私」であるという揺るぎない確信の明証性そのものが失効してしまわざるをえないからである。[18]

『Self-Reference ENGINE』の物語世界は、決して永遠不変ではなく連続的に書き換えられるものであり、それがその都度「私」という存在のあり方を基礎づけていく。そうした絶えざる「進化」のなかに胚胎される「この私」の内実が、つねにすでに自律的に更新されるものである以上、ある一点において発せられる「私とは何か」という問いもまた、原理的に答えられるはずがない。作中において、それは「魂」の「憑依」をめぐる以下の場面に寓意的に書き込まれている。

> 人魂に狐魂が憑依して新たな魂が出現する。この足し算の結果を、狐がとり憑いたと表現するのは自由だが、そこから何かを取り去ってみて、引き算されたのが以前と同じ狐であるのかには不明とする余地がある。二と三を足して五を得たとして、分離の結果は一と四でも構わない。憑依現象が時に事前と事後の人格の豹変を引き起こすことは、魂においてその種の演算が行われていることを示唆している。（同）

「私」の同一性をあらかじめ措定することは――ちょうど、四則演算の前後で「狐」が同一の「狐」へと再帰する保証がないように――できない。少なくとも、作中の巨大知性体たちは「魂」の様態をそのようにとらえていた。こうした「私」についての見方は、先に触れた「私」の唯一性をめぐる議論そのものを崩壊させてしまうことにもなるだろう。なぜなら、先述したようなかけがえのない「私」という造形は、「私」が「私」であるという確信の定立が、「この宇宙」の「この私」だけに生じた唯一のものであるという前提によって初めて成り立つものだったからである。

ただし、そのようにして既存の「私」らしさの一切が消えてしまったからといって、それはただちに相対主義的な虚無感へと帰着するわけではない。たとえば、作中で第一七章のリタは、無限に似通ったどの「私」とも異なった「この私」の唯一性を確かめるために、むしろ「違ったものになろうと」(17:Infinity)していた。こうした「私」自身への生成変化を促すような思考の可能性は、最終章においてより洗練されたかたちで示されている。

> 老人はそう言うが、このジェイはリタに惚れていたジェイムスではない。そのジェイムスはどこかあっちの方へ行ってしまって、このジェイムスは僕に銃弾を撃ち込んだリタに憤慨し続けている方のジェイなのだ。そんなジェイにリタを追いかける理由など、全然全く皆目天地神明に誓って存在しない。(20:Return)

リチャードが名指すこのジェイムスは、ここで冒頭にも登場した「ジェイ」へと呼称が変貌する。しかし、それはジェイムスがジェイムスであること自体を否定するわけではなかった。引用のつづきを見てみよう。

僕の頬を伝っていくこの液体は、喜びとだけ呼ばれ、知られている非物質だ。
おかえり。ジェイムス。
そのままこちらのジェイムスを引きずって、駐車場へ辿りつく。後部座席のドアを開けて、ジェイムスの尻を蹴りこむ。(同)

リチャードが「おかえり」と呟いたジェイムスは、すでにリチャードが見知っていたこのジェイムスではない。しかし、ここでリチャードは、もはやジェイムスとジェイの違いを問題にしてはいない。ジェイムスがこのジェイムスではないとしても——「ジェイ」であろうと「ムスムス」であろうと——、そのようなジェイムスらしさを問う観点自体がそもそも消失しているのである。

したがって、「ジェイムスはジェイムスでいたい」というモノローグに、一種の実存的な「主体」のあり方を読み込んだ前節の解釈コードもまた、再考を要することになるだろう。すでに見たように、ジェイムスがこのジェイムスとしてみなされることの根拠は、物語世界のなかで決して確証されることがなかった。ジェイムスはそれを分かっていたからこそ、あるがままに「ジェイ」への変貌を肯定するのである。

ここに示されているのは、ジェイムスがジェイムスであろうとするのではなく、ジェイムスがジェイムスになろうとするオートポイエティックな生成の力学にほかならない。すなわち、あるがままに絶えず変わりつづける「私」の様相が、生命現象をモデルとした物語世界の運動に準拠したものとして記述されているのである[19]。

オートポイエーシス・システムの作動によって、思いもかけずかけがえのない「私」が産出されるという生成変化のプロセスを描き出すこと。結果的にそれは、自己言及の形式とは異なる方略による「私」語りを導くものとして、多元宇宙の存立構造を意味づけることにもつながるものである。ここにおいて、「私」が「私」であることをめぐる内省の閉域はおのずから裂開し、その記述作法のあり方自体がすぐれた批評営為として照らし返されるのである。

以上の論旨をまとめよう。『Self-Reference ENGINE』において、「私」の同一性の基盤をも失効させてしまうような物語世界の仕様は、従来の「私」語りの根拠へと向かう問いの形式を迂回し、つねにすでに生成変化する途上としての「私」の水準へと思考の定位をずらそうとするものであった。そこに包まれているのは、言わば自己言及《Self-reference》とは別の仕方によって、「私」という認識論的なフレームの臨界点を肯定的にとらえなおすような方法意識の可能性だったのである。

おわりに

『Self-Reference ENGINE』は、一見したところ〝並行世界もの〟から「セカイ系」につらなるゼロ年代の物語文化のなかに、その小説技巧が還元されるものであるように見える。だが、本章で検討してきたように、「私」語りのパラドクスを肯定的に記述することによって、「この私」という思考の強度を揺さぶる小説作品の相貌は、「私」の外部を問うことなく自意識の問題系に拘泥しがちであった「セカイ系」的な感性のあり方に対して、確かな批評的視座を持ちえていたのではないだろうか。[20]

多元宇宙の存立構造を、自己言及の形式に内包される隘路から「私」を解放する突破口として読み換えてみることは、さまざまな複雑系科学の学術的知見を、言語の認知意味論の水準ではなく、より具体的に「私」語りの主題系のなかに導入することを可能にさせるだろう。[21] とりわけ、現代社会のさまざまな構成要素もまた、広義のオートポイエティックな自己言及性を胚胎させているという議論が活発化しつつある今日において、自己表象としての「私」を語る仕組みを再検討してみることは、それ自体が多様な「知」の領域へと接続しうるような潜在性をはらんでいることは疑いない。[22]

「私とは何か」という内省のあり方を直接的に問うのではなく、むしろ「私とは何か」という問いについていかなる応答の仕方がありうるのかという文芸様式の水準に焦点を当ててみること。『Self-Reference ENGINE』は、そのような戦略性のもとで「私」と宇宙空間をめぐる生態学的なアナロジーを描くことによって、「私」語りについての話法の拡張を試みた比類なき「文学」の達成として評価することができるだろう。[23]

［注］

（1）千田洋幸「パラレルワールドを超えて――二〇一〇年代文化の再構成――」『日本文学』第六三巻四号、二〇一四・四。

（2）千田洋幸『ポップカルチャーの思想圏――文学との接続可能性あるいは不可能性』おうふう、二〇一三・四。

（3）現代物理学における多元宇宙論や多世界解釈の成果が、従来唯一のものとされた「この現実」（ならびに、それと対応する物語世界のリアリズム）にかかわる私たちの考え方に決定的な影響を与えるものであったことは、主に虚構理論の領域で多くの指摘がある。直近では、三浦俊彦「思考実験と虚構世界、仮想世界、可能世界」（『非在の場を拓く――文学が紡ぐ科学の歴史』中村靖子編、春風社、二〇一九・二）が示唆に富んだ考察を展開している。本章では、その思想的意義を別の角度――すなわち、自己表象としての「私」語りの革新という観点からとらえなおすことを目的としている。

（4）多元宇宙仮説の詳細については、ミチオ・カク『パラレルワールド――11次元の宇宙から超空間へ』（斎藤隆央訳、日本放送出版協会、二〇〇六・一）を参照した。また『Self-Reference ENGINE』の物語構造の特性については、波戸岡景太『コンテンツ批評に未来はあるか』（水声社、二〇一一・一一）にも部分的な指摘がある。

（5）中村三春『フィクションの機構』ひつじ書房、一九九四・六。また、青柳悦子も「現代の**自己言及的文学**の重要な機能は、論理上、言語上、文学上、ジャンル上の暗黙の約束事を意識化し、かつそれを、転覆してみせることにある」と指摘している（『ワードマップ現代文学理論――テクスト・読み・世界』土田知則ほか編、新曜社、一九九六・一一、太字原文）。

（6）前出『フィクションの機構』。あるいは、論旨の方向性は大きく異なっているものの、安藤宏『近代小説の表現機構』（岩波書店、二〇一二・三）や『「私」をつくる――近代小説の試み』（岩波新書、二〇一五・一一）においても、近代小説の系譜においてたびたび主題化されていた、かけがえのない「私」を描くことが「私」を見失ってしまうことと表裏一体であることについての二律背反が詳細に考究されている。

（7）こうした強引な括りにはもちろん無理があるが、たとえば伊藤氏貴は、ゼロ年代の文芸思潮において「「近代的自我」を獲得するための作家たちの闘いは時代遅れのものに思える」と述べながらも、「しかし一方で、〈ほんとうの私〉を探すことに躍起になっている人間、また〈ほんとうの私〉を語りたいと思う人間はいやましに増えているのではないか」と述べている（「自我からの逃走――現代文学における〈私〉とは」『文学界』二〇〇七・四）。

（8）N・ルーマン、土方透ほか訳『自己言及性について』ちくま学芸文庫、二〇一六・五。

（9）このような再帰性をめぐる諸問題は、自然科学一般の方法論にかかわるものとしてとらえることもできる。郡司ペギオ幸夫は、再帰構造を持つ秩序体系とその「外部」をそれぞれ「モノ」／「コト」の対立概念で図式化したうえで「それは、一見すると境界条件の指定（コトにおける収縮〜指定）とみなせるが、統一体をもたらすミクロな運動を実現する境界条件のみが、予定調和的に統一体によって指定され、双対性を壊すものの関与を許さない」ために、「指定可能な統一体＝システム（モノ）を脅かすコトは許容されない意味で、コト性は排除されてしまう」と述べている（『生命、微動だにせず――人工知能を凌駕する生命』青土社、二〇一八・二）。ここで郡司は、さまざまに試みられてきた秩序体系の「外部」への逸脱の運動が、いずれも真の意味での逸脱（＝二項関係としての「双対性」自体を根源的に壊すような「外部」への導引）にはなりえていないことを論じており、既存の自然科学的世界像を確保したままに「自己言及のパラドックス」を内破することの不可能性を指摘している。この点については、本書の終章も併せて参照されたい。

（10）自己表象のあり方を、巨大なセル・オートマトンの計算結果であるとみなす発想については、たとえば郡司ペギオ幸夫『生命壱号――おそろしく単純な生命モデル』（青土社、二〇一〇・七）などを参照した。郡司によれば、セル・オートマトンにおける運動の始点を自己表象のモデルとして見立てたとき、その生成原理はア・プリオリな存在のあり方を必要条件とするものではなく、むしろ「不在」の反転として了解できるものである。それは、本章の後半で論じるような、思いもかけずかけがえのない「私」が析出されるまでの作動要因にもまた、一貫した見通しを与えるものと考えられる。

（11）E・ヤンツ、芹沢高志ほか訳『自己組織化する宇宙――自然・生命・社会の創発的パラダイム』工作舎、一九八六・九。

（12）柄谷行人『探究Ⅱ』講談社学術文庫、一九九四・四。

（13）たとえば、異なる断章をまたいで登場する人物が、はたして同一人物であるか否かという問いは、この作品においてはそもそも意味をなさない。作中における第四章と第六章の「トメさん」は、たとえ等しい記憶と等しい身体を保持するもの同士であったとしても、それは両者の同一性を保証するわけではないからである。通常、形而上学的な意味での同一性とは、「一方がその性質を持つならば他方もその性質を持つ」ことが前提とされるものであったが（『ワードマップ現代形而上学――人・因果・存在の謎』秋葉剛史ほか編、新曜社、二〇一四・二）、作中においては、つねにその性質自体が書き換えられてしまうという危惧にさらされているのである。

(14) なお、このような「私」観には円城の作品群に根ざすひとつの主題系を見いだすことができる。ここでは『エピローグ』（早川書房、二〇一五・九）の一節を参照しておきたい。

　指紋や声紋、横紋筋や代紋《エンブレム》パターンを積み上げていった場合の上界は、その当人で規定される。その人間の全てをコードしてしまえる以上、そうして腕の一本や二本を切り飛ばされても同一人物として扱い続ける必要がある以上、ある瞬間の一人の人間の構成が揺らぎ、次の瞬間全く別の同一人物に変貌する際の様式を、履歴を、私たちは便宜上、アイデンティティと呼ぶだけなのだ。

円城は、こうした遡行的に同一性が措定されるような「私」をモチーフとした作品を多く描いているが、本章ではそのような戦略性がきわめて明確なかたちであらわれた作品として『Self-Reference ENGINE』を読み解くことを試みた。

(15) この点については、池上高志『動きが生命をつくる――生命と意識への構成論的アプローチ』（青土社、二〇〇七・九）や福岡伸一『動的平衡――生命はなぜそこに宿るのか』（木楽舎、二〇〇九・二）などを参照した。

(16) 同作の文庫版解説において、佐々木敦は「物理学や宇宙論の最新の成果に無知だといまいち理解できない」という「通念」は、この小説においては「浅薄な誤解である」と指摘しているが、本章で述べてきたような「私」語りの袋小路を打破するための契機は、まぎれもなく複雑系科学やシステム理論の見地に支えられたものであり、「物理学や宇宙論の最新の成果」は『Self-Reference ENGINE』の読解可能性を大きく拡張させるものであることを強調しておきたい。

（17）H・マトゥラーナほか、河本英夫訳『オートポイエーシス――生命システムとはなにか』国文社、一九九一・一。

（18）かけがえのない「私」という自己表象が、もとより原理的に「この宇宙」の単一性を要請するものであるという論点は、以下に引用する大澤真幸の議論に大きな示唆を得た。

　存在者の存在の体験は、――いかに些細な体験であろうとも――、体験の可能性の総体によって定義されるような宇宙を、その体験にとっての地平として規定することを含んでいる。かかる宇宙は、一個の身体に帰属するものとして存在するしかない。あるいは、むしろ厳密には、体験する者としての身体の単一性、すなわち身体の〈同一性《アイデンティティ》〉は、宇宙のそこへの所属によって確立されるのだ、と言うべきかもしれない。宇宙の〈単一性〉と身体の〈同一性〉は、かような意味において、双対的な規定である。宇宙の帰属者としてある限りでの身体の位格を、われわれは、〈私〉と呼ぶ。

（『性愛と資本主義　増補新版』青土社、二〇〇四・一〇）

大澤は「現象の最大限に包括的な領域としての宇宙は、その本性上、絶対的に単一であるほかない」ことを分析的に論証しつつ、「宇宙と自己とは双対的な現象である」と結論する。円城の試みは、まさにこうした認識論的な前提を回避してしまうような「私」語りの不可思議を描くことにあったと考えられる。

（19）人間をあるモジュールの単位とみなしたうえで、「私」を導く心理機利のあり方自体を一種のオートポイエーシス・システムの帰結としてとらえる発想については、B・M・スタフォード「われわれ自身のものならざる思考――選択的注意に何が起こったか」（星野太訳『デジタル・スタディーズ――メディア哲学』第一巻、石田英敬ほか編、東京大学出版会、二〇一五・七）に詳しい。ただし、そのような汎‐オートポイエーシス・システム論とも言える議論の枠組みは、意識作用としての「私」のあり方をも自閉した系のもとに回収してしまうものであり、当然ながらさまざまな批判を呼び込むだろう。兼本浩祐は、「私達の身体の生はオートポイエーシスという閉じた系であり、その意味では表象を構成素とする意識もその都度の神経ネットワークという物質的基盤に支えられているのに対し、「私」が立ち上がってくる時には外部へと連結する開口部を持たなければならない、という矛盾」があることを指摘している（『なぜ私は一続きの私であるのか――ベルクソン・ドゥルーズ・精神病理』講談社選書メチエ、二〇一八・一〇）。『Self-Reference ENGINE』の物語世界においても、かけがえのない「私」という自己表象は徹底的な閉域モデルとして記述されていると思われるが、本章の論旨に照らしてなお重要なことは、それが物語世界そのもののアナロジーとして説明されてもいるということである。

(20) 本章では、円城が試みた「自己言及のパラドックス」に対する回避の仕方について、主に「セカイ系」的な物語様式に対する批評的視座という観点から検討したが、ここに昭和初期における諸々の表現営為の模索（とその挫折）からの遠い残響を聴き取ることもできるだろう。

(21) 複雑系科学に集約される二〇世紀諸科学の学術的知見が、もとより既存の自然科学の秩序体系を変質させうるものであったことは、早くからJ・F・リオタールが指摘していたところである。たとえば、次の引用を参照されたい。

　以上のような研究（または他の多くの研究）から引き出される考えは、知識と予測のパラダイムとしての連続微分関数の優位が消えつつあるということである。決定不能なもの、制御の正確さの限界、量子、不完全情報の争い、《フラクタル》、カタストロフィー、言語行為のパラドックスといったものに興味を示しつつ、ポスト・モダン時代の科学はみずからの発展を、不連続な、カタストロフィー的な、修正不能な、逆説的《パラドキシカル》なものとして理論化する。ポスト・モダン時代の科学は知という言葉の意味を変えてしまい、しかもこの変化がどのようにして起こるのかを言うのである。

（小林康夫訳『ポスト・モダンの条件』書肆風の薔薇、一九八六・六）

リオタールが述べているように、二〇世紀の理論物理学から複雑系科学にいたるまでの一連の科学方法論を、それまでの「知」の語り方そのものをめぐるパラダイム・チェンジの軌跡として意味づけてみれば、本書で示してきた昭和初期からゼロ年代までの文学者たちの試みは、そのような「知という言葉の意味を変えて」しまう諸々の思潮動向と明確に共振するものであったことが了解されるだろう。

（22）この問題については、N・ルーマン『社会の社会』（第一巻、馬場靖雄ほか訳、法政大学出版局、二〇〇九・九）などに詳しい。また、さまざまな社会システムの変動が「この私」の問題系に応接することの可能性／不可能性を探ったものとして、西川アサキ『魂のレイヤー――社会システムから心身問題へ』（青土社、二〇一四・五）を参照した。

（23）本書の第一章でも詳述したように、戦時下において竹内時男や松井元興など、多くの理論物理学者たちが国粋主義的な著作や論説を数多く残した。もちろん、それは状況論的な理由に拠るところが大きいだろうが、同時にそこで提示された世界認識の枠組みを改めて問うてみたとき、自然科学の専門家たちの相次ぐ「転向」は、最先端の理論物理学の学術的知見が、ついに根拠律をめぐる問いの「外部」として機能しえなかったことを証し立ててもいないだろうか。ここに、横光利一や中河與一が戦時下に示したナショナリズム言説との共振性を見て取ることは容易い。私見では、文化思潮の領域において「自己言及のパラドックス」に対して有効性を持つのは、むしろそれを擬似問題として回避するための作法であると考えられる。もちろん「自己言及のパラドックス」自体は擬似問題ではないが、それでもなお、それがそもそもどのような問いの構造をなしているのかという私たちの認識布置の側を探究することに、まなざしの力点をずらすことは可能であろう。本書の補論部で考察してきたことは、その序説的な試みである。私見では、そのような文学的想像力の発露に、ありうべき「自己言及のパラドックス」への応答の一端が示されていると思われるが、その具体的な内実については今後の研究のなかで示していきたい。

※本章において引用した本文は、『Self-Reference ENGINE』（ハヤカワ文庫JA、二〇一〇・二）に拠る。

初出一覧

序章　（書き下ろし）

第一章　「「科学的精神」の修辞学――一九三〇年代論壇の「科学」ヘゲモニー」（『日本近代文学』第九八集、日本近代文学会、二〇一八・五）

第二章　「石原純の自然科学的世界像と昭和初期文壇への影響」（『科学史研究』第Ⅲ期第二八四号、日本科学史学会、二〇一八・一）

第三章　「ジャンル意識の政治学――昭和初期「科学小説」論の変転と帰趨」（『昭和文学研究』第七八集、昭和文学会、二〇一九・三）

第四章　「新感覚派の物理主義者たち――横光利一と稲垣足穂の科学観」（『横光利一研究』第一五集、横光利一文学会、二〇一七・三）

第五章　「観測者の使命――横光利一『雅歌』における物理学表象」（『横光利一研究』第一六集、横光利一文学会、二〇一八・三）

第六章　「「ある唯物論者」の科学観――横光利一『上海』と二〇世紀物理学」（『昭和文学研究』第七五集、昭和文学会、二〇一七・九）

第七章　「「合理」の急所――中河與一「偶然文学論」の思想的意義」（『文藝と批評』第一二巻六号、文藝と批評の会、二〇一七・一一）

第八章　「稲垣足穂の「新しい」宇宙観」（『早稲田大学大学院教育学研究科紀要（別冊）』第二四巻一号、早稲田大学大学院教育学研究科、二〇一六・九）

第九章　「「怪奇小説」の記述作法――夢野久作『木魂』論」（『国語と国文学』第九六巻六号、東京大学国語

国文学会、二〇一九・六）

終章　「パラドックスはいかにして回避できるか――「文学」と「科学」の邂逅をめぐる試論」（『跡見学園中学校高等学校紀要』第四二号、跡見学園中学校高等学校、二〇一九・三）

補論 i　「「存在すること」の条件――東浩紀『クォンタム・ファミリーズ』の量子論的問題系」（『文藝と批評』第一二巻九号、文藝と批評の会、二〇一九・五）

補論 ii　「自己言及とは別の仕方で――円城塔『Self-Reference ENGINE』と複雑系科学」（『日本文学』第六六巻九号、日本文学協会、二〇一七・九）

※ただし、いずれも初出時から大幅な改稿を施している。

あとがき

もともと大学院に入って探究したかったことは、言葉にすると凡庸なものとなってしまうが、結局のところ〝ひとはどうして超越的なものを求めてしまうのか〟という問いに尽きる。そのような問いは、もしかしたら世のなかの多くのひとが一度は捕らわれた経験のあるものなのかもしれないが、僕にはずっとそれが心のどこかで気になっていた。取り立てて空想趣味があったわけではなかったけれども、どうしてか超越性への夢を駆り立てるもの——それは必ずしも本や映画のなかの出来事というわけでもない——は昔から好きだったと思う。だから、端から見てどんなに馬鹿馬鹿しいものであったとしても、敢えてそこに執着しつづけることに、何か僕なりの強いこだわりがあるのだろうと自分を納得させていた。「科学」（＝超越の根拠を問うもの）と「文学」（＝超越への回路をひらくもの）という、一見すれば両極にかけ離れた主題系への関心も、おそらくそういった事情に端を発しているのだろう。

その後、次第に僕の興味は、そもそも僕自身の超越的なものへの情念が、いかにして立ち現れてきたものなのかということへと移っていった。当たり前の話だが、どのような問いも、ある特定の時代状況のなかで発せられたものである以上、そこには何かしら固有の思考パターンのようなものが刻印されている。したがって、かつて同じような問いを発した人びとの営みについて、その共時的な文脈をとらえなおし、各々の問いが成立するための文化的・歴史的な条件を再定位してみることによって、僕がぼんやりと抱いているこの感覚が、ほかならぬ僕自身にとってどのような意味を持つものなのかを照らし返すことができるだろうと考えたわけである（もちろん、個々の論文を書いているうちは、そこまではっきりと確信していたわけではなかったけれども）。

その意味で、本書で取り上げた文学者や思想家たちの取り組みは、間違いなく僕自身の生き方と直接に結びついているし、正確に理解できているかどうかは別として、彼らの問題意識や思考の行程は、本当に痛いほどよく分かった。秩序体系と秩序体系を逸脱するものは、どのようにして媒介されてきたのか。「合理」的なものの見方を突き詰めていたはずが、時として「非合理」へと転化してしまうのはどうしてなのか。それを考えることが、「科学」と「文学」を横断する我ながら奇妙な研究テーマに取り組む最大のモチベーションとなっていた。いまだ僕にとって満足のいく解答は導けていないけれども、少なくとも自分がいったい何を知りたがっているのか、どうしてこのようなことに執着しているのか、その問いの輪郭自体は少しずつ見えてきたように思う。

本書は、二〇一八年度早稲田大学教育学研究科に提出した博士学位請求論文をもとに、章立てを含めて大幅な加筆・修正を施したものである。審査にあたっては、主査の石原千秋先生、副査の千葉俊二先生、和田敦彦先生、綾部広則先生に多大なお世話になった。

この場を借りて厚く御礼申し上げたい。

まずは何より、教育学研究科の先生方には本当にたくさんのことをご指導いただいた。

千葉俊二先生。こちらが唖然とするほどの博覧強記ぶりで、千葉ゼミが終わったあとはいつも、もっと勉強しなければならないと身が引き締まる思いであった。ご自身でも「科学」と「文学」の垣根を鮮やかに越境する刺激的な論文をいくつも書かれており、何とかその後塵を拝しようという僕にとって、いまもなお本当に憧れの存在でありつづけている。

金井景子先生。ともすれば抽象度の高すぎる空理空論に流れがちな僕に、まずは眼の前のテクストと地道に格闘することの大切さを教えていただいた。学者の心構えとして、つねに「何のための研究か」というアクチュアルな視点を持つことを忘れないようにという金井先生からの教えは、折々に立ち返ることができるよう、いつも心に刻んでおきたいと思っている。

和田敦彦先生。問題設定の立て方から論理構築の手順にいたるまで、学術論文の作法というものを徹底的に鍛えていただいた。研究者としての和田先生の守備範囲の広さや深さにはとにかく驚くばかりであり、また多様な興味・関心を持った院生たちが入り混じる和田ゼミに参加できたことは、他の研究動向に疎い僕にとって非常に幸運で得がたい経験であった。

また、異なる専門分野でありながら、理工学部の演習・講義に参加することを快く承諾していただいた早稲田大学理工学術院の綾部広則先生。門外漢の僕に科学技術論・科学社会学の基礎をご教示いただいたばかりか、学術誌『科学史研究』に論文を投稿する際には、英文の要旨添削も含めて、いくつもの貴重なアドバイスを頂戴した。今日、僕が多少とも学際性のある研究テーマに取り組んでいられるのも、何より綾部先生からのご指導の賜物にほかならない。

加えて今年度からは、日本学術振興会特別研究員（ＰＤ）として、受入研究機関である日本大学文理学部の紅野謙介先生にもお世話になっている。新しい環境で自分なりに研究活動がつづけられているのも、あらゆる分野に精通しておられる紅野先生に色々なアイディアを恵んでいただいているおかげである。今後ともご指導を仰ぎたい。

そして、何よりも石原千秋先生には、他学部だったにもかかわらず三年生次の演習に潜り込んで以来、一〇年近くものあいだ本当にさまざまなことを学ばせていただいた。学問に対する姿勢から「人生相談」にいたるまで、石原先生に教わったことはとてもここでは語り尽くせない。毎度のこと真っ赤になるまで添削されて返ってくる論文やレジュメの原稿は、いまもすべて大切に保管してある。僕は先生のご指導に応えられないことばかりで、本当に不肖の弟子だったというほかないが、強者ぞろいの〝石原研究室〟の出身であることを誇りに思い、その名に恥じぬようこれからも精進に努めたい。

また、読書会や自主勉強会などでともに学んだ他大学の院生・研究者の方たちにも感謝の意を記したい。僕の拙い発表に対して的確で鋭い意見を頂戴してばかりで、論文はひとりでは書けないということを実感する次第であった。特に、本書の校正作業に快く協力してくれた早稲田大学文学研究科の友人たちには本当に頭が上がらない。いつか何かのかたちで恩を返せたらと思う。

さらに、これまでいくつかの中学・高等学校や高等専門学校、大学で教壇に立ってきたけれども、そのなかでチームを組ませていただいた先生たちや、いつも教室や講師室の前で僕と雑談してくれている生徒（学生）の皆さんにもお礼を申し上げたい。研究活動と教育活動の両立は、勤務先の学校のご厚意なくしては成立しない。今回の研究成果を、授業実践のなかでも何らかのかたちで活かせるよう、引きつづき修練を重ねていきたいと思う。

この書籍の出版にあたっては、編集者の森脇尊志さんをはじめとして、ひつじ書房の方々にはお世話になりっぱなしであった。初めての書籍化で右も左もわからなかったが、ひつじ書房の皆さまは本当に優しく、出版にあたって多くの助言を頂戴した。大学院に入った頃からの憧れであったひつじ書房から初の書籍を刊行できることは、僕にとって望外の喜びである。

精神的な面では、幼少期からの長い付き合いとなった地元の友人たちと、唯一の趣味である音楽活動を通じて知り合った仲間たちにお礼を言いたい。行き詰まってしまったとき、何よりも彼ら彼女らとのやり取りに救われることは、本当に数え切れないほど多かった。ありがとう、そしてこれからもよろしく。

最後に、あまり一般的とは言えない人生の道に進むことを応援してくれた両親・祖父母にも、心からの感謝を捧げたい。実家からの温かい支えがなければ、到底ここまで大学院に残って（取り立てておカネにもならないような）研究をつづけることはできなかっただろう。これで親孝行を果たしたとは決して言えないけれども、二〇代も終わりを迎えつつあるなか、どうにかかたちに残る成果を世に問うことができて、とにかく安堵している。

令和元年八月二〇日　加藤夢三

ま

や

ら

わ

は

た

な

さ

か

索引

あ

⊙著者紹介

加藤夢三（かとう ゆめぞう）

〈略歴〉一九九〇年、東京都生まれ。東京都立竹早高等学校・早稲田大学文学部卒業、同大学教育学研究科博士課程修了。博士（学術）。現在、日本学術振興会特別研究員（PD）・早稲田大学ほか非常勤講師。

ひつじ研究叢書（文学編）12

合理的なものの詩学——近現代日本文学と理論物理学の邂逅——

The Poetics of Rationality

Kato Yumezo

発行　2019年11月5日　初版1刷

定価　5600円＋税

発行者　松本功

ブックデザイン　坂野公一（welle design）

印刷・製本所　亜細亜印刷 株式会社

発行所　株式会社 ひつじ書房

〒112-0011 東京都文京区千石2-1-2 大和ビル2階

Tel. 03-5319-4916

Fax. 03-5319-4917

郵便振替00120-8-142852

toiawase@hituzi.co.jp　http://www.hituzi.co.jp/

ISBN 978-4-8234-1025-3